Estranhos no Paraíso

Gerson Lodi-Ribeiro

1ª edição

Editora Draco

São Paulo
2015

Gerson Lodi-Ribeiro
Autor de FC e história alternativa. Autor da noveleta clássica *A Ética da Traição*. Além de quatro coletâneas de contos, publicou os romances *Xochiquetzal: uma Princesa Asteca entre os Incas* (2009), *A Guardiã da Memória* (2011) e *Aventuras do Vampiro de Palmares (2014)*. Como antologista, coordenou a "triantologia" *Vaporpunk (2010), Dieselpunk (2011) e Solarpunk (2012)*, bem como as clássicas *Phantastica Brasiliana* e *Como Era Gostosa a Minha Alienígena!*. É o responsável pela coleção *Erótica Fantástica* da Draco.

Publisher: Erick Santos Cardoso
Produção editorial: Janaina Chervezan
Edição: Antonio Luiz M. C. Costa
Revisão: Eduardo Kasse
Arte e capa: Ericksama

Dados Internacionais de Catalogação na Publicação (CIP)
Ana Lúcia Merege 4667/CRB7

L 823

Lodi-Ribeiro, Gerson
Estranhos no paraíso / Gerson Lodi-Ribeiro. – São Paulo : Draco, 2015.

ISBN 978-85-8243-110-8

1. Ficção brasileira 1. Título

CDD-869.93

Índice para catálogo sistemático:
1. Ficção : Literatura brasileira 869.93

1ª edição, 2015

Editora Draco
R. César Beccaria, 27 – casa 1
Jd. da Glória – São Paulo – SP
CEP 01547-060
editoradraco@gmail.com
www.editoradraco.com
www.facebook.com/editoradraco
Twitter e Instagram: @editoradraco

Para Erick Sama, Fábio Barreto e Jorge Candeias, grandes amigos, paladinos incansáveis do fantástico lusófono.

Publicações anteriores:

Parte do capítulo II foi publicado sob forma de conto, com o título "Bárbaros nos Portões", in *Ficções: Revista de Contos* n° 15 (Edição Especial de Ficção Científica), Antologista: Dorva Resende. Editora 7 Letras (Julho 2006).

Uma versão condensada dos capítulos VII, VIII e IX foi publicada sob forma de noveleta, com o título "Missão Secundária", in *Efeitos Secundários / Side Effects* (antologia comemorativa bilíngue dos Segundos Encontros de Ficção Científica & Fantástico de Cascais). Antologistas: António de Macedo & Maria Augusta Geada. Editora Simetria (Setembro 1997).

Gerson Lodi-Ribeiro
ESTRANHOS
NO PARAÍSO

Prólogo
Comandanta Acidental

"Dux femina facti."*
Virgílio, *Aeneida*

Meu nome completo é Sylvia Kahoolawe Chang.

Sim, eu sei.

Kahoolawe é como Farukh Achernar batizou aquela ilha-continente que se estende no sentido leste-oeste na faixa tropical do hemisfério sul de Jokerman.

É claro que lutei contra a aceitação dessa nomenclatura ridícula.

Fui voto vencido. Sei que vai soar idiota, mas a maioria da tripulação concordou em designar as principais massas emersas do planeta com nossos sobrenomes maternos. Nada a fazer. À medida do possível, tentávamos manter disposições democráticas durante a missão. Nem sempre foi fácil. Tampouco efetivo. Mas éramos felizes assim.

Quanto a Kahoolawe, para quem não sabe, a ilha-continente possui formato grosso modo rômbico, constituindo a superfície emersa mais extensa daquele mundo oceânico.

Bem, voltando a meu biolog, eu estava prestes a comemorar meu quadragésimo aniversário quando a *Pioneira* partiu do Sistema Solar.

Quando acordei em Molton I já estava na terceira década de meu segundo século de vida.

Para os padrões de minha época, eu possuía então a idade cronológica digna de uma humana bem passada da meia-idade, muito embora não houvesse envelhecido praticamente nada durante os dois longos períodos de Sono.

Em termos fisiológicos, quando chegamos a Molton, eu tinha algo em torno de 52 anos, o que representava cerca de um quarto da expectativa média de vida humana no início do século XXIV.

Apesar da ascendência polinésia, nasci na região europeia outrora designada como "Escócia". Meus avós fizeram parte da primeira

* "O líder do empreendimento era uma mulher".

leva de colonos maoris que ocupou as charnecas das "Highlands" tão logo a Federação suspendeu a quarentena naquela área.

Meu nome de família provém do único antepassado chinês que participou da diáspora que se seguiu ao Holocausto Termonuclear deflagrado em 2043 E.C. No que se pese que "diáspora" é um termo excessivamente romântico para descrever a fuga precipitada de uns poucos milhares de pessoas famintas e desesperadas pela vastidão do Pacífico adentro, na tentativa de escapar ao inferno radioativo no qual a Ásia Oriental e a antiga República da China se transformaram nos Meses Escuros.

Afinal, como sustentáculo principal da União Sulina, a China foi tão duramente atingida pelas detonações termonucleares quanto o território continental dos antigos Estados Unidos da América.

O tronco principal da minha ascendência se dizia havaiano, embora tivéssemos muito poucos genes havaianos. Até porque, a bem da verdade, preciso confessar que não sobreviveram muitos havaianos nativos nos primeiros tempos da era pós-Holocausto.

Em verdade, minha família descende de navegadores Maoris que partiram da Nova Zelândia para colonizar o arquipélago havaiano já no início da segunda década após o fim dos Meses Escuros e o abrandamento do Inverno Nuclear.

Para o resto da Terra, no entanto, éramos havaianos legítimos. Confusão jurisdicional extremamente cômoda que meus antepassados não fizeram a mínima questão de esclarecer, visto que estavam interessados em convencer o governo conjunto das Três Cidadelas a aprovar suas reivindicações sobre as ilhas da antiga Polinésia Francesa com argumentos inspirados nos critérios de ancestralidade então vigentes.

Sou oficial-cientista da Força Espacial, renomeada Força Estelar pouco antes da nossa partida. Formei-me pela Academia Lunar, Turma de 2281. Aos 38 anos, então com patente de capitã, fui nomeada comandanta da *Pioneira*. Minhas qualificações acadêmicas incluem um doutorado em astrofísica relativística, outro em gravitação, ambos na Universidade Livre de Olbers, em Luna.

Ao longo de minha carreira científica, tornei-me especialista no estudo das descontinuidades permeáveis. Aliás, uma das poucas especialistas em D.P. com menos de 70 anos de idade em toda a Federação. Ademais, era a única gravitastrônoma entre os candidatos com experiência militar espacial. Acredito que tais qualificações extra-acadêmicas tenham pesado consideravelmente a meu favor na época em que a tripulação definitiva da *Pioneira* foi selecionada.

Sempre me perguntei por que fui escolhida para comandar a expedição.

A rigor, eu diria que tanto eu quanto Michael McFerguson éramos igualmente qualificados para o comando. Na época da seleção éramos ambos oficiais-cientistas dentro da faixa etária ideal e com as formações profissionais exigidas aos voluntários para a expedição a Delta Pavonis.

Se o critério principal fosse a relevância da especialização científica, como biólogo, Michael deveria ter sido guindado ao comando.

As numerosas baterias de testes a que fomos submetidos indicaram que estávamos praticamente empatados na maioria dos critérios decisivos para a ascensão ao comando.

Michael levava ligeira vantagem no quesito "liderança pessoal", ao passo que eu o superava por pouco em "estabilidade emocional".

Talvez o fator decisivo tenha sido minha decantada "capacidade de reação instantânea ante situações críticas", critério dos mais subjetivos, se me permitem a opinião.

Ao longo da expedição, sobretudo durante nossas maiores agruras em Delta Pavonis, amaldiçoei diversas vezes em meu íntimo a responsabilidade medonha desse comando despencado em meu colo sem que eu jamais o almejasse de fato.

Até hoje me pergunto se não haveria em todo o Sistema Solar colegas de Academia e também cientistas espaciais civis mais qualificados do que eu para comandar a *Pioneira.*

Michael, Olympia e Mário costumavam me consolar em meus piores momentos, afirmando que era pelo justo motivo de jamais haver ambicionado o comando é que fora escolhida para exercê-lo. Ora, se eu soubesse que era tão fácil escapar dessa sina, teria me empenhado ao máximo em me fingir atraída pelo posto de comandanta.

Meus tripulantes afirmavam-se incapazes de imaginar comando mais democrático e equilibrado do que o meu. Conquanto extremamente lisonjeira, a afirmação era difícil de engolir. Sobretudo, quando se considera que fui a única comandanta de uma expedição interestelar com que conviveram.

Quando recebi a notícia de que a mensagem dos pavonianos fora decodificada, servia na base científica recém-instalada em Icarus, como diretora do departamento de gravitação.

Assim que soube da Expedição Pioneira, me inscrevi como voluntária. Na ocasião em que soube ter sido selecionada para integrar a tripulação, estava destacada numa missão de rotina no sistema saturniano para levantar a existência de jazidas de hidrogênio ricas em deutério.

Ao longo da expedição, meus dois hobbies favoritos foram holoficção e música, nesta ordem.

Sempre fui consumidora ávida de holodramas e imersões em realidades virtuais de forma geral. Praticamente qualquer gênero de ficção me agrada, embora nutra predileção especial pelas obras antigas, desde a *Ilíada* às peças de Shakespeare e os grandes clássicos literários dos últimos dois séculos da Era Pré-Holocausto.

Uma de minhas grandes frustrações é não conseguir produzir ficção com um décimo da profundidade e consistência da elaborada por Mário Sandriotti. Não que meus trabalhos fossem ruins. Até consigo conceber enredos inteligíveis e originais. Só que minhas histórias não chegam nem aos pés das lucubradas pelo brasileiro.

Muitos colegas da Academia Lunar invejaram Mário por causa de sua capacidade intelectual. Nunca joguei nesse time. Antes de sermos selecionados para a missão, como sua veterana, eu mal o conhecia. Mais tarde, na época do nosso treinamento, aprendi a amá-lo. Daí, sua inteligência prodigiosa tornou-se fonte de prazer e orgulho.

Despeito? Nem pensar. Não invejava o intelecto dele, só a criatividade. O poder incomensurável de criar histórias, personagens e enredos apaixonantes e verossímeis onde anteriormente só existia o núcleo vazio de uma pastilha mnemônica.

Não obstante os esforços e as palavras de incentivo dele para estimular meu talento e minha técnica, quando eu me comparava com um dínamo criativo como Mário, concluía que jamais passaria de uma autora mediana.

Não me considero frustrada, pois na música consigo exercitar a plenitude do meu potencial criativo. Compondo e tocando, sinto-me realizada. Na música, meu prazer é mais vigoroso e menos contemplativo, por assim dizer, que na holoficção.

Na *Pioneira*, eu compunha minhas próprias melodias e as tocava tanto no polissintetizador neurolímbico quanto numa boa e velha clarineta. Aliás, o sintetizador era minha única concessão artística aos tempos atuais... quer dizer, aos tempos da época da Partida.

É lógico que a clarineta era de verdade e não uma daquelas

belezinhas virtuais tão em voga na Terra dos anos 2290. Adorava tocar para minha pequena plateia no refeitório ou na sala de reuniões da *Pioneira*. Modéstia a parte, meus shows a bordo costumavam ser bastante aplaudidos por cinco pares de mãos.

Aparência física? Pretendia deixar essa parte para o fim.

Tudo bem. Tenho 175 centímetros de estatura, 70 quilogramas de carne, ossos e músculos. Cabelos negros que aprecio de manter soltos, sobretudo em ocasiões informais. Hoje em dia, como na época da missão, eles passam do meio das costas.

Meus olhos são cinza-chumbo, coloração bem pouco Maori, admito. A título de consolo, costumo afirmar que eles são da exata cor de um céu nublado sobre a vastidão do Pacífico. Contudo, ao menos no formato, eles são amendoados, tipicamente Maoris.

Minha pele é clara, mas nem de longe tanto quanto a de Aline ou Olympia. As maçãs do meu rosto são ligeiramente salientes. Acredito que minhas feições fossem consideradas comuns em qualquer humana de ascendência polinésia de minha época.

Possuo seios menores do que eu gostaria, coxas grossas e nádegas carnudas. Meus tripulantes dizem que sou bonita. No entanto, como é fato notório que os cinco me amam de paixão, tanto quanto eu a eles, suas opiniões são no mínimo suspeitas. De vez em quando concordo com o veredicto deles. Noutras ocasiões, nem tanto.

Sou inteiramente natural, no sentido de que não possuo nenhum nanobio ou neurochip implantado, exceto meu microlink de comando e os nanomonitores médicos que Aline nos obrigava a portar.

Quanto às manipulações genéticas, meus pais e avós se restringiram ao kit padrão: memória perfeita; maior longevidade; sistema imunológico reforçado; beleza física; retenção de nossos caracteres étnicos (no meu caso, polinésios) e outras poucas comodidades do gênero, com que Floresta presenteou o mundo, e que já se encontravam disponíveis em qualquer clínica de manipulação desde meados do século XXII.

Ah, sim. Só para não me afirmar inteiramente isenta de nanobios, talvez valha à pena mencionar que, já em meu primeiro ano de Academia, os médicos da Força Espacial me inocularam com máquinas moleculares que facultam uma adaptação relativamente rápida e indolor às condições mais diversas de temperatura, pressão e campo gravitacional. Não mencionei o fato antes porque tal inoculação fazia parte do tratamento padrão ao qual todos os calouros da Academia eram submetidos.

Imagino que para os espectadores atuais esse tratamento deva soar como – valendo-me de uma das expressões favoritas de Mário – "a última palavra em tecnologia primitiva".

* * *

Por falar em espectadores, muitos talvez se perguntem a respeito da vida cotidiana a bordo da *Pioneira* e da experiência de conviver tão intimamente com um grupo diminuto de pessoas durante mais de uma década, sem contar os quase noventa anos de Sono.

Sei que para vocês, humanos deste presente hipertecnológico, cidadãos de um Sistema Solar muito diferente daquele que deixamos para trás, pode parecer estranho que tenhamos passado tanto tempo juntos apenas os seis e, mesmo assim, tenhamos regressado com nossas sanidades mentais razoavelmente intactas.

Talvez fosse mais difícil, quiçá impossível, se fôssemos como vocês. Porém, para bem e para mal, foram justo nossas peculiaridades, nossas deficiências, por assim dizer, que possibilitaram o êxito de nossa missão.

Ademais, um dos critérios mais rígidos de nossa seleção foi a exigência de que nossas personalidades se integrassem satisfatoriamente às de nossos companheiros. Dentre outros fatores, cada um de nós foi selecionado justo pelo potencial de apreciar a companhia desses outros cinco tripulantes em especial. Esta multiadequação de personalidades constituiu a culminância de miríades de sessões de análises detalhadas, processadas pelas I.A.A. mais capazes que nossa humanidade do fim do século XXIII possuía.

Lógico que, conquanto rigoroso ao extremo, tal processo de seleção não logrou reunir uma tripulação perfeita para a primeira expedição interestelar humana.

Longe disso.

O histórico atribulado de nossas duas missões revelou o quão falíveis nós éramos. No entanto, embora anos-luz distantes da perfeição, creio que constituímos a melhor tripulação que a humanidade de nossa época pôde reunir. Bem ou mal, fomos capazes de enfrentar todos os obstáculos imprevistos que apareceram em nossa frente, tanto em Delta Pavonis quanto em Molton I e, sobretudo, em nosso regresso ao convívio desta humanidade tão diferente da que conhecíamos antes da Partida.

Selecionados para a adequação mútua e condicionados para apreciar a companhia uns dos outros, não constitui surpresa alguma que nós seis tenhamos desenvolvido vínculos de afeto tão profundos ao longo dessa década e pouco de convivência.

Família.

É lógico que agora estou falando apenas por mim.

Do meu ponto de vista, não sinto o menor escrúpulo em confessar que amo mais profundamente meus cinco companheiros da *Pioneira*, náufragos como eu num futuro estranho que ainda não digerimos por inteiro, do que jamais amei meus pais, irmãos, parentes e amigos – entes queridos deixados para trás de bom grado na certeza quase absoluta de que não os veria outra vez.

Vários de vocês me perguntam se eu tive um favorito, um grande amor, na época em que comandei a *Pioneira*.

Este é o tipo de questão difícil de responder.

Não pelo fato de que eles decerto acessarão este registro. Tampouco por ignorar a resposta, mas por não haver uma resposta única e imutável. Ao contrário, minha opinião a respeito esteve sempre mudando e muda ainda hoje, conforme a ocasião. É impossível responder com a verdade neste instante e esperar que esta resposta permaneça fidedigna daqui a duas ou três horas.

Houve ocasiões em que pude jurar com toda a sinceridade da periferia galáctica que amava meus cinco companheiros com igual intensidade. Ocasiões raras, é fato. Nem por isto menos pungentes e verdadeiras.

Também houve vezes, muitas vezes, em que me surpreendi loucamente apaixonada por Mário, meu brasileiro genial, o sujeito mais corajoso e autoconfiante que conheci. Paixão arrebatadora e desenfreada que, no entanto, em momento algum me fez deixar de amar Michael, Farukh ou Olympia.

Aline? Ah, minha bela médica loura, de corpo e feições esculturais.

Aline foi outra história. Paixão mútua. Recíproca, mas complicada. Jamais resolvida a contento.

Também houve ocasiões em que dei por mim perdida de amores por Michael. Minha alma gêmea, que tantas vezes considerei como a pessoa que melhor me compreendia. Ocasiões em que trocávamos juras de amor e fazíamos planos sobre a vida que partilharíamos após o regresso.

E o que dizer de Olympia? Minha marcianazinha tão doce, capaz de chorar entre meus seios depois do amor, soluçando sem palavras que não podia mais viver sem mim.

Farukh, com seu humor volúvel, seu olhar fulgurante, as mãos habilidosas. Sempre absolutamente confiável, justo quando eu mais precisava de seu apoio.

Não.

Sinceramente, não posso em sã consciência responder com segurança essa questão de ter possuído ou não um favorito, um único e grande amor.

Apesar dos pesares, depois de tudo o que passamos, considero-me a mais afortunada das humanas.

Pois tive cinco grandes amores em minha vida passada. Minha vida anterior ao nosso regresso ao Sistema Solar.

* * *

Muito se tem discutido sobre a importância da Floresta, cidadela brasileira que desempenhou papel fundamental no renascimento da civilização humana nas primeiras décadas pós-Holocausto.

Após nosso regresso ao Sistema Solar, para nossa surpresa, descobrimos que esta humanidade do século XXV nutre especial interesse pela história das três cidadelas em geral e pela saga incomparável da maior delas em particular.

Com 50 mil habitantes, contra 12 mil da Cidadela do Grande Deserto Australiano e apenas 650 habitantes da Cidadela do Gelo, erigida pelos chineses na Antártica, a Cidadela da Floresta foi indubitavelmente a viga-mestra que suportou o esforço colossal de reconstrução de toda uma biosfera arrasada e uma civilização outrora planetária, então reduzida a escombros, com uma população estimada em cerca de quatro milhões de selvagens famintos.

Muitos historiadores atuais se indagam por que apenas Floresta, Deserto e Geleira sobreviveram incólumes ao Holocausto. Questão idêntica à formulada por seus pares de nossa época.

Sabe-se que apenas no território continental dos antigos Estados Unidos da América havia pelo menos quinze núcleos subterrâneos tão grandes ou maiores que Floresta, sem contar com outros tantos construídos na União Europeia, Japão, Rússia, Índia e nas Repúblicas Árabes.

O que houve com essas outras cidadelas? Por que não vingaram?

O fato é que a maioria não chegou a ser sequer habitada antes dos disparos dos mísseis balísticos em 2043.

Algumas chegaram a receber habitantes, mas sofreram impactos diretos de ogivas multimegatons. Outras situavam-se em áreas de radiação elevada e não conseguiram manter-se estanques e autossuficientes por tempo suficiente, até que a superfície se tornasse novamente habitável.

Talvez as autoridades brasileiras da época imediatamente anterior ao Holocausto fossem mais paranoicas do que suas congêneres da Aliança Ocidental, a ponto de manterem suas cidadelas habitadas e funcionando a plena carga, enquanto que, à mesma época em outros países, as cidades subterrâneas costumavam ser *tripuladas* apenas por grupos de manutenção e vigilância.

No entanto, se foi este o caso, por que as outras quatro cidadelas brasileiras não sobreviveram?

É possível que os primeiros florestais soubessem o que houve de errado com as cidadelas erigidas em Aparados da Serra, no Vale do São Francisco, na Amazônia Oriental e em Angra dos Reis.

Se de fato o sabiam, mantiveram o segredo guardado a sete chaves, tão bem protegido quanto os bancos de material genético com os quais Floresta ajudou a repopular a Terra com parte da fauna e da flora desaparecidos nos Meses Escuros.

Hoje se sabe que o Inverno Nuclear foi muito mais rigoroso no Hemisfério Norte e que os Meses Escuros se limitaram a apenas uma ou duas semanas nas regiões ao sul da linha do equador. Coincidência ou não, as três cidadelas sobreviventes se localizavam no hemisfério sul.

De acordo com Olympia, é de todo provável que a verdadeira explicação para a sobrevivência das Três Cidadelas e o desaparecimento das demais não resida em apenas um dos fatores elencados acima, mas na associação de vários deles, bem como na estratégia precípua, ao menos no caso brasileiro, de manter o núcleo subterrâneo em funcionamento estanque e permanente, independente da situação política reinante no exterior.

Vez por outra, uma velha história apócrifa, vivenciada como realidade virtual psicointerativa no início da missão, ressurge para assombrar meu espírito. Uma versão segundo a qual Floresta era mantida tão pronta e perfeita porque era para lá que os governantes brasileiros pretendiam fugir com suas famílias e amigos, para se abrigar, tão logo a situação política prenunciasse a eclosão da hecatombe termonuclear.

Segundo essa tese, foi por este motivo que se ergueu a cidadela tão perto de Brasília, a antiga capital brasileira. Hoje em dia é quase impossível avaliar se esta hipótese se inspirou em fato ou boato.

De qualquer modo, as mesmas fontes também afirmam que no momento decisivo, os líderes científicos da Floresta teriam vedado o acesso aos políticos e seus familiares, ordenando que as comportas estanques permanecessem seladas, impedindo o ingresso dos recém-chegados. Mário nos persuadiu a vivenciar uma versão ligeiramente diversa: os familiares e amigos dos políticos seriam tantos que os líderes da Floresta teriam sido obrigados, caso concordassem com o ingresso indiscriminado, a expelir técnicos e especialistas encarregados de desempenhar papéis vitais na tarefa eventual de reconstrução planetária pós-Holocausto, o que de fato se deu.

Ignora-se se o desaparecimento misterioso da classe política do Brasil pré-Holocausto se deu realmente desta maneira dramática, ou se os governantes e seus familiares apenas não lograram chegar a tempo na cidadela, antes que os mísseis balísticos inimigos obliterassem Brasília, conforme afirma a versão oficial divulgada por Floresta.

Fato sintomático, contudo, é que tanto Floresta, quanto Deserto e Geleira, foram governadas exclusivamente por cientistas, sem a mínima ingerência dos políticos ditos profissionais, desde os primeiros dias dos Meses Escuros.

É curioso como os expoentes da civilização atual, fruto de políticas de consenso implantadas ao longo de gerações, comprazem-se em especular sobre o motivo pelo qual, das quase setenta cidadelas subterrâneas espalhadas Terra adentro, justo as três governadas apenas por cientistas, sem qualquer participação da classe política de suas respectivas nações, foram aquelas que lograram sobreviver incólumes ao Holocausto.

Outra especulação instigante, conquanto retórica, que ocupa os espíritos dos filósofos atuais é questionar como se teria dado o renascimento pós-Holocausto, não estivessem as três cidadelas sob a égide de cientistas pragmáticos, mas governados pelas mesmas pessoas em última análise responsáveis pela quase extinção de nossa espécie. Teríamos conseguido reerguer a civilização se os políticos brasileiros houvessem logrado ingressar na Floresta antes do Holocausto?

Como teria sido o mundo que deixamos para trás, caso boa parte dos responsáveis pela hecatombe global houvessem sobrevivido e continuassem aferrados à velha prática de colocar seus próprios interesses acima dos interesses da humanidade? Teriam aqueles indivíduos conseguido aprender a partir de seus erros e da tragédia global que provocaram?

Ou a sobrevivência daquela casta política arcaica constituiria a gota-d'água que faria com que o futuro da espécie se derramasse bueiro da extinção abaixo?

Muitos espectadores já se fizeram essas mesmas perguntas. Não raro, sentem-se intrigados com as respostas que lhes fornecemos. Portanto, no sentido de aplacar suas inquietações, convém frisar que os políticos pré-Holocausto pouco têm em comum com os membros esclarecidos da classe política que vocês conhecem.

De todo modo, felizmente, a humanidade pós-Holocausto jamais precisou se preocupar em responder essas questões cruciais, conquanto retóricas.

Porque, durante toda a segunda metade do século XXI, a cidadela brasileira foi o grande repositório do conhecimento e da alta tecnologia da Era Pré-Holocausto.

Para nove décimos dos parcos remanescentes da espécie humana, Floresta constituiu o único sinônimo de lei e ordem internacional, bem como a última réstia de esperança, ainda que remota.

Passados dois séculos, Floresta ingressou na posteridade como a cidade que reconstruiu e governou a Terra. Um misto de Atenas e Roma do século I da Era Pós-Holocausto. Semente a partir da qual a humanidade voltou a florescer. A sede de fato do futuro governo mundial.

Quando um governo mundial de direito se estabeleceu afinal em Honolulu, nominalmente sob os auspícios das Três Cidadelas, foi suportado financeira e militarmente em seus primórdios pelos brasileiros da Floresta.

Portanto, digam o que quiserem, contra ou a favor dos florestais. Se querem minha opinião, a humanidade lhes deve o renascimento da civilização global.

Capítulo I
Onde Humano Algum Jamais Esteve

2341 E.C.
Delta Pavonis
(19,9 anos-luz do Sol)

"Ausência de evidência não equivale
a evidência de ausência."
Carl Sagan

"– Desativar frenagem relativística." – Farukh determinou de sua poltrona no Controle de Propulsão.

Nossas manobras de frenagem eram mais eficientes que as de aceleração. Com o sistema Bussard da *Pioneira*, era muito mais fácil desacelerar do que acelerar. Só que, à velocidade pífia em que nos encontrávamos, a coleta do hidrogênio interestelar necessário para a frenagem já não era tão eficaz quanto a propulsão secundária.

Lancei um olhar ao holo do engenheiro no tanque principal do Ambiente de Comando. A fisionomia calma e controlada ocultava uma tensão somente expressa na testa ligeiramente franzida, provocando a união das sobrancelhas hirsutas e no cofiar lento e pensativo de seu cavanhaque bem cuidado.

"Processo de frenagem relativística concluído com êxito. Funil eletromagnético Bussard desativado. Núcleo de antimatéria selado. Conversor de matéria do propulsor principal em stand-by." – O programa-mestre da *Pioneira* confirmou o cumprimento da ordem com voz feminina num português bem pronunciado. – "Velocidade de cruzeiro mantida em 0,06 c. Pronta para ativar sistema de propulsão secundário."

"– Perfeito." – Farukh retribuiu meu olhar com sorriso sério e um fulgor breve mas intenso em seus olhos escuros. Já havíamos passado pelo término de um procedimento de frenagem quinze vezes nas vivências simuladas do nosso treinamento. Contudo, na vida real, era a primeira vez. "– Ativar propulsão magneto-hidrodinâmica. Estabilizar saída do reator de fusão até atingir velocidade constante de ponto zero cinco. Comando: confirmar rumo."

– Comando para manobra: rumo confirmado para Delta Pavonis III. – Determinei de minha poltrona no Ambiente de Comando. Conferi os semblantes de Michael e Mário, ambos excepcionalmente sérios em suas poltronas, situadas à direita e à esquerda da poltrona da comandanta, respectivamente. – Ampliação ótima do alvo no holotanque principal.

O holograma do terceiro planeta surgiu no tanque como um grande semidisco alaranjado ao lado da face morena de Farukh Achernar. Acima do holo do planeta, o P.M. produziu uma batelada de dados quantitativos que já eram mais ou menos de conhecimento geral e naquele instante não interessaram ninguém.

– Ainda julgo que deveríamos seguir direto em propulsão relativística até a órbita de Delta Pavonis II. – Mário expressou mais uma vez seu descontentamento com minha decisão de nos atermos ao procedimento-padrão de ingresso no sistema. – Precisamos determinar o motivo de não haver sinal dos pavonianos em parte alguma. Solucionar este enigma se tornou nossa prioridade zero.

– Não pretendendo questionar a decisão da Sylvia, – Aline, nossa oficial-médica, opinou, girando o assento em nossa direção, – creio que Mário está certo. Afinal, não deveria haver o equivalente pavoniano de um comitê de recepção em alguma órbita próxima?

– *Pioneira*, execute nova varredura em todas as frequências. – Solicitei ao P.M. por mero desencargo de consciência. Só para Mário e Aline pararem de me pressionar.

Seis dias após o Despertar a cerca de dois dias-luz do primário do sistema, ainda não havíamos captado o menor sinal de vida dos pavonianos.

Nenhuma emissão radiofônica.

Aquele silêncio nos soou muito estranho.

Afinal, os pavonianos deviam saber que estávamos chegando há vários meses. Como éramos mais ou menos aguardados, com a tecnologia de detecção óptica de que dispunham era impossível que não tivessem observado o facho fulgurante do funil eletromagnético de nossos freios Bussard quando a *Pioneira* ainda singrava a nuvem de Oort do sistema.

"Varredura do espectro rádio concluída. Nenhum sinal detectado. Varredura do espectro óptico concluída. Nenhum sinal detectado. Também não foram detectadas emissões artificiais de raios X ou de feixes coerentes de qualquer frequência."

– Obrigada, *Pioneira.* – Agradeci para fazer o P.M. perceber que era hora de se calar. Há ocasiões em que o fluxo incessante de informações que a entidade produz prejudica a concentração. Então, uma ideia súbita veio à tona, trazida talvez pelo fato do P.M. ter mencionado a varredura em busca de raios X. – Verifique a presença de isótopos radioativos na atmosfera de Delta Pavonis II.

Michael e Mário giraram as poltronas simultaneamente em minha direção. O mesmo ar espantado em semblantes tão diferentes.

O imediato cerrou os maxilares ao me lançar um olhar inquisitivo. O brasileiro abriu a boca e tornou a fechá-la sem falar nada. Fato que, em se tratando de Mário, constituía evento excepcional.

"Eia, Sylvia!" – Olympia espocou em nossos espíritos com o ímpeto habitual. – *"Você não pode estar pensando sério, está?"*

– Quer fazer o favor de sair de dentro da minha cabeça! – Repliquei em tom duro. Detestava quando ela me espionava os pensamentos! Sei que não fazia de propósito. Não era por maldade. Por vezes, quando estava tensa, Olympia não conseguia controlar a intrusão. Depois de mais de dois anos de convívio diário, todos já nos havíamos mais ou menos acostumado com a ideia de que a prática da bisbilhotice psíquica inconsciente era uma espécie de segunda natureza para os telepatas plenos. Contudo, de qualquer modo, nunca consegui me acostumar inteiramente àquelas invasões espúrias de minha privacidade mais íntima. – Minhas preocupações e temores são problemas meus, até que eu decida externá-los aos demais.

"Desculpa, eu não queria..."

– Já falei mais de mil vezes que não admito...

"comando executado." – Com raro oportunismo, o programa-mestre interrompeu a reprimenda que eu pretendia aplicar na marciana. – "Presença de isótopos radioativos na alta atmosfera de Delta Pavonis II em índices compatíveis com as últimas leituras disponíveis, coletadas pela sonda automática Pavus IV há 33 anos."

– Excelente! – Mário bradou, emergindo afinal de seu mutismo atípico. Abanou a cabeça fazendo a vasta cabeleira ondulada sacudir à altura dos ombros. – Agora pelo menos sabemos que os pavonianos não explodiram seu mundo pátrio como fizemos com a Terra.

– Já é alguma coisa. – Michael murmurou de si para si.

– Muito bem. Vocês venceram. – Acabei me rendendo ao consenso. Afinal, eu também estava ardendo de curiosidade para descobrir o motivo do silêncio misterioso dos pavonianos. – Manobra, altere o rumo para Delta Pavonis II.

"– Perfeitamente, Sylvia." – A miniatura de Farukh assentiu com expressão aprobativa do Controle de Propulsão.

No Ambiente de Comando, minha decisão foi brindada com quatro sorrisos satisfeitos.

* * *

"– Para onde envio a sonda, agora?" – A holominiatura de Farukh voltou à vida por sobre meu ombro direito e continuou num tom desanimado: "– Alguém tem alguma ideia?"

– De quanta autonomia ainda dispomos? – Indaguei, mantendo o olhar fixo no holotanque principal do Ambiente de Comando.

Uma tomada panorâmica captada de duzentos metros de altitude. Quase oitenta metros acima das agulhas incrivelmente esguias presentes nos topos dos arranha-céus mais altos daquela metrópole alienígena.

Os prédios da ilha explorada lembravam as torres de uma igreja gótica erigida por gigantes. Contudo, não havia indicação alguma de que se tratassem de templos.

"A MICROSSONDA XXII DISPÕE DE 9 HORAS E 47 MINUTOS DE AUTONOMIA NOMINAL, EXCLUINDO O TEMPO DO VOO DE REGRESSO PARA A BASE SUL." – O programa-mestre informou com precisão habitual.

– Pode assumir pelo menos dez horas. – Mário comentou da poltrona à minha esquerda.

Michael olhou para o brasileiro de soslaio. Então deu de ombros.

Mário adorava se valer de seu conhecimento profundo das margens de segurança utilizadas pelo P.M. para forçar os sistemas automáticos de bordo além de seus limites nominais.

Normalmente consciencioso com as sondas e veículos auxiliares da *Pioneira*, Farukh Achernar não raro abria exceção aos caprichos de Mário, que se tornara seu melhor amigo desde os tempos do estágio preparatório para a missão.

– Muito bem, pouse a microssonda no topo de um arranha-céu ao seu critério. – Decidi afinal. – Vamos parar de sobrevoar as cidades dessa ilha como desatinados e pensar um pouco no que devemos fazer.

"Comando executado."

Observamos o holo da cidade pavoniana se fixar num holograma congelado de construções intactas, aparentemente desprovidas de residentes.

Uma das poucas indicações de que o núcleo urbano já não era habitado há alguns anos era a matriz irregular de rachaduras espalhada no pavimento das principais vias de circulação.

O zoom no interior dessas fendas constatou a presença da vegetação rasteira acastanhada típica das ilhas do hemisfério sul de Jokerman, confirmando que a cidade havia sido abandonada há algum tempo.

"Onde os nativos se meteram?" – Olympia indagou de seu assento num dos extremos do Ambiente de Comando.

– A população global foi estimada em cerca de oitenta milhões de pavonianos. – Mário suspirou entre os dentes. – Onde diabos será que tanta gente se enfiou?

– Uma possibilidade é que estejam todos escondidos em subterrâneos, tremendo de medo dos famigerados monstros humanos... – Aline propôs num tom céptico típico de quem não leva muita fé na própria tese. – O problema é que um comportamento desse tipo não bate com o pouco que conhecemos da psicologia dos pavonianos.

– Tem razão. A hipótese é implausível, para dizer o mínimo. – Michael replicou em seu inglês cadenciado e persuasivo. – Esta cidade, como aliás todas as outras cidades e vilas que as sondas visitaram até agora, apresenta indícios de um abandono da ordem de vários anos. No entanto, com a tecnologia que dispõem, os pavonianos só poderiam ter detectado nossa chegada há coisa de seis meses.

– Eles não precisavam observar a tocha do nosso Bussard. – Repliquei, repetindo o mesmo velho argumento pela enésima vez. – Já sabiam a data aproximada de nossa chegada, independentemente de detectar nossa presença na nuvem de Oort do sistema.

– Correto. – Michael concordou. – Por outro lado, eles jamais demonstraram temor algum ante a perspectiva do primeiro contato conosco.

"Muito ao contrário. Eu diria que estavam ávidos para travar contato. Ansiosos pelas dádivas tecnológicas de seus novos amigos interestelares."

Já estávamos naquele dilema há duas semanas, desde que a *Pioneira* estacionou numa órbita estável a 400 km de altitude e lançou os primeiros veículos porta-sondas para o pontilhado de ilhas que constituíam a superfície emersa de Delta Pavonis II, mundo que Mário Sandriotti batizou "Jokerman".

Não simpatizei com a designação.

Talvez devêssemos ter cogitado uma nomenclatura em latim. Ou, quem sabe, em português. Afinal, os Estados-membros mais importantes da Federação têm o português como idioma oficial.

Contudo, o próprio tripulante brasileiro se antecipou aos demais ao sugerir designações em inglês para os dois mundos bióticos. Títulos de antigas canções pré-Holocausto, segundo ele. As sugestões foram discutidas e, para minha surpresa, aceitas pela maioria. Mais uma vez, resolvi acatar a voz do consenso.

Jokerman.

Referência óbvia ao desaparecimento misterioso dos pavonianos? Ou apenas mais uma demonstração do humor sacana do nosso oficial-de-ciências? Em se tratando de Mário Sandriotti, era difícil afirmar.

* * *

O fato é que os pavonianos desapareceram sem deixar rastros vários anos antes de poderem constatar a chegada da *Pioneira* com certeza absoluta.

No início, nossa hipótese favorita era que deviam estar abrigados em cidadelas subterrâneas.

Abrigados em segurança. Exatamente como os residentes da Floresta nos primeiros anos após o Holocausto Nuclear que eclodiu na Terra do século XXI.

Do ponto de vista biológico, Delta Pavonis era um sistema privilegiado. Afinal, dos seis mundos que orbitavam o primário, dois eram dotados de vida. Fenômeno que, já na época da Partida, imaginávamos bem raro em termos de evolução planetária e estelar. O melhor de tudo é que havia formas multicelulares tanto no segundo quanto no terceiro planeta do sistema.

Uma vez que os outros tripulantes aceitaram deliciados a nomenclatura jocosa proposta por Mário Sandriotti, passei a me referir a Delta Pavonis III como "Sandman". Como o nome indica, Sandman é um mundo desértico. Mais ou menos como Marte seria se estivesse um pouco mais próximo do Sol e possuísse três quartos da massa da Terra. Mesmo assim, Sandman não constituía o paraíso que Olympia parecia pensar que ele era.

Água em estado líquido era um artigo raro e precioso na superfície daquele mundo. Não havia oceanos ou mares. Apenas dois lagos salgados do tamanho aproximado do Mar Cáspio, remanescentes de um passado remoto mais úmido, quando existiram mares de verdade recobrindo vastas extensões da superfície planetária. Havia também um punhado de charnecas e pântanos, e um retículo de leitos secos de rios. No entanto, a vida sandmaniana também depende da água para sobreviver e prosperar. A forma biótica dominante por lá é uma classe de pseudoinsetoides pulmonados, dotados de dois esqueletos, um interno e outro externo. Animais cujos maiores espécimes possuíam cerca de 120 centímetros de comprimento e dezenas de organelas articuladas.

Não existem dois planetas de atmosferas oxigenadas com habitats mais diversos do que Sandman e Jokerman.

Comparativamente, Jokerman é muito mais fértil que o irmão mais afastado do primário. No entanto, esta maior fertilidade não lhe serve de muito, ao menos do ponto de vista chauvinista de criaturas terrícolas, pois Jokerman possui poucas massas emersas.

Em termos simplistas, podemos afirmar que, enquanto Sandman é um vasto deserto de âmbito planetário, Jokerman é um mundo oceânico.

Se fosse por mim, teríamos batizado Delta Pavonis II como "Oceanus", "Talassa", ou "Pacifico", sei lá... Qualquer coisa, que lembrasse sua característica principal. Pois Delta Pavonis II possui um único oceano de dimensões globais. Escassa no outro mundo biótico do sistema, em Jokerman os conceitos de "água" e "superfície" se confundem.

Já Sandman poderia ser perfeitamente batizado como "Sahara", "Duna", "Gobi", "Anarres", ou qualquer outra referência que remetesse o interlocutor ao conceito de amplos ambientes desertificados reais ou imaginários.

Ao contrário da Terra, Jokerman não possui massas continentais emersas. Apenas milhares de ilhas. A maior delas, Kahoolawe, equivale em área à Groenlândia. Há ainda quatro ilhas do tamanho da Escócia e cerca de uma dezena com as dimensões aproximadas do Havaí.

Em consequência de um intenso bombardeio meteorítico num passado remoto, as placas tectônicas continentais de Jokerman foram submetidas a um processo de estilhaçamento. Em termos geológicos, ainda não houve tempo suficiente para a crosta planetária cicatrizar, formando novas placas continentais extensas.

Segundo nossas simulações geofísicas, é provável que Jokerman jamais volte a possuir continentes de verdade, como os que encontramos na Terra. Porque, antes que novos continentes possam se formar em Jokerman, o primário do sistema sairá da Sequência Principal, transformando-se numa subgigante vermelha. Previsto para daqui a uns poucos milhões de anos, essa transformação – resultado natural da evolução das estrelas amarelas semelhantes ao Sol – fará a superfície de Delta Pavonis inchar a ponto de engolfar o segundo planeta do sistema. Nessa ocasião, a crosta de Jokerman será vaporizada e soprada para longe da influência gravitacional do planeta. É claro que, muito antes disso, a vida jokermaniana ter-se-á extinto há muito.

Do ponto de vista dos pavonianos, Kahoolawe deve ter parecido do tamanho da Eurásia.

Jokerman possui três satélites naturais. "Selene", o maior, possui pouco mais da metade da massa da Lua. O efeito de maré combinado dos três satélites resulta em marés lunares de amplitudes semelhantes às reinantes na Terra, porém muito menos previsíveis do que aquelas.

De qualquer modo, Jokerman é um planeta bonito e aprazível.

Humanos poderiam viver e prosperar ali.

Sem massas continentais emersas, exceto se considerarmos Kahoolawe como tal, mas salpicado de ilhas isoladas e arquipélagos de pólo a pólo, Jokerman se assemelha a um Oceano Pacífico de dimensões planetárias. Há ao todo uma dúzia e meia de ilhas grandes, de cujas regiões mais interioranas não se podia sequer apreciar o aroma fresco e salutar da brisa marinha. Nem é preciso dizer que Jokerman seria o próprio paraíso para qualquer humano com uma gota de sangue Maori nas veias. Os autóctones concordavam comigo, pois era assim que chamavam seu mundo.

A classe zoológica dominante do planeta era constituída por estranhos vertebrados homeotérmicos ovíparos de nove patas, os nonípedes. Os pavonianos foram os representantes mais egrégios dessa classe.

Delta Pavonis I era um mundo mercuriforme, pequeno e morto. A proximidade excessiva com o primário travou a órbita de "Janos". O planeta mantém sempre a mesma face voltada para Delta Pavonis. A travagem orbital transformou o hemisfério diurno numa planície de rochas incandescentes, aquilo que os crentes da Era Pré-Holocausto chamariam de "Inferno". Em contrapartida, o hemisfério noturno do planeta permanece eternamente submerso em trevas gélidas. Existe ainda uma faixa estreita de crepúsculo entre os lados diurno e noturno, onde as temperaturas são comparativamente toleráveis por todo o ano.

Delta Pavonis IV ou "Pavo" é um gigante gasoso cuja massa é ligeiramente superior a de Júpiter. Seu sistema de anéis se situa num ponto equidistante entre o esplendor de Saturno e insipidez dos anéis jupiterianos. À semelhança de Júpiter ou Saturno, Pavo também dispõe de quase uma centena de satélites naturais.

"Pavino" ou Delta Pavonis V é um gigante gelado que se assemelha a Urano tanto na massa e aparência, quanto na inclinação axial pronunciada. Possui três satélites.

Com exceção óbvia do primário, "Gargantua" ou Delta Pavonis VI é o objeto astronômico mais notável do sistema. Com 25 vezes a massa de Júpiter, Gargantua não é um mero supergigante gasoso, mas uma anã marrom, uma estrela falhada que por pouco não se transformou em astro radiante. Gargantua orbita o primário a uma distância média de 156 unidades astronômicas e dispõe de um séquito de oito satélites, dois dos quais, "Gog" e "Magog", por suas dimensões, talvez devessem ser considerados planetas de pleno direito.

Todos os planetas e os satélites principais de Delta Pavonis foram explorados por nossas sondas automáticas, enquanto nós próprios dedicávamos mais de uma década de nossas vidas a Jokerman e Sandman.

* * *

– Vamos descer lá e explorar essas cidades *in loco*. – Mário sugeriu impaciente, caminhando para lá e para cá ao lado da mesa do refeitório. – Há limites para o tipo de informação que nossas microssondas podem coletar. Afinal, não foram projetadas para procurar alienígenas escondidos que não querem ser encontrados.

– O protocolo da missão preconizava que deveríamos explorar

primeiro a biosfera de Delta... ahn... de Sandman, enquanto concedíamos alguns meses aos pavonianos para que se acostumassem com nossa presença em seu sistema. – Relembrei o que todos já estavam fartos de saber. – É claro que o mesmo protocolo previa a existência de um comitê de recepção, programado para nos encontrar numa órbita baixa sobre Jokerman.

– Pois sim! – Farukh resmungou mal-humorado, soltando faíscas pelos olhos negros ao cofiar o cavanhaque num gesto estudado que julgava elegante. – Aposto que esses poltrões estão enterrados a quilômetros de profundidade, tremendo de medo! Como se houvéssemos vindo até aqui para lhes fazer mal.

– *O Ataque dos Invasores do Espaço*! – Mário riu entre os dentes ao citar pela oitava ou décima vez o título daquele *holotrash* clássico da Era Pré-Holocausto. – Falando sério, vocês não vão continuar insistindo nessa tese maluca das cidadelas subterrâneas, né?

– Logo você, descendente orgulhoso dos sábios da Floresta, – Michael destilou sua ironia sutil num português quase sem sotaque, – levantando dúvidas sobre a possibilidade de os pavonianos estarem enterrados sob os solos deste mundo?

"Enterrados, vivos ou mortos?" – Olympia se exprimiu num tom mental lúgubre, dando *voz* ao temor que todos sentíamos mas tentávamos ocultar uns dos outros.

– É claro que, diante das circunstâncias atuais, não vejo motivos para adiarmos a exploração de Jokerman. – Comentei, tentando afastar o mal-estar que a suspeita da marciana plantara em meu espírito. – Muito pelo contrário. Então? Temos consenso quanto a deixar o protocolo de lado?

– Podemos deixar Sandman para depois. – Michael opinou. – O mais importante agora é descobrir o que aconteceu aos pavonianos.

– O que lhes aconteceu? Estão escondidos, ora! – O oficial-engenheiro rosnou sua crença, destilando seu desprezo crescente pelos pavonianos. – É só descobrirmos a entrada de um de seus abrigos subterrâneos e pronto: encontramos todos eles!

"Não estou tão certa. Temo que eles tenham..." – Olympia reprimiu a conclusão do pensamento. Ante nosso escrutínio cerrado, limitou-se a ajeitar os cabelos ruivos, que insistia em manter curtos, o que emprestava a seu rosto um ar angelical.

– Vamos com calma, gente! O que é que você está pensando, Peso-Mosca? Eles são pacíficos, esqueceu? – Mário expressou sua opinião, enfatizando o argumento com o gesto peremptório da mão espalmada, indicação clara de que não admitia outra hipótese. – Não praticam guerras contra seus semelhantes, como nós fazíamos. Não seriam tolos o bastante para se autodestruírem, como nós quase o fizemos.

– Ao menos, esta foi a história que nos contaram. – Aline se manifestou pela primeira vez de seu posto de observação numa das extremidades da mesa do refeitório. Circunspecta, acrescentou: – Ao que nos consta, ainda estavam divididos em vários Estados rivais, não estavam?

"Isto não importa. Eles contaram a verdade. Pelo menos é o que a análise de nossos programas especialistas indicou." – Como de hábito, a marciana defendia a sensatez das criaturas que viera contatar. – *"Além disso, olhem à nossa volta: não há sinal algum de destruição. As cidades deles estão intactas. A fauna e a flora nativas estão tais como eles nos descreveram em suas mensagens. Não detectamos a presença de quantidades anômalas de isótopos radioativos, quer nos solos, quer no oceano ou na atmosfera. Por isto tudo, meus amores, vou pedir que vocês me desculpem pelo temor que irradiei há pouco, porque acho impossível que tenha ocorrido uma guerra global em Jokerman. Muito menos uma guerra de extermínio como o Holocausto."*

– Concordo contigo no que diz respeito à ausência de indícios de um conflito em grande escala. – Michael apoiou o raro arroubo de Olympia. Entrelaçou os dedos das mãos sobre o tampo da mesa antes de prosseguir. – Os sinais de abandono, contudo, falam por si. Esses sujeitos não se esconderam há uns poucos meses. Eles foram embora há pelos menos cinco anos. Talvez mais.

– Foram embora para onde? – Indaguei, batendo na mesma tecla de novo, sem esperar uma resposta de fato.

– É isto que iremos descobrir quando explorarmos as cidades deles. – Mário respondeu. – Se estiverem ocultos no subsolo, como vocês parecem pensar, talvez a Xereta consiga *ouvi-los* de algum modo.

"Não sabemos se conseguirei ouvir os pensamentos dos pavonianos." – Olympia comentou num tom que mesclava dúvida e antecipação. – *"Mas estou ávida para pousar nas ilhas e verificar se consigo descobrir em suas mentes o porquê de tanto receio."*

– Muito bem. – Concordei, dando-me por vencida. – Aline e Michael, que tal? Podemos descer sem os trajes espaciais?

O imediato e a médica se fitaram e assentiram mutuamente. Michael falou primeiro:

– Segundo as análises preliminares, não há em Jokerman agentes microbianos capazes de fazer mal aos seres humanos. Isto, aliás, já era de se esperar, pelo fato de estarmos tratando com uma biosfera inteiramente alienígena. Portanto, creio que poderemos dispensar os trajes.

– Discordo. Eu prefiro mantê-los, pelo menos durante as primeiras semanas. – Aline Juggersen replicou com autoridade tranquila de oficial-médica. – Michael só está se preocupando com patógenos microbianos. De fato, as análises das microssondas não indicaram presença de agentes infecciosos. Contudo, existe lá embaixo uma biosfera alienígena repleta de animais e vegetais potencialmente perigosos para o visitante incauto. Não estou preocupada com agentes infecciosos, mas sim com alérgenos. Além disso, o teor de oxigênio e a pressão atmosférica ligeiramente inferiores aos valores nominais a que estamos acostumados recomendam a adoção de procedimentos de aclimatação gradual.

– Tudo bem. Manteremos os trajes nesta primeira visita. – Decidi. – E quanto aos processadores de alimentos?

– Vamos precisar deles, é claro. – Aline respondeu aquilo que eu esperava. – Não poderemos ingerir nenhum fruto ou animal nativo. Teremos que reprocessar todos os orgânicos jokermanianos até suas cadeias carbônicas básicas.

– Tão ruim assim? – Farukh indagou.

– Pior ainda. – Michael respondeu pela médica. – Ainda não sabemos exatamente de que tipo de moléculas carbonadas a vida jokermaniana se constitui. Mas suspeitamos que, num nível molecular, as formas biológicas nativas são bem mais alienígenas do que supúnhamos.

– Vamos aos preparativos, então. – Determinei, levantando e dando a reunião informal por encerrada. – Desembarque em doze horas-padrão. Farukh e Mário permanecem a bordo.

Em meio à expectativa geral, o engenheiro e o oficial-de-ciências concordaram sem reclamações.

Ambos conheciam os procedimentos-padrão do primeiro desembarque planetário tão bem quanto eu.

* * *

Já estávamos explorando as ilhas de Jokerman há cerca de dois meses.

Superados os temores iniciais, trocamos os trajes estanques pelos uniformes de serviço da Força Estelar, bem mais leves, funcionais e confortáveis do que os primeiros.

Ao que parecia, embora ousada e vigorosa, a fauna nativa nos considerou alienígenas demais para se arriscar em variações potencialmente apetitosas em seus cardápios habituais.

Também não víamos mais necessidade de manter sempre um tripulante em órbita a bordo da *Pioneira*. Pelo menos, não enquanto houvesse tanto a explorar na superfície planetária e nenhum voluntário para permanecer de castigo lá em cima. Além do mais, o vínculo que mantínhamos com o programa-mestre nos permitia contar com a ação rápida e determinada da *Pioneira* em caso de emergência.

Ao contrário do que eu esperava em meus momentos de otimismo, Olympia não foi capaz de *ouvir* os pensamentos dos alienígenas. Talvez por não haver nenhum alienígena dentro do seu alcance mental.

Não compreendíamos os motivos que os levaram a desaparecer.

Michael determinou que as formas biológicas de Jokerman não tinham seus programas genéticos registrados em DNA, mas numa molécula complexa que Aline batizou com a designação provisória de *fergusomina*. Ele protestou um bocado ante a homenagem indesejada, mas perdeu a discussão por cinco votos a um.

Independente de sua modéstia, sincera ou *pró-forma*, nosso imediato-biólogo se sentiu tremendamente empolgado com a descoberta. A existência da fergusomina corroborava a tese que ele advogava desde nossos tempos de Academia sobre a não-prevalência do DNA.

Enquanto Michael se deleitava com o estudo de seus espécimes nativos, Mário estava tentando decodificar a linguagem escrita dos pavonianos com o auxílio de várias rotinas especialistas do programa-mestre. A maior dificuldade já era prevista desde os tempos dos contatos radiofônicos: a existência de vários idiomas pavonianos, cada qual com sua própria escrita. Até então, o brasileiro não lograra êxito. Longe de aparentar desânimo, exibia a mesma autoconfiança doentia de sempre.

Nas mensagens radiofônicas trocadas com a humanidade, a compreensão mútua fora possível porque os pavonianos utilizaram o paleolincos, protocolo de comunicação primitivo, desenvolvido por radioastrônomos norte-americanos da Era Pré-Holocausto. Em

Jokerman, contudo, eles *naturalmente* empregavam seus próprios idiomas.

Um idioma para cada ilha grande ou arquipélago, territórios que começávamos a associar às diferentes nações mencionadas *en passant* nas mensagens recebidas no Sistema Solar.

Só que até então não havíamos descoberto nenhuma Pedra de Rosetta.

Havia dicionários bilíngues, é claro. Compêndios para verter ideogramas de um idioma pavoniano nas runas de outro. Contudo, não havíamos encontrado nenhuma referência cruzada ou dicionário de paleolincos, por assim dizer, que correlacionasse tal protocolo de comunicação com pelo menos uma das línguas autóctones.

E, sobretudo, não havíamos encontrado nenhum intérprete.

Enquanto nosso biólogo se maravilhava com o código genético intrincado das formas biológicas nativas e nosso oficial-de-ciências quebrava a cabeça e ocupava vastas quantidades do tempo de processamento do P.M. na tentativa de traduzir os idiomas pavonianos, Farukh, Aline, Olympia e eu vagávamos pelas cidades e instalações abandonadas, arvorados em arqueólogos e detetives amadores, acumulando dados e evidências que nos possibilitassem descobrir o que aconteceu com a forma dominante do Sistema Delta Pavonis.

Descobrimos que os pavonianos cremavam seus mortos. Não havia, portanto, nada que se assemelhasse a cemitérios nas cidades que exploramos. Todo o conhecimento que dispúnhamos da anatomia e morfologia pavonianas advinha do pouco que nos transmitiram a respeito e das estátuas com que nos deparamos em seus espaços públicos urbanos.

Por isto, sentimo-nos um bocado satisfeitos quando encontramos nosso primeiro cadáver pavoniano.

* * *

– O que você acha, Michael? – Observei Farukh focar a holocâmera no cadáver semienterrado que encontramos no túnel que conduzia à estação de transporte subterrâneo da cidade pavoniana que o engenheiro batizara de Juggernaut, num trocadilho infame com o sobrenome de nossa médica. – *Isto* é um pavoniano?

A holocâmera transmitia para o tanque anfíbio estacionado na superfície, próximo à boca do túnel. O veículo retransmitia para nossa rede de satélites em órbita geossíncrona. Daí a informação seguia tanto para a *Pioneira* quanto para os tripulantes que não estivessem conosco.

Não dispúnhamos de links para receber um holo do imediato. Contudo, não tardamos a ouvir sua voz em nossos áudios:

"– Sem dúvida, Sylvia. Repare nas pinças de manipulação e na estrutura trípede das pernas. Esse cadáver é praticamente idêntico às figuras representadas nas esculturas que temos encontrado nas praças, jardins e museus. Um pavoniano, com certeza. Aparentemente, um macho adulto."

Lancei um novo olhar sobre o espécime, tentando comparar os pormenores. Os pavonianos apresentavam grande dimorfismo sexual. Em geral as fêmeas possuíam o dobro da altura e o triplo da massa corporal dos machos.

Confesso que, à primeira vista, do jeito que o encontramos, dobrado sobre si próprio e parcialmente soterrado sob os escombros de alvenaria que ruíram da laje do túnel, o cadáver encarquilhado pareceu muito pouco com as estátuas altivas que algumas nações pavonianas costumavam erigir em seus parques naturais e áreas públicas.

Imagino que o olhar treinado de Michael tenha sido capaz de notar semelhanças morfológicas onde meus olhos de leiga interessada só enxergavam um emaranhado de ossos frouxamente presos por tendões ressecados à epiderme de aspecto coriáceo de um tórax esventrado.

– Podemos desenterrar o corpo? – Olympia indagou verbalmente em português, dirigindo-se obviamente ao imediato.

"– Prefiro que aguardem minha chegada." – Michael respondeu no mesmo idioma. "– Já estou embarcando no trator. Estarei aí em cerca de vinte minutos ao mais tardar."

Farukh levantou o rosto da mira da holocâmera e revirou os olhos com uma careta de incredulidade divertida.

Retribuí à expressão com um sorriso.

Michael estava coletando espécimes aquáticos num lago na outra extremidade da Ilha Xavier, quase 70 Km distante de Juggernaut. Chegando à cidade, ele ainda teria que enfrentar a malha viária caótica de um núcleo urbano maior e pior planejado do que quaisquer das poucas cidades terrestres que erigimos no Pós-Holocausto.

Apesar da estrada pavoniana se encontrar em condições razoáveis, Michael não conseguiria atingir a estação subterrânea em menos de uma hora.

"– Ei, Mike!" – Ouvimos em nossos áudios Mário articulando seu inconfundível inglês de pronúncia australiana. "– Que tal uma carona? Também quero dar uma olhada no achado."

"– Ahn... OK, Sandriotti. Vou te buscar. Onde você está?"

"– Estou naquilo que creio ser a biblioteca da universidade local. Deixe-me ver... Cerca de doze quilômetros a noroeste da Base Xavier. Você deve ter minhas marcações em algum lugar do sistema."

"– Marcações registradas. Isto vai me tirar um pouco do meu trajeto... Mas, tudo bem. A caminho."

– Bom, agora o jeito é esperar. – Farukh comentou, colocando os transmissores da holocâmera em *stand-by*. – Nosso norte-americano tranquilo ainda vai levar no mínimo 80 minutos para chegar aqui.

"Sylvia, tem certeza de que não é melhor começarmos a desenterrar logo este espécime?"

– Sua formação em história por acaso incluiu experiência de campo em arqueologia? – Perguntei de forma retórica, visto que Olympia se graduara na Universidade Goddard em Jardim Utopia, Marte.

"Tudo bem. Já entendi. Vamos esperar Mr. Ice e o Pequeno Grande Homem..."

– Pequeno Grande Homem? Esta é boa! – Farukh abriu um de seus raros sorrisos. – Por acaso o Mário sabe que você se refere a ele desta forma?

"O que você acha que eu sussurro no ouvido dele quando estou gozando?"

– Menina safada! – Foi minha vez de fingir surpresa, que nem foi lá muito fingida. – Quem te viu e quem te vê, hem?

"Tenho quatro professores excelentes." – Esboçou um sorrisinho tímido, assustada com a própria ousadia.

– Quatro, por quê? – As sobrancelhas de Farukh se fundiram quando franziu a testa com ar intrigado. – Esta eu não entendi.

"Aline não gosta de meninas." – A marciana confessou, repentinamente de volta à linguagem recatada dos colonos.

– Não gosta, como? Ela é bissexual como todo mundo, não é?

– Acorda, meu Árabe Louco. – Decidi intervir em favor da marciana, por duvidar da capacidade dela para explicitar o fato óbvio que, não fosse Farukh tão desligado, já teria atinado há muito tempo. – Não é possível que ainda não se tenha dado conta que Aline é hetero.

– Aline, heterossexual? Não. Pelo Espírito Universal, juro que não tinha percebido. Quem diria. Ela é tão quente no leito...

Olympia e eu trocamos olhares significativos.

"Daqui a pouco você vai dizer que também não sabe que o Michael não gosta de rapazes."

– Caramba! Parece que hoje é o dia das grandes revelações sexuais. – Ele suspirou. – OK. Também não sabia desta. Se bem que, pensando melhor, isto explica muita coisa.

"Propostas recusadas?" – Olympia indagou com um risinho mental.

– Só que Michael não é estritamente... – Calei-me rápido para evitar a indiscrição.

Contudo, o mal estava feito.

– E eu que pensei que não houvesse mais segredos entre nós seis. – A fleugma do engenheiro não logrou ocultar a mágoa de sua reclamação. – Agora conta o resto.

"Se você sentir vergonha, Sylvinha, deixa que eu conto."

– Sei muito bem que você está doida para contar!

Fazer o quê numa hora dessas?

– Tudo bem. Vou contar. – Suspirei, entre envergonhada e divertida. – Para nos mantermos dentro do cândido código de conduta sexual dos colonos de Marte, esclareço que, embora Michael de fato prefira meninas, não parece ter preconceitos contra os rapazes.

– Falando por experiência? Vocês já se conheciam desde o primeiro ano de Academia, não é?

– Exato.

"Sylvinha Gulosa gosta de partilhar seu leito com dois meninos."

– Olympia!

– E de ser partilhada por eles. – O sorriso maroto do engenheiro brilhou na penumbra do túnel. – Está tudo certo, meninas. Conheço bem os apetites da nossa comandanta. Mas o que o Michael tem a ver com isto? Quando eu e ele... Ah, sim. Estou compreendendo.

"Até que enfim!"

Pois é. Tripulação pequena.

– Mário e Michael. – Farukh enunciou o óbvio. – Pensei que vivessem brigando...

– Pensou errado.

"Já ouviu falar em relação de amor-ódio?"

– É. Deve ser isto.

"Pelo que Sylvia está rememorando agora, até que eles foram bem carinhosos um com o outro."

– Quer parar de divulgar minhas memórias íntimas periferia

galáctica afora? – Ainda bem que, à penumbra daquele túnel, eles não podiam notar o rubor em minhas faces. – Quase sinto saudades daquela puritana que nos foi apresentada no início do treinamento.

– Ela está só brincando, viu, Ruivinha? Gostamos muito mais de você como é agora.

"Eu sei, meu amor." – Olympia sorriu. Baixou os olhos antes de acrescentar. – *"Também gosto mais de mim agora."*

De fato, para quem fora educada dentro dos padrões morais rigorosos dos colonos marcianos, Olympia mudou bastante desde o ingresso na tripulação da *Pioneira*.

Má influência?

* * *

Cerca de uma hora mais tarde, quando os dois oficiais-cientistas já estacionavam o trator ao lado de nosso tanque anfíbio, ouvimos um fragor surdo que inundou o túnel vindo da abertura, como o bramido de um animal gigantesco.

Viramo-nos em direção ao estrondo, mão no coldre em ato reflexo e, graças aos fachos de luz de nossos capacetes, deparamo-nos com uma nuvem de poeira elevando-se de uma pilha de escombros acumulada onde anteriormente existira o acesso ao túnel.

– Um desmoronamento na boca do túnel. – Constatei o óbvio como perfeita idiota. Mas me recuperei do choque bem rápido e ordenei: – Farukh, use o infravermelho para tentar verificar se a passagem está obstruída ou se ainda podemos sair.

Olympia orientou o facho do capacete para iluminar a abertura que distava quase cem metros de onde havíamos encontrado o pavoniano. Embora intenso, o feixe de luz visível não conseguiu penetrar na nuvem espessa de poeira que ainda não assentara.

O engenheiro apontou a holocâmera para a boca do túnel. O facho do holofote infravermelho acoplado ao equipamento atravessou a nuvem de poeira.

Ele observou pela mira da holocâmera e emitiu um resmungo de dúvida.

"E então?" – Olympia emitiu uma enxurrada caótica de pensamentos ansiosos. – *"Estamos presos?"*

– Só um instante. Não estou bem certo, mas creio que há uma maneira melhor de verificar esta questão. – Ele baixou a holocâmera, deixando-a pender a tiracolo. Em seguida puxou um bastão grosso do cinto repleto de ferramentas e engenhocas. Empunhou o dispositivo, apontando-o em direção à boca do túnel e premiu o gatilho. Examinou o mostrador, murmurando para si próprio: – Deixe-me ver...

"Que aparelho é esse?"

O pensamento articulado da marciana me chegou ao cérebro impregnado por fluxos descontrolados de apreensão.

Não gostei nada disso.

Constatei que ela se encontrava sob forte tensão, a ponto de não conseguir recordar o treinamento que recebera. Caso contrário, não teria perguntado que equipamento era aquele.

Pois, como todos nós, Olympia não era capaz de realmente esquecer algo que aprendera. Contudo, tomada pela emoção, ela nem sequer se dava ao trabalho de procurar o que desejava saber dentro de sua memória perfeita.

– Minirradar. – Respondi em automático, mais preocupada com seu estado emocional do que em lhe satisfazer a curiosidade. Forcei a preocupação a afundar para longe da superfície da consciência. Afinal, ela podia ler meus pensamentos a qualquer instante. Aproximei-me e lhe passei o braço delicadamente sobre o ombro, com cautela deliberada para não machucá-la. Ela se aconchegou contra mim e eu acrescentei num sussurro: – E aí, Ruivinha? Tudo bem contigo?

"Estou com medo, Sylvia." – Ela confessou com seu equivalente mental de um suspiro de culpa. – *"E se estivermos presos? Não quero morrer aqui."*

– Olha, benzinho, é melhor racionalizar esses temores e repassar o adestramento expresso que recebeu na Academia. – Farukh replicou com a sutileza de um elefante bailarino sobre um rolo compressor, baixando o braço com o minirradar ainda empunhado na mão direita. – Porque, ao que parece, toda a seção de acesso do túnel desabou. Estamos realmente presos aqui dentro.

"Como isto pôde acontecer? O túnel parecia seguro quando entramos..."

– De fato, parecia. – Ele concordou. – Se você quer meu palpite, eu diria que a trepidação do trator foi responsável pelo desmoronamento. Aquele motor atômico costuma vibrar um bocado quando as lagartas enfrentam terreno irregular. Sobretudo quando pilotado por nossos amigos lá em cima.

"E agora, Sylvia?" – Ela se voltou para mim. Pisquei ofuscada com o facho de seu capacete em minha cara. Incrível a rapidez com que

veio abaixo. Quando alguém se comunica através de fluxos telepáticos é muito difícil conter ou ocultar as emoções. – *"O que faremos?"*

– Em primeiro lugar, vamos tentar manter a cabeça fria. – Propus, voltando a abraçá-la e puxando sua cabeça para meu ombro. Ao acariciar sua nuca, constatei que tremia no interior climatizado da armadura. Num tom mais brando, ainda audível para Farukh, acrescentei: – Quando estivermos mais calmas, vamos pensar numa maneira de sair daqui.

"Mas, como?" – Ela soluçou, tremendo em meus braços como uma menininha atemorizada.

Não havia dúvida: Olympia estava em pânico.

– Calma, meu anjo. Calma... – Acariciei seus cabelos curtos e massageei-lhe a nuca, tentando tranquilizá-la. – Vamos dar um jeito nisto, não se preocupe.

"Ah, Sylvinha, nós vamos morrer aqui dentro, junto desse pavoniano. Vamos ficar tão mortas e enterradas quanto ele..."

– Que besteira! – Repliquei, passando do inglês ao português, por julgar que teria mais chances de acalmá-la empregando seu primeiro idioma. – Michael, Mário, vocês podem nos ouvir?

Não houve resposta.

"Ai meu Deus, estamos isoladas aqui dentro!"

– Fica fresca, Ninfeta. Devemos ter perdido o link com o satélite nas frequências-padrão. Vou dar um jeito nisto. – Farukh comentou, enquanto manipulava os controles do comunicador atado ao tórax, em busca de uma frequência qualquer cujas ondas fossem capazes de atravessar o substrato rochoso do túnel. – Ah, pronto! *Pioneira*, você ainda está aí?

"AFIRMATIVO. ESTIVEMOS SEM COMUNICAÇÃO POR 5 MINUTOS E 47 SEGUNDOS. SOLICITO SABER O MOTIVO DA PERDA DO CONTATO."

– Houve um desabamento no túnel do sistema de transporte subterrâneo que estamos explorando. – Expliquei, engolindo a impaciência. – Mais tarde você extrairá os detalhes dos nossos implantes de relatório. O importante agora é restabelecer o contato com Michael e Mário. Você pode cuidar disso?

"Afirmativo. Comando executado. Aline está solicitando informações sobre o estado de saúde de vocês e avisa que está descendo no transporte orbital que estou prontificando para ela."

– Estamos bem. Olympia está um pouco nervosa, mas nada fora do normal.

Farukh me lançou um olhar enviesado, mas logo em seguida acenou aprobativo.

"– Sylvia, vocês estão bem?" – A voz de Michael soou controlada. Não o conhecesse bem e não notaria a aflição submersa no tom profissional de costume.

– Michael, você não sabe como é bom ouvir a sua voz! – Suspirei, aliviada. – A situação é a seguinte: Estamos no túnel que liga a estação em que vocês chegaram a uma outra, direto ao norte daqui. Houve um desabamento no túnel de acesso. De acordo com nossos mapas do sistema de transporte urbano, todas as saídas mais próximas se encontram bloqueadas. E, sinceramente, não pretendo fazer uma excursão por quilômetros desse breu úmido até descobrir outra saída secundária.

"– Entendido. Eu e Sandriotti vamos examinar a situação do desmoronamento aqui pelo lado de fora. É provável que consigamos romper passagem com as ferramentas do trator."

– Perfeito. Mantenha-nos informados.

– Sylvia! A Garota... – Com dois passos ágeis de dançarino habilidoso, Farukh avançou a tempo de amparar Olympia quando a marciana desfaleceu. Mesmo com a armadura, ela era leve. Daí, ele não precisou despender muito esforço para tomá-la em seus braços. Ajoelhou-se e a depositou deitada de costas sobre uma extensão mais ou menos limpa de solo. Apoiou a cabeça dela numa de nossas mochilas. – Caramba! Não sei por que ela ficou tão nervosa. Era de se supor que, como marciana estivesse acostumada à permanência em ambientes confinados.

– Talvez tenha sido a combinação de escuro e confinamento que lhe tenha feito mal... Enfim, sempre soubemos que ela não recebeu o mesmo treinamento que nós.

"– Sylvia, estamos encontrando dificuldades aqui em cima." – O tom de Mário era ríspido e aborrecido. Pressenti que estivera discutindo com Michael. "– O desabamento foi mais extenso do que imaginamos. A ferramenta mais indicada para desobstruir a boca do túnel é o martelete ultrassônico da caixa de ferramentas do trator. Mike está se recusando a usá-la porque alega que o emprego do ultrassom poderia..."

"– Aqui, Michael." – O imediato entrou na mesma frequência, interrompendo a reclamação do brasileiro. "– Sandriotti insiste em usar o martelete. Vetei a ideia porque a energia liberada pelas vibrações ultrassônicas pode provocar desmoronamentos secundários."

"– Isto é uma besteira sem tamanho! Já expliquei três vezes que..."

"– Aline para Sylvia." – A voz firme e comedida da oficial-médica interrompeu a discussão dos outros dois. "– O que está acontecendo com Olympia? Ela está inconsciente."

– Exato. Ela desmaiou. Está respirando normalmente. – Depois de pensar um pouco, decidi acrescentar. – Ao que tudo indica, ela sofreu um colapso emocional.

"– Que ela sofreu um colapso, eu posso constatar daqui." – Aline enunciou no seu melhor tom de impaciência profissional. "– As pulsações estão fracas e irregulares. O sintoma não é nada bom, especialmente no caso dela. Prestem atenção no que eu quero que vocês façam."

Como responsável pela saúde dos tripulantes da *Pioneira*, Aline dispunha de um microlink médico especial pelo qual recebia constantemente informações sobre os estados físicos e emocionais dos outros tripulantes. Quando Farukh restabeleceu o contato na nova frequência, o programa-mestre retomou a transmissão automática de nossos implantes médicos para o *medlink* de Aline.

Poucas coisas na vida conseguiam tirar Aline Juggersen do sério. A saúde e o bem-estar físico dos tripulantes da *Pioneira* era sem dúvida uma dessas coisas.

– Entendido. – Falei para ela. – Prossiga.

"– A pressão sanguínea de Olympia está muito baixa. O sintoma pode conduzir a complicações irreversíveis em organismos adaptados às condições marcianas quando imersos em ambientes de alta gravitação." – O modo clínico desapaixonado de Aline não a abandonava mesmo nas situações mais críticas. "– Para este tipo de emergência, há na armadura antigrav dela um dispositivo manual. É um botão vermelho do tamanho de um caroço de tangerina existente na parte interna da coxa esquerda. Quero que vocês procurem esse botão."

– Um instante, Aline.

Farukh virou a marciana de lado e lhe entreabriu as pernas com delicadeza preocupada. As luzes de nossos capacetes iluminaram o botão mencionado pela médica.

– OK, Aline. Estamos vendo o botão. É para pressioná-lo?

"– Exato. Quero que o pressionem por apenas três segundos. Com isto, vocês estarão injetando uma mistura de glicose e adrenalinoide na corrente sanguínea de Olympia. É importante que o botão não seja pressionado por mais de três segundos, ou ela receberá uma overdose. Entendido?"

– Afirmativo. – Confirmei. – Farukh, pode começar.

O engenheiro assentiu e pressionou o botão durante o intervalo de tempo indicado.

Meio minuto após a aplicação, Olympia não demonstrava nenhum sinal visível de melhora. Michael e Mário permaneceram calados do outro lado da linha. Ao menos, a crise serviu para apaziguar os ânimos.

– E então, Aline? – Cobrei, tentando afogar a preocupação debaixo do tom de comando. – Informe o estado de Olympia.

"– O pulso ainda está fraco, mas já regularizado. A pressão dela ainda está baixa, mas parece em vias de normalizar." – A médica falou num tom tranquilo, como se não tivesse acontecendo nada de mais. "– O medicamento está produzindo o efeito esperado."

Não contive o suspiro de alívio.

Perder Olympia desse modo idiota, ainda no início da exploração de Jokerman, no primeiro ano de nossa chegada à Delta Pavonis, teria sido uma tragédia e tanto.

Farukh pareceu tão aliviado quanto eu.

Endireitou os ombros e relaxou a musculatura, dobrando o pescoço primeiro para um lado e depois para o outro. A atitude produziu uma sucessão de estalos abruptos das vértebras cervicais. Ruído irritante que costumava me impressionar um bocado na época de nosso treinamento.

"– Sylvia, vou aterrar na Base Sul dentro em cinco minutos." – Aline informou, evitando empregar o nome da ilha batizada "Xavier". Uma das brincadeiras sem graça do engenheiro, que decidira empregar nossos sobrenomes maternos para designar as maiores ilhas do planeta. "– Gostaria que alguém me buscasse no local."

Esperei que um dos oficiais-cientistas se oferecesse como voluntário para a tarefa. Como nenhum dos dois se manifestou, vi-me forçada a indagar:

– Então, quem vai buscar a Aline na Base Xavier?

"– Prefiro que o Mike vá." – Mário respondeu antes que eu terminasse a pergunta.

"– Eu não irei. Se deixar o Raposa aqui sozinho, ele usará o martelete para tentar abrir o túnel e provocará novo desabamento."

Suspirei fundo, conjurando todos os átomos de paciência de meu espírito. O fato de Michael, fleugmático como era, ter se referido a Mário pelo velho apelido de Academia, indicava claramente o estado de tensão em que se encontrava.

"– Não por isto. Vou empregar o martelete para arrancar nosso pessoal lá de dentro de qualquer maneira, com você aqui, ou não. Quer você aprove, quer não."

"– Isto é o que vamos ver."

Meus dois oficiais-cientistas viviam às turras um com o outro.

Não raro se comportavam como crianças birrentas, não obstante o fato de serem ambos extremamente inteligentes e competentes dentro e fora de suas áreas de conhecimento. Nem poderia ser de outro modo, ou jamais se teriam qualificado dentre os milhares de candidatos para integrarem a primeira expedição interestelar tripulada.

Tudo começou como um velho antagonismo de caráter nacionalista.

Ainda em nossos tempos de Academia, Michael me havia confidenciado julgar os brasileiros em geral uns espalhafatosos e os florestais em particular uns grandessíssimos convencidos.

Por sua vez, Mário afirmava em alto e bom tom para quem quisesse ouvir, com sua arrogância e falta de sensibilidade características, que os norte-americanos haviam sido os grandes responsáveis pela escalada dos conflitos Norte-Sul que culminou no Holocausto em 2043.

Embora meus dois amores mal se conhecessem nos tempos de Academia, pois Mário cursara a maioria das disciplinas três turmas abaixo da nossa, o treinamento para a missão forçou-os ao convívio íntimo prolongado. Durante os meses de treinamento, a questão nacional foi apenas o estopim de uma longa e duradoura antipatia recíproca.

Olympia costumava dizer que os dois viviam disputando minha atenção.

Nunca me atrevi a perguntar se ela afirmava aquilo com o conhecimento de causa advindo de seus dons telepáticos, ou se era mero palpite. Acho que, no fundo, não queria saber a resposta. Porque, se tivesse certeza, talvez me visse obrigada a tomar providências.

Enfim, teorias psicológicas antiquadas à parte, talvez a marciana tivesse sua cota de razão.

"– Desligue esse martelete, Sandriotti!" – A voz de Michael chegou-nos aos ouvidos como mero sibilo entre os dentes, expelido naquele tom perigosamente baixo que eu havia aprendido ser o prenúncio de tempestade iminente. "– Não vou repetir esta ordem."

Ouvimos o ronco grave do martelete ao fundo dos microfones, acompanhado pela respiração entrecortada dos dois homens.

A situação havia se tornado crítica.

Era preciso agir antes que fosse tarde demais.

– Vocês dois aí em cima! Parem com essa briga idiota! Agora!

Michael e Mário eram oficiais excepcionais. Ademais, ambos receberam um treinamento excelente na Academia Lunar. Por isto, reagiram prontamente ao meu tom de comando, quedando-se num silêncio e imobilidade que imagino contrafeitos.

– Agora, Mário, quero que responda sem firulas ou filigranas. Afinal, o quão arriscado é o emprego desse martelete na boca do túnel.

"– Entendido, Sylvia. Pode ser que ocorram um ou dois desabamentos pequenos quando eu ativar o dispositivo para cavar uma passagem através do monturo de escombros. Mas vocês não correrão o mínimo risco se mantiverem uma distância de... uns dez ou doze metros da boca do túnel."

Estávamos a cerca de cem metros do acesso desmoronado. Não havia grande risco, portanto.

Lancei um olhar inquisitivo a Farukh Achernar.

O engenheiro conhecia o funcionamento do martelete ultrassônico melhor do que ninguém. Depois de pensar um pouco, assentiu e pontificou:

– Recomendo o emprego de potência máxima de 40%.

– Tudo bem, Mário. Você ouviu a orientação do especialista. – Confirmei a ordem. – Pode começar. Mas sem arroubos de entusiasmo, o.k?

"– Pode deixar, Chefa!" – Ele concordou num português jovial. "– Ciente e propenso!"

Farukh revirou os olhos com ar divertido.

– Quanto a você, Michael, gostaria que fosse buscar a Aline bem rápido.

"– Mas, Sylvia, eu..."

– Michael, eu quero Aline aqui, tão logo o túnel esteja aberto. – Depois de um longo suspiro, consegui que minha voz soasse num tom um pouco menos duro. – O estado de Olympia inspira cuidados. É bom que seja examinada o mais rápido possível.

"– Eu ainda acho que..."

– Michael.

"– Muito bem, Comandanta Chang. A caminho. Câmbio, desligo."

Assim, o oficial-de-ciências ganhou aquela parada contra o imediato.

Pela resposta fria e formal de Michael, que incluiu até uma de suas raras referências explícitas ao meu posto, percebi que cedo ou tarde ele tentaria descontar a suposta humilhação no brasileiro.

Esse, contudo, já não era mais o sujeito ingênuo do tempo do nosso treinamento. Embora fosse incapaz de guardar rancor, aprendera por experiência própria como a mente do norte-americano funcionava. E ao que me consta, depois que adquiriu este conhecimento, desenvolveu defesas efetivas, pois jamais se deixou surpreender outra vez com a guarda baixa.

Ainda a caminho do túnel desabado, Aline entrou em contato e ordenou que pressionássemos outra vez o botão vermelho da armadura de Olympia.

Enquanto isto, Mário acionava o martelete para tentar abrir passagem até nós.

A marciana permaneceu inconsciente.

* * *

Os temores de Michael tinham fundamento. O emprego do martelete ultrassônico produziu três desabamentos.

Porém, no fundo, Mário Sandriotti estivera certo o tempo todo. Os desabamentos foram pequenos; eventos de pouca importância. Como nos mantivemos a uma distância segura da boca do túnel, não corremos o menor risco de ser soterrados.

Mais tarde, Aline me confidenciou que o fato de ter conseguido socorrer Olympia em tempo hábil provavelmente salvou a vida da marciana, pois não havia medicamento suficiente na armadura antigrav para uma terceira dose.

Portanto, o curso de ação prudente de remover cuidadosamente os escombros do túnel com o emprego das pás manuais – procedimento de exploração que, embora preconizado nas ordenanças e cânones do serviço, teria demandado várias horas – talvez houvesse resultado na morte de Olympia.

Durante nosso resgate, ninguém tocou no assunto da discussão entre os oficiais-cientistas.

Depois de me abraçar, me beijar e lançar um breve olhar preocupado em direção a Olympia, Mário foi para junto de Farukh e começou a ajudá-lo a verificar e guardar o equipamento, assobiando com ar satisfeito.

Ingressando no túnel meros três minutos depois do brasileiro, após rápida troca de olhares comigo, Aline dedicou todo seu desvelo profissional à paciente.

Já Michael, trocou um brevíssimo gesto de reconhecimento comigo e, após se certificar de que Olympia estava fora de perigo, voltou-se com entusiasmo quase infantil para o cadáver bem conservado do pavoniano, iniciando o procedimento que permitiria a remoção do espécime e sua remessa para a *Pioneira*.

Horas mais tarde, novamente no aconchego relativo da Base Xavier, assisti o holo de serviço registrado pelas câmeras automáticas do trator.

Revi a altercação entre o norte-americano e o brasileiro.

Consternada, constatei o quão grave foi o descontrole de meus dois amigos e subordinados. No instante de maior tensão, Michael McFerguson chegou ao ponto de avançar sobre Mário em postura de ataque iminente.

Julguei tal atitude muito grave.

Ele jamais deveria ter agido daquela maneira. Pois, além de possuir a força física de dois adultos normais, meu imediato era um mestre consumado em pelo menos três artes marciais distintas.

Nunca imaginei que ameaçasse agredir outro tripulante. Ao menos, não sem um motivo excelente. Mesmo que não houvesse sido concretizada, considerei que, naquelas circunstâncias, a mera ameaça de ataque físico já indicava séria falha de julgamento.

O mais preocupante naquele incidente foi a reação de Mário.

Não pareceu nem um pouco intimidado ante à flagrante preponderância física do adversário. Ao contrário, quando Michael partiu para cima dele com velocidade sobre-humana, o brasileiro não hesitou um só instante em detê-lo com uma ação ainda pior do que a do imediato: ergueu o martelete já ativado e ameaçou empregar o dispositivo como arma para se defender do atacante!

O holo captou bem o ar de surpresa nos olhos escuros do imediato. Em seguida, soltou uma risada de desprezo e recuou com agilidade e elegância habituais para a distância segura de dois passos.

Fiquei boquiaberta ante o sorriso frio e a vênia sarcástica com que o brasileiro brindou o oponente.

Foi realmente uma felicidade eu ter conseguido interromper a discussão antes que o conflito de egos resultasse num embate físico, que decerto culminaria em tragédia.

Resolvi que, daquele dia em diante, ficaria mais atenta à rivalidade latente entre meus dois garotos brigões. Também decidi ser de bom alvitre examinar pormenorizadamente os perfis de personalidade de ambos.

Além disso, determinei à Aline que me apresentasse em caráter confidencial várias análises de desempenho das simulações das personalidades dos dois sob uma série de situações críticas capazes de gerar conflitos entre eles.

Talvez eu estivesse sendo paranoica.

Por outro lado, como afirmava o velho clichê pré-Holocausto: "Antes prevenir que remediar."

* * *

Michael insistiu em subir à *Pioneira* para executar o exame pormenorizado do pavoniano. Segundo nosso xenobiólogo, o primeiro espécime que encontráramos merecia um tratamento de primeira. Portanto, cumpria empregar todos os recursos do Complexo Biótico.

Mário e Farukh contra-argumentaram que o exame preliminar podia ser efetuado na própria Base Xavier, desde que os dados fossem transmitidos lá para cima, de modo que o processamento pesado fosse executado sob os auspícios do programa-mestre. Mais tarde, quando precisássemos subir para a órbita por um ou outro motivo, se até lá não encontrássemos outros espécimes, quiçá vivos, Michael faria o exame completo desse primeiro cadáver.

Aline votou pelo regresso à *Pioneira* por julgar que Olympia precisava de alguns dias de repouso e carinho, afastada das fainas de exploração planetária. Com autoridade de médica, impingiu o voto de cabresto à paciente.

Assim, tínhamos três votos a dois em favor do regresso imediato à *Pioneira.* A decisão cabia a mim. Pois, se votasse com Mário e Farukh, ficaríamos empatados. Nesse caso, eu exerceria o voto de Minerva para decidir a questão.

Votei por regressar para bordo, pois ansiava por algum tempo longe dos afazeres da exploração planetária para meditar a melhor forma de lidar com as divergências cada vez mais candentes entre o brasileiro e o norte-americano, rixa que quase culminou em tragédia, votei por regressar para bordo.

Mal atracamos no hangar, Michael determinou que dois robôs de serviço conduzissem o invólucro lacrado do cadáver para o

Complexo Biótico. Adepto de pagar mistério quanto à divulgação de resultados parciais, trancou-se no C.B. menos de quinze minutos após a pressurização do hangar.

Pressionada pelos demais, frustrei seus planos de manter sigilo absoluto sobre a autópsia em curso, ao determinar que o P.M. liberasse acesso aos canais de holo do C.B.

Desta forma, assistimos a autópsia e nos pusemos mais ou menos a par das descobertas à medida que o xenobiólogo prosseguia com o trabalho.

À semelhança dos homeotérmicos irracionais da mesma família taxonômica, os cérebros dos pavonianos residem no interior de seus troncos elipsoidais. O cérebro do espécime autopsiado era relativamente pequeno: setecentos e poucos gramas de matéria esverdeada. Espantei-me com a quantidade enorme de circunvoluções, bem maior do que o número existente no neocórtex humano.

– Reparem na simetria trilateral desse cérebro. – Aline rompeu o silêncio respeitoso da sala de reuniões.

– Como assim, trilateral? – Indaguei.

– Ah, sim. Já percebi. – Mário assentiu com um sorriso. – *Pioneira*, abstraia o Mike e focalize o cérebro com ampliação ótima.

"PERFEITAMENTE, MÁRIO." – O P.M. respondeu em português, numa voz de contralto rouca e sensual, somente empregada com o brasileiro. – "EM EXECUÇÃO."

Para rotinas de composição eficientes como as do gerenciador holográfico de bordo, meia palavra bastava. Em menos de dois segundos, contemplávamos a versão gigante do cérebro do pavoniano flutuando incorpóreo e onipresente no centro do holotanque principal da sala de reuniões.

Aline tinha razão. À medida que o órgão girava sobre o próprio eixo, constatamos que havia três hemisférios cerebrais em vez de dois.

– Já suspeitávamos que os cérebros dos pavonianos exibissem simetria trilateral a partir das autópsias de outros nonípedes trípodes da mesma família taxonômica. – A médica levantou da poltrona e se aproximou do holotanque. – Só não supusemos um índice de cefalização tão elevado. Olhem só para essas circunvoluções...

– Pelo fato de não estar confinado dentro do crânio, – Mário conjecturou, – imagino que os cérebros pavonianos não estejam sujeitos às mesmas pressões evolutivas que limitam o tamanho máximo dos cérebros dos primatas terrígenas.

– Que tal se voltássemos à autópsia em si? – Farukh se remexeu na poltrona, desviando o olhar nervoso do holotanque para os quadris generosos da oficial-médica. – Gostaria de dar uma conferida nas articulações dos membros inferiores.

"Boa ideia." – Olympia esboçou um sorriso cândido ao engenheiro.

– Certo. – Pisquei o olho à convalescente. – *Pioneira*, vamos bisbilhotar o trabalho do Michael.

"COMANDO EXECUTADO."

Trechos do tronco elipsoidal se exibiam numa coloração castanho-escura, visíveis por entre os vultos do xenobiólogo e das dezenas de autômatos auxiliares que voejavam ao redor da bancada de autópsia. A epiderme do alienígena possuía aspecto coriáceo, semelhante ao tronco rugoso de uma árvore antiga.

"É por causa do ressecamento, Sylvia."

– O que foi? – Farukh lançou um olhar desconfiado à marciana.

"Não é nada disso que você está pensando, seu sujo." – Olympia soltou uma risadinha divertida. – *"Ao ressecar, a pele desse pavoniano adquiriu o aspecto de um tronco de árvore."*

– Desidratação *post-mortem*. – Aline anuiu com ar distraído. – O mais curioso é que o ambiente subterrâneo onde vocês descobriram o espécime não me pareceu particularmente isento de umidade.

– Talvez a umidade tenha se infiltrado posteriormente. – Mário contemplou os gestos comedidos do xenobiólogo no holotanque com ar pensativo. – De qualquer modo, anos após o fim do processo de desidratação que possibilitou a relativa preservação do nativo.

"Se é assim, então demos um bocado de sorte." – Olympia não fez o menor esforço para nos poupar do seu arrepio mental. – *"Mais um tempinho e o cadáver iria apodrecer lá dentro."*

Abanei a cabeça para apagar a sensação recebida e me concentrar no pavoniano.

A simetria trilateral também se fazia presente nas três pernas com duas articulações e terminadas em cascos largos e flexíveis, adequados tanto aos solos macios das planícies costeiras quanto à locomoção sob a água.

Os seis membros manipuladores emergiam do tórax esbelto em três pares distintos, respeitando a trilateralidade do plano geral do organismo. Possuíam três articulações e terminavam em patas tridáctilas delicadas, conquanto afiadas o bastante para cortar carne humana. Os dígitos da pata inferior de cada par eram unidos por membranas interdigitais, confirmando a adaptação parcial à vida anfíbia.

Uma vez eviscerado, o abdome deu a luz a uma sequência de órgãos de colorações e formatos variados, cujas finalidades não aprendemos naquele exame inicial. O que à primeira vista parecia um fígado ou coração, bem podia constituir os intestinos do pavoniano, ou um órgão sem qualquer análogo humano direto.

Os três pulmões representaram exceção, no sentido de que foram rapidamente identificados como tais.

Michael deixou a cabeça cônica diminuta para o fim. Situado no topo de um pescoço flexível sanfonado de sessenta centímetros de extensão, normalmente comprimido, o crânio possuía três hastes pênseis que sustentavam globos oculares multifacetados. Aline repetiu mais uma vez que os olhos multifacetados constituíam um design pouco eficiente para criaturas do porte de um pavoniano. Além das hastes oculares, havia nove cornos ou antenas cujas finalidades reais ignorávamos.

Sabíamos que as rotinas especialistas do Complexo Biótico deviam estar executando centenas de análises simultâneas sob as instruções precisas do xenobiólogo. Mal podíamos aguardar pela versão leiga de seu relatório preliminar.

Enfim, se não logramos pôr as mãos num pavoniano vivo, ao menos descobrimos um cadáver funcional com o qual pudemos começar a desvendar a natureza da espécie inteligente de Delta Pavonis.

* * *

Mário Luiz Ferreira Sandriotti era o oficial-cientista mais moderno da *Pioneira*. Formou-se na Turma de 2284, três anos abaixo da nossa.

Uma vez ouvi um cochicho de calouros durante uma cerimônia na Academia Lunar, numa época em que eu já conhecia a fama, mas não a pessoa desse aspirante brilhante. O mexerico afirmava que Mário fora considerado o ciberneticista mais genial já instruído nas câmaras hipnopedagógicas daquela instituição militar de ensino.

Possuidor de uma formação científica eclética, Mário era considerado um dos maiores especialistas do Sistema Solar em bioeletrônica, tendo sido ainda o responsável por uma série de desenvolvimentos notáveis nas técnicas de programação avançada de inteligências artificiais autoconscientes.

Ele teve participação decisiva no projeto do biocomputador que abrigava o programa-mestre da *Pioneira*. Trabalhou igualmente na elaboração e nos testes de desempenho dessa IAA. Portanto, não espanta que atribuísse ao P.M. não apenas o status de obra-prima, mas, principalmente o de filha dileta.

– A filha querida do meu esforço intelectual. – Como ele mesmo fazia questão de se referir ao P.M. nos momentos em que colocava a modéstia de lado.

Ao contrário do que ocorreu com os outros quatro oficiais da Força Espacial, Mário não precisou ser submetido ao árduo processo de seleção que culminou em nosso ingresso na primeira expedição interestelar tripulada. Passou apenas por uma bateria de exames de suficiência física de rotina.

Jamais houve dúvidas de que partiria na *Pioneira*. Nenhum dos milhares de candidatos ousou erguer a voz contra o privilégio. Ele fez parte da tripulação desde o início.

Esse ingresso pacífico se dera tanto por causa de seu intelecto excepcional quanto devido ao estabelecimento de um vínculo quase simbiótico entre criador e criatura. Nem mesmo os concorrentes mais empedernidos se atreveram considerar seriamente a hipótese de excluir o ciberneticista da tripulação.

Até que Mário não era muito pedante para um brasileiro cujas raízes remontavam aos orgulhosos habitantes da Cidadela da Floresta, o maior dos três núcleos científicos subterrâneos que sobreviveram incólumes ao Holocausto.

Erigido um quilômetro abaixo da superfície do Planalto Central Brasileiro, Floresta foi a principal responsável – junto com a Cidadela do Deserto na Austrália e a Cidadela do Gelo, enterrada no coração da Antártica – pelo renascimento da civilização disparado uns poucos anos depois do término dos Meses Escuros e o fim do Inverno Nuclear.

Embora por vezes se comportassem de modo altivo e arrogante, mais ou menos como se considerassem a si próprios os salvadores da humanidade, não se podia negar que os brasileiros da Floresta desempenharam um papel fundamental no renascimento da civilização tecnológica e no estabelecimento de uma nova ordem planetária e solariana. Neste sentido, possuíam motivos de orgulho mais do que suficientes. Porém, vez por outra exageravam, tornando-se uns autênticos *muquiranas*, para empregar um termo do vernáculo português, ainda que, segundo Mário, oriundo do idioma tupi.

Mário Sandriotti era um brasileiro típico sob muitos aspectos e um cidadão solariano excepcional sob outros.

Era quatro anos mais novo que eu. Nasceu em Tijuca, a bela metrópole erigida às margens da Baía da Guanabara sobre os escombros da antiga cidade do Rio de Janeiro.

Quase dez centímetros mais baixo que eu, Mário possuía ombros bastante largos para sua altura, cabelos castanhos ondulados cujos cachos não raro tocavam as omoplatas. Seus olhos exibiam uma tonalidade verde-musgo incrível. Mantinha um bigode cheio, em geral acompanhado de uma barba por fazer de vários dias.

Meu amor brasileiro possuía temperamento expansivo e jovial, embora por vezes se tornasse colérico, ou apenas implicante e extremamente inconveniente com suas tiradas ferinas implacáveis. Em seus melhores momentos, era o caráter mais íntegro da tripulação, o oficial mais bravo e leal de toda a Federação Humana em qualquer época. Nos piores momentos... bem, nos piores momentos, todos preferíamos deixá-lo sozinho e em paz com o P.M., pois apenas a IAA se dispunha a aturá-lo em tais ocasiões, momentos infelizmente não tão raros quanto eu e os outros quatro tripulantes desejaríamos.

Orgulho-me em afirmar que não havia covardes em minha tripulação. Nem poderia ser de outro modo, pois os programas autoconscientes da Academia, responsáveis finais por nossa seleção, não escolheriam para tripulante de uma expedição como a nossa alguém que não estivesse disposto a sacrificar a vida em prol dos companheiros e do cumprimento da missão. Critério pra lá de sensato, pois, por mais de uma vez, precisamos de denodo e coragem para enfrentar as diversas situações críticas com que nos deparamos tanto em Jokerman quanto em Sandman.

Dentro de uma tripulação acostumada a encarar atos heroicos quase como parte da rotina diária, Mário Sandriotti era sem dúvida o mais bravo de nós seis. Um estilo de bravura que cruzava com frequência os limites do bom senso. Como, por exemplo, na ocasião em que quase se atracou com Michael, um sujeito muito mais forte do que ele, até que sua vontade prevaleceu e conseguiu resgatar Olympia, Farukh e a mim do desabamento que nos soterrou naquela estação abandonada de transporte subterrâneo na cidade de Juggernaut, em Jokerman.

Dormindo ou acordado, Mário permanecia em interação constante com o programa-mestre vinte e quatro horas por dia, todos os dias do ano. Ninguém conseguia imaginar o brasileiro isolado, sozinho, desprovido de seu link simbiótico com a IAA que considerava a um só tempo como filha e melhor amiga.

Mário utilizava o P.M. e suas várias sub-rotinas especialistas para auxiliá-lo a se divertir num de seus hobbies prediletos, a decodificação de idiomas antigos. Ele próprio escreveu algumas das rotinas que auxiliaram o P.M. a decodificar as diversas escritas pavonianas. Não fosse o brasileiro um ciberneticista apaixonado por idiomas antigos, tenho para mim que jamais teríamos logrado ativar aquele velho computador alienígena.

Meu oficial-cientista mais moderno possuía uma formação acadêmica invejável: pós-doutorado em bioeletrônica aplicada na arquitetura de sistemas inteligentes e pesquisador sênior em desenvolvimento de IAA avançadas. Em pensar que deixou toda uma carreira brilhante para trás em prol da expedição a Delta Pavonis. No entanto, em maior ou menor escala, não tomamos todos esta mesma decisão tresloucada?

Além da decodificação de idiomas antigos, Mário adorava produzir ficção. Era realmente um virtuose nessa atividade criativa, que afirmava *literária*.

Em seus momentos livres durante nossa estada em Delta Pavonis, o brasileiro concebera quatro holodramas interativos e duas coletâneas de imersão curta. Ficções brilhantes, com tramas envolventes e personagens vívidos. Trabalhos que, à semelhança do que ocorrera com os criados ainda no Sistema Solar, já devem ter sido publicados na Terra, visto terem sido transmitidos para casa bem antes de nossa partida para Molton I.

Eu ardia de inveja e admiração ante o talento incrível de Mário para criar histórias e universos ficcionais inteiros a partir da mera expressão de sua vontade.

– O poder de Rangi! – Costumava brincar com ele. Só que ao citar o pai dos deuses do panteão Maori, embora caprichasse no tom jocoso, no fundo, eu falava a sério.

O pior é que ele criava aquelas histórias maravilhosas sem qualquer esforço aparente e sem o mínimo auxílio do P.M. ou de quaisquer daquelas rotinas inteligentes de emulação de criatividade que a maioria dos autores da Federação já se habituara a empregar na época da nossa partida.

Ah, como eu invejava a capacidade dele em criar aqueles enredos inteligentes, vívidos, instigantes e verossímeis.

O terceiro hobby de Mário era a imersão em realidades virtuais elaboradas por terceiros. Nutria predileção especial por épicos históricos do período colonial brasileiro, onde por vezes assumia o papel de senhor de escravos esclarecido e venerado por seus negros. Apreciava também os *remakes* dos velhos westerns norte-americanos, onde era sempre o cowboy cínico e solitário, muito rápido no gatilho. Isto para não mencionar os safáris mesozoicos, onde havia dezenas de dinossauros carnívoros prontos para trucidar crononautas incautos que se pusessem em seu encalço. Ah, e as perversões tórridas, nas quais Mário dava vazão a seu comportamento sexual exacerbado e saciava os desejos que, sob condições normais, nós cinco não nos comprazíamos em satisfazer.

A bem dos espectadores, é interessante frisar que algumas dessas realidades virtuais eram imersões parciais, onde o vivenciador mantinha certa volição ao assumir o papel do personagem e podia emergir quando bem entendesse. Outras, no entanto, constituíam imersões integrais, onde o vivenciador encarnava seu personagem, perdendo temporária mais inteiramente a noção de sua própria individualidade ao longo da vivência.

Jamais apreciei as imersões integrais. Talvez pelo fato de não gostar de perder o controle da situação.

Nem mesmo com Mário.

Embora metade da tripulação da *Pioneira* fosse composta de oficiais-cientistas, por sua formação eclética, Mário fora nomeado oficial-de-ciências.

De acordo com os registros oficiais da Federação replicados a bordo de nossa nave, o padrão genético de Mário não possuía qualquer aperfeiçoamento além dos convencionais. O único implante artificial que portava era o link minúsculo com o P.M., capaz de estabelecer contato com a *Pioneira* mesmo quando a nave estelar distava milhares de quilômetros de altura, estacionada em órbita baixa.

Contudo, duas semanas antes da Partida, fui colocada a par de um relatório extraoficial classificado que contava outra história.

Segundo o informe secreto, quando Mário não passava de um embrião flutuando numa gestadeira pública na Tijuca, teve seu programa genético alterado através de uma técnica experimental de manipulação intracromossômica.

O Projeto Minerva teve por objetivo gerar crianças geniais.

Não se tratou das alterações genéticas comuns para estimular a inteligência, técnicas já padronizadas em vários centros avançados da Federação.

Ao contrário, Minerva inspirou-se em conceitos ousados e radicais, considerados à época como autêntica ruptura com o paradigma tradicional do incremento genético da inteligência humana.

Foram produzidas três levas de cinquenta indivíduos de ambos os sexos.

Os responsáveis pelo projeto optaram por intervalos de dezoito meses entre as levas. Mário foi gerado na segunda leva.

Quase todos os bebês nascidos com essas alterações genéticas cresceram como crianças brilhantes, mas portadores de desequilíbrios emocionais severos. Esses desajustes resultaram em internações psiquiátricas frequentes tão logo os jovens entravam na adolescência. Houve mesmo dezenove tentativas de suicídio; uma das quais, bem-sucedida.

A técnica revolucionária foi considerada arriscada demais.

Por isto, o Projeto Minerva foi descontinuado.

Embora ignorasse o fato, Mário Sandriotti fora considerado um dos cinco únicos êxitos integrais desse projeto experimental revolucionário.

* * *

A preocupação com o estado de animosidade entre o brasileiro e o norte-americano fez com que eu determinasse ao P.M. que exibisse todos os holorregistros em que os dois se altercaram na minha ausência.

Observando aquelas rusgas e discussões detidamente, confirmei uma antiga suspeita. Os dois tendiam a discutir mais quando eu não estava presente. Como se minha mera presença contribuísse para mantê-los na linha.

O fato de discutirem mais na minha ausência refutou a tese de Olympia, de que os dois brigões disputavam minha atenção. Pois, se tal fosse verdade, a tendência natural seria que brigassem mais na minha frente, certo?

Um registro que me impressionou bastante foi o de uma discussão recente que Mário e Michael tiveram numa ocasião em que estavam no refeitório em companhia de Aline e Farukh, em nossa primeira licença a bordo, quatro dias após o desabamento naquela estação de transporte subterrâneo.

– Onde estava Olympia?

"A Doutora Magnus encontrava-se repousando no camarote do Engenheiro Achernar."

– E eu, onde estava?

"A Senhora estava em seu camarote, praticando tai-chi-chuan."

– Perfeito. Pode passar o holo.

Até então congelada em modo pausado, a holoprojeção ganhou vida e movimento.

– Você julga ter sempre razão, não é? – Michael indagou em seu tom manso habitual, desarmando o argumento do brasileiro em meio à discussão que mantinham.

Mário absorveu a estocada com um risinho sacana. Ajeitou os cabelos ondulados que lhe caíam nos olhos e cofiou a barba de vários dias, antes de responder:

– Sempre, não. Só em 99% dos casos.

– Muito engraçado. – O xenobiólogo abriu o sorriso cínico. – Só que, falando sério, essa pose de infalibilidade que vocês insistem em manter não engana mais ninguém, sabia?

– Vocês quem, amiguinho? – Mário espreguiçou-se na cadeira, esforçando-se por exibir uma postura relaxada que em absoluto não condizia com a tensão expressa nos músculos contraídos de seus ombros.

– Vocês brasileiros. Acham que estão sempre cobertos de razão. Pensam que o que é bom para vocês também é bom para o resto do mundo.

Farukh lançou um olhar divertido para Aline, do outro lado da mesa.

A médica correspondeu ao olhar, embora desse para constatar que não compartilhava da animação do engenheiro. Como eu, não apreciava assistir de arquibancada os embates de egos de nossos dois amigos.

– Veja bem: foram seus antepassados e não os meus que conduziram a humanidade ao Holocausto com sua arrogância e prepotência. – Mário entrelaçou os dedos sobre o tampo da mesa, esboçando um sorriso inocente, numa imitação bem-feita da postura do oponente. – Já os meus antepassados preservaram acesa a chama da civilização e reconstruíram a Terra. Orgulhamo-nos de nosso passado, sim. Temos razões para tanto.

– Tolice! A humanidade teria sobrevivido de qualquer modo. Mesmo sem o precioso auxílio dos filhos da Floresta.

– Talvez. Mas não fosse por Floresta, teríamos levado quem sabe quantos milênios para nos reerguer como civilização planetária. Decerto não estaríamos hoje em Delta Pavonis.

– E vocês não conseguem esquecer nem por um instante sequer dessa façanha de duzentos e tantos anos atrás.

– Mas os sábios da Floresta realmente salvaram a Terra. – Aline declarou em tom conciliador.

Farukh assentiu com um gesto enfático. Então complementou a opinião da médica:

– Meus avós contavam histórias da época em que eram garotos em Sri Lanka, quando os fuzileiros navais da Floresta desembarcavam nas praias em seus enormes tanques-anfíbios para destruir entrepostos de piratas de órgãos e distribuir sementes e vacinas à população. Os professores vinham logo atrás. Meus bisavós não teriam sobrevivido sem a ajuda dos florestais.

– Tudo bem. – Michael ergueu as mãos, assumindo postura conciliatória. – Mas precisavam ensinar português para todos os povos que ajudavam? Precisavam transformar seu idioma na língua universal?

– Ora, é claro que as populações neobárbaras que ajudávamos foram alfabetizadas em português. Afinal, toda a cultura que lhes legamos estava codificada neste idioma. – Com um sorriso franco e singelo, sem um átomo de hesitação, o brasileiro passou do português ao inglês impecável de pronúncia australiana. – Os australianos de Deserto e os chineses de Geleira fizeram o mesmo. Por que você acha que Sylvia tem o mandarim como língua materna? Foi o idioma que ensinaram aos avós dela. Só que éramos em maior número e dispúnhamos de mais recursos na Floresta do que as outras duas cidadelas juntas. Os sobreviventes precisavam ser alimentados e educados. Não podíamos nos furtar ao dever ao qual nos impusemos. Que os filhos do Holocausto falassem português ou inglês, não nos importava, ante o tamanho da responsabilidade que assumimos.

– Tudo isto soa muito bonito como propaganda, mas por que seus antepassados só selecionavam mão de obra qualificada entre os descendentes dos sobreviventes brasileiros?

– Quem é que pode saber? Talvez por haverem sobrevivido mais brasileiros do que europeus ou norte-americanos e pelo fato da Floresta se situar mais próxima dos centros remanescentes brasileiros. – Mário emulou com perfeição o tom conciliador do outro.

– Que importa isto agora? Desde o início dos tempos, todas as culturas dominantes deram as cartas a seus bel-prazeres, influenciaram as demais culturas e acabaram sendo acusadas de imperialismo por aqueles que influenciavam. Na Antiguidade foram os romanos e os persas; na Era dos Descobrimentos foram os europeus ocidentais; no século que antecedeu a hecatombe nuclear foram os norte-americanos, seus antepassados. Ninguém tem culpa se vocês desperdiçaram sua hegemonia ao provocar o Holocausto.

– Quantas vezes vou ter que repetir: não provocamos o Holocausto. – Michael bufou exasperado. – Foram os seus aliados chineses que dispararam as primeiras levas de mísseis nucleares.

– Não foi bem esta a história que aprendi em criança. – Mário ergueu as mãos para interromper a saraivada de objeções do adversário. – Mas tudo bem. Os vencedores escrevem a história e, pelo fato de as cidadelas norte-americanas, numerosas como eram, não terem subsistido, brasileiros, australianos e chineses acabaram como...

– O que vocês tiveram foi muita sorte, isto sim! Os Estados Unidos possuíam mais cidadelas subterrâneas do que a China, o Brasil e a Austrália somados.

– É verdade. Isto, porém, não altera em nada o fato de que apenas três cidadelas lograram sobreviver incólumes aos rigores dos Anos Escuros. Uma dos australianos, aliados dos seus antepassados; duas da União Sulina: Floresta e Geleira. Como falei, a história é escrita pelos sobreviventes e, muitas vezes, sobreviver é uma questão de sorte.

– Esta discussão começou por causa da decisão intempestiva de usar o martelete ultrassônico para abrir caminho de qualquer maneira através daqueles escombros. Foi você que conduziu o debate para a infalibilidade dos descendentes da Floresta.

– Não é verdade. Foi você que trouxe à baila essa questão da infalibilidade. Mas, a propósito, não me considero infalível. Só que, no caso em pauta, tenho consciência de que agi da única forma correta. Se tivéssemos empregado os métodos que você propôs, os métodos preconizados nos manuais da Academia, a Xereta talvez não tivesse resistido.

– Vamos deixar o dramalhão de lado. Não há como saber isto.

– Ah, não? Pergunte só à Aline.

Michael fitou a médica, inquisitivo.

Aline vasculhou os semblantes dos contendores. Em seguida, trocou um olhar breve com Farukh. O engenheiro franziu o cenho, mas acenou seu incentivo à amiga. Ela assentiu ao árabe e falou:

– Se eu demorasse mais uma hora até medicar Olympia, talvez ela não houvesse resistido.

Michael baixou o olhar para o tampo da mesa.

A resposta de Aline havia sido categórica.

Não fora, em absoluto, a resposta que ele almejava ouvir.

Revelando seu lado magnânimo, ao constatar o embaraço do norte-americano, Mário se esforçou para mudar de assunto:

– Para ser sincero, também não tenho lá muita certeza sobre que lado disparou os primeiros mísseis balísticos. Quem sabe não podíamos vivenciar uma aventura qualquer nos últimos dias pré-Holocausto?

– Será que existe alguma imersão desse tipo na biblioteca? – Aline fitou o brasileiro com ar céptico.

– Não custa nada dar uma fuçada. – Ele replicou, sorridente. – *Pioneira*, querida, veja se encontra algo desse gênero para nós.

"PERFEITAMENTE, MÁRIO. PESQUISA EM EXECUÇÃO."

Capítulo II
Bárbaros nos Portões

2043 E.C.
Floresta
Planalto Central; Brasil.

"Hannibal ante portas!"
Tito Lívio, *Ab Urbe Condita Libri*

Após o conflito entre Mário e Michael quando estivemos presos no desabamento em Juggernaut e, sobretudo, depois de repassar cenas de outras discussões entre os dois, decidi que precisava fazer algo, antes que a rivalidade provocasse um incidente de proporções trágicas.

A verdade é que a rixa entre o norte-americano e o brasileiro já se arrastava desde o início do nosso treinamento.

O motivo principal da desavença se situava mais de três séculos no passado, na época do Holocausto e nas décadas que se sucederam à hecatombe.

A época em que os Estados Unidos da América deixaram de existir como nação soberana e os brasileiros, através da Floresta, começaram a erigir a hegemonia política mundial que persistia até a época da nossa partida para Delta Pavonis.

Com intuito de confraternizar e aparar eventuais arestas reinantes entre os membros da tripulação, resolvi adotar a sugestão do Mário para que vivenciássemos a imersão histórica numa realidade virtual interativa que nos permitisse adquirir uma compreensão menos intelectualizada e mais visceral dos fatos marcantes daquele período fulcral para o destino da nossa civilização.

Olympia topou a proposta entusiasmada. Com auxílio de Mário, selecionou o registro de R.V.I. adequado.

Michael não se mostrou lá muito animado com a perspectiva de vivenciar um episódio do ocaso do país de seus antepassados, nação que constituíra a maior potência da primeira metade do século XXI.

Foram necessárias doses cavalares de persuasão e muitos agrados para enfim convencê-lo a participar da imersão.

Aline e Farukh pareceram medianamente interessados. Aceitaram de bom grado vivenciar aquela imersão em particular como teriam topado vivenciar outra qualquer, mais pelo prazer de compartilhar da experiência com seus amigos do que por qualquer grande interesse específico na história do Holocausto.

Desta forma, acomodamo-nos os seis na câmara do vivenciador e nos preparamos para a imersão.

* * *

Observamos consternados a caravana de automóveis de luxo pela tela de plasma gigantesca do centro de controle.

A fila de milhares de carros serpenteia vagarosa colina acima.

Para-choques com para-choques.

Ouroboros de metal, dando voltas e mais voltas, enrodilhada sobre si própria, à medida que nos traz a fina flor da elite política do país à rampa que conduz aos portões estanques da cidadela.

Marcella me lança um daqueles seus olhares furibundos verdes-esmeraldas que prenunciam tempestade iminente.

– Não fomos avisados de exercício algum. – Ela bufa entre os dentes, sem o menor esforço de ocultar dos demais a impaciência que começa a dominá-la.

Como vice-diretora da Floresta, era de se esperar que soubesse se comportar melhor numa situação crítica.

Examino os semblantes de nossos colegas e subordinados antes de responder:

– Não se trata de exercício. Eu diria que se trata antes de uma precaução.

– Sei. – Ela solta uma risadinha sarcástica. – Eufemismo pra "cagaço", né?

– Isto mesmo. Igualzinho ao incidente do mês passado. – Vejo-me forçado a concordar, sorriso amarelo nos lábios. – Pelo visto, estão propensos a se aferrar a este novo padrão: basta a crise mundial piorar um pouquinho e eles vêm correndo para cá. Da última vez fomos obrigados a evacuar mais de oito mil residentes, entre cientistas, técnicos e respectivas famílias.

Vários colegas nos fitam com ar desolado.

Ao contrário de minha vice-diretora, alguns deles sentiram na pele as agruras e a indignidade da remoção.

Imagino o que lhes passa pela cabeça agora.

Não é decente manter uma cidadela subterrânea plenamente ocupada com 50.000 habitantes, todos altamente qualificados, na expectativa ou na paranoia de que o pior possa acontecer, só para, na hora "H", ao primeiro sinal de *quentura* na guerra fria Norte-Sul, escorraçar quase um quinto dessa população para abrir vagas para amigos e correligionários das autoridades de Brasília e dos estados. Pessoas que, por qualquer critério que se adote, não teriam direito de estar aqui.

– Tô sabendo. Tava gozando férias lá fora, mas ouvi falar. – Inquieta, Marcella seleciona comandos no monitor de seu terminal, fazendo com que as câmeras externas focalizadas sobre os recém-chegados aumentem o zoom óptico. – Dizem à boca pequena que eles trouxeram até secretários e cabos eleitorais. Quem esses caras pensam que são?

– Deuses do Planalto? – Um engraçadinho qualquer suspira do fundo da sala.

No telão, agora conseguimos verificar as fisionomias carregadas dos homens e mulheres, à medida que começam a abrir as portas e emergir tanto de carros de passeio quanto de limusines oficiais.

Não há dúvida.

Dentre as pessoas ali fora, reconhecemos ministros de Estado, desembargadores, senadores, generais e deputados. A nata da nata, generosamente acompanhada por seus numerosos comensais.

– Não sei, não. Pelo ar dessa gente, talvez saibam algo que ignoramos. – Comento, desviando os olhos do telão para fitar Marcella. – O Itamaraty se mantém em contato permanente com nossos aliados russos, chineses e indianos. Quem sabe, desta vez a coisa é séria?

– Tudo bem, Sílvio. Só pra te deixar tranquilo, vou dar uma checada na Rede.

Ela ruma ao console de comunicações com o exterior.

Aproveito sua ausência temporária para focar a atenção nos dirigentes. Uma vez fora dos carros, centenas de homens e mulheres caminham a passos decididos pela rampa que conduz ao topo da colina baixa, onde reside nosso acesso principal ao mundo exterior.

* * *

Maldita hora em que se decidiu erigir Floresta tão perto de Brasília!

Imagino que nossas quatro outras cidadelas também devam ter lá seus problemas de assédio de apadrinhados nessas horas de crise, quando líderes da Aliança Ocidental e da União Sulina ameaçam se explodir mutuamente e o planeta consigo.

Sobretudo Praia e Caatinga. A primeira, a meio caminho entre o Rio e São Paulo, a segunda, cercada de todos os lados pelos redutos políticos das elites nordestinas.

Contudo, ao contrário de nós, tanto Praia e Caatinga quanto Serra e Riomar, costumam ser *tripuladas* apenas por grupos de manutenção e vigilância. Ou seja, o normal por lá é que existam vagas de sobra. Ademais, imagino que a revoada de autoridades para essas quatro cidadelas deva ser bem menos intensa do que para cá.

Não que estejamos despreparados para abrigar a classe dirigente do país.

Porque, apesar de estarmos com nossa lotação técnica completa, há mais de três mil vagas ociosas reservadas para o presidente e seu ministério; membros do Senado e da Câmara dos Deputados; do Supremo Tribunal Federal e dos Comandos das Forças Armadas. É concedido a cada autoridade um máximo de dois acompanhantes.

Tudo isto em prol de se preservar a governabilidade do país, mesmo no pior caso possível: se o inimigo ocidental decidir bombardear nossas principais cidades e instalações com mísseis nucleares.

Só que três mil lugares não podem virar onze mil impunemente.

Na crise do início do mês passado, o que se viu aqui foi uma revoada desenfreada. Houve político que só deixou para trás a sogra e o papagaio. Porque até o motorista e o cachorro trouxe consigo.

À força de ameaças, milhares de famílias foram sumariamente desalojadas em prol dos apaniguados das autoridades.

Lógico que os antigos residentes não foram deixados ao relento. Durante os três dias seguintes, os cientistas removidos e suas famílias permaneceram alojados na vila técnica, pequeno núcleo de apoio que Floresta mantém na superfície exterior, junto ao sopé oeste da colina.

Há conforto e recursos na vila técnica. Quase tanto quanto no interior da cidadela. Só que a questão não é esta.

Se o pior houvesse de fato ocorrido, se os mísseis europeus e norte-americanos houvessem atingido Brasília, nossos especialistas e seus entes queridos já estariam mortos a estas horas. Mortes deveras injustas se lembrarmos que as pessoas removidas são as mesmas que, em prol do idealismo, há vários anos abriram mão de suas vidas a céu aberto para residir internadas numa cidade subterrânea.

Sim, porque, pelo menos ao que nos consta, Floresta é a única cidadela plenamente ocupada em todo o mundo, indicativo claro e seguro da previdência ou, se você preferir, da paranoia de nossa classe dirigente.

Pessoalmente, como diretor da Floresta, duvido muito que os nortistas, sobretudo os norte-americanos, precavidos como são, não mantenham pelo menos um terço de suas dezoito cidadelas a plena carga.

* * *

É. A situação deve ser grave mesmo.

Porque várias dessas autoridades – homens de ternos e mulheres de vestidos e saltos altos – nem sequer aguardam que seus carros atinjam o cume da rampa para saltar.

Quem diria? Dispõem-se mesmo a subir a última meia centena de metros de ladeira íngreme com os próprios pezinhos. Algumas mulheres chegam mesmo a parar por instantes para tirar escarpins caríssimos de seus pés bem cuidados. Após breve hesitação, prosseguem descalças, com seus preciosos sapatos nas mãos.

Curiosamente, há bem poucas crianças nessa multidão de invasores.

Será que já se deram ao trabalho de despachar os filhos para algum local seguro longe da capital?

Há pessoas chegando mais de baixo agora. Porque, depois que os primeiros automóveis pararam em fila tripla para que as autoridades mais graduadas saltassem, o trânsito na ladeira congestionou por completo.

Só agora percebo que alguns dos recém-chegados não estão bem vestidos. Um ou outro aparece de pijamas, apesar de já passar do meio-dia. Há três ou quatro mulheres vestidas em camisolas de seda sobre corpos lipotorneados à perfeição e peles bronzeadas com a última palavra em tinturas de DNA.

Uns poucos começam a correr para o pavilhão de acesso. A correria desencadeia o previsível estouro da boiada. Só espero que as poucas crianças não sejam pisoteadas.

De qualquer modo, esse povo parece bem mais nervoso do que

da vez passada. Aliás, não vislumbro em suas fisionomias a mesma arrogância fleugmática da última vez. Apenas aturdimento e temor.

Marcella ergue a rosto do terminal e me fita com ar preocupado.

– Sílvio, a Aliança Ocidental transmitiu um ultimato há pouco. – O tom grave e soturno de sua voz me provoca arrepios na medula. – Se nossos amigos chineses não iniciarem a evacuação de Taiwan dentro em uma hora... Não. Já decorreram mais de quarenta minutos. Só faltam dezenove agora. Se Beijing não concordar em evacuar a ilha, o comando estratégico norte-americano efetuará um bombardeio orbital cirúrgico contra o quartel-general das forças de ocupação em Taipé.

– Bombardeio orbital cirúrgico? – Balbucio, ainda me recusando a crer no absurdo. Então, foi isto que deixou essa escumalha do Planalto em polvorosa. – Mas os nortistas estão ficando loucos? Será que pretendem começar uma guerra atômica só porque a China decidiu enfim retomar sua província insular?

– Não, meu querido. – Marcella exibe um sorriso tenso. – Os ianques pretendem tão somente intimidar os chineses. A mesma velha política de confrontação de sempre.

Se é esta a intenção da Aliança em geral e do governo norte-americano em particular, então eu diria que estamos todos em maus lençóis.

Porque, se depois de todo esse tempo de avanços, recuos e ameaças vãs, não obstante os riscos inerentes à operação, os chineses afinal decidiram ocupar Taiwan, não se deixarão demover de seu propósito, independentemente do teor da ameaça. Sobretudo, depois de todo o sangue derramado e dos recursos despendidos nas últimas semanas para consolidar a conquista.

Volto a atenção outra vez ao pavilhão de acesso.

O aposento circular do tamanho de um estádio pequeno se enche pouco a pouco, à medida que autoridades dos três poderes nele ingressam aos trancos e barrancos pelos portões exteriores.

Ladeado por um séquito de ministros, seguranças e militares fardados, o Presidente Brulote se aproxima do painel de comunicação.

Agora que ingressou no pavilhão de acesso, o semblante do presidente da república denota confiança. Às suas costas, fileiras de pessoas bem-vestidas começam a se aglomerar.

Ele introduz a mão direita no leitor de digitais. Aparenta a tranquilidade de quem sabe exatamente o que fazer. Ninguém se surpreende com a demonstração de conhecimento. Afinal, o grande homem esteve nesse mesmo pavilhão, fazendo exatamente o mesmo gesto, há menos de cinquenta dias.

O painel se acende ao contato com a mão de unhas manicuradas do presidente. O sensor óptico imperceptível varre a retina de Brulote. Identidade reconhecida. O canal de comunicação com o centro de controle se abre em modo automático.

Sabemos que um telão ainda maior do que o do nosso lado acaba de se ativar na antepara ligeiramente abaulada do pavilhão, logo acima dos portões estanques, ora selados.

Junto com os outros líderes da cidadela, examino em close as feições de Aníbal Brulote. Num de seus gestos mais típicos, o ex-antropólogo cofia a barba grisalha bem cuidada.

Do lado oposto dos portões estanques, centenas de políticos e milhares de assessores agora nos veem tão bem quanto nós a eles.

– Boa tarde, Cidadão Sílvio Gonçalves. – O tom caloroso da saudação presidencial me produz calafrios. – É um prazer constatar que a Cidadela da Floresta se mantém em pleno funcionamento e pronta para nos receber uma vez mais.

Meus colegas me lançam olhares nervosos, à espera da minha reação.

Em suas fisionomias, adquiro a certeza: ninguém suportará passar outra vez pela indignidade traumática da remoção.

– Boa tarde, Excelência. – De repente, bate a intuição de que é preciso ganhar tempo, ao menos enquanto não temos uma posição definida quanto à gravidade real desta crise. – Fomos pegos de surpresa pela chegada dos senhores. Quantas pessoas o senhor trouxe consigo desta vez?

– Como assim, quantas pessoas? Sei lá quantas. Imagino que o mesmo número da vez passada. – Ele arregala os olhos, como que a duvidar do teor surreal de nossa conversa. Patente no semblante desse experiente líder político nordestino, a impaciência é logo substituída por outra expressão; uma que denota claramente a consciência da importância histórica provável deste momento que estamos vivendo. – Cidadão Gonçalves, veja bem: quero que me ouça com atenção. A grave crise internacional que ora enfrentamos recrudesceu de forma imprevista. Faz-se mister, portanto, como medida de precaução, que assumamos nossos postos abrigados na Floresta, para garantir a governabilidade do país e o cumprimento dos compromissos firmados com nossos aliados. Deste modo, peço-lhe que providencie com a maior brevidade possível acomodações devidas para minha comitiva e para todos os que nos acompanham.

A tensão silenciosa que invade o centro de controle é uma presença palpável. Espectro de materialidade extrema.

Embora não ouse desviar o olhar da fisionomia do presidente, pelo canto do olho, constato o conjunto de luzes verdes que iluminam um painel lateral, emprestando-lhe aspecto de árvore de Natal. Aquilo significa que alguém se deu ao trabalho de ativar a transmissão do sinal de áudio do centro de controle para toda a cidadela.

Agora em todas as praças, vias públicas, prédios e construções subterrâneas da Floresta, os residentes podem acompanhar o diálogo deste reles diretor com o supremo mandatário da nação.

Marcella se posta logo atrás de mim.

A mão fria e suada envolve meu braço esquerdo. Unhas cravadas em meu bíceps.

– Faltam menos de dez minutos para o fim do prazo dos ianques. – Murmura em meu ouvido.

– Ah, Senhor Presidente, estamos com um pequeno problema técnico aqui embaixo. – Varro o centro de controle com o olhar. Técnicos e cientistas, muitos deles meus amigos de longa data, fitam-me boquiabertos. *Problema técnico?* Indagam-me com os olhos. Assinto discreto e gesticulo em silêncio para deles. – Estamos rodando um procedimento de manutenção programada. Os portões deverão permanecer selados até o término do procedimento.

– Cidadão Gonçalves, o senhor talvez não esteja se dando conta da gravidade da situação. – Brulote enxuga a testa com um de seus famosos lenços de seda italiana. – Interrompa esse procedimento imediatamente e abra logo os portões.

– Temo que de momento isto seja de todo impossível, Excelência. – Disparo, sentindo um bolo se formar na boca do estômago. Marcella e os demais me fazem sinais discretos de concordância. – A interrupção do procedimento travaria os portões e nos obrigaria a abri-los manualmente. Essa abertura manual demandaria pelo menos seis horas, isto numa estimativa otimista.

Marcella faz "nove" com os dedos. Nove minutos para o fim do mundo.

– Por outro lado, Excelência, – continuo, não sem antes engolir em seco, – o ciclo de manutenção se encerrará dentro em quinze ou vinte minutos.

Aníbal Brulote desvia o olhar da câmera do telão.

Um ministro e dois assessores fardados reúnem-se à sua volta e lhe murmuram palavras ao ouvido. Contrariado, o presidente acaba anuindo.

– Muito bem, Cidadão Gonçalves. – Ele repuxa a barba com ar desconfiado. – Em prol da segurança da Floresta e do bem-estar de sua população, vamos aguardar a conclusão desse teu procedimento. Espero que aproveite esta demora para adiantar a remoção do pessoal necessário a fim de abrir vagas para os recém-chegados.

– Certamente, Excelência. – Observo os semblantes à minha volta. Rostos tensos e irritados. Vários risinhos nervosos. – Já estamos tomando as devidas providências.

– Você não está pensando em... – Marcella sussurra em meu ouvido.

Aplico-lhe uma cutucada discreta. Ela geme baixinho e se cala de imediato.

Giro a cabeça com uma advertência no olhar.

Se é para levar a cabo esse plano tácito improvisado, o melhor é que confiemos um no outro e, sobretudo, que consigamos nos comunicar sem palavras.

É preciso que Marcella e os outros dirigentes da Floresta se conscientizem de que, mesmo pisando em ovos, até prova em contrário, eu sei o que estou fazendo.

É melhor que eu também me convença disso.

* * *

Do ponto onde está, Fábio Fernandes, nosso chefe de biociências, não pode ser visto pela câmera que transmite nossas imagens para o exterior.

Portanto, é ele que faz o sinal de que faltam apenas três minutos.

– Gonçalves, assim que ingressarmos na cidadela, você passará o comando de operações ao General Souza Castro. – O presidente anuncia após ligeira confabulação com os subordinados. – Os assessores da Ministra Ana Veiga passarão as rotinas do sistema da Floresta em revista para verificar essa tal manutenção programada.

– Perfeitamente, Excelência.

De costas para o telão, Marcella revira os olhos e esboça uma careta. Então, ela desliza para a poltrona do seu terminal. Dez ou quinze segundos depois, ergue-se dum salto e se dirige para mim com rosto lívido.

– Os norte-americanos bombardearam o quartel-general chinês! – Ela me abraça. Com o rosto enfiado em meu ombro, sussurra baixinho ao meu ouvido. – Taipé foi arrasada...

Taipé arrasada? Não era para o tal bombardeio ser cirúrgico?

Pelo menos cinco milhões de mortos.

Acalento Marcella em meus braços. O grande problema dessas operações ditas cirúrgicas é que nunca são executadas com o rigor asséptico das simulações.

Em voz alta mas estrangulada, só consigo externar a reclamação incongruente:

– Ainda faltavam dois minutos para o prazo fatal...

– Pelo visto, alguém em órbita sentiu coceira nos dedos e acabou se precipitando um pouquinho. – Marcella estremeceu dentro do meu abraço. – Os filhos da puta traiçoeiros!

Por cima do ombro dela, observo os semblantes assustados das autoridades mantidas do lado de fora da Floresta. Pela expressão que vários deles exibem, eu diria que a notícia da tragédia já ecoa em seus implantes auriculares.

– Sílvio, os chineses... – Fábio balbucia, curvado, com olhar absorto no monitor de seu terminal. – Os chineses lançaram um ataque contra bases da Aliança no Pacífico. Os australianos estão prestes a retaliar.

Corremos para nossos terminais.

De passagem, alguém ativa o comando apropriado e a imagem das faces de milhares de políticos aparvalhados é substituída por um mapa-múndi gigantesco, onde se delineiam diversos traços verdes e outros tantos vermelhos cruzando o espaço que separam os pontos de origem de seus alvos prováveis.

– Vejam! – Um técnico aponta para o hemisfério norte. – Os americanos estão iniciando seus lançamentos de superfície!

É verdade.

Constato que os traços vermelhos que partiram da Costa Oeste da América do Norte estão presentemente cruzando o Pacífico, provavelmente em direção à China Continental.

Em resposta, traços verdes partem da Rússia e da Índia, respectivamente rumo à Europa e à Austrália.

Pontos verdes se acendem agora na América do Sul. Riscos verdes disparam do nosso território. Alguns sobrevoam a Antártica rumo à Austrália e à Nova Zelândia. Outros correm para o equador e dali se lançam ao hemisfério norte, em direção aos Estados Unidos.

Em pleno mar, pontos verdes e vermelhos disparam traços das mesmas cores, indicando lançamentos efetuados a partir de submarinos nucleares de ataque.

– Não acredito! – Marcella soluça baixinho de seu terminal. – Esses boçais começaram a Terceira Guerra...

Alguém com conhecimento técnico parece ter reprogramado os controles externos, pois o mapa da deflagração mundial implode num ponto brilhante, dando lugar à face rubra de um Aníbal Brulote exasperado.

– ... e não vou repetir outra vez: abra logo a merda dessa porta!

– Pense bem antes de tomar sua decisão. – Fábio levanta-se e se posta a meu lado. Da última vez, não obstante sua graduação elevada na Floresta, em solidariedade a vários membros de sua equipe, ele foi um dos evacuados para a vila técnica. – Estará condenando à morte as pessoas obrigadas a sair para dar lugar a esses políticos.

– Não os deixe entrar. – Marcella se levanta. De faces molhadas, coloca-se à minha frente, fitando-me nos olhos. – Só temos cerca de três mil lugares e eles são mais de doze mil. Teríamos que enviar quase dez mil residentes para a morte certa. Especialistas qualificados e suas famílias, em troca dos apadrinhados dessa corja de corruptos? Não há nem o que pensar!

– Nem todos são corruptos. – Pondero sem muita convicção.

– Difícil de acreditar. – Fábio riposta entre os dentes. – Se de fato não são corruptos, como puderam compactuar com tanta coisa errada?

– O presidente, os ministros e os membros do Congresso têm que entrar.– Insisto. – Eles têm o direito de se reunir conosco aqui embaixo. Afinal, representam o povo que, mesmo sem concordar, ou sequer saber, pagou pela construção das cidadelas.

– E como é que você pretende realizar a triagem de quem tem ou não direito de ingressar na Floresta? – Minha vice-diretora parece ter recobrado a verve e, com ela, sua veia sarcástica habitual. – Não sei se reparou, mas alguns militares ali fora estão muitíssimo bem armados.

– Há crianças com eles. – Resmungo, indeciso.

– Isto é o pior. – Marcella concorda. – Porém, há muito mais crianças aqui dentro. Meu filho. Suas filhinhas. Nossas crianças. Crianças que eles nos forçarão a mandar para fora da Floresta. Para a morte certa.

– Vamos deixar essa cambada de parasitas lá fora. – Até então calado, Oddone, nosso tímido chefe de processamento, levanta do terminal e, para minha surpresa, expressa-se de punho erguido. – Já contei pelo menos três mísseis se dirigindo para Brasília. A menos que nossas defesas antimísseis sejam muito mais eficientes do que supusemos até agora, o primeiro impacto deverá se dar em cerca de vinte minutos.

– É isto mesmo. – Marcella me toma pelos braços com ambas as mãos. – Eles estão lá fora e nós aqui dentro. A Guerra Mundial estourou. Deixá-los entrar agora produziria um maremoto de ressentimento na Floresta. A maior parte desses sujeitos não tem direito de estar aqui. Eles não têm função e tampouco lugar aqui dentro. Serão um peso morto. Se deixarmos entrar os culpados dessa hecatombe, eles colocarão em risco tudo pelo que lutamos esses anos todos.

– Gonçalves, seu porra! – De rosto vermelho e olhos esbugalhados, o comandante supremo de nossas Forças Armadas, sempre tão comedido e autoconfiante, parece à beira de um ataque apopléctico. – Abra essa merda agora mesmo, ou eu mando arrombar!

Marcella, Fábio e os demais desviam momentaneamente seus olhos fixos nos meus para contemplar a fisionomia congestionada de Aníbal Brulote. Em seguida esboçam expressão de nojo, como quem se vê forçado a assistir um filme de péssimo gosto.

– Arrombar minha cidade? Ah, isto é que não vai mesmo! – Surpreendo-me gritando de volta, tão descabelado quanto esse títere das elites. Antes que eu dê por mim, a decisão está tomada. – Oddone, gaseie o pavilhão de acesso.

– Tem certeza, Sílvio?

Como toda cidadela que se preza, Floresta tem cá suas defesas. O sistema de liberação de gás anestésico é apenas uma delas.

– Absoluta. – Observo o ambiente à minha volta à espera de críticas ou de alguma censura velada. Vejo-me brindado por olhares de aprovação. – Duvido que consigam arrombar nossos portões. Contudo, se estiverem realmente empenhados, talvez consigam romper um ou dois lacres. Daí, adeus estanquidade.

– Exato. – Marcella caminha de um lado para outro com o dedo em riste. – Nosso diretor está certíssimo. Não temos alternativa. Na conjuntura atual, com o inverno nuclear prestes a desabar sobre a Terra, a perda das condições de estanquidade contra poeira radioativa talvez comprometa nossa capacidade de um dia restaurar a biosfera arrasada. Temos que nos conscientizar de que o pior já aconteceu. Cabe à Floresta e às demais cidadelas que sobreviverem zelar pelo futuro da humanidade. Foi para isto que nos preparamos durante todos esses anos, não foi?

– Não precisa repetir a ordem. – Oddone esboça seu sorrisinho cínico, velho conhecido desde nossos tempos de adolescentes no Rio de Janeiro. Ativa o comando e confirma aos demais. – Inundação do pavilhão em andamento.

– Gonçalves, seu monstro genocida! – Brulote urra entre lágrimas quando jatos espessos de gás se derramam dos dutos embutidos nas paredes e no teto, disfarçados de alto-falantes. – Vou te fazer pagar muito caro por isto!

– Com certeza! – Marcella e eu falamos ao mesmo tempo. Ela jubilosa, para contrabalançar meu pesar.

Genocida, com certeza.

De uma maneira ou de outra, as circunstâncias me obrigaram a assumir a responsabilidade pela morte de milhares de pessoas.

A única escolha possível foi decidir que pessoas seriam essas.

Técnicos cujo trabalho será vital daqui a cinco ou dez anos para iniciar o trabalho hercúleo, que deverá se estender por gerações, de restaurar a biosfera terrestre e a civilização humana?

Ou os políticos que foram, em última análise, os principais responsáveis pela situação ter chegado ao ponto em que chegou?

Não houve como decidir de modo diverso.

Em questão de segundos, os gritos indignados de nossas autoridades cedem lugar às lamúrias e a umas poucas orações lacrimosas.

Enfim, nossas lideranças políticas começam a tombar inermes e inertes, desaparecendo por baixo do grosso cobertor de gás que já se espalha como mar raso pelo piso do vasto aposento.

É preciso lembrar Oddone de liberar o outro tipo de gás, antes que os invasores despertem.

Ah, e também pedir ao Fábio para escalar a equipe de remoção.

* * *

– Então, o que vocês acharam? – Mário esquadrinhou nossos semblantes com um brilho maroto nos olhos verdes.

"Não curti nem um pouco essa experiência de mudar de sexo. Não aprovamos este tipo de perversão imersiva lá em Marte."

– Bom, eu programei o vivenciador para nos atribuir personagens cujas personalidades fossem as mais parecidas possíveis com as nossas, independentemente do sexo. – O brasileiro ergueu as palmas das mãos num de seus gestos típicos de alegação de inocência. – Não imaginei que vivenciar a imersão na pele de um homem fosse te incomodar tanto.

– Ainda bem que isto não aconteceu comigo. – Aline levou os dedos à ponta do nariz pronunciado, como que a se certificar de que havia realmente regressado ao próprio corpo. – Já basta ter sido quem fui.

– Quem era você, afinal? – Michael voltou-se para a médica.

– Ana Jacinto Veiga. A Ministra da Tecnologia corrupta que conseguiu reativar o comunicador no pavilhão de acesso. Estranho. Porque eu própria não teria conhecimento técnico para manipular aqueles controles.

"Quem você foi, Sylvinha?"

– Ela era o Diretor Sílvio Gonçalves, é lógico. – Mário respondeu antes que eu pudesse fazê-lo. – Como diz o velho ditado, "há gente que nasce para conduzir, não para ser conduzido". A propósito, eu era a Marcella Soares, vice-diretora da Floresta.

– Fui o Presidente Brulote. – Michael admitiu. – Um sujeito absolutamente desprezível. Autêntico político, na pior acepção possível desse termo. Não me julgo nem um pouco parecido com aquele poço de vaidades barbudo e convencido.

– E em verdade não é. – Mário reconheceu de pronto. – O vivenciador seleciona a melhor combinação de personalidades possível. Só que às vezes faltam protagonistas adequados para todos os imersos. Apesar de razoavelmente inteligente, a consciência artificial que gerencia o vivenciador está longe de ser infalível.

Será que Mário tramou aquilo tudo para dar uma lição no rival? Não. Absurdo...

– Fui o tal chefe de biociências. – Farukh contou. – Fábio Fernandes, o paranoico que sempre procurava se manter fora do ângulo da câmera que transmitia imagens do centro de controle para o exterior. No fundo, era um bom sujeito. Gostei desta imersão.

"E eu, o Sergio Oddone, chefe do processamento e amigo de infância do Sílvio Gonçalves. Tirando o fato de ter me sentido algo estranha com aquilo balançando entre as pernas, até que eu era um cara legal. Inteligente e bastante íntegro, também."

– Esses personagens que encarnamos existiram de verdade? – Michael ergueu-se da poltrona aos poucos. – Porque julgo uma coincidência tremenda que cinco das seis *personae* possuíssem nomes com as mesmas iniciais que os nossos.

"Aníbal Brulote foi de fato o último presidente do Brasil pré-Holocausto. O primeiro diretor da Floresta chamava-se Sílvio Gonçalves. Quanto aos outros, aí já não sei. Posso pesquisar o assunto, se vocês quiserem."

– É provável que os outros personagens tenham realmente existido. – Mário opinou. – Só não creio que tenham desempenhado os exatos papéis históricos que vivenciamos.

– Não sei quanto a vocês, – Farukh comentou, – mas, no que me diz respeito, não aprecio muito essas imersões com cartas marcadas. É por isto que prefiro imergir num universo ficcional a numa vivência histórica. Porque, no papel de diretor da cidadela, por exemplo, Sylvia não teria liberdade de permitir o ingresso do presidente do Brasil, simplesmente porque isto não aconteceu.

– Minha maior restrição não é nem esta. O pior de tudo foi me sentir como que avassalada pela personalidade de outra pessoa. – Ainda mal refeita da experiência, me remexi um pouco, procurando me acomodar melhor na poltrona, aliviada mas inquieta por voltar a ser eu mesma. – Enquanto vivenciava essa imersão, uma boa parcela de mim julgava, durante a maior parte do tempo, que eu era de fato o diretor da Floresta. Como tal, me senti agoniada com o peso de tantas vidas e tantas mortes sobre meus ombros. Uma responsabilidade medonha. Se o tal Sílvio Gonçalves teve realmente que tomar uma decisão dessas, detestaria estar na pele dele. Experimentar por umas poucas horas já foi horrível...

– As coisas aconteceram mesmo daquela forma? – Aline acariciou a própria garganta. – Quer dizer, os dirigentes da Floresta eliminaram realmente os líderes políticos brasileiros? Não foi nem um pouco agradável morrer daquele jeito.

– Mas você não morreu gaseada, benzinho. – Bem-humorado, Farukh abriu um de seus raros sorrisos. – Nós só te fizemos dormir por alguns minutos. O gás letal só foi liberado quando vocês já estavam desacordados. O pior é que fui eu quem coordenou o pessoal responsável pela remoção daquela montanha de cadáveres.

– Existe um conjunto de relatos apócrifos, cujo status real é o de mero boato, – Mário respondeu à indagação de Aline, – segundo a qual os diretores da Floresta teriam barrado o ingresso da elite política brasileira no dia em que o Holocausto eclodiu.

"No entanto, a versão oficial da Floresta sustenta que os políticos de Brasília não teriam conseguido chegar à cidadela a tempo." – O tom de Olympia sempre se tornava circunspecto quando assumia o papel de historiadora. – *"Este argumento soa mais ou menos plausível, dependendo de quanto tempo eles tiveram para se locomover de suas mansões até Floresta, antes que os mísseis atingissem a capital e o Núcleo do Comando Militar."*

– Como vocês brasileiros costumam dizer, – Michael esboçou um sorriso irônico, – os vencedores escrevem a história. Portanto, neste sentido, a versão oficial da Floresta se tornou fato histórico inconteste.

– Se não me engano, creio que os romanos foram os primeiros a empregar esse ditado. – Mário executou uma vênia pronunciada. – Contudo, pensando bem, quem de nós, em lugar daqueles florestais, diante daquelas circunstâncias, teria ousado agir de forma diversa?

Embora nenhum de nós cinco tenha se dado ao trabalho de responder a questão retórica do brasileiro, os olhares que trocamos insinuou o estabelecimento de certa unanimidade tácita a respeito.

Capítulo III
Ragnarok em Delta Pavonis II

2341 E.C.
Kahoolawe
Jokerman [Delta Pavonis II]

"Vamos lá, meninos! O que nos resta, senão brindar o Ragnarok com uma boa sessão de *ragtime*?"
Mário F. Sandriotti

O ponto mais irônico de toda a nossa estada em Delta Pavonis foi que – não obstante todo o planejamento e as simulações detalhadas da missão primária – quase não houve necessidade dos talentos telepáticos de Olympia Magnus.

De acordo com o jargão do Conselho Científico da Federação, não obstante as implicações potenciais para o desenvolvimento da gravitação e da física, isto para não falar nos sonhos megalômanos de diáspora hiperluz galáxia afora, o estudo da descontinuidade permeável Molton I foi relegado ao status de "Missão Secundária", ao passo que a permanência de cerca de uma década em Delta Pavonis constituía a "Missão Primária".

No que me diz respeito, Delta Pavonis foi um tremendo fiasco.

Como xenólogo e xenobiólogo da *Pioneira*, Michael McFerguson sempre nutriu opinião diversa, é claro.

Contudo, é bom que se diga que a Federação só aprovou o exame *in situ* de Molton I por uma expedição tripulada pelo fato de que essa singularidade permeável se situava mais ou menos no caminho de volta para casa após nossa visita aos pavonianos.

"Matar dois coelhos de uma só cajadada", como dizia o ditado brasileiro da Era Pré-Holocausto. Ou, "acertar dois pássaros com um único tiro", como Michael teria preferido.

A questão é que as viagens estelares tripuladas eram empreendimentos caros e demorados para a civilização humana do fim do século XXIII.

Portanto, não fosse a existência de uma cultura tecnológica num espaço-tempo tão próximo da humanidade, com toda certeza Molton I só teria merecido uma missão de exploração barata, constituída por um punhado de sondas robotizadas.

Quem sabe não teria sido melhor assim?

* * *

A humanidade ainda ignorava a existência dos pavonianos quando aqueles radioastrônomos norte-americanos fizeram sua primeira transmissão para Delta Pavonis. Ao que consta nos registros sobreviventes ao Holocausto, eles teriam efetuado transmissões direcionais para todos os sistemas estelares considerados promissores num raio de 50 anos-luz.

Então, veio o Holocausto.

Mais de dois séculos se passaram e nunca houve uma resposta àquele autêntico tiro no escuro disparado pelo grupo quase esquecido de pesquisadores idealistas do início do século XXI.

Então, 232 anos após o Holocausto, a resposta dos pavonianos finalmente chegou.

Ao contrário dos humanos da Era Pré-Holocausto, os pavonianos tinham certeza absoluta de que havia interlocutores do outro lado da linha. Concluíram sensatamente que a humanidade possuía tecnologia superior a deles. Talvez por isto, embora críptico, o teor daquela primeira mensagem dos pavonianos tenha sido tão amistoso.

Afirmaram constituir uma cultura próspera e pacífica.

Já na segunda mensagem, recebida meros três meses mais tarde, esclareceram que ainda não haviam iniciado a conquista do espaço interplanetário e permaneciam divididos em Estados nacionais.

Como Jokerman é um mundo oceânico, de modo geral, cada nação correspondia a uma grande ilha ou arquipélago de ilhas menores.

Segundo mensagens posteriores, planejavam sua unificação política planetária para as próximas décadas.

Cultura próspera e pacífica? Depois de tudo pelo que a humanidade passou na Terra, devíamos ter desconfiado.

Pois o fato é que não houve pavoniano algum balançando flâmulas e assobiando para saudar nossa chegada.

* * *

– Já disse, pode ligar. – Mário sinalizou para Farukh com o polegar levantado. Encharcado de autoconfiança florestal, nutria certeza absoluta de que o computador pavoniano iria funcionar. Acrescentou, passando batido do inglês de sotaque australiano ao português. – Manda brasa, meu camaradinha. Sem medo de ser feliz.

Sorridente, o engenheiro balançou a cabeça num lampejo súbito de bom humor. Porém, pelo sim, pelo não, lançou-me um olhar inquisitivo.

Assenti com um gesto discreto.

Farukh acenou sua concordância ao brasileiro e digitou o comando na unidade de controle atada às costas da mão esquerda.

Um zumbido suave invadiu o ambiente poeirento e confinado do centro de computação daquilo que julgávamos ter sido o equivalente pavoniano de uma universidade.

A blindagem translúcida do cabo elétrico mudou de vermelho-escuro para verde-abacate, indicando que conduzia corrente nos valores nominais que havíamos especificado. Com o diâmetro de uma cobra-coral, o cabo descia do quadro de força local, serpenteando pelo piso empoeirado, até o umbral do aposento. Do vestíbulo estreito, estendia-se por centenas de metros, ao longo de corredores compridos, revestidos por ladrilhos multicoloridos, e três lances de escada – cujos degraus altos e estreitos não eram em absoluto adequados aos pés e pernas humanos – até o reator de fusão nuclear de nosso trator, estacionado no pátio do *campus*, próximo ao hall de entrada daquele prédio.

O esquema de alimentação parecia improvisado e primitivo, para dizer o mínimo. O importante é que funcionou a contento.

Imagino que aos olhos pênseis multifacetados dos pavonianos, nosso método para reativar o computador nativo talvez se assemelhasse à última palavra em termos de tecnologia estelar.

O pé-direito baixo do aposento que abrigava o *mainframe* e as dimensões reduzidas dos consoles, teclados e alavancas revelavam que as instalações haviam sido operadas por pavonianos machos – prática comum em diversas culturas autóctones, em que as fêmeas, dominantes, maiores e mais agressivas, concediam aos machos da espécie a primazia na produção intelectual e científica.

Há meses havíamos decifrado os principais idiomas pavonianos.

Como era de se esperar, nossos pontos de partida na tarefa de decodificação foram os compêndios de matemática e a tabela periódica.

Desvendado o primeiro idioma, os demais foram traduzidos sem maiores dificuldades, graças à absorção dos dicionários bilíngues nas bibliotecas locais.

Um pequeno parêntese aqui.

Quando falo em absorção de informações, refiro-me a um processo antiquado, de força bruta, consistente na digitalização de páginas e mais páginas originalmente impressas num material orgânico semelhante ao papel de celulose, embora bioquimicamente distinto do mesmo.

Não pôde haver, é claro, absorção por transferência de base de dados, visto que os pavonianos jamais dispuseram de nada que se assemelhasse sequer vagamente a uma biblioteca digital.

Embora trabalhoso, o processo de absorção de conhecimentos linguísticos não implicou qualquer dificuldade incontornável.

A ativação física dos sistemas computacionais rudimentares dos nativos, por outro lado, revelou-se façanha bem mais complexa do que a mera decodificação de seus idiomas.

Contudo, após dois meses de trabalho duro, graças à genialidade de Mário para solucionar problemas intrincados e ao talento inato de Farukh para compreender quase que por instinto o funcionamento das engenhocas nativas mais estapafúrdias, o empreendimento considerado impossível fora realizado.

Alguns periféricos começaram a emitir sinais de uma vida eletrônica incipiente sob a forma de chiados, estalidos e luzes amarelas e azuis piscando a intervalos aleatórios. Nada que parecesse nem de longe com inteligência artificial.

– Muito bem. – Suspirei aliviada. – O computador está alimentado. Nenhum cheiro de queimado até agora.

Mário levou minha brincadeira a sério e replicou:

– Considerando o tipo de circuito que eles usam, não sei se identificaríamos o odor de componentes derretidos num eventual curto-circuito.

– De qualquer modo, não custa verificar. – Michael ponderou, também em português. Apontou o tubo transparente do analisador de espectro gasoso em várias direções do salão atulhado de máquinas e examinou as leituras do aparelho. Por fim, deu-se por satisfeito e concluiu: – Aparentemente, tudo OK.

– Perfeito. – Falei. – Farukh, e quanto aos termossensores?

O engenheiro consultou os mostradores embutidos em seu traje e respondeu:

– Por enquanto, não há o mínimo sinal de sobrecarga.

– Vamos lá, gente. – Mário bateu palmas com ar impaciente. – Isto não é nenhum *bicho de sete cabeças*. Depois de todas as simulações que encetamos, bastava conectar os cabos e alimentar o quadro de força deles com a corrente e a tensão corretas. O que vocês esperavam? Uma explosão?

"Quer dizer que vamos poder ler as informações armazenadas no computador?" – Olympia indagou com o espírito atulhado de ansiedade mal disfarçada.

– Eventualmente, sim. – Mário respondeu, com ar surpreendentemente circunspecto. – Mas primeiro vai ser preciso decodificar a linguagem do sistema operacional. Tarefa que presumo ser razoavelmente simples. Se bem que, como estamos lidando com mentalidades alienígenas, é possível que encontremos surpresas. No todo, eu diria que ainda vai levar um tempinho antes que possamos acessar o conteúdo de informação armazenado na memória desse fóssil eletrônico.

Como sempre, quando se tratava de computadores e programas, Mário tinha razão.

Ele e o programa-mestre da *Pioneira* levaram duas semanas inteiras para extrair as informações daquele computador.

Contudo, depois daquele primeiro acesso penoso, tudo se tornou mais fácil.

Ao longo das semanas e meses, fomos capazes de resgatar os dados armazenados na maioria daqueles computadores primitivos.

Vimo-nos gradativamente assoberbados por um fluxo crescente de informação.

Durante aqueles meses iniciais, encontramos setenta e sete cadáveres de pavonianos nos mais diversos estados de conservação.

O número de espécimes era muito reduzido, se levarmos em conta que na Terra, um quarto de milênio após o Holocausto, ao se caminhar por uma zona proibida típica, sem qualquer esforço especial para procurar muito, é possível se deparar não raro com centenas de corpos calcinados e milhares de esqueletos expostos ao relento; tributo fúnebre apavorante à falta de sensatez de nossos antepassados.

– Talvez os cadáveres dos vertebrados de Jokerman não sobrevivam muitos anos às intempéries. Ou, quem sabe, eles desapareçam com relativa rapidez sob a ação de micro-organismos decompositores presentes na biosfera do planeta. – Aline propôs numa tarde chuvosa, ao emergir de uma sessão prolongada de análise de dados nos registros médicos do *Império*, nação pavoniana que parece ter ocupado boa parte de Kahoolawe. – Isto explicaria porque encontramos tão poucos espécimes.

– Não sei. – Michael fitou a médica com a testa franzida. Espreguiçou-se lentamente na cadeira de trabalho em nossa base principal na ilha-continente. – Decompositores capazes de digerir tecidos ósseos em questão de cinco anos? Não digo que seja impossível, mas gostaria de examinar melhor os procariontes autóctones antes de avançar mais nesta hipótese.

– Talvez a maior parte dos nativos esteja de fato abrigada no equivalente pavoniano de cidadelas. – Lancei um olhar de soslaio ao brasileiro, que exibiu um sorriso irônico ante a ressurreição dessa teoria. – Mesmo que não estejam mais vivos, seus corpos continuam jazendo em abrigos subterrâneos.

– Oitenta milhões de cadáveres armazenados em cidades mortas sob a terra... – Farukh sacudiu a cabeça com ar descrente. – Quanto mais penso nesses nativos, mais os considero uns perfeitos idiotas!

– Então, Peso-Mosca? – Mário piscou o olho à marciana. – Acha que conseguiria descobrir o paradeiro dos pavonianos se passássemos por cima de um desses abrigos e houvesse alguém vivo lá dentro?

"Mesmo que eu não consiga compreender o que os sobreviventes estão pensando," – Olympia considerou, circunspecta, – *"se passarmos por cima de um abrigo, imagino ser capaz de detectar a presença de pavonianos vivos."*

– Conseguiria distinguir um pavoniano de um animal irracional? – Indaguei, entre céptica e esperançosa.

"Consigo distinguir um cachorro de um cavalo." – Ante nossos olhares inquisitivos, acrescentou em tom pragmático – *"Tenho feito experimentos com a fauna local. Consigo estabelecer a diferença entre os padrões mentais de um multípodo e os de um hexacentauro."*

– Então, em tese, você conseguiria perceber a presença de um pavoniano? – Os olhos verdes do brasileiro dardejaram como um par de esmeraldas.

"Não vejo motivos para pensar o contrário."

Duas semanas depois daquela conversa, tomamos conhecimento dos últimos registros armazenados em alguns computadores.

Assim descobrimos o que havia acontecido aos pavonianos.

* * *

De fato, os pavonianos erigiram abrigos subterrâneos, versões alienígenas das nossas cidadelas. Alguns tão vastos quanto Floresta. Pelo visto, não haviam sido tão pacíficos quanto afirmaram.

Também passaram por uma experiência de conflito total em escala planetária. Em lugar do holocausto termonuclear do nosso Confronto Norte-Sul, os pavonianos deflagraram uma guerra bacteriológica de âmbito global.

Só não tiveram tanta sorte quanto nós.

A maioria dos micro-organismos patogênicos desenvolvida em seus biolaboratórios floresceu no oceano a taxas muito superiores às calculadas pelos infectologistas militares das várias potências.

Jokerman é um planeta oceânico.

Quase não houve sobreviventes.

Disparadas pelas diversas facções antagônicas, as quatro levas sucessivas de infecções viróticas e as duas levas de infecções bacterianas foram bastante seletivas.

Ao contrário do que se deu na Terra, não havia sinais aparentes de cataclismo. As superinfecções pavonianas eliminaram exclusivamente a única espécie racional do sistema, deixando incólumes tanto a biosfera quanto as cidades e a estrutura material da cultura nativa.

Contudo, aqueles dentre nós que haviam advogado a tese de que os pavonianos se ocultaram no subsolo não estavam de todo errados, afinal. Porque, pouco antes do fim, vários países lograram evacuar parcelas consideráveis de suas populações para a segurança relativa de amplos abrigos subterrâneos.

Medida inútil.

Pela ausência de declarações de guerra formais e pela própria natureza discreta dos ataques-surpresa bacteriológicos e viróticos, as trilhas letais das superinfecções seguiram os refugiados até o âmago de seus abrigos. Seis anos após a eclosão do conflito, milhões de pavonianos jaziam em tumbas coletivas com dimensões de grandes cidades.

Apesar dos esforços intensos dos laboratórios militares que haviam desenvolvido as diversas cepas de vírus e bacilos, alguns poucos indivíduos revelaram-se possuidores de imunidade natural e não sucumbiram às infecções.

Estimamos que um de cada cem mil pavonianos tenha se revelado imune às duas superinfecções bacterianas e às quatro viróticas. Os raros felizardos não resistiram muito tempo à queda da civilização planetária que os abrigara.

Foi uma decepção terrível!

Havíamos trazido uma telepata talentosa até Delta Pavonis, e também uma IAA dotada dos melhores programas de decodificação semântica comparada que nossa humanidade do final do século XXIII foi capaz de elaborar.

E não houve ninguém com quem dialogar. Ninguém para trocar informação.

A extinção deu-se em 2335 E.C. ou, como os antigos diriam, 2335 A.D. Cerca de 35 anos após a Partida da *Pioneira*. Meros seis anos antes de nosso ingresso no sistema.

Apesar do trauma absurdo, desse vácuo de propósito que se abateu sobre nós, ainda havia uma quantidade colossal de trabalho importante para executar.

Traduzimos os principais idiomas pavonianos para o português, o inglês e o mandarim, as três línguas oficiais da Federação. Logo de cara, uma bruta ironia: descobrimos que, independentemente do idioma nativo adotado, os autóctones se referiam a seu próprio planeta como "Paraíso".

Visitamos museus, laboratórios e bibliotecas, ora extasiados com a sutileza das manifestações culturais nativas, ora meramente atônitos com suas obras de arte e suas literaturas, por vezes muito mais bizarras e incompreensíveis do que suas anatomias alienígenas nos fariam supor.

Holografamos uma quantidade colossal de informação, boa parte da qual, uma vez comprimida, foi irradiada para o Sistema Solar.

Projetamos aparelhos para examinar seus estranhos registros audiovisuais. Deste modo, obtivemos acesso a uma quantidade prodigiosa de velhas películas analógicas "quadro a quadro", algumas assaz instrutivas, outras, francamente estapafúrdias.

Ao ativar vários daqueles computadores primitivos, logramos acessar informações recentes, não disponíveis na maioria dos textos impressos. Deste modo, fomos capazes de reconstituir os últimos estertores da cultura pavoniana.

No entanto, nenhuma das descobertas maravilhosas que fizemos conseguiu dissipar a frustração por termos perdido nosso encontro cósmico pelo intervalo infinitesimal de seis anos. Houvéssemos chegado antes e talvez pudéssemos ter impedido aquele processo de extinção, até certo ponto análogo ao que quase dera cabo da humanidade.

Se ao menos a *Pioneira* viajasse mais rápido...

Desde o início, sabíamos que os pavonianos haviam sido vertebrados trípodes dotados de seis delicadas organelas articuladas de manipulação, que denominamos pinças. Os machos da espécie possuíam cerca de um metro de altura e as fêmeas, pouco mais que o dobro. Da decodificação de suas escritas, aprendemos que, em virtude desse dimorfismo sexual pronunciado, desde o alvorecer da civilização em Jokerman, todas as formações sociais pavonianas tinham sido matriarcais.

* * *

Não gosto de rememorar certos indícios que encontramos na sede de governo do Império, em pleno coração de Kahoolawe, tão distante do oceano onipresente quanto se podia estar em Jokerman.

Os pavonianos souberam que estávamos a caminho.

O Conselho Científico da Federação julgou por bem avisá-los de nossa intenção de lhes prestar uma visita pessoal.

Afirmamo-nos ansiosos pelo estabelecimento de relações pacíficas e cordiais.

Anunciamos a data aproximada da chegada da *Pioneira* e o perfil geral de nossa missão primária. Chegamos ao requinte de propor protocolos a serem observados pelos dois lados, com o intuito de facilitar os primeiros contatos.

Ao que parece, os pavonianos se sentiram tremendamente entusiasmados com nossa visita iminente e com a perspectiva do estabelecimento de relações diplomáticas.

Segundo as simulações etológicas delineadas pelo Departamento de Xenologia Aplicada da Academia Lunar, a motivação principal do júbilo pavoniano residia na esperança assaz plausível de auferir parcela considerável dos avanços tecnológicos que os emissários humanos pareciam propensos a compartilhar. Pretensão, aliás, bastante razoável ante as circunstâncias.

Como descobrimos da análise de seus registros noticiosos, a repercussão mundial da notícia de nossa chegada acirrou as hostilidades latentes entre as várias nações antagônicas, à medida que o governo de cada uma delas tentou se arvorar no direito de manter o monopólio exclusivo do conhecimento superior que os alienígenas decerto trariam das estrelas.

Essa crise política e diplomática adquiriu desdobramentos religiosos. Porque houve facções que não hesitaram em identificar os humanos com os deuses de um ou outro panteão autóctone. Deuses que, após longa ausência em suas peregrinações celestes, enfim regressavam com as pinças repletas de dádivas oriundas de uma tecnologia superior.

Não que aquela crise político-militar fosse um fator novo ou anômalo na história pavoniana. Ao contrário, já era coisa antiga de séculos. Não eclodiu em absoluto por nossa causa. Contudo, a iminência da chegada da *Pioneira* serviu de estopim para a deflagração das hostilidades.

Outra civilização tecnológica. Uma espécie racional inteiramente alienígena e, no entanto, a mesma pletora de erros fatais que nossos antepassados haviam perpetrado na Terra.

As líderes das diversas nações pavonianas e os invariáveis gênios-idiotas de plantão, julgaram possível vencer uma guerra mundial, desde que encetassem um primeiro ataque fulminante e devastador.

Todos nós já havíamos ouvido aquela história antes.

Não se pode negar que a humanidade como um todo e a *Pioneira* em particular foram os responsáveis indiretos pela extinção dos pavonianos.

Responsáveis pelo desaparecimento de uma cultura tecnológica. Pela extinção de uma espécie racional. Em nossa afobação bem-intencionada, acabamos por obliterar o próprio objeto de estudo, cujo desejo de conhecer nos fizera vir de tão longe.

Em pensar que havíamos percorrido 20 anos-luz e consumido quase meio século para nada...

Por decisão unânime, omitimos das transmissões públicas para casa todo e qualquer indício de nosso papel involuntário na extinção dos pavonianos. Julgamos que um fato tão relevante e com tamanhas implicações éticas e políticas não deveria vir a público sem um trabalho prévio meticuloso de preparação sociológica.

A verdade sobre o papel humano no desaparecimento dos pavonianos foi comunicado ao quartel-general da Força Estelar numa longa mensagem cifrada. Não conseguíamos sequer imaginar as medidas que os sociólogos da Federação lucubrariam para divulgar a verdade sem provocar uma crise política de gravidade inimaginável.

Todos sentíamos que, não fossem gerenciadas de modo satisfatório, as repercussões da notícia da extinção abrupta dos pavonianos poderiam resultar facilmente no fim das expedições interestelares tripuladas.

* * *

– Mas... – Abri a boca, espantada, sem conseguir desviar os olhos das estátuas magníficas. As duas figuras não haviam sido esculpidas num bloco único. Ao contrário, o artista empregara pedras de colorações diferentes, encaixadas umas nas outras com perfeição, de modo a retratar os tons naturais das epidermes e apetrechos das figuras. Embora não lograsse distinguir todas as pedras empregadas, reconheci jade, alabastro, ônix, quartzo e pórfiro. As duas estátuas foram erguidas sobre um pedestal de mármore negro. Ante tamanha beleza, senti-me insegura quanto aos gêneros representados. Com certeza fiz aquela cara de idiota que eu odeio. – Esse menor é um macho, certo? É bem mais baixo e franzino do que a outra.

– É lógico que é uma fêmea também. – Michael se apressou em esclarecer, com queixo tão inclinado para cima quanto o meu e os dos outros quatro. – Repare nas pinças serrilhadas. As pinças dos machos não possuem serrilhas tão pronunciadas. Além disso, as antenas olfativas são largas e vistosas como as de uma fêmea. E, o mais importante: essa protuberância abaulada do bulbo ovipositor. Não resta a menor dúvida de que é uma fêmea.

– O que está escrito nesta placa? – Aline se virou para nós, apontando para a placa metálica fixada no pedestal das estátuas. – Talvez o texto esclareça o que a cena representa.

Mário permaneceu com o olhar fixo no par de estátuas.

Olympia subiu os três degraus com passos vagarosos, desajeitada dentro da armadura.

"Deixem-me ler isto." – Transmitiu em meio ao suspiro de esforço.

Tornei a olhar para as estátuas, hipnotizada.

A maior, inegavelmente uma fêmea, permanecia impávida, ereta e de pinças entreabertas sobre uma espécie de pódio. As três hastes oculares estavam curvadas, apontando para baixo, fitando o outro pavoniano, segundo Michael, outra fêmea.

Será?

Porque, além de mais baixa, a pavoniana menor situava-se num patamar abaixo do pódio onde a maior estava, de modo que, da posição em que se encontrava, precisava erguer as hastes oculares para fitar a outra. Ela estendia uma das três pinças superiores, oferecendo à maior um cilindro, que julguei ser um rolo de pergaminho.

A pavoniana maior mantinha a pinça inferior que estava diretamente voltada para a menor um pouco mais erguida que as demais, como se a sugerir certa propensão a aceitar a oferta do rolo.

"Imperadora Sétima Fulgente, isto quer dizer, a sétima monarca dessa dinastia, recebe tributo-de-conhecimento..." – Olympia cerrou as pálpebras. Decerto consultava o vocabulário de ideoglifos que armazenara na memória. – *"... cartográfico.... Sim, é isto:* tributo-de-conhecimento-cartográfico*; um mapa... das pinças da... é... comandanta de muitas naus... muitas naus de longo curso..."*

– Almiranta. – Sugeri.

"Exato. Das pinças da Almiranta Clareza Absoluta, por ocasião da..."

– O que é isto de "Clareza Absoluta"? – Farukh franziu o cenho num olhar desconfiado à marciana. – Tem certeza de que está lendo isto direito?

– Clareza Absoluta é a tradução literal do nome dessa almiranta aí em frente. – Mário acudiu em socorro de Olympia. Até então os dois eram os únicos que haviam estudado os glifos do idioma de Kahoolowe. – Ao que parece, ela veio de Tijuca.

– Como é que você sabe disto? – Michael baixou o olhar inquisitivo das estátuas para a placa repleta de ideoglifos.

– Embora ainda não possua a fluência da Xereta, reconheci o símbolo que essas imperiais empregam quando se referem à Ilha de Tijuca aplicado ao dístico da própria almiranta.

"Mário tem razão." – Olympia se virou para mim com um sorriso tímido. – *"Posso continuar?"*

– Tenha a bondade. – Respondi, fazendo uma vênia em direção à placa.

"OK. Vamos retomar do início: Imperadora Fulgente VII recebe o mapa das marés das costas de Tijuca das pinças da Almiranta Clareza Absoluta, por ocasião da primeira visita de uma flotilha daquela nobre ilha às Terras Infindas."

– Terras Infindas? – Aline olhou em volta, à procura de explicação. – É assim que os nativos se referem a Kahoolowe?

"Mais ou menos. Pelo que estou concluindo, é assim que os tijucanos daquela época se referiam à ilha-continente. Porque os imperiais chamavam-na simplesmente A Terra."

– Há quanto tempo se deu essa primeira visita? – Farukh indagou.

"Segundo esse registro, o primeiro contato ocorreu no ano 19 do reinado de Fulgente VII, o que corresponde a... vejamos... ao ano 5.422 do ciclo escarlate do Grande Molusco Rastejante... quer dizer... Mário, querido, isto está em base nove, não é?"

– Não. Aqui no Império eles empregavam a base dezoito. – O brasileiro levantou as duas mãos para Aline, que o fitava com ar inquisitivo. – Seis patas manipuladoras tridáctilas, certo? A propósito, as duas lindonas aí em cima tiveram seu encontro histórico pouco mais de 3.100 anos atrás.

Contemplei a imperadora. Com quase cinco metros de altura, a estátua fora esculpida no que estimei ser o dobro da escala real. Mesmo assim, uma pavoniana das grandes. Alta e robusta como as fêmeas imperiais de fina estirpe. Não trajava roupas, exceto por um manto bordado a partir de fios de algas vermelhas, jogado por cima do tronco cilíndrico oblongo, com um orifício estreito para deixar passar a cabeça diminuta. Como todos os pavonianos da elite imperial, a monarca possuía epiderme azul-cobalto salpicada com sardas amarelas no terço superior, a partir do segundo trio de pinças manipuladoras.

Por seu turno, a almiranta tijucana não usava vestimenta de espécie alguma. Portava, isto sim, uma cinta larga entre os dois trios de pinças, de onde pendiam várias ferramentas. Sua epiderme era alaranjada, rajada com listras verdes brilhantes, típica dos habitantes do Arquipélago Souza, emprestava-lhe aspecto de tigresa alienígena.

Se as escalas fossem confiáveis, a almiranta deve ter sido cerca de sessenta centímetros mais baixa que a imperadora.

"Esta foi a primeira vez que o Império recebeu uma visita oficial de pavonianos civilizados."

– Como assim? – Perguntei. – Um primeiro contato?

"Isto mesmo. Antes dessa visita, Kahoolowe sofreu uma série de invasões e tentativas de invasões de hostes bárbaras de além-mar. Contudo, antes da chegada da flotilha de Clareza Absoluta, jamais haviam focado seus olhos multifacetados numa extraimperial civilizada."

* * *

A esperança de encontrarmos algum sobrevivente foi se dissipando pouco a pouco, ao longo dos primeiros meses de exploração na superfície de Jokerman.

Sobretudo após nossas visitas tétricas a várias daquelas cidadelas tornadas em necrópoles, algumas das quais abrigavam centenas de milhares de cadáveres pavonianos.

Vagamos pela superfície de várias ilhas, por entre ruínas que a vegetação densa já começara a reconquistar em alguns pontos. Transmitimos para a humanidade tomadas holográficas das obras de arte mais belas daquele povo.

Estudamos sua história, seus hábitos e seus costumes, no afã de tentar compreender como pudemos perder o encontro marcado com nossos vizinhos cósmicos por um atraso tão ínfimo.

Como mais tarde faria em Sandman, Michael examinou pormenorizadamente muitos dos espécimes da fauna e flora locais. Concluiu que, ao contrário do que ocorrera no mundo desértico, tanto em Jokerman, quanto na Terra, a vida originou-se no oceano e não na argila úmida.

Como todos os heterótrofos multicelulares de Jokerman, os pavonianos, eram respiradores de oxigênio.

A cadeia molecular que armazenava o programa genético dos seres vivos daquele mundo não era, contudo, o ácido desoxirribonucléico, mas sim, a alfa-fergusomina. Os organismos sandmanianos tinham suas estruturas paracromossômicas constituídas pela beta-fergusomina, uma macromolécula diferente tanto do DNA quanto da alfa-fergusomina.

Uma análise comparativa preliminar das duas fergusominas indicou que, embora guardassem semelhanças significativas inequívocas – sugestão clara da evolução pré-biótica a partir de constituintes orgânicos ancestrais em comum – as duas macromoléculas haviam desenvolvido histórias evolutivas inteiramente distintas ao longo das biogêneses de Jokerman e Sandman, até chegarem ao estágio presente da vida multicelular desses mundos.

Tanto as diferenças quanto as semelhanças compartilhadas pelas duas fergusominas constituíam testemunhos bastante persuasivos em favor da teoria da ocorrência de um processo de panspermia pré-biótica no Sistema Delta Pavonis.

Michael pensava que a vida pré-celular se houvesse originado primeiro nas argilas úmidas de Sandman e depois conseguido migrar de alguma maneira, através de um acidente cósmico qualquer, para os oceanos primitivos de Jokerman, numa época em que esse último planeta ainda dispunha de massas continentais emersas.

Hoje sabemos que as biogêneses desses dois planetas não se deram bem assim.

Capítulo IV
Tragédia em Jokerman

2342 E.C.
Tijuca
Jokerman [Delta Pavonis II]

– Tem certeza, Xereta? – Mário se levantou da poltrona na sala de reuniões improvisada que mantínhamos no acampamento da Ilha Tijuca, no centro do Arquipélago Souza, na região tropical do hemisfério norte. – Não seria apenas um hexacentauro que conseguiu ingressar na cidadela, como da última vez?

"Da outra vez, naquela cidadela em Kahoolawe, eu afirmei que não se tratava de uma criatura racional." – Olympia emitiu num dos tons mais sérios que já captei. – *"Vocês é que não quiseram me ouvir. Dispararam todos empolgados numa correria desabalada e me obrigaram a me estourar para correr atrás. Depois ficaram decepcionados e aborrecidos. Como se a culpa fosse minha."*

– É verdade. – Manifestei meu apoio à marciana. – Convém lembrar que Olympia insinuou que se tratava apenas de um animal.

– Tudo bem. Fomos nós que nos precipitamos. – Michael trançou os dedos das duas mãos e os estalou todos de uma vez. – Mas isto foi há mais de um ano.

– Além disso, – Farukh atalhou, – desta vez os lacres dos portais da cidadela parecem intactos.

O engenheiro tinha razão. Era a primeira vez que nos deparávamos com lacres inviolados.

Mário voltou à carga:

– O que queremos saber é o que você sentiu ontem, quando passou por cima dessa cidadela recém-descoberta?

"Desta vez eu captei emanações mentais muito mais sutis do que as de qualquer outra criatura não-humana que já encarei." – Ela cerrou as pálpebras ao recordar as memórias da véspera. – *"Totalmente ininteligíveis mas, ainda assim, com um grau de complexidade comparável aos espectros psíquicos irradiados por mentes humanas."*

– Pavonianos, então? – Aline pressionou.

"Não há como saber." – Olympia ergueu as mãos com as palmas para cima, como que a se desculpar diretamente à oficial-médica. – *"Nunca* li *um nativo. Contudo, por eliminação, eu diria que há boas chances de haver pavonianos vivos lá embaixo."*

– Mais de um? – Farukh cofiou o cavanhaque. – Exatamente quantos?

"Pelo menos dois." – Olympia fez uma pausa, consultando suas recordações recentes. – *"Talvez mais."*

– Após dezoito meses de buscas infrutíferas, pavonianos vivos, afinal. – Outra vez sentado, Mário ergueu o olhar embevecido para o forro do abrigo. – Quase não dá para acreditar. Parece que estou sonhando...

– Se é um sonho, não me acorde. – Farukh abriu um de seus raros sorrisos.

"O que vamos fazer?"

– Vamos descer àquela cidadela e estabelecer contato. – Afirmei de pronto. – Foi para isto que viemos até aqui, não foi?

– Vou com vocês. – Mário exigiu.

– Eu também. – Michael impôs com voz calma.

Como xenólogo da expedição, a presença do imediato era obrigatória em qualquer primeiro contato planejado com antecedência.

"Todos queremos ir." – Olympia manifestou o que se passava pela cabeça dos demais.

– Anseio bastante compreensível. – Enunciei com a calma que antecede o tsunami. – Só que, como nós seis sabemos, nem todos podem ir.

– Mas, Sylvia... – Mário começou.

– Não adianta choramingar. – Cortei o argumento do brasileiro com um gesto peremptório. – Vocês conhecem os procedimentos-padrão tão bem quanto eu. Já vivenciamos o primeiro contato juntos em dezenas de simulações.

– De fato. – Mário manobrou, planejando seu recuo estratégico. – Mas simulação alguma previu o cenário onde quase toda a população pavoniana houvesse desaparecido numa hecatombe bacteriológica global.

– A extinção da cultura nativa não altera nossas diretivas em nada. – Falei, assumindo meu tom formal de comando. – O protocolo do primeiro contato permanece válido. Irão descer à cidadela eu, como líder do grupo de contato; Aline, como médica da expedição; Michael, como xenólogo; e Olympia, na dupla qualidade de telepata e embaixadora da humanidade.

– Isto é um absurdo, Sylvia! – Mário bufou, irritado. – O protocolo dizia respeito a contatos formais entre duas culturas mutuamente alienígenas, ao passo que agora estamos prestes a forçar nosso acesso num abrigo de sobreviventes de um holocausto planetário. É provável que esses nativos nem sequer saibam quem somos.

– Insisto em que o protocolo mantém sua validade intacta. Sobretudo nas circunstâncias atuais, com desfecho menos previsível do que qualquer simulação que vivenciamos, não pretendo arriscar mais gente que o estritamente necessário. – Frisei num tom mais frio do que pretendia. – Portanto, determino que você e Farukh permaneçam na retaguarda, aqui no acampamento até segunda ordem. Alguma objeção?

– Colocando a coisa nestes termos, – Farukh murmurou, acabrunhado, – não, senhora. Nenhuma objeção.

– Tudo bem, Sylvia. Vamos fazer do seu jeito. – Mário lançou as mãos para o alto e exalou um suspiro resignado. – Torço para que nenhum de nós se arrependa desta decisão.

* * *

– Aqui Sylvia. – Falei para bem do registro e também dos companheiros que permaneceram no acampamento. – Chegamos ao sítio onde Olympia diz que as emanações são mais intensas. Estão avistando esse monte de escombros à nossa frente?

"– Afirmativo." – Ouvimos a voz de Mário em nossos implantes auriculares.

Dessa vez estávamos transmitindo em áudio e holo.

Visualizei a fisionomia preocupada do brasileiro sob forma de uma projeção intrarretiniana semitransparente no olho direito. Era possível enxergar através dela normalmente, desde que a pessoa estivesse acostumada a lidar com projeções desse tipo.

"– Pelo que conseguimos ver daqui, a comporta de acesso parece bloqueada por escombros." – Farukh apareceu ao lado de Mário. "– Confirme para nós."

– Exatamente. Bloqueado pelo lado de fora e, talvez, também pelo lado de dentro. – Confirmei, lançando novo olhar ao monturo de escombros que se acumulava sobre a escotilha circular, em verdade, a extremidade de um longo duto cilíndrico que emergia quarenta centímetros do solo arenoso de uma praça abandonada, coberta por chumaços de vegetação rasteira castanha, que vicejara regressada ao estado selvagem na ausência de jardineiros que a podasse. – O cenário parece em tudo idêntico ao dos acessos de outras cidadelas visitadas em Souza.

"Só que existem pessoas aí dentro." – Olympia replicou num tom tenso.

– Fale em português, meu anjo. – Fiz um gesto discreto para a holocâmera automática atada em meu ombro.

– Ah, desculpe. – Ela articulou no idioma solicitado. – Só comentei que, ao contrário dos outros abrigos que exploramos até agora, existem pessoas vivas dentro deste aqui.

– Podemos usar as pás do trator para remover o grosso desse entulho. – Michael sugeriu, avaliando o monturo constituído por pedregulhos de concreto, tijolos, ferragens retorcidas e tábuas de material semelhante ao plástico, fabricado à base de algas prensadas.

– É, podemos. – Concordei, observando outra vez a escotilha do abrigo através da sondagem ultrassônica exibida no tablete que Aline segurava com as duas mãos. – O que acham?

"– O trator dará conta do recado, direitinho." – Mário opinou lá do acampamento.

"– Posso operá-lo daqui em modo remoto." – Farukh propôs.

– Então, faça isto. – Determinei, satisfeita por conceder ao engenheiro um modo de participar dessa exploração crucial, ainda que à distância.

A máquina robusta saiu de stand-by com um zumbido penetrante. Após um estremecimento breve das lagartas, arrancou rumo à pilha de escombros com o ruído fraco, característico do motor acoplado ao reator de fusão.

Aproximou-se do monte de entulhos com pás baixadas, catando o primeiro bocado de concreto. Girou para o lado e largou a carga num ponto que logo se transformou numa pilha de escombros de altura crescente, à medida que o trator trabalhava em ritmo constante.

Embora todos nós, até mesmo Aline e Olympia, soubéssemos operar o trator, Farukh era nosso virtuose.

Quando o monte de dejetos foi desbastado a ponto de tornar a cata de entulhos ineficiente, o engenheiro fez o trator recuar, alinhou a pá na vertical e a baixou até que tocasse o solo arenoso, empregando-a para varrer o entorno da escotilha, já perceptível a olho nu.

Cinco minutos depois, Farukh desativou o trator, dando o serviço por encerrado.

"– Pronto. Agora o resto é com vocês."

– Bom trabalho. – Apliquei dois tapinhas no ombro de Michael para estimulá-lo à ação. – Pode deixar conosco. Somos simplesmente os melhores arrombadores de tumbas de Delta Pavonis.

"Sylvia! Há pessoas vivas aí dentro."

– Desculpa, meu bem. Não está mais aqui quem falou.

– Concordo. – Aline esboçou um meio-sorriso. – Mas procure falar em vez de emitir, para que nossos amigos possam ouvir do acampamento e nossos implantes de relatório possam registrar.

Examinamos a escotilha do abrigo recém-desimpedida.

Prática curiosa essa dos nativos do Arquipélago Souza. Suas instituições políticas e sociais se desmanchando pelas costuras, a ponto de se verem obrigados a buscar abrigo em cidadelas subterrâneas e, ainda assim, sempre restava gente na superfície para ocultar as entradas de seus abrigos sob pilhas de escombros. Não nos deparamos com nada desse gênero em Kahoolawe ou Xavier.

Como será que esses tijucanos escolhiam quem seria deixado para trás a fim de executar o serviço? Indivíduos já irremediavelmente enfermos? Se fosse este o caso, será que se ofereciam como voluntários, ou eram compelidos a camuflar os acessos dos abrigos?

Michael colocou seus protetores auditivos e sacou o pé de cabra pneumático da bainha comprida que mantinha atada às costas.

Aplicou a lâmina aguçada da ferramenta num dos engates da escotilha.

Aline, Olympia e eu nos afastamos alguns passos por causa do barulho.

A britagem sônica do pé de cabra pulverizou o engate em coisa de cinco segundos. Executou a mesma operação nos outros oito engates.

Em seguida, forçou a lâmina do pé-de-cabra lateralmente sob a escotilha e ativou o instrumento durante meio minuto, durante o qual caminhou em torno do segmento de duto, fazendo com que a ponta da ferramenta percorresse a borda circular da escotilha, para fazê-la se desprender do substrato de metal oxidado e poeira acumulada que, caso contrário, teriam-na mantido agarrada à extremidade do duto vertical.

Desativou o pé-de-cabra, limpou sua lâmina e voltou a embainhá-lo em suas costas. Então me consultou com o olhar.

Assenti distraída, com a mão direita descansando sobre o coldre da pistola de choque.

Michael é extremamente forte e, de fato, precisou despender uma força considerável para empurrar aquela escotilha pesada para fora de seu encaixe, até que ela tombasse no solo com ruído cavo.

Não perdemos tempo em comemorar a surpresa agradável de encontrar o interior do duto desimpedido.

Pregamos os carretéis dos cabos pelos quais desceríamos os 78 metros do duto de acesso à cidadela.

De experiências passadas já havíamos aprendido que as escadas verticais pavonianas não eram apropriadas para pés e mãos humanos e, sobretudo, não eram, em absoluto, confiáveis.

* * *

– Desculpe-me por não bancar o cavalheiro desta vez. – Michael me segurou pelo braço quando eu me preparava para me ajoelhar na borda do duto para iniciar a descida. – Faço questão de descer primeiro.

– Negativo. Quem faz questão sou eu.

"Deixe o Michael descer primeiro."

"– Detesto reconhecer, mas desta vez, excepcionalmente, o norte-americano está certo." – Mário interveio lá do acampamento. "– É de longe o mais apto dos quatro. Portanto, deve ser o primeiro a descer."

– Obrigado, Sandriotti. – Michael esboçou um sorriso satisfeito. – É exatamente o que eu penso.

– O que é isto, um motim? – Não houve como não corresponder ao sorriso.

– Mera aplicação de lógica. – Aline afagou minhas costas, piscando o olho. – Além da manifestação óbvia de nosso imenso apreço por você.

– Sei. – Retribuí o carinho dela com um beijo no rosto. Então me virei para Michael e gesticulei minha concordância. – Tudo bem, meu cavaleiro de armadura reluzente. Não sei o quanto desse teu pretenso cavalheirismo é de fato instinto de proteger suas fêmeas e o quanto é mero exibicionismo machista mesmo. Não importa. Por favor, vá em frente. Faça as honras da humanidade. Mas tome cuidado.

– Isto mesmo. – Aline concordou, com a mão apoiada no ombro do imediato. – A se crer em Olympia, desta vez há pavonianos vivos lá embaixo. Não sabemos em que estado mental eles se encontram, depois desses anos todos de isolamento forçado.

"Confuso."

– O quê? – Michael fitou a marciana boquiaberto.

– Fale em português. – Ordenei em tom mais preocupado e impaciente do que pretendia.

– Pelo que pude perceber, o estado preponderante dos pavonianos é o de confusão mental. – Olympia articulou com ar ausente, a testa franzida, como se estivesse se esforçando para ouvir o murmúrio de uma brisa distante. – Não que eu possa compreender seus pensamentos claramente. Mal consigo lhes distinguir as emoções, embora perceba que eles pensam como seres racionais. Isto é, pelo menos na maior parte do tempo.

"– Quer dizer que eles às vezes não pensam como criaturas racionais?" – Farukh perguntou.

– Quero dizer que os pensamentos deles são muito mais alienígenas do que jamais julguei possível. Percebo esses pensamentos, quando eles não se expressam articulados no idioma deles, bem como suas emoções. Por vezes, quase chegam a fazer sentido. Então, retornam à condição normal de barafunda psíquica incompreensível.

Michael, Aline e eu nos entreolhamos desanimados e não tecemos comentários. Afinal, o que três cegos de nascença poderiam acrescentar para comentar as nuances de uma tonalidade nova, recém-descoberta?

O imediato se sentou na borda do duto com as pernas para fora . De cabo passado pelas mãos enluvadas, lançou-se naquele buraco escuro, iniciando a descida.

Um minuto mais tarde, ouvimos sua voz pelo link:

"– Cheguei aqui em baixo. Até agora tudo calmo. Não há sinal dos nativos."

– Informe o ambiente. – Solicitei.

"– Está bastante escuro, mas o ar é puro e plenamente respirável. Bem diferente das outras cidadelas que exploramos. Imagino que esteja sendo reciclado de algum modo. Ouço ruídos distantes de maquinaria em funcionamento. Ativando os filtros infravermelhos agora. Julgo melhor não empregarmos as lanternas de nossos capacetes por enquanto."

– E então, meu herói? – Lancei um olhar divertido a minhas duas amigas. – Podemos descer em segurança?

"– Afirmativo. Agora consigo enxergar bem num raio de vinte metros. O ambiente parece bastante seguro aqui embaixo." – Soltou uma risada. "– Estou com saudades. Venham logo."

* * *

– Estamos os quatro aqui embaixo. – Falei para nossos companheiros do acampamento. – Já ativei o holofote infravermelho da câmera.

"– Recepção nítida." – Farukh confirmou. "– Recomendo adoção do procedimento-padrão para transmissões de campo."

– Afirmativo. Já *desovamos* o primeiro microrrepetidor neste ponto. Quando o sinal começar a degradar, grite.

O procedimento-padrão para transmissões em ambientes subterrâneos ou regiões de sombra preconizava que se lançasse microrrepetidores a cada dois quilômetros explorados, ou sempre que a relação sinal/ruído caísse abaixo de um determinado mínimo.

– E agora? – Michael fitou Olympia. – Para onde vamos?

– As emanações parecem mais intensas nesta direção. – Ela apontou para o segmento do corredor que rumava para o sul.

Assim, afastamo-nos dos ramos daquele entroncamento que conduziam para norte, leste e oeste.

Avançamos a passos lentos, com o cuidado de olhar onde estávamos pisando, para evitar tropeçar em desníveis e obstáculos, algo comum nos corredores das cidadelas subterrâneas erigidas pelos nativos.

A escuridão reinava absoluta naquele vasto corredor de acesso. Contudo, visualizávamos nosso caminho como um ambiente de contornos esverdeados, graças aos filtros IV de nossos capacetes e ao holofote da câmera.

O corredor em que avançávamos possuía seção reta quadrada, com pouco mais de três metros de pé-direito. Periodicamente passávamos por fendas abertas no teto do corredor. Ao contrário do que seria de se esperar, não havia degraus ligando o piso às fendas.

Como entre os pavonianos as fêmeas tinham o dobro do tamanho dos machos, imaginamos que a única maneira possível para um macho sair do corredor por um acesso semelhante aqueles pelo qual passávamos era ser erguido por uma fêmea. Por si só, este fato já dizia muita coisa sobre a psicologia dos nativos. Ainda mais quando recordávamos que os pavonianos não constituíam originalmente uma espécie de hábitos subterrâneos.

A planta daquela cidadela era bastante parecida às de outros três abrigos que já havíamos explorado no Arquipélago Souza. Portanto, nenhum de nós se sentiu espantado quando, após cerca de um quilômetro, o corredor terminou numa parede guarnecida por ampla escotilha circular. Em teoria, já conhecíamos o sistema de alavancas hidráulicas que devíamos acionar para abrir a escotilha.

O problema é que jamais nos havíamos deparado com um sistema de abertura que não estivesse avariado. Apenas por desencargo de consciência, executei uma varredura do painel de controle da escotilha. Meus instrumentos indicaram que estava energizado.

Michael experimentou as alavancas na ordem recomendada graficamente através de ilustrações impressas no próprio painel. Para nossa surpresa, a escotilha emitiu um chiado abafado e então começou a girar para fora vagarosamente sobre as dobradiças, até que se abriu por completo.

"– Quem diria?" – Farukh se maravilhou com o funcionamento inesperado das engrenagens. "– Mais tarde vou querer examinar esse dispositivo *in loco*."

Uma claridade pálida fluiu através do portal da escotilha.

Apoiei a mão direita no coldre e a esquerda no ombro de Michael, antes de perguntar aos demais:

– Então, vamos entrar?

– O que você acha, Olympia? – Aline perscrutou o semblante da marciana com olhar severo. – Eles estão aí dentro?

– Definitivamente. – Olympia anuiu, perturbada. – As emanações estão vindo aí de dentro.

– Consegue estimar a distância aproximada? – Michael indagou, repousando a mão na minha cintura.

– Essas emanações não se tornaram significativamente mais intensas, desde que começamos a caminhar por este corredor. Portanto, estimo que tenhamos percorrido um trecho pequeno em relação à distância que nos separa dos emissores.

– Percebo. – Suspirei, decepcionada, mas também aliviada. Apontei para a vastidão penumbrosa que se estendia para além da escotilha escancarada e propus, tentando parecer animada. – Vamos lá?

* * *

Já explorávamos a cidadela há doze horas.

Vinte e poucos microrrepetidores e duas refeições mais tarde, sempre que indagada, Olympia continuava afirmando que estávamos mais perto dos pavonianos do que antes, mas ainda não muito próximos.

Nas esquinas, bifurcações e entroncamentos, ela se concentrava por alguns instantes antes de nos indicar que rumo tomar. Seu senso de direção não era perfeito. Tomamos o rumo errado em duas ocasiões e só percebemos o engano quando a marciana reclamou que as emanações estavam ficando mais débeis.

Passamos por espaços habitacionais vazios inteiramente às escuras; depósitos mal iluminados parcialmente repletos de víveres e equipamentos; áreas públicas com posteamento dotado de umas poucas lâmpadas acesas; unidades de trabalho fabril cujos zumbidos e guinchos indicavam provável funcionamento.

Só que não havia vivalma em sítio algum.

– Sylvia, se não encontrarmos novidades em breve, sugiro que cogitemos a hipótese de acamparmos para repousar algumas horas. – Sempre preocupada com nosso bem-estar físico, Aline apresentou a proposta em tom neutro, pois sabia que seria mal recebida pelos demais.

– Discordo. Prefiro prosseguir até encontrar os nativos. – Marchando à frente de nosso grupo, Michael se manifestou sem diminuir o passo. – A menos que a Garota precise descansar.

– Estou me sentindo muito bem. – Olympia declarou com um suspiro resignado. – Posso continuar sem problemas por mais uma ou duas horas.

– Sei que está se sentindo bem agora, mas já ativou sua segunda dose de estimulante. – A médica replicou, severa. – Não permitirei que tome uma terceira antes de repousar um pouco.

– Tudo bem. Ainda estou sob efeito da última dose. Aposto que posso até disputar uma corrida contigo.

– Imagino que você realmente creia nisto agora. – Aline rebateu com um sorriso brevíssimo no canto dos lábios. – O ligeiro excesso de autoconfiança constitui um efeito colateral desse tipo de estimulante. Só que você vai pagar bem caro quando o efeito acabar.

– Falando sério: ainda consigo avançar por mais umas duas horas. – Notando meu olhar desconfiado, Olympia me fitou com ar de súplica. – Creio que já estamos bem perto dos pavonianos agora.

Consultei Aline com um arquear de sobrancelhas.

Algo relutante, a médica acabou assentindo.

– Vamos prosseguir por enquanto. – Enunciei enfim minha decisão. – Aline dirá quando julgar que Olympia precisa parar.

– Não gostaria de parar quando estamos prestes a encontrar os pavonianos. – Michael replicou. – Se for preciso, levo a Garota no colo.

– Eu adoraria!

"– Em pensar que ela se dizia pudica..." – Mário riu de sua poltrona no acampamento.

Cogitei sobre a proposta do imediato.

Sabia que ele poderia carregar Olympia horas a fio sem se cansar.

Por outro lado, caso concordasse com o esquema, teria metade do meu pessoal sem condições de reagir prontamente ante qualquer circunstância inesperada.

– Vamos deixar para decidir esta questão do colinho para Olympia se e quando a ocasião surgir. – Declarei sem assumir compromissos. – Por enquanto, sigamos em frente.

* * *

"Eles estão bem perto, agora!"

– Fale em português. – Aline e eu ralhamos ao mesmo tempo em modo automático.

Então, perturbadas ao compreender, paramos de andar e olhamos para Olympia.

Michael também estacou. Voltou-se para a marciana e indagou:

– Em que direção?

– Para frente, mas também para a esquerda.

Observamos a via larga de pedestres em que seguíamos.

Fiel ao padrão arquitetônico típico das construções subterrâneas desse arquipélago, o corredor-avenida possuía em suas duas calçadas prédios baixos que abrigavam unidades residenciais.

As paredes externas dos prédios eram cobertas por rendilhados de azulejos pequeninos, geralmente apenas em duas cores, formando padrões e figuras que exibiam cenas cotidianas da vida dos pavonianos. As cores costumavam variar imensamente de um prédio para o seguinte. Os pavonianos da cultura da Tijuca adoravam cores garridas.

Originalmente, as cidadelas pavonianas eram feericamente iluminadas por lâmpadas de alta potência instaladas nos tetos dos corredores ou nos postes das áreas mais amplas, como praças e espaços públicos.

Em todas as cidadelas exploradas até então, esse sistema de iluminação já se encontrava desativado, aparentemente desde uma época anterior à chegada da *Pioneira* em Delta Pavonis.

Contudo, na cidadela que ora explorávamos foi diferente.

Havia uns poucos sítios onde a iluminação original ainda se mantinha em funcionamento precário. Além disso, a luz baça de lâmpadas de emergência clareava as janelas de muitos prédios e espaços fechados.

– Para a esquerda, onde? – Aline perguntou.

– Na direção daquele prédio iluminado. – Olympia apontou. – Aquele lá, de ladrilhos verdes e vermelhos, do outro lado da avenida.

Desativei os filtros IV por alguns instantes e dei uma olhada no edifício indicado.

A sensação de estranheza se aprofundou.

Embora as praças, ruas e prédios de design funcional fossem bastante similares aos de dezenas de outros núcleos subterrâneos que havíamos explorado nos meses anteriores, foi a primeira vez que enxerguei janelas iluminadas em prédios banhados numa luminosidade pálida, crepuscular.

Iluminação de emergência? Tentativa de emular o ambiente noturno da superfície?

Outra diferença, de caráter subjetivo mas, ainda assim, fundamental, era saber que nessa cidadela, ao contrário de todas as outras exploradas até então, havia pavonianos vivos.

– Quantos indivíduos? – Perguntei.

– Consigo identificar pelo menos três presenças... – Olympia engoliu em seco. – Três pessoas.

– Eles sabem que estamos aqui? – A voz pausada de Michael traía uma ponta de tensão controlada.

– Não sei. – A marciana franziu a testa. – Estão nervosos. Com medo. Sabem que alguém... Não. Algo que não eles... – Ela se interrompeu de repente.

"– Algo o quê?" – Mário indagou pelo canal de áudio.

– Tive a impressão momentânea de que eles suspeitam que alguém invadiu a cidadela.

– Você conseguiria falar com eles? – Perguntei. – Transmitir a ideia de que somos amigos?

– Claro que não! Mal consigo perceber que eles existem... – O queixo dela estremeceu ligeiramente quando me lançou um olhar frustrado. – Como quer que eu lhes emita conceitos complexos, como amizade e confiança?

– Desculpa, meu anjo.

– Olympia está exausta. – Aline afirmou com autoridade médica. – Diria que está prestes a desmaiar de cansaço.

– Posso resolver esta parada rapidinho! Quer ver só? – Olympia fuzilou a oficial-médica com o olhar. Os dedos da mão direita digitaram um comando no teclado minúsculo preso às costas da esquerda, para fazer com que seu *biomed* liberasse nova dose de estimulantes. Sua fisionomia passou do desafio ao pasmo em coisa de três segundos. – Ué? Não estou sentindo o efeito...

– Não está sentindo porque eu desativei o comando de aplicação de estimulantes do seu controle biomédico. – Aline empregou seu melhor tom profissional. – Já havia alertado que não deixaria você tomar outra dose antes de repousar.

"Isto é um absurdo! Não podemos acampar aqui, a meros cem metros de onde os pavonianos se encontram."

– Em primeiro lugar, expresse-se verbalmente. – Aline rebateu. – Em segundo e mais importante: ao que me conste, os nativos já estão refugiados aqui embaixo há pelo menos sete anos. Podem perfeitamente esperar mais algumas horas.

"Mas, Aline..."

Doze centímetros mais alta, vinte quilos mais pesada e, sobretudo, muito mais forte e atlética do que Olympia, a médica segurou-a pelos braços e a sacudiu com brandura e firmeza.

– Estou tão excitada quanto você para estabelecer contato com os pavonianos. Mas sou responsável pelo seu bem-estar e não vou arriscar que sofra um colapso aqui embaixo.

– Posso levar a Garota no colo. – Michael me lançou um olhar inquisitivo. – São apenas uns cento e poucos metros e ela é leve como uma pluma.

– Aline? – Fitei a médica.

– Não faço objeção. Só que ela deve cair no sono menos de cinco minutos após Michael tomá-la no colo.

Assenti para o imediato. Ele prontamente tomou a marciana nos braços e a ergueu como se não passasse de uma criança.

– Hum... Sinto-me tão protegida aqui em cima. – Olympia bocejou com o rosto aninhado no ombro largo do xenobiólogo. – Mas não esperem que eu durma. – Novo bocejo. – Por mais extenuada que me sinta, não consigo relaxar com esses sentimentos alienígenas borbulhando dentro da minha cabeça.

– Vamos em frente, então. – Determinei, tomando a dianteira e passando a caminhar à frente de Michael e Olympia.

* * *

– Tem certeza de que estão atrás desta porta? – Indaguei com voz menos firme do que pretendia.

– Absoluta. – Olympia respondeu entre dois bocejos. – Três indivíduos bem despertos. Dois deles apresentam fluxos psíquicos semelhantes. O outro... o outro raciocina de forma diferente. Não me pergunte como é essa diferença, porque não vou saber explicar.

Havíamos atravessado a avenida e entrado no prédio indicado pela marciana. Então, ascendemos pela rampa helicoidal que partia do átrio no térreo e conduzia aos pavimentos superiores.

Estávamos parados em frente à porta de uma unidade residencial no fim do corredor do quarto e último andar do prédio.

– O que fazemos agora? – Michael sussurrou, inteiramente alerta, mas com os braços obviamente ocupados com o peso da marciana. – Batemos na porta? Não vejo campainha alguma.

– Ao que eu saiba, não temos referência sobre campainhas em unidades residenciais subterrâneas. – Murmurei, pensativa. – Alguém viu algo a respeito?

"– Não existem referências, Sylvia. Ao menos, nenhuma que tenha sido registrada pela *Pioneira*." – Mário considerou, após consulta aos bancos de memória gerenciados pelo programa-mestre. "– Tampouco sobre a prática de se bater à porta. Quem sabe, eles vão se sentir invadidos..."

"Sabem que estamos aqui. Posso sentir."

Dessa vez, ninguém ralhou por Olympia não ter empregado a fala.

Limitei-me a murmurar a mesma velha pergunta que já assumira como bordão pessoal naquelas últimas horas:

– Tem certeza?

A porta deslizou para dentro do umbral com ruído suave numa resposta tácita à minha questão.

Entreolhamo-nos aparvalhados em silêncio absoluto.

"E agora? Entramos?"

"– Calma, gente." – A voz de Farukh soou tensa e animada. "– Não se preocupem com os registros. Podem continuar calados."

"– É isto mesmo." – Mário apoiou o amigo. "– Nossa visão daqui de fora é quase tão boa quanto a de vocês. Recomendo máxima cautela. Boa sorte!"

Lancei um olhar para o interior do aposento. A sala, como nós havíamos acostumado a chamar.

Estava bem iluminada por várias lâmpadas de luz fria presas ao teto.

Desativei meus filtros e o holofote IV da câmera. Através de gestos, ordenei aos outros que fizessem o mesmo.

Apontei para mim mesma e sinalizei que entraria primeiro. Michael me fitou com ar sério e balançou a cabeça em negativa.

"Sylvia, Michael está querendo combinar contigo para me pôr no chão para entrar primeiro. Por mim, tudo bem."

Aline e eu fizemos gestos negativos enfáticos com a cabeça.

"Sylvia mandou dizer que é uma ordem. Ela vai entrar primeiro."

Toquei o abdome dele com a mão enluvada espalmada e o fitei com olhar irritado.

"Vou primeiro!" – Movi os lábios sem emitir sons.

"Sylvia... Eu te amo." – Li em seus lábios.

"Eu sei. Também te amo." – Respondi com mímica tensa e contida, deixando a irritação de lado. – "Vou primeiro. Depois vem Aline." – Apontei para a médica, que assentiu com a cabeça. Em seguida apontei para Michael. – "Vocês dois entram por último."

Após ligeira hesitação, Michael assentiu relutante.

* * *

Cruzei o umbral com um passo largo.

Estaquei e virei para a esquerda. Nada, além de mobília nativa.

Girei a cabeça para a direita.

Um pavoniano bem vivo me observava imóvel do canto da sala. Os três olhos pedunculares voltados para mim.

Um pavoniano macho.

– Ela está vendo um pavoniano... – Olympia constatou em minha mente.

"– Nós também!" – Mário bradou do acampamento. – "*Pioneira*, retransmita o registro da holocâmera da Sylvia para eles." – O brasileiro aguardou alguns segundos antes de indagar. – "E aí, Mike? É um macho, não é?"

– Definitivamente. – O xenobiólogo suspirou em êxtase.

O pavoniano emitia cliques rítmicos com as pinças. Permanecia quieto, apoiado na estrutura trípode das patas articuladas.

Dei dois passos cautelosos, sem tirar os olhos do alienígena.

Aline ingressou no aposento, entrando em meu campo de visão periférica.

– Devagar, irmãzinha. – Recomendei.

– Tudo sob controle. – Ela sussurrou de volta. – A epiderme é laranja com listras verdes, como nas pinturas e afrescos das cidades deste arquipélago. Bem diferente da variedade azul-amarelada que habitava Kahoolawe.

Mais diferente ainda das carcaças enegrecidas e ressecadas dos cadáveres.

As pinças do espécime continuaram castanholando ritmicamente. Sabíamos que era assim que eles falavam. Dois de seus olhos pênseis mantiveram-se fixos em mim, ao passo que o terceiro passou a acompanhar os movimentos de Aline. Pareceu excitado.

Sentiria medo desses monstros bípedes que invadiam sua morada?

Saberia que somos humanos? Visitantes de outro sistema estelar, amigos vindos de longe para conhecê-los?

– Meninas, avancem sala adentro para que eu e Olympia possamos entrar. – Michael falou em voz alta, num tom surpreendentemente calmo.

Três passos curtos e parei ao centro geométrico da sala.

Aline seguiu logo atrás.

As nove antenas olfativas da criatura vibravam num tremelicar incessante.

Pânico? Mera tensão emocional? Alegria? Talvez Olympia soubesse. Talvez não.

"Nervosismo." – Ela sussurrou em nossos espíritos.

Um pescoço comprido encimado por crânio diminuto serpenteou num átimo através do umbral de uma porta lateral à minha direita. Tão logo o percebemos e, assustado, esse novo alienígena voltou a recolher a cabeça para o outro aposento, à primeira vista um corredor ou vestíbulo.

Michael avançou com Olympia para dentro da sala.

Mal deu dois passos largos, ouvi um crepitar agudo vindo do teto.

Vislumbrei um vulto azul enorme saltando para cima dele.

Quando dei por mim, outro pavoniano, até então agarrado ao teto, sobre o umbral, já se lançara contra Michael de pinças em riste e se aferrara nos ombros do xenobiólogo.

"– Que merda é esta?" – Mário guinchou em meus ouvidos.

– Grupo sob ataque! – Informei, levando a mão ao coldre.

Michael urrou quando o pavoniano cravou as pinças serrilhadas mais fundo, rasgando o tecido resistente do uniforme de campanha.

"Ela está ferindo o Michael!" – Olympia explodiu dentro do meu crânio. – *"Faça alguma coisa, Sylvia! Mike, me põe no chão..."*

De pistola em punho, hesitei em disparar.

"– Atira, Sylvia!" – O berro de Farukh soou distante, como se viesse do outro lado do mundo. "– Essa coisa está matando o Mike!"

Atirar, como? A descarga elétrica do disparo iria atingir tanto Michael e Olympia quanto o alienígena.

Num esforço supremo, com o tórax e os músculos dos braços e ombros hirtos de agonia, Michael deixou Olympia deslizar devagar para o piso rugoso do aposento.

A marciana quedou-se como um saco vazio aos pés do imediato. Contudo, logo em seguida, ergueu-se num salto digno de joão-teimoso.

Com os braços libertos, Michael ergueu as mãos e tentou agarrar o tronco esbelto e alongado do alienígena para desalojá-lo de suas costas.

A criatura cerrou as mandíbulas córneas em seu antebraço direito.

As pinças serrilhadas fecharam-se sobre o bíceps esquerdo, perfurando e cortando através das fibras do uniforme.

Pelo tamanho desse monstro, tava na cara que era uma fêmea!

Pelo azul e amarelo da epiderme, jurei que era uma nativa de Kahoolawe. Mas que diabos uma kahoolawiana estava fazendo ali em Tijuca?

Antes que eu pudesse questionar esse enigma, um vulto no canto da sala se moveu como um raio na direção de Michael.

Ato reflexo, obedecendo ao impulso implantado por centenas de horas de treinamento de imersão R.V., girei o antebraço com o gatilho já pressionado até o fim.

Vomitada do cano da pistola, a centelha azulada crepitou sala adentro e atingiu o pavoniano macho que avançava em nossa direção, envolvendo-o durante uma fração de segundo num fulgor actínico, fantasmagórico.

Cerrei as pálpebras. O cheiro penetrante de ozônio invadiu o ambiente.

Quando abri os olhos, o brilho feérico em torno do alienígena já se extinguira.

A criatura desfaleceu. Primeiro dobrou o tripé que constituía as patas sobre si próprio, e tornou a dobrá-lo. Em seguida, mal tocou o piso, tombou de lado e permaneceu inerte.

Olympia saltou para o lado, fintou a pinça que a fêmea estendeu para atacá-la quando se aproximou de Michael.

Numa ação rápida e deliberada, a marciana esquivou-se de novo ataque e arrancou a pistola do coldre do imediato.

Com uma destreza que eu julgaria impossível, não houvesse presenciado, ela rolou sobre o piso e disparou a arma contra o outro macho que se lançara do vestíbulo para a sala como um bólido laranja listrado de verde, louco para se juntar à refrega.

Novo clarão e, em coisa de um segundo, o segundo macho jazia caído, tão inerme quanto o primeiro.

Aline se voltou, avançou e contornou o tronco de Michael, até chegar às costas dele. Julguei vislumbrar um brilho metálico em sua mão direita, erguida à altura do rosto.

"– Que você tá fazendo, Doc?" – A voz exasperada de Mário nos martelou os tímpanos. "– Tá na linha de tiro da Sylvia!"

De fato. Aflita, agarrada à pistola com ambas as mãos, comecei a orbitar como barata tonta em torno de Michael e Aline.

Sem dar a mínima para Mário, a médica brandiu o antebraço num gesto rápido e preciso.

O feixe rubi intenso do bisturi-laser me ofuscou por alguns instantes.

O segmento de uma pata articulada tombou ao piso. A pinça tridáctila ainda abria e fechava com tremores espasmódicos.

Aline ergueu a mão outra vez acima da cabeça. Notei o brilho metálico do bisturi, cuja presença deduzi pelo efeito. Outro feixe fulgurante da grossura de uma caneta. Mais outro. Precisão cirúrgica de valquíria.

Quatro pinças agitavam-se sem propósito sobre o piso, arrastando consigo os segmentos decepados das patas de manipulação.

Sangrando abundantemente dos cotos das patas seccionadas, a fêmea alienígena ainda permanecia solidamente ancorada ao tórax e aos ombros do imediato, que forcejava na tentativa de estrangular a criatura, comprimindo seu tronco oblongo com as duas manoplas.

"Ela pensa que Michael é um monstro..." – Olympia gemeu, caída no piso, de olhos cerrados. Tapava os ouvidos com as mãos. Seu corpo, trancado em posição fetal. – *"Não. Ela está confusa. Dor! Muita dor... Ela veio de longe. Saudades de casa. Não consegue raciocinar direito."*

– A marciana começou a chorar. – *"Está morrendo de medo. Acha que Michael é um predador anfíbio que emerge das praias à noite para assolar as regiões costeiras desta ilha. Estou* vendo *agora! Um bicho grande o bastante para arrancar uma fêmea adulta do chão!"*

Aline pareceu emergir de seu transe a ponto de examinar Michael através do seu medlink. Os dados que recebeu decerto a desconcertaram, pois tropeçou e quase caiu.

– Ah, não! – Gemeu entre os dentes. Então conseguiu se aprumar. Com um brilho fixo nos olhos, ergueu novamente o braço direito. – Não vai levar meu Michael, sua filha da puta!

Passou o feixe do bisturi-laser entre o tronco do imediato e o pescoço delgado da alienígena.

Então girou o instrumento com o gesto preciso e elegante de quem maneja uma katana.

A cabeça diminuta da fêmea rolou pelo piso.

Jorrando sangue amarelo-ouro, o pescoço acéfalo serpenteou como uma mangueira de alta pressão à solta. Aline se viu borrifada pelo spray amarelado do sangue pavoniano.

"Ela está... está implorando para morrer logo!" – Olympia choramingou, mergulhada num pesadelo do qual parecia incapaz de despertar. – *"Reza para a deusa de seu povo... Para que possa se unir logo aos seus...* filhos-esposos..."

Dotada de cérebro resguardado no interior do tórax, conquanto bastante ferida, a pavoniana permanecia viva e firmemente agarrada ao tronco do imediato.

– Tudo bem, minhas belas. – Michael murmurou com uma calma de gelar o sangue. – Salvaram minha vida. Agora vou pedir que se afastem um pouco.

"Michael, meu amor..."

– Aline, faça o que ele diz! – Ordenei.

Mal eu e ela nos afastamos, Michael abriu os braços e saltou, jogando as pernas bem para o alto. Por um instante, seus quadris ficaram acima da minha cabeça.

Caiu de costas no piso áspero. O impacto fez o pavimento tremer. Após o estrondo da queda, ouvimos o estalar de muitos ossos.

Meu imediato Michael McFerguson viu-se estatelado de costas, encharcado até a alma numa poça de gosma pegajosa amarelenta.

* * *

"– Pelo Espírito Universal!" – Totalmente entorpecida, escutei a voz de Farukh no áudio, "– que merdoléu do caralho foi este?"

Foi a primeira e única vez que ouvi meu oficial-engenheiro praguejar em voz alta.

"– Doc, como o Mike está?" – O tom preocupado de Mário soou distante, provindo de outro mundo. "– Ele não está se movendo!"

– Ahn... – Aline gemeu, como se acabasse de acordar de um pesadelo e descobrisse que o sonho fora real. – Michael? – Ainda de bisturi em punho, toda lambuzada de sangue amarelo, ela fechou os olhos, esforçando-se para extrair informação de seu microlink médico. – Michael está com oito... não, nove perfurações nas costas. Seu metabolismo acusa a presença de pelo menos três toxinas alienígenas distintas. Há também uma hemorragia interna de pouca gravidade e duas costelas fraturadas. No todo, eu diria que, ante as circunstâncias, está bem. Nada que eu não possa curar.

"– Sylvia, aguenta as pontas." – Era Farukh outra vez. "– Eu e Mário estamos indo para aí."

– Tragam uma maca. – Falei com voz fraca, lutando para avaliar a situação. Então, olhei em torno. Dois pavonianos inertes. Uma fêmea definitivamente morta. Michael desacordado, provavelmente em estado de choque. E Olympia... Ah, não! Ela ainda se encontrava caída debaixo de uma mesa, encolhida em posição fetal. – Última forma. Duas macas.

– Estou todo dolorido. – Michael gemeu alto quando se virou de bruços. Lutou para rastejar de cima do cadáver da pavoniana. – Mas aposto que Aline consegue me pôr de pé.

A voz dele soou como um bálsamo em minha alma.

– Uma maca para Olympia. – Aline confirmou em tom sombrio.

"– Mas que diabos aconteceu com a Xereta?" – Mário indagou, ainda preocupado, porém mais calmo. "– Nunca a vi se mover tão rápido. Nem parecia marciana..."

– Quando Michael soltou Olympia a seus pés, decidi abrir uma exceção e liberar o estimulante que ela tanto queria. – Aline explicou como quem pede desculpas. – Dose dupla. Sei que não faz nenhum bem para a saúde dela, mas a situação de emergência assim o exigiu. Com nosso combatente mais experiente praticamente fora de ação, imaginei que precisaríamos de mais gente para debelar a crise.

– Imaginou certo. – Elogiei. – Olympia atingiu um dos alienígenas com a arma de Michael. Sua decisão acertada contribuiu para salvar nossas vidas.

– Pode ser. – Aline lançou novo olhar culpado a Olympia. Agachou-se junto da marciana e enxugou sua testa febril. – Só que por causa dessa decisão, nossa amiga agora irá sofrer o Inferno na Terra até se recobrar do efeito da overdose.

– Creio que também me injetou alguma coisa. – Michael conseguiu se sentar, não sem algum esforço. – Sinto bem menos dor do que seria de se esperar. Além disso, há uma sensação de euforia esdrúxula, completamente incongruente com o fato de quiçá termos exterminado os últimos pavonianos do mundo...

– Esses machos devem estar apenas desacordados. Afinal, nossas pistolas não estão reguladas para matar. – Desanimada, contemplei a imobilidade prolongada dos nativos. – A descarga elétrica está ajustada para tontear um animal de trinta quilogramas. Um pavoniano macho adulto possui massa corporal maior que isto.

"– Aline, como estão os pavonianos?" – Farukh perguntou.

– Dá um tempo. Eles não possuem nanomonitores transmitindo informação para meu medlink, mas eu diria que eles estão muito quietos. – Ela vociferou sua impaciência sem interromper o tratamento de Olympia, que acabara de despertar, ainda um pouco tonta. Então, após um suspiro prolongado, acrescentou com ar cansado. – Esperem um pouco, está bem? Assim que eu tratar da Olympia e do Michael, e também verificar como a Sylvia está, prometo que darei uma olhada nesses dois machos. Pretendo até autopsiar a fêmea morta. Só não se entusiasmem demasiado. Se houver algo de realmente grave com esses dois alienígenas, o mais provável é que eu não possa fazer nada.

"Não vai poder mesmo." – Ouvimos o sopro delirante de Olympia em nossas mentes. – *"Os dois estão tão mortos quanto a fêmea estrangeira. Matamos os últimos pavonianos que existiam..."*

* * *

Nossa provação não se encerrou quando Mário e Farukh chegaram três horas mais tarde.

Embora restabelecida do choque, Olympia ainda estava bastante fraca.

Os talhos e rasgões nas costas de Michael já haviam sido suturados. Graças às medicações de Aline, as toxinas alienígenas estavam sendo eliminadas paulatinamente de seu organismo. Ela também havia drenado e desinfetado a perfuração de seu abdome. As costelas foram colocadas de volta no lugar e o tórax envolto com ataduras anestésicas. Procedimentos adicionais seriam implementados na enfermaria do acampamento.

O importante para todos nós era que Michael estava de pé e se sentia relativamente bem.

Como prometido, Aline se dedicou aos dois pavonianos machos.

Olympia tinha razão. Estavam de fato tão mortos quanto a fêmea. Se bem que a autópsia dos três comprovou que os órgãos internos e tecidos dos espécimes masculinos se encontravam praticamente intactos.

Daí, Aline insistiu em remover os três cadáveres. Não para o acampamento, mas para a *Pioneira*.

A exigência foi secundada por Michael e Mário.

Esse último advogou a conveniência de disporem de tecidos e cérebros mais ou menos intactos de pavonianos. Quem sabe, num futuro remoto, não se lograria regenerar as lesões porventura existentes nesses cérebros e implantá-los em clones produzidos a partir dos tecidos preservados dos cadáveres?

– Como vamos transportar os três corpos até o acampamento? – Bufei de cansaço e desânimo. – Olympia não está em condições de andar. Vamos precisar de duas pessoas para carregar a maca dela e Michael não será de grande valia, contundido e envolto em ataduras.

– Duas pessoas saudáveis para a maca da Xereta e uma para transportar o cadáver de cada macho. – Mário enumerava com os dedos. – Quanto à fêmea, se nos limitarmos ao cérebro e a amostras de tecidos, creio que Mike poderá dar conta do recado.

– Sem problemas. – Michael confirmou. – Posso até ajudar com a maca.

– Esta última hipótese está fora de cogitação. – Aline lançou-lhe o olhar peremptório de quem não admite discussão. – Quanto à fêmea, lamento, mas concordo. Teremos que nos contentar com o cérebro e as amostras.

Despendemos um esforço e tanto para caminhar por todos aqueles quilômetros, feridos e alquebrados, sob tamanho peso extra.

Porém, tinha que ser feito. Portanto, nós o fizemos.

Levamos quase um dia para retornar ao acampamento.

O programa-mestre da *Pioneira* enviou um veículo orbital para nos conduzir de volta para bordo.

Depois da experiência traumática do confronto na cidadela, bem que estávamos precisando de um bom período de férias em órbita, no conforto de nosso lar, a fim de nos recuperarmos da perspectiva bastante real de termos contribuído pessoalmente para a extinção dos últimos exemplares da espécie dominante de Jokerman.

* * *

Uma vez a bordo, em meio ao sentimento de culpa, fomos acometidos por uma sensação incongruente de lar-doce-lar.

Sensação que, conquanto intensa e prazerosa, não nos purgou da vontade louca de chorar e extravasar, tampouco do desejo de esquecer, totalmente impossível de concretizar.

Assim que executamos as tarefas indispensáveis, reunimo-nos os seis no refeitório, que de vez em quando transformávamos em sala de estar, auditório, palco ou salão de festas, conforme o caso.

Ninguém estava com ânimo paras festas, naturalmente.

Mas precisávamos falar. Externar nossos sentimentos sobre o trauma que acabáramos de sofrer.

Ademais, nenhum de nós desejava ficar sozinho com seus pensamentos.

Pelo menos, não enquanto os fantasmas de três pavonianos mortos, três entes racionais assassinados, permanecessem rondando nossos espíritos.

Portanto, uma vez combinada a reunião, passei pelo camarote e peguei minha clarineta. Imaginei que talvez pudesse tocar algo para alegrar um pouco os espíritos dos meus amados. Creio que os demais também tenham feito seus preparativos.

Mário escanhoou o rosto e cortou os cabelos do jeito exato que eu e Aline gostávamos. Fez questão divulgar que desativara seu neurolink com o P.M.

Michael foi excepcionalmente pontual.

Para início de conversa, Farukh declarou-se disposto a beber, dançar e cantar até cair.

Aline pareceu particularmente taciturna. No entanto, sentou-se na banqueta do piano, bom indício de que haveria concerto naquela reunião.

Olympia foi a última a chegar. Embora fisicamente recuperada, seu semblante deixava claro o quão deprimida se encontrava. Mal entrou no refeitório, tocou no assunto que todos receávamos, embora soubéssemos que viria à baila cedo ou tarde.

"Andei pensando um bocado sobre tudo que aconteceu lá embaixo. Minha conclusão é que não tivemos culpa nessa tragédia."

– Claro que não! – Mário se ergueu da poltrona e começou a andar de um lado para outro. – Eu e Farukh assistimos tudo de camarote e podemos asseverar que vocês agiram em legítima defesa. Aquela fêmea simplesmente surtou quando se deparou com Olympia no colo do Mike. Vá imaginar que conceito alienígena equivocado lhe passou pela cabeça, ou, vá lá, pelo estômago, a ponto de motivar o ataque.

"Ela se assustou ao se confrontar com uma criatura capaz de erguer uma fêmea adulta em seus braços." – A marciana esclareceu com lágrimas nos olhos. – *"Pelo que depreendi, há no litoral de Tijuca um predador noturno extremamente perigoso que costuma atacar desse modo. Ela não tinha uma ideia clara da aparência real desse predador, mas o temia um bocado."*

– Quer dizer que ela sabia que você é... – Farukh cofiou o cavanhaque numa pausa dramática, – ... uma fêmea?

"Sabia."

– Como? – Aline encarou a telepata com a testa franzida.

– O Controle da Missão planejou lhes transmitir informações sobre nossa aparência física de modo que fossem captadas aqui dois ou três anos antes da nossa chegada. – Michael recordou. – A ideia era acostumá-los aos poucos conosco para evitar sustos desnecessários. Não é de todo improvável que nossas imagens tenham circulado nos meios de comunicação.

– Se é assim, – repliquei, – como foi que ela confundiu você com um monstro?

– Talvez por causa de uma confusão de escala. – Mário argumentou. – Perturbada como estava, a fêmea provavelmente pôs de lado o conhecimento de que entre os humanos, os machos costumam ser maiores do que as fêmeas.

– Como Mário falou, foi legítima defesa. – Farukh anuiu em apoio do amigo. – Além disso, as pistolas estavam reguladas para tonteio. Ninguém podia adivinhar que os sistemas nervosos dos tais sujeitos fossem tão sensíveis a descargas elétricas. Aqueles choques não teriam morto uma criança de colo!

– Mas eu sabia perfeitamente o que estava fazendo quando... – Aline se interrompeu, engolindo em seco. – ... quando cortei aquela coisa que estava matando Michael.

– Calma, meu bem. – Puxei minha poltrona para junto da banqueta do piano e tomei as mãos dela nas minhas. – Conte o que você viu no teu medlink.

– As pinças daquela coisa... da fêmea alienígena estavam penetrando cada vez mais fundo nas costas de Michael. – Ela começou a despejar com voz entrecortada, como se estivesse em transe. – Infectando... Inoculando toxinas... Ele começou a perder a consciência. Liberei noradrenalinoides e três doses de estimulantes pesados para tentar combater o efeito do choque e a ação das toxinas. Cumpria manter seu estado de alerta a qualquer custo... Então, as pinças rasgaram mais fundo, perfuraram a musculatura dos ombros. Estava prestes a dilacerar o pulmão direito... Eu... não... podia permitir...

Foi a primeira vez que qualquer um de nós viu Aline Juggersen soluçando como uma garotinha.

Michael estremeceu com o pranto convulsivo da médica. Aproximou-se, girou a banqueta delicadamente e a abraçou pelos ombros.

– Você salvou minha vida. – Murmurou emocionado no ouvido dela.

– Nós todos estamos morrendo de orgulho de você. – Acariciei seu rosto, tentando secar suas lágrimas com as costas da minha mão. – Foi preciso um bocado de coragem para enfrentar aquela monstrenga...

– Eu não queria matá-la... – Ela fungou. A cabeça loura apoiada no abdome do imediato. – Só queria que ela largasse Michael... Que parasse de machucá-lo.

– Você fez a coisa certa, meu amor. – Mário introduziu os dedos por entre a densa melena de Aline, afagando-lhe o couro cabeludo, como ela gostava. – A única ação sensata possível ante as circunstâncias.

– Exatamente. – Farukh concordou. – Nós gritávamos para que Sylvia atirasse na criatura, mas ela não pôde, é claro. Não com Mike na mira.

– Mesmo que tenha agido da única forma possível, estou me sentindo péssima. Dediquei boa parte da minha vida ao ato de curar, de salvar vidas. Isto não é apenas o que eu faço. É o que eu sou. Jamais me imaginei capaz de matar um ser racional. Uma pessoa...

"Sylvinha?"

– O que foi, meu bem?

"Faz alguma coisa para alegrar o ambiente."

– Aceito sugestões.

"Toca uma música bem bonita pra gente. Daquelas cheias de paixão, do jeitinho que nós adoramos."

– Só se Farukh cantar para nós. – Retirei a clarineta do estojo de couro sintético e sorri pela primeira vez desde o incidente. – Ele canta, eu acompanho.

– Imagine se sou digno de tamanha honra. – O engenheiro se levantou e se postou a meu lado com uma vênia pronunciada. Pigarreou para limpar a garganta. – Nosso dueto não terá a menor graça sem a Doc no piano.

– Já estou sentada ao piano. – Aline enxugou as lágrimas nas costas das mãos. – Prometo tocar enquanto vocês suportarem ouvir.

"Hoje La Belle vai tocar muito!"

– Vou, sim, mas só se for muito bem acompanhada. – A médica me brindou com um olhar intenso.

– Hoje e sempre que você quiser. – Respondi com um sorriso.

– A noite promete. – Farukh esfregou as mãos, com ar quase satisfeito, temperado com certo sentimento de culpa. Diante dos semblantes intrigados dos demais, explicou – É um velho bordão. É que é noite agora lá embaixo, na Tijuca.

– Esqueça Jokerman. – Mário ralhou com indignação fingida. – Hoje o universo conhecido se resume às áreas habitáveis da *Pioneira.*

– Isto mesmo. – Sorri. – Juro que, a partir de agora, quem mencionar qualquer assunto relativo à expedição será severamente disciplinado.

"Com ou sem algemas?" – O risinho tímido-sacana da Ruivinha ecoou em nossos espíritos.

– Assim é que se fala. – Michael apontou para minha clarineta e para o piano. – Vamos lá, então?

– O que vocês gostariam de ouvir para abrir o show? – Levei o bocal da clarineta aos lábios e ensaiei duas ou três notas.

– Que tal *On the Sunny Side of the Street*? – Michael propôs, esboçando um sorriso.

– Esta é boa. – Afastei o instrumento da boca. – Mas vou precisar de um barítono afinado.

– Tenente Farukh Habibe Achernar apresentando-se para o serviço, ao seu comando. – Ele se perfilou em sentido à minha frente e prestou continência, arrancando aplausos de Mário e risos dos demais.

– Também preciso de uma pianista afinada. – Respondi a continência com ar sério a fim de manter a formalidade exigida.

– Você terá, minha querida. – Aline girou a banqueta, posicionando-se meio de costas para nós. Dedilhou as primeiras notas da música no piano-órgão. – E com muito prazer! – Virou a cabeça para trás por um instante e me brindou com uma piscadela marota. Então, pressionou as teclas com vontade.

* * *

Horas mais tarde, muito vinho goela abaixo e as bochechas doloridas de tanto tocar clarineta, felizmente, quando tentamos encerrar nossa performance pela terceira vez, Michael, Olympia e Mário, já bastante roucos, enfim pararam de gritar para que continuássemos a tocar.

Encharcado de suor, Farukh desabou num dos sofás.

Movido a álcool, ele bebera tanto quanto dançara e cantara. E eu nunca o vira dançar e cantar durante tantas horas seguidas. Vez por outra transformou nosso trio em dueto ou, eventualmente, num solo, quando tirou um de nós cinco para dançar. Meu Árabe Louco era um tremendo pé de valsa. Desde o início da expedição fizera questão de assumir o papel de instrutor de dança para os demais. Contudo, naquela ocasião em especial, suas iniciativas de dançarino exímio foram se tornando menos frequentes à medida que as horas se passavam e nosso teor etílico se elevava.

Num último rasgo de sobriedade, Aline efetuou um exame superficial no dançarino combalido e convocou um robô-enfermeiro para lhe aplicar uma dose generosa de glicose.

Em quatro anos de convivência diária, jamais havia visto Aline passar da conta. Porém, naquela noitada catártica, como Mário costuma dizer, ela "bebeu todas". Não satisfeita em tomar tanto ou mais vinho do que eu, ainda cheirou um bocado da *goldlust* do brasileiro.

Ainda não estava trocando as pernas. Tampouco falava com voz engrolada. Era dura na queda. Contudo, definitivamente, não estava em seu juízo perfeito.

– Oi, Sylvia! – Ela me abraçou pela cintura e enfiou o rosto entre meus cabelos, aspirando meu aroma. – Queria muito te agradecer. Obrigada por todo o apoio que me prestou... Estou me sentindo péssima com essa tragédia dos sobreviventes pavonianos. – Então levantou meus cabelos para me tascar um beijo molhado na nuca.

– Todos nós estamos. – Arrepiei-me ao contato de seus lábios úmidos. Ela nunca fizera isto antes. Virei para encará-la, vermelha como pimentão. – Não precisa agradecer.

– Ah, querida... – Ela me puxou para si e me abraçou forte. – Nós agimos muito mal. Acho que extinguimos os últimos pavonianos. Não consigo imaginar evento pior que esse...

– Pois eu consigo. Pior seria se aquela kahoolawiana ensandecida tivesse morto Michael. Ou você.

– O.k. Você está certa e errada. O pior de tudo, para todos nós e... sobretudo, para mim, seria se ela tivesse feito mal a você. – Ela retomou o choro de horas atrás, mais brando dessa vez. – Não suportaria viver sem... – Novo soluço. – ... com a ideia de que te deixei morrer.

– Ora, obrigada. – Fitei-a com os olhos úmidos e acariciei seus cabelos louros. – Mas suspeito que você só está dizendo isto tudo porque está inteiramente bêbada.

– Alto lá! Quem é a médica aqui? – Com o rosto molhado de lágrimas, abriu um sorriso travesso. – Eu é que decido quem está bêbada ou sóbria.

– Está bem, meu anjo. E o que seu medlink afirma sobre o teor alcoólico da sua circulação sanguínea?

– Ele afirma que estou bêbada. – Exibiu o sorriso reluzente de esperteza etílica. – Você também está!

– Bem sei. Só que estou mais habituada a ingerir álcool do que você. Além disso, não cheirei *goldlust*.

– Ah! – Fez cara de indignada, com as mãos apoiadas nos quadris. – Agora tá preocupadinha comigo, é?

– Estou preocupada contigo, sim. – Tentei me desvencilhar do abraço apertado que ela me deu em seguida. Confesso que sem muito empenho. – Sempre.

– Também me preocupo contigo. Quer dizer, me preocupo com vocês cinco... Mas principalmente contigo.

– Por que essa preocupação especial comigo?

– Por quê? Ora, porque... – Tentou me beijar na boca. Desviei o rosto no último instante e o beijo acabou acertando na bochecha. Lançou-me um olhar magoado. – Ainda preciso te dizer o porquê?

– Aline, meu amor, você está fora de si. Está fazendo coisas que normalmente não faria.

– *In vino veritas*. – Brindou-me com seu sorriso mais encantador. – Afinal, nem é preciso ser médica para saber que, mesmo sob efeito de álcool ou drogas, ninguém faz nada que realmente já não quisesse fazer quando sóbria.

– Pode ser. Afinal, tudo é uma questão de censura. Mas aonde esse argumento nos leva?

– Ao teu camarote, eu espero.

– Aline.

– Tudo bem. Quer dizer, também pode ser no meu. Só que sempre morri de curiosidade para experimentar teu leito. Contigo.

– Meu amor, ao que me consta você é uma heterossexual inveterada.

– Oh, todos sabem disso. Pode relaxar, pois não estará correndo risco algum ao meu lado. Será como quando ouvimos música juntas de mãos dadas. – Ela voltou a acariciar meus cabelos. O problema é que, quando soltos, meus cabelos são bem longos. Daí, sua mão direita acabou deslizando além da conta e parando sobre minha nádega esquerda. – Só que estaremos nuas e abraçadas para podermos conversar sobre esse incidente terrível com os pavonianos. Estou precisando abrir minha alma com alguém.

– A alma, né? – Olhei para ela, muito séria. Mas não fiz o menor esforço para tirar a mão dela dali. Até porque estava gostando. – Sei.

– É o que eu desejo. Confio em você. Sei que não vai forçar a barra. Não consigo imaginar você fazendo nada que eu não quisesse.

– E se você quiser?

– Olha, Sylvia, vou ser bem clara contigo e você sabe o quanto este tipo de assunto é difícil para mim. Se eu te quiser, espero que satisfaça meus desejos sem me questionar. Só que eu me conheço bem. Simplesmente não vai rolar.

– Tudo bem. Já entendi. Você só quer um ombro amigo para chorar. – Abracei-a e sussurrei em seu ouvido. – Vamos para o meu camarote.

* * *

Não tenho lembranças nítidas da epifania erótica que eu e Aline vivemos juntas durante aquelas horas maravilhosas em meu camarote.

Ela, então, menos ainda.

Memória perfeita, jamais esquecer um rosto, voz, aroma, carícia ou evento.

Este foi o aperfeiçoamento mais importante que nossos antepassados introduziram no genoma humano original. Não abro exceção nem mesmo ao tão almejado incremento da longevidade.

É claro que nem sempre foi assim.

Não sei como as pessoas conseguiam sobreviver com memórias imperfeitas e fragmentárias, esquecendo coisas, perdendo informações, tomando notas... A vida era indubitavelmente dura e cruel na época anterior ao advento da memória indelével.

Todo cidadão do século XXIV tomava por certo que jamais seria traído pela memória. Ou melhor, pela falta de memória.

Esquecimento.

Pena que o consumo excessivo de álcool etílico prejudique a retenção eficiente, degradando na prática a memória indelével a padrões em muitos casos inferiores aos das memórias de humanos saudáveis e sóbrios do século XXI.

Uma pena.

Pois Aline estava errada. Como ela própria soube desde o início, aliás.

É verdade que, como ela previu, choramos de montão, uma nos braços da outra. Abraçadas, banhadas em lágrimas mútuas. Abertas e vulneráveis.

Em outras palavras, prontas e ávidas para o momento transcendente, tão especial, tão nosso. Aconteceu, portanto, o inevitável previsível. Das lágrimas e abraços, carícias fraternais *ma non troppo*, às juras de amor eterno foi um pulo.

Transamos como duas loucas famintas, até desmaiarmos de exaustão. Abraçadas, nossos corpos suados, saciados, numa proximidade tão íntima que parecíamos gêmeas siamesas.

Só que não restaram detalhes vívidos sobre cheiros, tons e sensações. Ah, com que prazer eu teria acalentado aquelas lembranças tão únicas, revivenciando-as dezenas de vezes.

É lógico que a amnésia não foi absoluta. Lembro de seus beijos deliciosamente molhados. Seus lábios sequiosos viajando atrevidos por meu corpo. Também recordo de dois ou três elogios apaixonados ao meu cheiro.

Meu rosto aninhado nos globos brancos firmes e macios de seus seios. O bravo *drakkar* viking tatuado no seio esquerdo, de velas desfraldadas em mar revolto. Destemida, Aline cavalgou, subindo e descendo, pelas vagas tão íngremes, tempestuosas, do meu corpo... *Drakkar* em tsunami!

Para quem jamais havia amado uma humana antes, ela se saiu muitíssimo bem! Desajeitada? Só no início.

Descobri como ela gostava. Ensinei a fazer como eu gosto. Poderosa Papa, como ela aprendeu rápido!

– Essa bunda tão redonda e perfeita! – Uma das poucas frases que consigo lembrar. – Agora entendo a unanimidade dos nossos quatro amados...

Como se ela, nossa médica, já não me houvesse visto nua dezenas de vezes. Não. Pensando bem, talvez jamais houvesse visto. Não com os olhos de amante.

Lembro-me de gozar e fazê-la gozar muitas vezes, e de seu êxtase admirado:

– Nunca imaginei que uma humana pudesse ser tão gostosa!

Contudo, em recanto algum da memória normalmente indelével, foi possível encontrar as nuances deliciosas, matizes sutis, típicos da retenção mnemônica perfeita. Um crime que o excesso de álcool afete tanto assim o processo de retenção! Pois, do jeito que nossa experiência transcendental se deu, soube mais a sonho que realidade.

Lembro que houve juras recíprocas, como se não passássemos de adolescentes tolas, apaixonadas. Palavras esquecidas para sempre. Será que foi só isto? Paixão úmida de adolescentes. Como se tudo não passasse de um sonho bom.

Aline não se mostrou lá muito receptiva para conversar sobre a experiência nos dias subsequentes.

De minha parte, não quis forçar o assunto.

Será que ela julgou que me aproveitei de seu estado vulnerável? Talvez.

Há ocasiões em que eu mesma concluo que me aproveitei, sim. Porém, na maior parte do tempo, iludo-me com a desculpa de que fui tão vítima das circunstâncias quanto Aline.

Terá se sentido abusada? Em caso afirmativo, o quão magoada ficou?

Sempre se esquivou de discutir o assunto.

Apesar de meus convites e insinuações, cada vez mais esporádicos, à medida que suas recusas polidas e carinhosas se acumulavam ao longo dos meses seguintes, sóbrias ou bêbadas, jamais voltamos a repetir aquele ato amoroso sublime.

É possível para uma hetero amar outra humana com tanto *gusto*? Aparentemente, é.

A menos que Aline seja tão pouco hetero quanto eu. Porém, se ela é bi, por que nunca se assumiu?

Limitar o potencial amoroso de uma vida inteira a um único sexo ou a uma única noite? Quanto desperdício.

CAPÍTULO V
Ilha do Fim-do-Mundo

2346 E.C.
Ilha do Fim-do-Mundo
Jokerman [Delta Pavonis II]

No quinto aniversário de nossa chegada a Delta Pavonis, cinco anos em Jokerman, com a ilha-continente Kahoolawe e os principais arquipélagos e ilhas do planeta já devidamente explorados, cidadelas, ruínas e campos vasculhados, sem que jamais nos deparássemos outra vez com sobreviventes do Holocausto Bacteriológico, com nossas consciências devidamente aplacadas, decidimos que enfim havia chegado a hora de visitar a Ilha do Fim-do-Mundo.

Situada na cintura equatorial, 172° a oeste do meridiano zero que, por convenção, passava pelo centro geofísico de Kahoolawe, Fim-do-Mundo constituía a região mais erma e distante de qualquer outra superfície emersa de Jokerman. Daí seu nome, mera tradução para o português da designação nativa original.

Com área equivalente à da ilha setentrional da Nova Zelândia, Fim-do-Mundo só fora descoberta num período relativamente recente da história pavoniana, quando os autóctones desenvolveram máquinas voadoras, decerto inspirados na certeza de que a façanha era possível. Afinal, havia um mundo de atmosfera oxigenada cerca de 20 anos-luz de Jokerman onde os nativos afirmavam haver conquistado os céus há séculos.

Sem população indígena, Fim-do-Mundo tornou-se imediatamente o pomo da discórdia entre a casta militar do Império e as guildas comerciais da Coligação Insular, liderada pelos nativos do Arquipélago Souza.

Ambas as facções se arvoraram no direito de colonizar a ilha recém-descoberta acidentalmente por uma frota de dirigíveis tijucanos.

Diferente de tudo com que os pavonianos já se haviam deparado anteriormente, a fauna da Fim-do-Mundo inspirou um naturalista tijucano a desenvolver uma teoria autóctone da evolução através da seleção natural.

Os solos da Fim-do-Mundo eram férteis e suas florestas exuberantes. Num planeta onde terras emersas constituíam artigo de luxo, não espanta que a nova ilha tenha sido fruto de tanta disputa.

Quatro anos antes, quando começamos a destrinchar os registros históricos pavonianos, ao longo de uma semana ou duas, após tropeçarmos no celeuma causado pela descoberta da Ilha do Fim-do-Mundo, sentimo-nos fortemente tentados a atribuir à disputa por sua posse o motivo real da crise que culminou no Holocausto Bacteriológico.

Contudo, por mais atraente que essa tese soasse em nossas consciências pesadas, fomos obrigados a abandoná-la por estapafúrdia ante o vasto acúmulo de evidências em contrário, conquanto a disputa pela posse dessa ilha tenha sido realmente usada como pretexto oficial para a escalada de hostilidades.

Não podíamos tapar o Sol com a peneira. A perspectiva de nossa chegada iminente constituiu a verdadeira responsável pela eclosão do conflito final.

Não havia núcleos urbanos em Fim-do-Mundo. Tampouco cidadelas subterrâneas. Apenas uma base militar do Império na extremidade leste da ilha e instalações científicas da Coligação Insular numa península do extremo sul. Ambas abandonadas.

Planejamos explorar a Ilha do Fim-do-Mundo, antes de partir para Sandman. Julgamos que nossa compreensão de Jokerman e da cultura tecnológica que o planeta abrigara não estaria completa sem uma visita ao sítio mais solitário daquele mundo, local que serviu de pretexto para o conflito que eliminou a civilização pavoniana.

* * *

– Meu sonho é singrar de Tijuca até a Fim-do-Mundo. – Mário insistiu outra vez em sua proposta de estimação. – Só assim saberíamos como as grandes navegadoras nativas se sentiram ao cruzar esse oceano planetário. – Diante da indiferença expressa nas fisionomias de quatro interlocutores, admoestou. – Afinal, onde foi parar o espírito de aventura de vocês?

– Há sonhos e sonhos. – Aline franziu a testa, aborrecida. – Já discutimos esse assunto e concordamos que esse plano não é exequível.

– De novo, essa maluquice? – Michael me fitou com um sorriso irônico no canto dos lábios. – Pensei que já houvéssemos superado essa tolice infantil.

– O que você toma por tolice, meu bom amigo, eu prefiro chamar de sonho romântico. – De pé na sala de reuniões, o brasileiro prestou uma vênia teatral ao imediato. – A necessidade de responder ao apelo profundo de ousar, explorar, aprender. Imaginem a experiência memorável de cruzar esse oceano planetário a bordo de um barco ou navio...

– A questão é que não dispomos dos meios de locomoção aquática adequados. – Repeti o velho argumento. Os três tanques-anfíbios e os quatro botes infláveis que trouxemos conosco do Sistema Solar não se prestavam à travessia de milhares de quilômetros de mar aberto. – Na reunião passada, a opção de empregar uma embarcação oceânica nativa foi descartada por quatro votos a dois.

Lancei um olhar a Farukh e me confirmei de que ele lucubrava uma réplica à altura. O engenheiro assentiu e pigarreou antes de iniciar a defesa do sonho que compartilhava com o brasileiro.

– A proposta de utilizar uma nau tijucana foi rejeitada sob as alegações de que, em primeiro lugar, não encontraríamos um vaso operacional e, em segundo lugar, mesmo que o encontrássemos, não saberíamos pilotá-lo. – Farukh cofiou o cavanhaque com um sorriso triunfal. – Tomei a liberdade de vasculhar as docas e os principais estaleiros de Tijuca e das ilhas próximas com nossas microssondas e descobri uma embarcação cujo casco se encontra em bom estado.

Digeri a novidade com cautela. Embora a iniciativa do engenheiro não chegasse a constituir insubordinação, a insistência de Farukh e Mário nessa insensatez de viajar para a Ilha do Fim-do-Mundo num barco já começava a me dar nos nervos. Sobretudo, por implicar riscos desnecessários e perda de tempo.

– Mostre a eles, *Pioneira.*

"Perfeitamente, Mário."

Hologramas de uma embarcação de casco metálico longilíneo se materializaram sobre o tampo da mesa de reuniões. Examinei os dois bordos do costado. Então me concentrei no convés principal, na superestrutura e nos cortes dos compartimentos internos. Tanto o casco quanto a estrutura geral do barco pareceram razoavelmente íntegros. Contudo, não vi sinal de motores ou do sistema de propulsão.

– Imagino que, na fase tecnológica em que os pavonianos se

encontravam, um navio desse porte possua um hélice bem grande. – Pisquei o olho para Michael. – Podemos dar uma olhada nele?

– Bem, Sylvia, eu já ia chegar lá. – Farukh abanou as mãos com um sorriso de desculpas. – A propulsão é fornecida por uma traquitana complicada e ineficiente.

– Um motor de combustão interna alimentado por petróleo refinado. – Mário acorreu em apoio ao engenheiro. – Aparato rudimentar. Semelhante ao dos navios humanos do início do século XX.

– Não diga. – Michael entrelaçou os dedos sobre a mesa com ar satisfeito. – Que tal se vocês nos deixarem ver esse motor para que não precisemos votar às cegas?

– De qualquer forma, o motor e, principalmente, os eixos e o hélice se encontram comprometidos pela ferrugem. – Farukh confessou, encabulado.

"Mostre para nós, seu dissimulado." – Olympia sussurrou em nossas mentes.

– Tudo bem. – Mário cruzou os braços sobre o peito. – *Pioneira*, mostre a casa de máquinas e o sistema de propulsão.

"AFIRMATIVO, MÁRIO."

Comprometido era apelido! O eixo principal e o hélice gigantesco estavam inteiramente tomados por crostas espessas de ferrugem. Tremi em pensar no estado das engrenagens ocultas no interior da carcaça corroída do motor.

"É possível fabricar sobressalentes a bordo e levá-los para a superfície?" – Olympia emitiu num laivo de esperança inocente.

– Nem pensar. – Farukh admitiu. – Seria mais fácil reativar um estaleiro tijucano e fazer os reparos lá.

– Apenas ligeiramente menos inexequível. – Michael sorriu, divertido.

– Esqueçam essa propulsão primitiva. – Mário ergueu as palmas das mãos num gesto de conciliação. – Trouxemos nossa ideia de estimação de novo à baila porque dispomos de uma proposta nova. Gostaríamos de substituir esse sistema de propulsão simplório por uma turbina a gás. Podemos, inclusive, aproveitar o túnel do eixo principal, desde que garantamos sua vedação.

– O que alimentaria a turbina? – Aline brindou o brasileiro com um olhar céptico.

– Um de nossos reatores de fusão compactos. – Farukh sorriu como se à espera de aplausos.

– Sejamos pragmáticos. – Arreganhei um sorriso maldoso. – *Pioneira*, efetue uma análise preliminar da proposta de instalar um reator e uma turbina nessa embarcação. Estamos particularmente interessados no dispêndio de humanos-hora. Não se preocupe com precisão. Nesta fase da discussão só estamos interessados numa estimativa mínima abalizada.

"AFIRMATIVO, COMANDANTA. EM EXECUÇÃO."

A resposta não se fez tardar:

"O PROJETO DE INSTALAR UM REATOR DE FUSÃO E UMA TURBINA A GÁS EM LUGAR DO SISTEMA DE PROPULSÃO AUTÓCTONE, BEM COMO A IMPLEMENTAÇÃO DAS OUTRAS MODIFICAÇÕES QUE SE FARÃO NECESSÁRIAS PARA CONCRETIZAR O PROJETO, CONSUMIRÃO PELO MENOS 23.700 HUMANOS-HORA."

– Não é possível... – Mário empalideceu. – Deve haver algum engano.

– Creio que a *Pioneira* está certa. – Farukh se remexeu na poltrona. – Imagino que esta seja a perspectiva otimista, certo?

"ESTIMATIVA MÍNIMA, SEM CONSIDERAR A OCORRÊNCIA DE IMPREVISTOS."

Abanei a cabeça. Não consegui imaginar um projeto improvisado desse gênero fluindo sem imprevistos.

– Sei que dará um bruto trabalho, – o brasileiro avançou, – mas pensem só na emoção de singrar até a Ilha do Fim do Mundo no mesmo barco que uma almiranta tijucana empregou para conduzir tripulantes, passageiros e carga em suas navegações de longo curso.

– Quase vinte e quatro mil horas de trabalho. – Bufei entre os dentes. – É tudo que consigo pensar.

– Aventura alguma é boa o bastante para justificar cerca de dois anos de atraso para deixar Jokerman. – Michael resumiu o que nós quatro pensávamos.

– Se ao menos tivéssemos o maquinário adequado para automatizar o processo... – Farukh afagou o cavanhaque com ar desanimado.

– Está bem, pessoal. – Mário desabou pesadamente na poltrona. – Retiro a proposta.

* * *

Assim, chegamos à Fim-do-Mundo por via aérea, através de nosso prosaico e eficiente jato suborbital.

Aterramos no pátio para pouso de dirigíveis da base imperial numa tarde ensolarada de verão no hemisfério sul – fato pouco relevante em si, em virtude da inclinação axial pouco acentuada de Jokerman e da ilha situar-se poucos graus acima da linha do equador.

Erguemos nosso acampamento junto ao prédio principal da base.

Há anos chegamos ao consenso de que era mais benéfico ao moral montar nossas barracas a céu aberto do que nos abrigarmos no interior de edificações pavonianas que, de qualquer modo, não eram de todo apropriadas à utilização humana. Não considerávamos salutar sermos atormentados a todo instante com a consciência de que criaturas inteligentes haviam residido ali uma década atrás. Um sentimento que Mário apelidou "síndrome de intrusos em cidade-fantasma".

Por falar no assunto, não encontramos cadáveres na base imperial. Tampouco as instalações científicas tijucanas.

É possível que os nativos tenham conseguido evacuar a ilha antes do Holocausto Bacteriológico.

* * *

Embora a classe zoológica dos pseudoaracnoides esteja presente em quase todas as regiões emersas de Jokerman, em parte alguma ela sofreu irradiação evolutiva tão grande, ocupando tantos nichos ecológicos distintos, quanto na Ilha do Fim-do-Mundo.

O fato de não haver vertebrados da classe dos nonípedes em Fim-do-Mundo criou nesse ecossistema insular uma situação análoga a da Nova Zelândia, onde umas poucas espécies de morcegos constituíam os únicos mamíferos autóctones.

Pulmonados e dotados de exoesqueletos robustos, compostos por carapaças sólidas, vagamente semelhantes às dos crustáceos terrígenas, na ausência de competição, algumas espécies de pseudoaracnoides assumiram em Fim-do-Mundo dimensões equivalentes às de um pavoniano macho. Os pseudoaracnoides apresentam, contudo, morfologia e aparência inteiramente distintas das exibidas pelos nonípedes em geral e pelos pavonianos em particular.

Os pseudoaracnoides possuem doze patas articuladas e simetria radial, como se fossem imensas estrelas-do-mar, embora possuam cefalotóraces, o que lhes empresta algo do aspecto das aranhas terrígenas, o que lhes valeu a designação, atribuída por nosso xenobiólogo. De qualquer modo, apesar de serem animais alienígenas, os pseudoaracnoides possuem aparência geral definitivamente artrópode. À primeira vista, uma leiga diria que o pseudoaracnoide típico é produto de um cruzamento malsucedido de caranguejo com aracnídeo.

Alguns pseudoaracnoides possuem glândulas de peçonha.

De nossas experiências anteriores com espécimes de outras partes do planeta, aprendemos da pior maneira possível que, conquanto dolorosas, as picadas desses animais não deixavam sequelas, pois a peçonha inoculada não produz efeito significativo sobre nossos metabolismos alienígenas.

Por isto, não tomamos precauções extraordinárias quando decidimos explorar as florestas luxuriantes que dominavam o planalto central da Ilha do Fim-do-Mundo.

* * *

Ninguém quis ficar de fora da equipe de exploração.

Nem mesmo Olympia, a qual ofereci uma estada a bordo da *Pioneira* em ambiente de gravidade reduzida, para que se recuperasse das agruras da gravitação jokermaniana. Alegou que sentiria saudades de nós caso optasse por permanecer uma temporada sozinha *lá em cima.*

Tampouco houve motivo para deixar alguém para trás dessa vez, quer em órbita, quer no acampamento da base imperial.

Portanto, combinamos que embarcaríamos os seis no trator trazido no bojo do suborbital e empregaríamos o veículo para galgar uma trilha íngreme; em verdade uma picada aberta pelas imperiais para ascender até o planalto florestado.

Não havia tanta pressa. Daí, como o trator pressurizado não é exatamente o veículo mais confortável da Federação, no intuito de poupar nossa marciana favorita, imprimimos ritmo de passeio à exploração.

Verdade seja dita, no início daquele sexto ano em Delta Pavonis, já nos havíamos tornado inseparáveis.

Habilmente pilotado por Farukh, o trator ascendeu picada acima sem dificuldade. Sempre que possível, optamos pelos aclives mais suaves, mapeados com antecedência por autômatos minúsculos. Comandados por Mário, os autômatos atuavam como batedores, exibindo detalhes topográficos do terreno alguns quilômetros à nossa frente.

Por volta do meio-dia, hora local, atingimos uma pequena clareira num platô que constituía o último degrau antes do topo do planalto.

Árvores altas de troncos grossos e copas frondosas forneciam sombra mais que suficiente para que decidíssemos estacionar o trator e almoçar do lado de fora.

O cardápio não foi lá essas coisas.

O sintetizador de alimentos da *Pioneira*, responsável pela relativa variedade gastronômica com que contávamos em órbita, era um luxo que não dispúnhamos em nossas temporadas na superfície. Com exceção de um quitute ou outro, trazido de bordo e partilhado como tesouro na ocasião apropriada, por questão de praticidade, quando em Jokerman tínhamos que nos contentar com nossas barras de ração concentrada. Contudo, ninguém reclamava mais da frugalidade dessas refeições. Por essa altura, já estávamos acostumados.

Por isto, foi com surpresa e prazer que nos voltamos para Mário quando se manifestou, assim que Aline estendeu o tecido impermeável onde improvisaríamos nosso piquenique:

– Vejam só o que eu trouxe lá de cima. – Ele retirou a garrafa de vinho tinto do compartimento térmico da mochila e a exibiu ante a admiração extasiada dos demais. – Estava guardando para uma ocasião especial. Pinot Noir.

– Deixe-me ver isto. – Michael estendeu a mão para receber a garrafa de plástico transparente do brasileiro. Girou-a lentamente, examinando o líquido escuro com ar de entendedor. – Sabiam que, antes do Holocausto, alguns vinicultores europeus costumavam produzir vinhos combinando uvas viníferas de duas ou mais castas?

– Já ouvi falar disso. – Aline confirmou com expressão melancólica. Era a única dos seis cujos antepassados pré-Holocausto eram nativos da Europa. – Pena que tenha sobrado tão pouco das tradições enológicas francesas. E da própria França, aliás.

– Em Portugal também se fazia vinhos combinando várias castas locais. – Mário recebeu a garrafa de volta e a abriu. Aspirou o aroma exalado do gargalo com expressão pensativa. – À época da Partida já haviam conseguido recuperar as terras às margens do Douro e havia quem quisesse voltar a cultivar as velhas castas nativas. Quem sabe, já não estão engarrafando Portos datados por lá.

Todos estendemos os copos de nossos cantis. Mário serviu cinco doses generosas e por último colocou uma para si próprio.

O Pinot Noir não era nenhum Borgonha. Por outro lado, há mais de três séculos ninguém no Sistema Solar sabia o que era um Borgonha autêntico.

* * *

Depois do almoço, Mário e Olympia se recolheram ao ambiente climatizado do trator. Oficialmente, para repousarem um pouco. Se bem que, pelos olhares ávidos que lançavam um ao outro, eu diria que descanso era a última coisa de Jokerman que lhes passava pela cabeça.

Michael e Aline empreenderam uma excursão a pé pelas redondezas imediatas de nosso sítio de piquenique para observar a fauna e a flora locais e coligir espécimes.

Como o espaço interno exíguo do trator já se encontrava ocupado pelas animadas *atividades de repouso* de Olympia e Mário, Farukh e eu decidimos acompanhar o casal de naturalistas.

Meia hora mata adentro, seguindo o aclive rochoso que moldava o desfiladeiro estreito por onde descia um riacho gorgolejante, paramos boquiabertos ante uma rede espessa que se estendia por cima do fluxo-d'água entre os dois paredões rochosos da garganta.

– A maior teia de aranha que já vi! – Farukh cofiou o cavanhaque, olhando para cima a fim de aferir os detalhes daquela tessitura majestosa.

– Teia de pseudoaracnoide. – Michael corrigiu com semblante embevecido. – Mas, de fato, é a maior que já encontramos.

Pontilhados de gotículas, os fios grossos da teia refletiam os raios do primário que filtravam por entre as folhas castanho-avermelhadas das copas das árvores, emprestando à estrutura o aspecto delicado de um elegante retículo de cristal.

– Não sabia que essas criaturas também teciam teias como as aranhas. – Comentei, procurando descobrir o paradeiro do animal que elaborara aquela estrutura de complexidade barroca. – Que tamanho deve ter o espécime que teceu esta teia?

Michael examinou a tessitura e coçou a cabeça antes de responder:

– Até hoje só tínhamos registrado teias de pequena envergadura, tecidas por exemplares minúsculos de pseudoaracnoides nativos de Kahoolawe, Souza e Xavier. – Ele se aproximou em passos lentos da teia, galgando as rochas que o separavam da rede vertical. – É difícil estimar o tamanho do animal apenas pela envergadura da teia. Porém, pela espessura desses fios, eu diria que foram lançados para suportar o peso de um pseudoaracnoide bem grande.

– O quão grande é *bem grande*? – Subi atrás dele, mantendo-me dois passos atrás. – Ei, o que você pretende fazer?

– Preciso coletar alguns fios desta teia. – Estendeu a lanceta-laser para fazer justo o que explicara.

– Cuidado. – Alertei, esquadrinhando as bordas da estrutura. – O dono da teia pode aparecer de repente para reclamar desse abuso.

– Não se preocupe. Tenho impressão que já se encontra abandonada há tempos. – Ele retrucou, absorto na operação de introduzir fragmentos da teia dentro de um tubo de amostras.

– Sylvia, atrás de você! – Ouvi o berro de Farukh e me virei.

O impacto violento que se abateu em minhas costas me derrubou de joelhos.

Comecei a escorregar na rocha limosa. Lancei os braços para os lados para tentar me segurar nos arbustos que emergiam das fissuras nos paredões rochosos da garganta.

Então, a pontada lancinante em meu ombro. Daí, o peso de três mochilas carregadas desabou nas minhas costas.

Minha visão se turvou.

O grito de Aline pareceu se estender por dezenas de segundos.

Ainda vislumbrei o vulto de Michael saltando imenso em minha direção. É a última coisa de que me lembro.

* * *

Peço desculpas antecipadas se acaso esta parte da narrativa soar algo fragmentária. Dadas as circunstâncias, creio que os espectadores me perdoarão.

Afinal, fiquei inconsciente por causa do ataque sofrido naquele desfiladeiro da Ilha do Fim-do-Mundo.

Pelo que meus amigos me contaram e pelo que pude assistir em seus holorregistros, um pseudoaracnoide imenso, o dono da tal teia monumental, desceu como foguete por um fio suspenso no galho elevado de uma árvore próxima e aterrou em minhas costas.

Quando perdi o equilíbrio e comecei a me debater na tentativa de me segurar num arbusto qualquer, o animal deve ter interpretado meu gesto como atitude hostil e me picou com seu ferrão mandibular, inoculando-me boa dose de sua peçonha, em tese inofensiva.

Só que dessa vez não foi tão inofensiva assim.

Apesar de não ter agido como peçonha em si, talvez pela própria quantidade inoculada, a substância me provocou uma reação alérgica fortíssima.

Segundo Aline, desmaiei e em seguida sofri uma parada

respiratória. Ao que parece, o interior da minha laringe intumesceu a tal ponto que impediu a passagem de ar.

Sem parar para pensar, Michael desmembrou a criatura com as mãos nuas.

Enquanto isto, Aline me perfurou a laringe com o bisturi-laser, para permitir que eu respirasse. Em seguida, orientou Michael a me tomar no colo e correr a toda velocidade rumo ao trator, onde eu receberia os primeiros socorros.

Para surpresa geral, o trator nos encontrou a meio caminho.

Alertado por Olympia, Mário soube do ataque do pseudoaracnoide gigante e conduziu o veículo praticamente até a boca da garganta.

Repassando os holorregistros de meus cinco amigos, assisti a cena de vários ângulos quando Mário freou o trator abruptamente; as lagartas arrancando terra e mato do solo compacto junto ao desfiladeiro. Michael apareceu correndo, muito a frente de Farukh e Aline, não obstante carregar meu corpo inerte em seus braços.

Mário emergiu do trator como um bólido, ávido por prestar auxílio, mas sem saber direito o que fazer. Em seguida voltou às pressas para dentro do veículo. Mais tarde o brasileiro explicou que Aline o orientou pelo rádio para que preparasse o espaço no interior do trator para os procedimentos a que eu seria submetida. Presenciei a posteriori quando Michael me depositou sobre os tampos de duas mesas que Mário juntara segundos antes.

Aline chegou esbaforida. Farukh seguia logo atrás.

Imagino que Olympia deva ter vislumbrado algo deveras preocupante e desagradável na mente da médica, pois prorrompeu em pranto descontrolado.

Já recuperada da corrida, decerto sob ação de estimulantes, Aline ordenou em tom ríspido que Farukh acalmasse a Garota fora do trator.

– Quase não está respirando. – Murmurou com expressão grave. – A obstrução na laringe piorou.

– A peçonha desses bichos não era inofensiva? – Mário enxugou a testa banhada de suor.

– O composto não atuou como peçonha, – Michael explicou tenso, – e sim como agente alérgeno.

Aline abriu o estojo médico e retirou o tubo grosso com uma bomba acoplada. Aplicou um anestésico de ação tópica em minha garganta. Então, com gestos seguros e vigorosos, introduziu o tubo por minha goela adentro e ativou a bomba respiratória portátil acoplada à outra extremidade.

Michael lhe passou o holotomógrafo sem que ela precisasse pedir.

– Pronto. – Ela suspirou aliviada, aceitando o bastão que o norte-americano lhe estendia. Seus lábios tremeram ligeiramente quando observou que minhas bochechas recuperavam a cor normal. – Agora podemos tratar dessa reação alérgica inesperada.

Ela iniciou o exame pormenorizado.

Após duas horas de trabalho árduo, declarou enfática que era necessário me levar com urgência para a *Pioneira*. Meu estado era mais grave do que ela suspeitara inicialmente. Não dispúnhamos dos recursos adequados na superfície. Aline só conseguiu estabilizar meu quadro clínico induzindo um estado de semi-hibernação algo semelhante ao Sono, a fim de reduzir minhas taxas metabólicas ao mínimo.

Como só dispúnhamos do jato suborbital na Fim-do-Mundo, o programa-mestre pilotou remotamente um dos transportes orbitais, fazendo-o pousar a menos de cinquenta metros do trator.

Seis horas após o ataque, minha remoção para bordo já havia sido concluída com êxito.

Fui levada direto para a enfermaria.

Os outros quatro tripulantes não pararam de rondar a U.T.I., até que Aline os enxotou de lá. Daí montaram uma vigília ininterrupta junto à escotilha da enfermaria, mantida cerrada sob determinação da oficial-médica.

Permaneci três dias desacordada em estado de semi-hibernação induzida. Meu ritmo cardíaco despencou para uma ou duas batidas por minuto. Durante aqueles três dias, flutuei entre a vida e a morte, até que Aline lograsse sintetizar o agente antialérgico. Naquelas setenta e quatro horas, ela se manteve em vigília, trancada comigo na enfermaria. Não pregou olho por um minuto sequer. Imagino que tenha se colocado sob efeito de doses cavalares de estimulantes que não ousaria aplicar em outra pessoa. No fim, já não falava coisa com coisa. Profundamente abatida, com olhar vidrado, já não fazia jus ao epíteto de “La Belle”. Seus cabelos, normalmente sedosos, quedavam-se desgrenhados, numa juba emaranhada. Mesmo nessas condições assustadoras, sintetizou o medicamento que me salvou a vida.

Mário, Michael e Farukh tiveram que recorrer à Olympia para se manterem minimamente a par do meu estado. Incentivada por *seus meninos*, a marciana deixou os escrúpulos de lado e começou a vasculhar os pensamentos da médica e relatar o que conseguia apurar de meu quadro clínico aos companheiros.

Só que Olympia, discreta como toda boa telepata, não contou tudo o que descobriu. Não mencionou nada sobre as ocasiões em que Aline chorou com as pontas dos cabelos louros desalinhados roçando em meu rosto. Tampouco sobre as vezes em que me beijou os lábios e a testa salpicando-me com suas lágrimas. Ou das palavras doces, que jamais ouvi acordada, mas assisti, dias mais tarde, abusando desavergonhadamente das minhas prerrogativas de comandanta.

Há quatro anos que não via Aline chorando. Desde a ocasião fatídica em que exterminamos os últimos sobreviventes pavonianos, cravando o prego derradeiro no esquife daquela espécie.

No entanto, o choro solitário da enfermaria foi diferente.

O choro por causa de nosso papel nefando na extinção dos últimos pavonianos expressou seu pesar e sentimento de culpa pela perda de uma espécie racional e uma cultura tecnológica cujo desaparecimento se deveu indiretamente à chegada de nossa expedição.

As lágrimas da enfermaria não eram de pesar ou culpa. Expressavam temor. Receio de me perder, a se crer na seriedade das juras de amor lindas e patéticas, truncadas, mas tão expressivas, que Aline balbuciava entre soluços, quando se julgava em total privacidade.

A vida é estranha.

Foi preciso chegar às portas da morte para ter certeza de que minha amiga, tão fria por fora e tão meiga por dentro, me amava tanto quanto eu a amo.

Bendito pseudoaracnoide tecelão!

Aline me fez emergir da semi-hibernação gradualmente, para se certificar que o antialérgico realmente fazia efeito. No sexto dia de nosso regresso para bordo, enfim recobrei a consciência, já em meu camarote.

Reunidos em torno do meu leito, de pé, visto não haver espaço bastante ou cadeiras para acomodar os cinco, meus amores me puseram vagarosamente a par do ocorrido e aplacaram meu espanto pelo fato de dar por mim repentinamente de volta à *Pioneira*.

* * *

À medida que me restabelecia, confirmei que meus amigos e subordinados realmente me amavam de paixão.

O fato de terem se defrontado com a perspectiva real da minha morte os tornou ainda mais carinhosos comigo do que o habitual. Não se cansavam de me dirigir olhares lânguidos e apaixonados. No princípio me senti lisonjeada e satisfeita. Porém, acabei enjoando com o excesso de carinho despropositado. Será que era preciso quase morrer para que demonstrassem o que sentiam?

Ademais, tentaram me estragar com tanto mimo, a ponto de me ver obrigada a praticamente decretar minha alta, com anuência relutante de Aline.

Nem é preciso dizer que, com tamanho chamego e preocupação, nossas pesquisas e explorações em Jokerman foram colocadas em segundo plano. Ninguém desceu à superfície durante minha convalescença.

Esbravejei até ficar rouca sobre o absurdo de teimarem em permanecer a bordo só porque eu ainda não podia retomar minhas atividades de campo. Acusei-os de motim, sem o menor resultado. Eram cinco contra uma e, presa ao leito e medicada como estava, falhei em lhes impor minha voz de comando como devia.

Portanto, quinze dias após o ataque do pseudoaracnoide, com saúde restabelecida, mas ainda um pouco debilitada, sob os cuidados apreensivos de Aline, liderei o embarque na *Pioneira III*, nave auxiliar que nos levou de regresso à superfície.

Depois de uma quinzena de interrupção, retomamos nossas atividades na Ilha do Fim-do-Mundo.

Mário, Michael e Farukh assumiram como questão de honra capturar um pseudoaracnoide gigante da espécie que o brasileiro apelidara *tecelão*.

Quando finalmente nos afastamos de Jokerman rumo a Sandman, nosso xenobiólogo possuía um exemplar daquela espécie para autópsia e mais dois ainda vivos, em estado de animação suspensa.

Capítulo VI
Interlúdio num Planeta Árido

2348 EC.
Grande Lago Meridional
Sandman [Delta Pavonis III]

Ao contrário de Jokerman, Sandman não constituiu nenhuma grande surpresa. Tampouco grande decepção.

Os pavonianos jamais haviam posto as patas ali. Portanto, os estigmas da sua extinção e de nossos remorsos não se fizeram tão presentes.

Nem mesmo no âmbito ficcional, nos corpos das expressões literárias que vez por outra comparávamos à ficção científica humana, os pavonianos haviam concebido viagens espaciais até o mundo mais próximo.

Havia narrativas de viagens até Selene e aos outros dois satélites naturais de seu mundo. Textos paradidáticos de autoria recente e estilo detalhista e pedante, escritos numa época em que os pavonianos já haviam respondido nossa primeira mensagem em paleolincos, aquela que lhes fora transmitida antes do Holocausto, mas ainda aguardavam nossa resposta. Segundo Mário, essa literatura de antecipação parecia mais preocupada em prever o futuro do que em contar boas histórias.

Ironicamente, a temática mais instigante da ficção especulativa pavoniana era justo a que se debruçava sobre as expectativas do primeiro contato com a humanidade. Não obstante as imagens que lhes transmitimos no século XXI, os ficcionistas pavonianos nos imaginaram das maneiras mais diversas e alienígenas possíveis. Como era de se esperar, a perspectiva do contato conosco ocupou um espaço considerável no imaginário coletivo dessa civilização. No âmbito não ficcional, os pensadores mais esclarecidos depositavam grandes esperanças no advento de uma nova era de prosperidade, harmonia e compreensão, que se iniciaria após o contato.

Quem poderia culpá-los por esperar que a salvação lhes caísse dos céus?

Não foi assim que nós humanos criamos nossas primeiras religiões?

No caso da humanidade, nem sequer podíamos alegar a cobiça pelos conhecimentos de pretensos deuses estelares na tentativa vã de justificar o aniquilamento de nossa civilização planetária. Ao contrário do que Farukh Achernar pensava à época, não creio que tenhamos sido melhores do que os pavonianos.

Tivemos mais sorte. Simples assim.

De qualquer modo, os pavonianos nunca calcaram suas pinças locomotoras nos solos arenosos de Sandman. Nem através de engenhos oriundos da ciência e da técnica, tampouco pelas artes da imaginação.

* * *

Engraçado como, ao sair da órbita de Jokerman, imaginamos estar deixando aquela tumba planetária para trás.

Mal sabíamos então que o remorso pela extinção dos pavonianos nos acompanharia periferia afora para sempre.

Sim, porque embora a biosfera jokermaniana fosse mais saudável e diversificada que a da Terra pós-Holocausto, jamais deixaríamos de considerar o planeta como um sepulcro de 500 milhões de quilômetros quadrados.

De qualquer forma, quando rumamos para Sandman os dois mundos estavam em lados opostos do primário. Mais de duas unidades astronômicas de afastamento pareceram distância suficiente, depois de seis anos passados na superfície de Jokerman.

Instalamos nossa primeira base temporária às margens do Grande Lago Salgado Setentrional. Com o tamanho aproximado do Mar Cáspio, a maior massa de água de Sandman foi logo batizada "Achernar" por Aline, numa atitude de represália deliciosa ao fato de Farukh ter designado as principais ilhas de Jokerman com os sobrenomes maternos das humanas da tripulação.

Mais tarde, seguindo o precedente, eu própria batizaria o grande lago do hemisfério sul como "Sandriotti", com o apoio entusiástico de Olympia e Aline.

Como só havia duas massas de água de tamanho respeitável em Sandman, o maior oásis perene que encontramos, situado no sopé das Cordilheiras Desoladas, foi nomeado McFerguson como homenagem dúbia a nosso imediato.

À época ainda portávamos máscaras extratoras por causa de pressão atmosférica de 860 milibares e do teor de oxigênio inferior a 11%.

Graças a seu genoma adaptado às condições severas dos ambientes marcianos terraformizados, Olympia se sentia à vontade para dispensar o uso da máscara. Não precisou dela nem mesmo quando decidimos escalar as encostas das Cordilheiras Desoladas, onde se situavam os picos mais elevados do planeta.

A gravitação superficial de 0,87 g e a temperatura frígida também contribuíram para que a marciana se apaixonasse por Sandman, considerando-o o segundo mundo mais belo e aprazível da periferia galáctica.

As margens de Achernar eram cercadas por um emaranhado de vegetação adaptada a ambientes de salinidade extrema. Árvores de troncos encarnados bulbosos e retorcidos; e arbustos recobertos por folhagem espinhenta de coloração azul-esverdeada, constituíam uma floresta densa em forma de anel em torno do lago, cuja espessura se estendia em alguns trechos por até trinta quilômetros.

As praias em si eram faixas delgadas de terreno escuro e lamacento, que exalavam odores nauseabundos num ambiente de umidade penetrante. Muito diferente, portanto, das praias generosas de areias claras de Kahoolawe, ou mesmo das praias tijucanas de areia negra, fina como pó de grafite.

Ninguém cogitou tomar banho nas praias de Achernar. Os mergulhos para coleta de espécimes limitaram-se ao estritamente necessário.

* * *

Quase tão grande quanto Achernar, o Grande Lago Meridional, popularmente conhecido como "Sandriotti", revelou possuir personalidade diversa.

Com areias finas, praias generosas e, sobretudo, água doce quase potável, Sandriotti pareceu o paraíso após dezessete meses de exploração da aridez bravia do hemisfério norte. Ao contrário do que ocorrera em Achernar, em cujas águas só persistiam bactérias e umas poucas colônias de algas, em Sandriotti nos deparamos com os últimos resquícios da outrora abundante classe dos vertebrados aquáticos clássicos, oriunda do passado mais úmido de Sandman.

Como em termos climatológicos, a desertificação progressiva do planeta constituiu fenômeno gradual, a vida sandmaniana dispôs do tempo necessário para se adaptar. A maioria das formas unicelulares e multicelulares sobreviventes desenvolveu métodos engenhosos para reter água em seus organismos.

As exceções eram os animais e vegetais que residiam em Sandriotti ou nos raros oásis perenes que foram capazes de subsistir ao longo das eras geológicas.

Por falar em oásis, havia vasta formação florestal abraçando o Lago Sandriotti, muito diferente da mata de espinheiros que cercava Achernar. A associação dos ecossistemas lacustre e florestal faziam da região em torno de Sandriotti a mais fértil e diversificada daquela biosfera.

Os parainsetoides pulmonados que constituíam a forma dominante de Sandman pareciam onipresentes no Oásis Sandriotti, ocupando dezenas de nichos ecológicos, desde o de predadores terrícolas de eficiência letal, até o de herbívoros arborícolas, passando por formas decompositoras subterrâneas que escavavam os solos lamacentos à caça de vermes segmentados; carniceiros capazes de buscar carcaças até mesmo nas copas das árvores; e magníficas espécies aladas, algumas adaptadas ao voo ativo, outras munidas apenas de asas vestigiais.

A característica mais marcante do organismo parainsetoide é a presença de dois esqueletos completos: o interno, algo mais frágil que o dos vertebrados terrícolas clássicos, cujos fósseis encontramos em abundância nos sedimentos do planeta; outro exterior, que se apresenta sob a forma de sólidas carapaças córneas. À semelhança dos insetos da Terra, várias subclasses de parainsetoides possuem três pares de patas articuladas.

Nas espécies de porte pequeno e médio, as similaridades com insetos verdadeiros eram gritantes, pelo menos do meu ponto de vista leigo. Michael era capaz de apontar dezenas de diferenças num piscar de olhos. Diferenças pequenas, é verdade. Porém, segundo ele, sumamente significativas, entre os parainsetoides e os insetos terrígenas. A começar pelo mais fundamental: o programa genético daquela classe zoológica alienígena não é escrito em DNA.

No entanto, ao contrário do que ocorre na Terra, em algumas espécies de parainsetoides, indivíduos adultos atingem comprimentos máximos de 120 cm.

As espécies de grande porte nativas dos oásis possuíam apenas seis patas, diferentemente das espécies de grande porte que colonizaram as vastidões desérticas do planeta, criaturas vigorosas com dezenas de organelas articuladas para locomoção e, em alguns casos, manipulação.

Pelo fato de Sandman se constituir em essência um grande deserto, em termos quantitativos, as formas que colonizaram as regiões desérticas crescentes eram muito mais abundantes do que as remanescentes do passado fértil daquele mundo. Segundo nossas estimativas, as formas adaptadas às condições de aridez mais ou menos extremas respondiam grosso modo por 90% da biomassa em escala planetária.

Já em termos evolucionários, as formas adaptadas à vida em áreas desertificadas representavam ordens e famílias relativamente recentes na história da vida sandmaniana, algumas delas evoluídas a partir de formas pré-adaptadas à existência nos poucos desertos de um mundo outrora fértil, ao passo que outras eram frutos da irradiação adaptativa a partir de formas anteriores, acostumadas a climas mais úmidos. Espécies novas, oportunistas e vigorosas, que se desenvolveram para ocupar nichos ecológicos vazios que apareciam à medida que as regiões desérticas se expandiam cada vez mais.

* * *

A verdade é que relaxamos um bocado no ambiente acolhedor do Oásis Sandriotti.

Foi um prazer gozar das delícias daquele balneário lacustre, tão diferente das cercanias inóspitas do Lago Achernar.

Em nosso segundo ano em Sandman, já estávamos aclimatados à baixa pressão atmosférica e ao teor reduzido de oxigênio, a ponto de prescindir nossas máscaras extratoras, não obstante o fato de ainda mantermos pressurizadas as áreas fechadas de nossos acampamentos.

Apenas a temperatura de 5° a 10° C com o primário a pino no auge do verão nos impedia de andar pelo Oásis em trajes sumários.

Nascida e criada no norte da Europa, Aline não sentiria frio mesmo se resolvesse andar nua a céu aberto naquelas condições de temperatura e pressão. No entanto, recatada como era, não despia o collant de serviço sequer para nadar e mergulhar no Lago.

Nossa dupla de naturalistas dividia seu tempo entre a fauna do Oásis, com atenção especial à grande variedade de parainsetoides, e a fauna lacustre, onde se destacavam vertebrados pecilotérmicos que todos chamavam de "peixes", com exceção de Michael, que insistia no termo "pseudoteleósteos".

Com o acúmulo de trabalho, o xenobiólogo passou a se dedicar aos parainsetoides terrícolas, enquanto a oficial-médica tomou o estudo da fauna aquática para si. No afã de ajudá-los, Olympia e eu nos autonomeamos assistentes de Michael. Mário e Farukh se colocaram à disposição de Aline.

Numa manhã de verão, após uma de nossas tradicionais festinhas de arromba, como de costume, a médica foi a única que conseguiu acordar cedo.

Avisou ao P.M. que iria mergulhar em Sandriotti para coletar espécimes nas formações coralíferas do lago.

Trajando *aqualung*, pés de pato, armada com pistola de dardos e mantendo seus vínculos de comunicação com o P.M. e conosco, em princípio ela não corria risco algum.

Quando enfim acordamos e tomamos o café da manhã, Michael, Olympia e eu embarcamos no trator pressurizado e partimos em excursão oásis adentro. Progredimos devagar através da vegetação cerrada.

Mário e Farukh se entretiveram por algum tempo. Imagino que tenham sido interrompidos no melhor da festa quando o P.M. anunciou em tom preocupado para todos nós:

"A Doutora Juggersen parece estar encontrando dificuldades em seu mergulho solitário."

Escolada após vários anos de convívio íntimo, percebi embutido no fraseado eufemístico da consciência artificial a crítica velada à oficial-médica. Decerto que o P.M. aconselhara Aline a convocar Mário ou Farukh para acompanhá-la no mergulho. Afinal, o mergulho solitário constituía prática condenada em todos os procedimentos-padrão da Força Estelar relativos à segurança de equipes de exploração em biosferas alienígenas. No entanto, sendo a médica quem era, dificilmente interromperia o ato amoroso de seus dois amigos sem um motivo excelente. Autoconfiante e independente, decerto afirmou que não havia perigo algum e que ela iria mergulhar sozinha, sim. Daí, ao primeiro sinal de problema, o P.M. não hesitou em se manifestar aos demais. Se questionada, a I.A.A. alegaria estar colocando o bem-estar de Aline em primeiro lugar. O pior é que estaria sendo inteiramente sincera.

– Que tipo de dificuldades? – Não consegui evitar o sorriso. – Por que ela não se reporta pessoalmente?

"– Ahn, Sylvia?" – A voz de Mário soou rouca e aborrecida nos alto-falantes do trator. "– O que está havendo com a Iceberg afinal?"

"– Aqui Aline." – Ouvimos o ruído abafado da respiração da médica dentro da máscara. "– Não houve nada de mais. Prendi o pé de pato direito no lodo do fundo do lago, mas já estou cuidando disso."

Troquei um olhar com Michael. Ele também notou o tom gélido da última afirmação da médica.

Dei de ombros.

"Sylvia?" – Olympia tocou meu espírito. Pareceu estranhamente insegura. – *"Aline não está sentindo medo, mas já está com o pé preso dentro do lodo há algum tempo e não consegue tirar."*

– Qual é o problema? – Tentei disfarçar a preocupação. Distante coisa de doze ou quinze quilômetros do acampamento erigido às margens de Sandriotti, a marciana lograva manter o vínculo telepático com a médica e os rapazes. – Se não puder se soltar, o jeito é deixar o pé de pato para trás.

"É justamente isto. Não está conseguindo tirar o pé de pato. Acho que o pé dela já afundou muito..."

A situação começou à parecer séria.

– Aline, você consegue livrar seu pé sem ajuda?

"– Acho que sim. Espere um pouco." – Ouvimos o som entrecortado da respiração dela, quando se esforçou para se libertar. Enfim, um longo suspiro frustrado. "– Última forma: não estou conseguindo soltar meu pé. Pior ainda: acabei prendendo o pé esquerdo na lama ao me debater para livrar o direito."

"– Grande!" – Farukh se manifestou escorrendo sarcasmo. "– De quanto ar ainda dispõe?"

"– Mais de duas horas." – A médica respondeu após consultar seu *aqualung*. "– Meu maior problema não é exatamente a falta de oxigênio."

Um arrepio de medo me percorreu a medula.

"– Estou afundando." – O tom mudara. Agora Aline estava realmente preocupada. "– Este lodo se comporta como lama movediça."

Lancei um olhar inquisitivo a Michael. Depois de Aline, ele era quem melhor conhecia o fundo do lago.

– Há leitos de lama movediça no fundo de Achernar. – Franziu a testa ao ativar o comando para travar o avanço do trator. – Até hoje não havíamos constatado a existência de lama movediça em Sandriotti, mas é possível.

"– Não se mexa, meu amor." – Mário manifestou-se do acampamento. Não havia mais aborrecimento em sua voz. Só preocupação. "– Fique bem quietinha que nós vamos tirar você daí."

"Mário está pensando em pegar o aqualung.*"* – Olympia contou. – *"Vai mergulhar atrás da Aline."*

– Que ótimo! Se duvidar, também vai ficar preso lá embaixo. – Michael resmungou, entre irônico e preocupado.

– Aline, como você está? – Indaguei.

"– Quieta, como o Baixinho recomendou." – O risinho nervoso deslocado indicou que ela julgava a situação crítica. "– Ainda afundando na lama. Agora mais devagar."

Olympia desatou a chorar.

– O que foi, minha querida? – Abracei-a e comecei a acalentá-la para que se acalmasse.

"Está com lama até a cintura."

Michael levantou do assento do piloto e envolveu nós duas em seus braços. Começou a acariciar lentamente o couro cabeludo da Garota.

– Mário, não sei se é a coisa mais acertada a fazer...

"– Porra, Chefa! Se tivéssemos um minissub, bem que eu usaria!" – A voz ecoou curiosamente roufenha nos alto-falantes do trator. Seu suspiro saiu abafado, indicando que já colocara a máscara. Mais controlado, acrescentou "– Não podemos perder a Doc, Sylvinha."

"– Tampouco te perder tentando salvá-la!" – Farukh explodiu.

"– Não vai me perder, meu Árabe Louco." – Mário soltou sua risada mais confiante. A segurança em pessoa. "– Só vou resgatar nossa bela."

"– Considere-se desde já meu herói favorito." – Aline murmurou lá do fundo do lago. "– Mas, por favor, pense bem no que está pretendendo fazer."

– Mário, tem certeza que consegue tirar Aline de lá? – A voz quase me faltou quando fiz a pergunta.

"– Mamão-com-açúcar, Calipígia Chang!"

– Sandriotti, não é hora para fanfarronices. – Michael pressionou o encosto da poltrona de pilotagem com tanta força que acabou com um pedaço nas mãos. – Achernar está certo. Não podemos perder nossa Doc, mas também não podemos abrir mão do nosso oficial-de-ciências. Pense bem, quem cuidaria das nossas I.A.A.?

"– OK, Mike. Também te amo, apesar das diferenças do passado."

– Jamais tinha ouvido Mário soar tão sério. Tampouco admitir suas desavenças com o imediato. "– Saiba que nunca houve ressentimentos da minha parte. Só quero te fazer um pedido, em nome dos bons tempos. Se as coisas lá embaixo não saírem exatamente como eu espero, cuide das nossas meninas e do Farukh para mim."

O norte-americano engoliu em seco. Levou um bom tempo para recobrar o fôlego e responder:

– Deixa comigo, florestal. Mas não será necessário. – Vislumbrei os olhos úmidos quando virou para me fitar. Suspirou fundo antes de bradar a plenos pulmões. – Vai fundo, Raposa! Traga nossa Doc de volta!

"– Estou com água pela cintura." – O brasileiro informou com voz fanhosa. "– Pronto para submergir."

"Boa sorte, meu Pequeno Grande Homem." – Olympia emitiu enquanto soluçava.

* * *

"Sylvia, Mário está pensando há vários minutos quase que exclusivamente na tradução de uma estela pré-colombiana." – Olympia reclamou, chorosa. – *"Parece maia clássico..."*

– Você sabe porque ele está fazendo isto, não é? – Não consegui conter o meio-sorriso.

"Para que eu não descubra o que ele está tramando."

Minha estratégia nesses casos era resolver sistemas tensoriais de campos gravitacionais complexos. No que será que Michael, Aline e Farukh pensavam quando desejavam evitar a todo custo que nossa bisbilhoteira descobrisse seus planos?

"Normalmente, ele só se preocupa em me esconder seus pensamentos quando quer me surpreender. Quase sempre quando estamos transando..." – Ela corou um pouco, mas prosseguiu. – *"Não entendo porque está querendo me ocultar algo em meio a uma emergência."*

Michael virou-se para ela. Falou num tom calmo, como se pudesse esconder sua preocupação de nós duas:

– Leia Achernar.

Olympia me fitou. Cerrei os maxilares e assenti.

– Não emita. – Ordenei. – Fale em português.

Ela anuiu com ar grave e desligou seu comunicador.

Michael e eu fizemos o mesmo.

– Farukh está... Farukh está com Mário. Num dos botes infláveis.

– Como assim? – Michael a olhou com cara de interrogação. – Sandriotti não ia mergulhar de *aqualung*?

– Não consigo *ver* isto. Farukh está preocupado com o peso de Mário... Ah, sim... Não! Ele não está trajando o *aqualung*. Está com o escafandro!

Assustada, reativei meu comunicador:

– Vocês dois aí! Que ideia idiota é essa de usar o escafandro autopropulsado?

"– Oi, Chefa! Então a Xereta acabou descobrindo nossa travessura?" – Mário soltou um riso nervoso. "– Preciso do escafandro para sacar a Doc da lama..."

– Seu alucinado! O escafandro é pesado demais! – Michael perdeu enfim as estribeiras. – Vai afundar mais rápido naquela lama e ainda vai puxá-la junto contigo.

"– Muito obrigado pelo voto de confiança."

– Mário, querido, isto é loucura. – Murmurei, tentando chamá-lo à razão. – Pense bem. Mesmo que consiga se impedir de afundar na lama movediça, para extrair Aline terá que ativar a propulsão do escafandro e se fizer isto revolverá todo o fundo lamacento. Não conseguirá enxergar nada e vai...

"– Ele não precisará enxergar, Docinha." – Farukh interrompeu. Ele estava tremendamente tenso. Caso contrário, jamais empregaria meu apelido de alcova na frente de todo mundo. "– Estou amarrando o cabo do carretel do ancorote na cintura dele. Assim que ele der o pronto, vou puxá-lo de volta à superfície."

– O motor do carretel não fornecerá, nem de longe, a potência necessária para arrancar Aline da lama. – Retruquei, lutando para manter o controle. A médica precisava ser salva de qualquer maneira, mas não suportaria perder Mário numa tentativa fracassada de resgatá-la. – Ainda mais com o peso do escafandro a reboque.

"– Claro que não." – O engenheiro bufou. "– Mas o propulsor do escafandro é potente o bastante."

Enfim tomei minha decisão:

– Mário eu te proíbo de...

"– Não fode, Rabo Quente! Você não pode fazer nada. Se quiser, pode me colocar a ferros quando eu voltar... Não estou nem aí! – Ele vociferou impaciente. Então, era por causa do escafandro que a voz dele soava tão roufenha... "– Vou descer, sim! E vou sacar a Doc de lá!"

Ele tinha razão. Eu não podia fazer nada.

* * *

"– O fundo está um bocado turvo. Mesmo com o holofote, não consigo enxergar a Doc em lugar algum aqui embaixo." – Ouvimos o tom fanhoso irradiado a partir do microfone da cúpula do escafandro. "– Vamos lá, Xereta. No que a Doc está pensando? Ela está bem, não é?"

"Está consciente." – Olympia emitiu com áudio desligado para que o brasileiro não notasse seu pranto, embora suas lágrimas já estivessem secando. *"– Sente medo. Ainda enxerga a claridade débil que filtra através da água. Portanto, ainda não está completamente enterrada na lama."*

"– OK, usando o ultrassonar agora." – Mário murmurou, tenso. Então soltou um suspiro de alívio. "– Eco positivo com ultrassom. Ainda não adquiri no visual."

– Aline, pode nos ouvir? – Não resisti a perguntar.

"– Alto e claro." – Depois de uma pausa consideravelmente longa, acrescentou. "– Poupando ar."

Como assim? Ela não tinha ar o bastante?

"Ela mentiu, Sylvinha. Não queria que nos arriscássemos tanto por sua causa..."

– Perfeito, meu bem. – Não pude mais conter as lágrimas. Esforcei-me para não soluçar. – Fique paradinha aí. Apenas pense. A Garota contará tudo para nós.

"Ela já está vendo a silhueta do Mário." – A marciana informou com o equivalente mental de um sussurro.

"– Contato visual, agora." – Mário confirmou, animado. "– Estou a dez metros da Doc. Deslocamento oblíquo para minimizar turbilhonamento de lama. Cinco metros. OK, estou pairando sobre ela, três metros acima. Está enfiada até as tetas na maior poça de lama movediça que eu já vi!"

– Programe as bombas de lastro para estabilizar a flutuação. – Michael sugeriu.

"– Esperem um pouco. Estou passando o tirante sobre o tórax dela. Nossa querida acaba de me piscar o olho. Dadas as circunstâncias, eu diria que ela parece bem."

"Ela mandou dizer que te ama demais e que você é o máximo." – Olympia emitiu, secando as lágrimas e abrindo um sorriso. – *"Faço minhas as palavras dela!"*

"– Grande novidade!" – O riso dele soou abafado dentro da cúpula do trator. "– Pronto. Acho que já bem presa. Amarrei o cabo do tirante no gancho dorsal do escafandro."

– Não sei como ele pretende manobrar junto dessa lama. – Michael sussurrou em meu ouvido. – Não creio que eu conseguisse puxá-la de lá.

Jorrando seu júbilo por todos os neurônios, Olympia não conseguiu emitir de modo coerente:

"Ele está... Ele está... Oh, Meu Bom Espírito Galáctico! Ele está conseguindo arrancá-la de dentro da lama!"

"– Caralho! Estou levantando uma quantidade estúpida de lama... Fechou a noite aqui embaixo. Não consigo ver nada."

– E Aline? – Eu e Michael perguntamos ao mesmo tempo.

"Solidamente ancorada a minha humilde pessoa. Mas ainda não consegui arrancá-la completamente dessa lama pegajosa... Vou aumentar a potência."

"Aline afirma que já está livre da cintura para cima!" – Uma vez bombardeado para dentro de nossos crânios, entusiasmo de Olympia tornou-se incrivelmente contagiante.

"– Agora!" – O urro agudo do brasileiro por pouco não perfurou meus tímpanos.

Eu e Michael olhamos para Olympia. Ela não se fez de rogada:

"Ainda está presa. Lama à altura dos joelhos. Não! Esperem... Está saindo! Está saindo..."

"– Puta-que-o-pariu! Ainda não foi desta vez... Força total agora!"

Foram os três segundos de silêncio mais longos de minha vida.

"Ele conseguiu!" – Olympia deu um salto de alegria, ato que deve ser implicado forte esforço muscular, mesmo a ponto nove gê. – *"La Belle está livre!"*

"– OK, velhinho. Você ouviu a Xereta. Pode nos puxar agora. Estou deixando minha propulsão no mínimo. Assim... Isto mesmo. Está um breu aqui embaixo. Mal consigo ver o rosto da Doc, embora esteja com a bunda dela bem agarrada nas mãos." – Ouvimos o risinho maroto. "– Não precisa forçar o motor. Só a potência necessária para nos orientar até o bote."

Dez segundos mais tarde, Olympia exultava:

"Estão quase na superfície, Sylvinha! Farukh já consegue enxergar seus vultos."

* * *

Mais tarde no acampamento do Oásis, já em clima de franca comemoração, com Aline já devidamente beijada e afagada pelos demais, Farukh pousou a mão sobre o ombro do brasileiro e murmurou:

– Houve uma hora em que pensei que iríamos perder vocês dois.

– Bobagem. Nunca cheguei a correr perigo.

– Bobagem ou não, – Aline ergueu o copo de plástico num brinde risonho com água, – salvou minha vida.

– Ah, meu amor, até parece que essa foi a primeira vez que salvei sua vida. – Mário resmungou, surpreendentemente encabulado. – Ou você a minha. Como na vez em que aquele bicharoco me arrancou dois dedos em Kahoolawe e você o abateu a tiros. Foi um saco esperar que os enxertos crescessem de novo... Além disso, não podia permitir que justo o lago batizado em minha honra me roubasse essa mulheraça de fechar o comércio.

Nós cinco caímos na risada ante a expressão arcaica em português pré-Holocausto do brasileiro.

Assim que recobrou o fôlego, Aline insistiu:

– Tudo bem. Mas, reconheçamos, esta vez foi a mais dramática.

– Pode repetir isto. – Falei, erguendo meu próprio copinho de plástico.

Era uma pena que não tivéssemos nada mais forte do que água ou suco para brindar. As últimas reservas etílicas haviam sido consumidas em nossa festinha da véspera.

"Não podíamos subir pra Pioneira *por uns dias, Sylvinha?"* – Olympia deitou a cabeça em meu ombro, lançando-me seu olhar lânguido de pidona. – *"Para que possamos comemorar à grande..."*

– Eia, Criança. – Fingi mau humor, mas a enlacei pela cintura enquanto cogitava sua proposta a sério. – Temos um planeta inteiro para explorar, esqueceu?

"Só uns diazinhos!" – Ela ronronou em meu espírito. – *"Não vai se arrepender. Eu prometo!"*

– Também prometo. – Michael me brindou com seu sorriso apaixonante.

Incrível como os maus exemplos de insubordinação são apoiados justo por quem deveria me ajudar a coibi-los.

– Eu também! – Mário bradou, não querendo ficar para trás.

– Pronto! Eis-me aqui com mais um motim nas mãos... – Sacudi a cabeça, falhando miseravelmente em disfarçar o sorriso.

A exploração de Sandman era vital para o futuro da humanidade.

Vital, com certeza. Mas não tão urgente que não pudesse aguardar uns dias.

Capítulo VII
Missão Secundária

2389 E.C.
Singularidade Molton I
(3,3 anos-luz do Sol)

"O que é a telepatia senão a arte da bisbilhotice levada às últimas consequências?"
Mário F. Sandriotti

A escotilha circular se fendeu sem ruído, desaparecendo nas reentrâncias existentes em ambos os bordos do umbral metálico. Lutando conta o sono, ergui o olhar das projeções que o programa-mestre gerava no holotanque principal. Informações de rotina.

Girei a poltrona anatômica em direção ao recém-chegado.

Como sempre, Michael se movia de forma silenciosa. Seus passos elásticos de felino raramente ecoavam no piso antiestático das áreas habitáveis da nave. Só não lograra me surpreender por completo porque o facho de luz do corredor invadira a penumbra do Ambiente de Comando, alertando-me. Embora a pontualidade não se inclua entre suas principais qualidades, chegou dez minutos antes do horário da passagem de serviço, como de hábito.

Não que a pontualidade importasse muito. Ambos sabíamos que nada daquilo era necessário. Uma inteligência artificial autoconsciente tão volitiva quanto o programa-mestre do biocomputador de bordo dificilmente precisaria de supervisão humana.

No entanto, mesmo com o Sono, nossas viagens interestelares são constituídas, em sua maior parte, por grandes períodos vazios. Períodos nos quais a tripulação humana não tem lá muito o que fazer. Este era, aliás, um dos motivos pelos quais boa parte da opinião pública solariana era contrária às viagens interestelares tripuladas. Daí, mais por questão de terapia ocupacional do que por disciplina, eu e Michael fazíamos questão de seguir à risca a ordenança de serviço prevista nos manuais da Academia Lunar para naves de pesquisa em viagens de longo curso. Ou pelo menos procurávamos agir assim sempre que não havia tarefas importantes a realizar.

Gostávamos de nos iludir, fantasiando que nossa presença no Ambiente de Comando poderia um dia se tornar decisiva de um segundo para outro. Algumas pessoas têm a necessidade algo doentia de se sentirem úteis de algum modo. Eu e Michael somos pessoas desse tipo.

De acordo com as ordenanças supracitadas, na qualidade de oficial-cientista, Mário Sandriotti era em teoria o responsável pelo terceiro turno de serviço. Só que ele não compartilhava desse nosso modo de pensar e se irritava quando tentávamos lhe impor nosso padrão de conduta, pois o considerava uma inutilidade e uma perda de tempo.

Com o tempo, desistimos de tentar dobrá-lo.

Porque, com autoridade de quem trabalhara no desenvolvimento do programa-mestre, uma das inteligências artificiais autoconscientes mais sofisticadas que a humanidade do fim do século XXIII já produzira, Mário não se fartava de afirmar que o P.M. estava plenamente capacitado a cuidar da segurança, dos sistemas de manutenção de vida e do perfeito cumprimento da missão, sem que um punhado de humanos abelhudos e entediados precisasse bisbilhotar a execução dessas atividades por cima de seus ombros virtuais, por assim dizer.

– Sonolenta? – Michael era apenas um vulto grande junto à minha poltrona.

– Um pouquinho. – Espreguicei-me, sem fazer menção de levantar.

A poltrona da comandanta estava perfeitamente adaptada aos contornos de meu corpo e, portanto, muito aconchegante. Afinal, ainda estávamos tecnicamente em meu turno de serviço.

Comentei em tom neutro ao programa-mestre:

– Mike ainda não se acostumou à penumbra.

A luminosidade difusa se espalhou pelo aposento. Intensa o suficiente para Michael enxergar, suave o bastante para não me ofuscar a visão.

Parou a meu lado e levou a mão escura à minha cabeça, acariciando-me os cabelos e a nuca. Murmurou num tom carinhoso fraternal demais para o meu gosto:

– Está parecendo uma gatinha dengosa.

– Dengosa não, cansada. – Justifiquei meu argumento, curvando meu tronco para frente e apoiando a cabeça nos músculos do seu abdome. Não precisei de muito esforço para bocejar de modo convincente. – Acho que ainda não me recobrei direito do Sono.

– Já estamos acordados há quase uma semana. – Ele protestou, sorrindo.

Manha nua e crua, eu confesso. Dengo legítimo e ambos sabíamos disso. Um ser humano saudável só precisa de dois ou três dias-padrão para se recobrar dos efeitos do Sono.

A verdade é que eu ficara acordada durante boa parte de meu período de descanso anterior, verificando o desempenho das minhas rotinas especialistas autoconscientes.

Daí o cansaço, que não tinha nada a ver com as sequelas do Sono.

Contudo, não se pode negar que aquele foi um período de Sono bem longo. A tripulação da *Pioneira* havia permanecido em estado de animação suspensa durante trinta e oito anos, por todo o decorrer da jornada desde o sistema planetário de Delta Pavonis até as proximidades da descontinuidade permeável Molton I. Cerca de 17 anos-luz, percorridos numa velocidade média de 0,5 c.

* * *

Michael McFerguson e eu temos sido grandes amigos e amantes apaixonados esporádicos desde os primeiros anos de Academia. Fomos colegas de turma durante o ciclo formativo, comum a todos os cadetes. Cursamos juntos os períodos de instrução espacial e adestramento militar, e cumprimos juntos a maioria dos embarques em postos e bases do Sistema Solar Exterior. Separamo-nos por um bom tempo na época de nossos cursos de especialização científica, mas acabamos nos graduando na mesma turma.

Meu amor norte-americano é descendente direto dos membros de uma das poucas tribos semibárbaras que sobreviveram ao Holocausto no território dos antigos Estados Unidos. Temos a mesma idade. Na verdade sou dois meses mais velha do que ele. Nasceu em Lucksville, uma cidadezinha próspera e progressista, erigida numa rara nesga de terra fértil e salubre nos sopés orientais das Montanhas Rochosas. O vilarejo foi fundado em meados da segunda metade do século XXI, numa das poucas áreas então habitáveis num subcontinente norte-americano que à época constituía pouco mais que um vasto braseiro radioativo.

Meio século mais tarde, sob os auspícios das Três Cidadelas, Lucksville ingressou na recém-criada República das Pradarias, antigo Estado soberano e à época de nossa partida já Estado-membro da Federação.

Com quase dois metros de altura e mais de cem quilogramas bem distribuídos num corpo atlético muito bem musculado, sem ser excessivamente musculoso, nosso imediato logrou permanecer em excelente forma física desde os tempos de Academia – condição nem sempre fácil de manter quando servimos em ambientes de baixa gravitação. Michael era de longe a presença mais assídua na sala de exercícios bem aparelhada da *Pioneira.* Canhoto para quase tudo, possui um dos sorrisos mais belos e cativantes que já conheci, antes ou depois de nosso regresso ao Sistema Solar. Durante nossos tempos de expedição, manteve seus cabelos cortados bem curtos, num estilo tipicamente militar, como se ainda fosse um cadete da Academia e não um capitão da Força Estelar da Federação. Contudo, mesmo com aquele corte antiquado, sempre considerei Michael um dos humanos mais bonitos e atraentes com quem já convivi.

Nosso imediato se graduou em biologia molecular na Academia. Como eu, ele possui dois doutorados. No caso dele, o primeiro foi em xenobiologia procariótica, defendido em Olbers e o segundo em xenologia, concluído às vésperas da Partida na Universidade de Nova Timaru, aquele núcleo aprazível de colonização Maori erigido no extremo sul da Ilha da Califórnia, região que antes do Holocausto fizera parte da Costa Oeste dos então Estados Unidos da América.

Cerca de cinco anos após nossa formatura e nomeação como oficiais – de fato, segundo-tenentes, pois na carreira de oficial-cientista da antiga Força Espacial, o juramento de oficialato ocorria sempre com a conclusão do primeiro doutorado – Michael adquiriu certa notoriedade nos meios acadêmicos, devido a seu trabalho com microfósseis procariotas alienígenas encontrados no cinturão de asteroides no século XXII. Inspirado no fato de que as cadeias de nucleotídeos dos tais microfósseis não eram constituídas por DNA mas por outra molécula autoduplicante, Michael propôs a teoria iconoclasta da não-prevalência do DNA. Tenho forte impressão de que sua tese de doutorado sobre o assunto foi a grande responsável por seu ingresso na tripulação da *Pioneira.*

A segunda melhor notícia, depois de saber que havia sido

selecionada para a expedição foi descobrir que Michael também faria parte dela. Afinal, sempre fomos grandes amigos. Foi o único tripulante da *Pioneira* que eu já conhecia pessoalmente antes do início do treinamento.

Durante um bom tempo após a escolha da tripulação, não soubemos quem seria o oficial-comandante. Por se tratar de uma expedição de pesquisa, havia três opções: eu, Michael ou Mário Sandriotti, o terceiro oficial-cientista selecionado. Embora dispondo de qualificações excelentes, Mário era considerado o azarão da disputa, visto que já teria a seu cargo a tarefa de monitorar o desempenho do programa-mestre.

Torci bastante por Michael, pois sempre julguei que o norte-americano reunia todos os atributos necessários para se tornar um bom comandante.

Às vésperas da divulgação do nome do oficial-comandante da *Pioneira*, os dois outros candidatos me segredaram que torciam por mim. Confesso que na ocasião não atribuí lá muita importância às declarações. Sabem como é, não? As confissões constituíram aquilo que nossos holodramas antigos chamavam de "confidências de alcova"...

De qualquer modo, foi uma das primeiras vezes em que o brasileiro e o norte-americano concordaram visceralmente com alguma coisa.

Uma vez investidos em nossos postos, procurei dividir as responsabilidades do comando com meu imediato. Compartilhávamos tanto nossas dúvidas sobre o êxito da expedição quanto nossas incertezas sobre o tipo de sociedade que nos esperava no Sistema Solar quando para lá regressássemos depois de quase um século de ausência.

Conforme haviam previsto as IA analistas de personalidades da Academia, a rivalidade eterna, mas intermitente entre Michael e Mário não chegou a perturbar sensivelmente cumprimento de nossas missões, quer durante o extenso período de treinamento, quer naqueles primeiros meses mais críticos de nossa estada em Delta Pavonis. Os problemas de relacionamento que eclodiram nos primeiros tempos foram superados sem grandes sequelas.

Claro que, mesmo à época de nossa chegada em Molton I, meus dois oficiais-cientistas não passavam uma semana sem uma rixa mais ou menos séria. No entanto, tais desavenças em geral constituíam debates de alto nível entre cavalheiros educados e inteligentes.

Falei "em geral", porque vez por outra Mário perdia as estribeiras com a fleugma e o autocontrole perfeito do xenólogo, que parecia sempre capaz de manter a calma mesmo em meio à maior tempestade de raios cósmicos da periferia. Ocasiões em que o brasileiro então começava a esbravejar com o mesmo sujeito que, nos momentos de maior camaradagem, costumava designar com o apelido carinhoso de "Norte-Americano Tranquilo".

Com exceção desse pequeno problema de relacionamento, nem Michael, nem Mário, nem os outros três tripulantes jamais me deram motivos para preocupação.

Considero a ausência de tensões desse tipo numa expedição de longo curso uma genuína bênção divina. Sobretudo numa expedição tão conturbada e repleta de percalços quanto a nossa.

Michael possuía um hobby fascinante, que acabou se revelando útil em mais de uma ocasião durante nossa permanência em Delta Pavonis. Não era apenas um estudioso de história militar, mas um profundo conhecedor das estratégias e táticas de combate do passado remoto e recente. Mesmo sem dominar perfeitamente os idiomas nativos, foi o primeiro a intuir as nuances psicológicas do militarismo das diversas nações pavonianas, ajudando-nos a compreender ações e posturas que resultaram em guerras navais de âmbito planetário e que, em última análise, culminaram no Holocausto Bacteriológico.

Ao longo dos anos, Michael acabou especializando-se na manutenção e, em alguns casos, mesmo no fabrico dos mais diversos tipos de artefatos bélicos portáteis. Tais armas se fizeram necessárias, pois, em vez de convidados de honra de uma cultura alienígena amistosa, acabamos virando desbravadores de um cenário pós-apocalíptico global.

Após nossa formatura, eu e Michael nem sempre servimos perto um do outro. Ironicamente, na época em que eu servia em Icarus, o asteroide de órbita excêntrica que durante umas poucas semanas a cada período torna-se o objeto astronômico mais próximo do Sol, Michael efetuava uma prospecção de compostos orgânicos em Hidalgo, o asteroide mais distante do Cinturão Interior. Apesar de suas expectativas, o norte-americano jamais encontrou microfósseis alienígenas por lá.

O grande talento social de Michael é seu jeito especial de contar piadas. Sabe contá-las como ninguém e dispõe de um repertório sempre renovado, que considerávamos inesgotável. Depois de mais de uma década de convívio diário, sem contar os períodos de Sono, vez por outra ele ainda nos brindava com uma piada nova, disparada com verve incomparável. Todos os tripulantes tinham suas próprias favoritas. Vez por outra, quando de bom humor, Michael acedia aos apelos e repetia as mais pedidas para sua audiência deliciada.

Como a maioria dos grandes piadistas, Michael possui duas virtudes fundamentais. A primeira é a facilidade em imitar sotaques e gestualidades mais variados. A segunda é a capacidade de narrar a situação mais engraçada da periferia, com o semblante grave e sisudo de apresentador de holonoticiário.

Além dos aperfeiçoamentos genéticos comuns à maioria dos humanos nascidos no século XXIII, Michael dispõe de força e resistência físicas extraordinárias. Parte desse vigor é fruto da manipulação que seus pais decidiram implementar nos genes da prole, a outra parte se deve à autêntica obsessão do meu ex-imediato em se manter sempre em perfeita forma física.

* * *

Embora a expedição a Delta Pavonis tenha sido a primeira viagem interestelar tripulada empreendida por nossa civilização e a *Pioneira*, a primeira nave estelar a deixar o Sistema Solar, não foi em absoluto a primeira a regressar.

Quando despertamos do Primeiro Sono a poucas horas-luz do primário de Delta Pavonis, o programa-mestre nos contou que havia captado uma transmissão direcional proveniente da Terra.

Dentre miríades de novidades de casa, o datapack informara que uma expedição tripulada estivera no Sistema Triplo de Alpha-Centauri e já regressara ao Sistema Solar. Os tripulantes da *Prometheus* haviam descoberto vida microbiana no quarto planeta de Alpha-Centauri "A". Nada muito sensacional. Apenas bactérias e protozoários cujos programas genéticos, surpreendentemente ou não, também se encontravam codificados sob forma de DNA.

Soubemos ainda de uma terceira expedição tripulada em andamento. A *Belerofonte* já estava a mais de meio caminho de sua rota para Tau Ceti, onde os telescópios orbitais da rede transnetuniana haviam confirmado a existência de um planeta de atmosfera oxigenada.

Notícias frustrantes, conquanto promissoras. De qualquer modo, ao menos conquistamos a primazia eterna de termos sido os primeiros humanos a deixar nosso Sistema Solar.

No último quartel do século XXIII, só um argumento muito convincente persuadiria o Conselho da Federação a liberar verbas para financiar uma missão interestelar tripulada.

A oportunidade surgiu cerca de vinte anos antes da Partida, com a recepção da mensagem radiofônica oriunda de Delta Pavonis. O teor dessa mensagem tornou-se conhecido somente duas semanas após a recepção, quando uma jovem semanticista selenita finalmente descobriu que a mensagem alienígena havia sido redigida em *lincos*, um código antigo elaborado por pesquisadores PIET no início do século XXI, época em que ainda empregavam o acrônimo anglo-saxão quando se referiam às tentativas de descobrir inteligências extraterrestres.

Muitos espectadores atuais não entendem a demora dos pavonianos de um quarto de milênio em compreender e responder aquela primeira transmissão pré-holocausto.

Antes de mais nada, é preciso ter em mente o quão diferente a mentalidade de nossos vizinhos cósmicos era da humana. Diferente em vários aspectos e a um ponto que os cientistas que se arvoravam em xenólogos à época da nossa transmissão inicial nem sequer imaginavam. Assim, o conteúdo que parecia perfeitamente claro àqueles que redigiram a mensagem, acabou se revelando obscuro aos filósofos e estudiosos pavonianos, gerando ambiguidades terríveis, inicialmente incontornáveis. Uma das maiores dificuldades técnicas enfrentadas pelos pavonianos foi a carência de sistemas de processamento e decodificação tão eficientes quanto os dos humanos que transmitiram a mensagem. A bem da verdade, durante boa parte do período que se estendeu da recepção da mensagem em paleolincos até sua decodificação, eles simplesmente não possuíam sistema de processamento algum.

Ademais, a própria visão de mundo dos pavonianos – fruto não apenas de evoluções biológica e cultural inteiramente alienígenas, mas de um universo não-humano de experiências sensoriais – revelou-se mais estranha e diferente do que os humanos do século XXI puderam imaginar. A interpretação pavoniana do nosso paleolincos foi efetuada através de um trabalho artesanal bastante penoso. Tanto é que levaram mais de dois séculos para decifrar a mensagem. Mas finalmente o conseguiram.

Mensagem decodificada, consumiram vários anos em discussões acaloradas. Primeiro, para decidir se deveriam responder. Depois, para acordarem quanto ao teor da resposta.

Enfim, em meados de 2280 E.C., a espécie humana teve a primeira prova concreta da existência de uma civilização alienígena.

Pelo que os pavonianos nos contaram, estimamos que nossas duas culturas tecnológicas estivessem defasadas em coisa de três ou quatro séculos – mero suspiro, se comparado à escala geológica da evolução das duas espécies, desde a origem da vida, até o desenvolvimento da técnica radiofônica que possibilita a comunicação interestelar. Portanto, avaliamos que o eventual contato direto não constituiria risco de choque cultural demasiado grande para as duas civilizações envolvidas. A autêntica enxurrada de informações alvissareiras oriundas de Delta Pavonis pesou na decisão favorável do Conselho da Federação em aprovar a primeira expedição interestelar tripulada.

Como sempre ocorre nesses casos, uma vez liberadas as verbas, os eventos se precipitaram. Os cientistas e engenheiros da Academia Espacial Lunar projetaram a *Pioneira* – o primeiro veículo interestelar tripulado de um povo que, até então, só havia enviado umas poucas sondas automáticas aos dois sistemas estelares mais próximos. A construção se deu em pleno cinturão de asteroides, devido à relativa fartura de ambientes terraformizados de gravidade nula e à abundância de matérias-primas reinante no local.

Três anos antes da Partida, a tripulação definitiva foi afinal escolhida dentre os milhares de candidatos qualificados disponíveis. Seis tripulantes que supostamente condensavam o que a humanidade do limiar do século XXIV reunia de melhor.

E lá estávamos nós, em nosso octagésimo quarto ano de missão, recém-regressados de uma longa estada no Sistema Delta Pavonis e distantes somente cerca de três anos-luz de casa.

* * *

– Esse arzinho tristonho outra vez? – À penumbra do Ambiente de Comando, a voz de Michael era pouco mais que um sussurro. Acariciou minha cabeça do jeito que eu gostava. – Vou tentar adivinhar: novo surto deslocado de culpa por causa da extinção dos pavonianos.

– Há ocasiões em que, por mais que eu tente evitar, não consigo parar de pensar neles e em nós. – Murmurei, melancólica, mais pensando alto do que respondendo. – Na inutilidade tremenda de termos ido tão longe e concretizado tão pouco.

– Não me venha com essa choradeira de novo. Nós já superamos essa fase. Ademais, a missão em Delta Pavonis não foi um fracasso. – Ele me consolou com seu tom calmo, com toda a disposição da periferia para ouvir as mesmas velhas lamúrias mais uma vez – Constatamos *in loco* a existência de uma civilização tecnológica alienígena. Estudamos suas origens, aprendemos sua história, seus idiomas, mitos e costumes. Além disso, estudamos duas biosferas complexas e, com isto, conseguimos elaborar uma teoria quantitativa consistente da biogênese de moléculas autoduplicantes a partir de compostos orgânicos abióticos.

– Que nos importa isso? – Abano a cabeça. – Este não era o objetivo principal da expedição. Fomos até lá para estabelecer contato amigável com os pavonianos. Por mais que insistamos em nos iludir a esse respeito, o fato é que falhamos no cumprimento dessa missão.

– Nós não falhamos. Fomos até lá, não fomos? Apesar de tudo o que a humanidade passou, tudo o que sofremos, nós conseguimos ir até lá. Se há alguém que falhou, foram os pavonianos. Não temos culpa alguma se eles resolveram travar uma guerra bacteriológica em larga escala. A decisão foi deles, não nossa.

– Não é bem assim. O anúncio da nossa chegada iminente precipitou o conflito. Se houvéssemos aparecido sem avisar... Mas entendo seu jeito de encarar a extinção dos pavonianos. Há ocasiões em que acho que é o único jeito saudável.

Desde os tempos de Academia, adquiri o hábito de reconhecer a validade dos argumentos de Michael sempre que concluía que a conversa não levaria a ponto algum. Pois meu imediato dificilmente abandona uma discussão, a não ser que se julgue vitorioso. Para ele é quase impossível concordar em discordar. Quando alguém não concorda com seu ponto de vista, é porque ainda não compreendeu direito o que ele está explicando.

Assim, a estratégia padrão de fingir concordância costuma aumentar consideravelmente minhas chances de êxito numa eventual tentativa de mudar de assunto.

– Anda mesmo apaixonado por essa sua teoria, não é? Desde Jokerman que você e Aline não falam de outra coisa.

– Ciúmes, minha bela?

– Da teoria ou da Aline? De uma ou da outra, nem tanto, nem tampouco.

– Brincadeira. Mas, sim, estamos realmente entusiasmados com nossa teoria. Cremos que constitua um passo importante para a elaboração do modelo quantitativo geral que nos permitirá compreender o funcionamento detalhado dos mecanismos responsáveis pela origem da vida. Espero que seja possível captar a reação da comunidade científica da Federação durante nossa estada relativamente breve aqui em Molton I.

– Não se fie muito nisto. Por causa da orientação deste campo de interferência destrutiva, é bem mais fácil transmitir do que receber na vizinhança da descontinuidade permeável.

Isto para não falar que no Sistema Solar dispomos de redes de antenas cuja abertura virtual efetiva supera o diâmetro da órbita terrestre. Naturalmente, não há nada parecido em Molton I.

– De qualquer modo, daqui a sete anos estaremos em casa. Então poderemos apreciar pessoalmente as reações científicas e filosóficas à nossa teoria. No fundo, acho que minha maior ambição ao me candidatar como voluntário para a expedição a Delta Pavonis foi a perspectiva de comprovar essa tese.

– Estamos fartos de saber disso, meu amor.

– É lógico que também me sinto chateado com a extinção dos pavonianos. Também preferia que houvesse um comitê de recepção caloroso por lá. Depois de centenas de vivências simuladas, merecíamos gozar a experiência real do primeiro contato. Mas eu estaria bancando o hipócrita se afirmasse que me sinto tão frustrado quanto você ou Olympia.

– É verdade. Eu diria que você superou o trauma da decepção admiravelmente bem.

– Tivemos mais de dez anos para superar esse sentimento. Confesso que, pesando os prós e os contras, estou bastante satisfeito com os resultados da expedição. É claro, meu trabalho principal se encerrou quando deixamos Delta Pavonis para trás rumo a Molton. Com você se dá justo o contrário. Para minha doce especialista em gravitastronomia, o maior desafio científico de sua carreira brilhante está apenas começando.

Aquilo era o mais irritante em discutir um assunto qualquer com Michael. Esse norte-americano tranquilo tinha argumentos invariavelmente sólidos para convencer seu interlocutor. Graças a seu poder de argumentação admirável, independente das estratégias que eu adotasse, à primeira vista ele parecia ter sempre razão.

* * *

Como comandanta da *Pioneira*, participei integralmente de todas as fases da expedição. Primeiro, o treinamento intenso em órbita lunar e nos asteroides. Depois, as provas-de-espaço-profundo no Cinturão de Kuiper e, finalmente, a Partida e o primeiro Grande Sono.

Após o Primeiro Despertar, Delta Pavonis e as surpresas que nos aguardavam por lá. Nossas descobertas, aventuras, traumas e decepções.

Então, o Sono de Regresso.

Depois disso, a Descontinuidade Molton.

Pela primeira vez desde o início da expedição, estava prestes a exercer plenamente a atividade acadêmico-profissional que, em última análise, facultou meu ingresso na primeira expedição interestelar humana.

Devia me sentir feliz com a oportunidade de ocupar o tempo com uma questão científica tão instigante. Só assim deixaria de pensar no fiasco com os pavonianos.

Quase quatro anos em Sandman, com um mundo inteiro a explorar, logrei pôr de lado o sentimento de culpa pela extinção de nossos vizinhos cósmicos. Contudo, quando despertamos em Molton, com o Sistema Delta Pavonis definitivamente para trás, eis que me surpreendo outra vez avassalada pelo sentimento de culpa.

Sempre sonhei em examinar o mecanismo de funcionamento de uma descontinuidade permeável *in situ*. Enfim, via-me diante do trabalho que muito provavelmente representaria a culminância da minha carreira científica.

Imaginava que, se compreendêssemos Molton, num futuro remoto talvez pudéssemos empregar uma descontinuidade espaçotemporal para nos deslocarmos de um sistema estelar para outro muito mais rápido do que a luz.

Este estudo de uma Molton constituía nossa missão secundária.

Na viagem de regresso de Delta Pavonis para o Sol, a *Pioneira* se desviou ligeiramente de seu curso para chegar às proximidades da Descontinuidade Molton I, singularidade com a massa aproximada de um asteroide, distante cerca de três anos-luz do Sol. Uma entidade dotada de propriedades peculiares. Ainda não entendíamos perfeitamente como uma singularidade quase desprovida de massa era capaz de exibir uma assinatura paragravitacional similar a de um buraco negro de várias massas solares.

O objeto em questão foi detectado pela primeira vez por Douglas Molton em 2195 E.C., como uma fonte de emissão intermitente de raios X duros.

O programa-mestre do biocomputador nos havia despertado quando ainda estávamos a cinco horas-luz do horizonte de eventos exterior.

Como de costume, os dois primeiros dias foram repletos de náuseas e mal-estar.

Contudo, à época daquele encontro com Michael no Ambiente de Comando, apesar da minha carência sexual dissimulada sob alegações de cansaço, estávamos todos plenamente restabelecidos.

A *Pioneira* distava então apenas três segundos-luz do horizonte exterior. Por causa do efeito de maré intenso, não ousávamos nos aproximar mais. No entanto, pretendíamos enviar várias sondas automáticas até poucas dezenas de quilômetros desse limite fatal.

* * *

– Ainda temos uns minutinhos, Sylvia. – Michael murmurou num tom adoravelmente urgente, como se temesse despertar os outros tripulantes.

Ao mesmo tempo, abraçou-me, comprimindo meus ombros contra seu tronco. Após algum tempo, acocorou-se na minha frente, apoiando uma das mãos no braço da poltrona de comando. Desceu a outra pelo meu flanco, parando nos quadris. Arrepiei-me e me encolhi ainda mais na poltrona.

– Vamos pro meu camarote, Mike.

Incrível como a urgência dele me incendiou. Não me havia dado conta de que o desejo físico reprimido desde antes do último Sono fosse tão grande, até que a ânsia eclodiu como tesão incontrolável, raras vezes experimentado com tanta intensidade desde o fim da adolescência.

Ele ativou o comando para fazer a poltrona afundar quase um metro para dentro do pedestal.

– E o serviço? – Mesmo na penumbra, pude apreciar o brilho daquele sorriso sacana de dentes muito brancos. – Não posso abandoná-lo.

– Ah, Michael, vem comigo...

– Não, querida. Temos que transar aqui.

– Aqui não, Mike. – Fingi-me assustada como se jamais houvesse copulado naquela poltrona confortável. Embora, de fato, não houvesse sido com Michael e, sobretudo, não houvesse sido durante uma passagem de serviço. – Não é mais como nas vezes em que estávamos sozinhos na *Pioneira*.

– Aposto que minha Docinha já está toda molhada, só em imaginar que podemos ser surpreendidos a qualquer instante, não está?

O pior é que ele se dispôs a verificar o fato. Soltou uma risada marota quando finalmente logrou enfiar a mão entre minhas coxas fechadas, pressionando-me a vulva.

– Ah! Não falei?

Aceitei a brincadeira, apertando ainda mais as pernas e prendendo sua mão.

Já ajoelhado no piso plástico, forçou minhas coxas a se abrirem com o antebraço. Alheia a todo esse esforço, a outra mão acariciava a minha nuca com movimentos lânguidos e suaves.

– Me larga, Mike! – Exclamei entre dois suspiros, afogueada, mas divertida. – Não pega nada bem para uma comandanta da Força Estelar da Federação ser estuprada por seu imediato em pleno Ambiente de Comando.

Começou a rir, diminuindo o esforço para me abrir as coxas.

Aproveitei seu momento de fraqueza e passei ao ataque. Enlacei seus ombros e puxei seu tronco para mim. Ele fingiu surpresa. Depois desistiu da encenação e abriu seu belo sorriso.

Nossas línguas se encontraram.

Tanto tempo... Quase como se minha libido combalida houvesse esquecido como Michael era bom.

Meu imediato estava certo, como sempre: transar ali, em plena passagem de serviço, seria muito mais gostoso!

– Capitão Michael McFerguson, ordeno que pare... – Sussurrei em seu ouvido. Então soltei uma risadinha de pura excitação, antes de introduzir a língua em sua orelha.

– Paro, sim. Logo que te deixar peladinha nessa poltrona, minha boba tesuda! – Ele conseguiu enfiar a mão esquerda pela perna dos shorts do uniforme de bordo. O dedo médio já me acariciava o clitóris com firmeza e suavidade. Exatamente do jeito que eu gosto. Para um canhoto, até que Michael é bem habilidoso para certas coisas. Agarrou minha nádega direita com a outra mão e a apertou com força por cima dos shorts, como se pretendesse arrancar um pedaço e levar para o camarote para comer mais tarde. Quando gemi de dor, não resistiu ao comentário: – Sou completamente louco por essa bunda gorda!

– Alto lá! Gorda é a bunda da sua honorável progenitora! – A indignação naquele caso não era de todo fingida. – Carnuda ainda vá lá. Agora, gorda é sacanagem! E não precisa esmagar minha bunda com essa sua manopla, só para provar que gosta dela!

– Então me ajuda a tirar sua roupa.

– Tá bom, deixa que eu tiro, mas não aperta tanto assim... – Gemi, quase sem fôlego, mas deliciada com o risco que corríamos de ser surpreendidos a qualquer instante. Ainda tentei demovê-lo daquela ideia maluca, sem muito empenho, reconheço. – Não seria melhor irmos para o camarote?

– Não, minha teimosa! – Rosnou entre os dentes. Então ordenou ao P.M. – Mantenha a iluminação no mínimo.

– Está bem, – me rendi, satisfeita, – então me solta para eu tirar logo a roupa.

Desabotoei a blusa do traje inteiriço, arriando-o até ficar nua da cintura para cima. Aproveitei para ajeitar a calcinha que Michael repuxara para entre as nádegas.

Enquanto me observava fazer isto, cheirou os dedos que antes enfiara entre minhas coxas, fazendo cara de extasiado, como se fosse a primeira vez que sentia meu cheiro ou me surpreendesse no ato de me despir.

– Já te contei que você tem a ursinha mais cheirosa da Força?

– Tô sabendo. – Senti as maçãs do rosto formigarem. Indício seguro de que eu estava ruborizada. Felizmente, não havia luz suficiente para Michael notar. – Imagino que andou cheirando muitas Sistema Solar afora.

– Só as melhores.

Não nego que meu imediato é humano galante, do tipo que sempre se comporta como um cavalheiro. Mas também é um grandessíssimo canastrão!

Considero-me uma pessoa normal pelos padrões da minha época e conheço bem minhas limitações em termos de beleza física. No entanto, desde a época em que éramos colegas na Academia, os elogios e suspiros desse porco lisonjeador adorável sempre tiveram o encanto de me fazer sentir a própria Afrodite.

Não houve tempo para arriar o uniforme inteiriço até os tornozelos, pois ele me obrigou a sentar de novo na poltrona e começou a sugar meus mamilos longamente, com ardor e carinho, como se eles fossem os únicos objetos dignos de atenção do universo observável e nós dispuséssemos de todo tempo de vários mundos.

Tipicamente Michael.

Ainda em nossos tempos de Academia, descobriu que uma das coisas que mais me deixam ligada num amante é a calma, a absoluta falta de pressa.

Estava prestes a afastá-lo para levantar e acabar de despir o uniforme quando a escotilha se fendeu outra vez.

Ficamos momentaneamente ofuscados pela claridade do corredor. Senti a presença quente e amistosa de Olympia em minha mente.

"Não acredito! Nossa comandanta e seu imediato seminus, trepando em pleno Ambiente de Comando!? Vocês não têm um lugarzinho melhor para fazer isto, não? Esperem só até o resto do pessoal ficar sabendo!"

– Sua bisbilhoteira! – O rosnado de Michael foi puramente *pró-forma*. Já com os lábios fora de meu mamilo direito, abriu um sorriso satisfeito para a marciana.

– Luminosidade normal. – Olympia ordenou em português. O programa-mestre obedeceu e nós piscamos os olhos, ofuscados. Ela acrescentou articulando seus pensamentos num português bem pronunciado, de modo que o P.M. não ouvisse. – *"Por favor, meus amores. Esse excesso de tesão reprimido que vocês estão irradiando quase me estoura o cérebro. Assim não há bloqueio mental que resista! Vim implorar que se tranquem logo em seus camarotes. O Ambiente de Comando não é isolado."*

É verdade. O isolamento telepático era um privilégio que só gozávamos em nossos camarotes. Teria sido demasiado dispendioso revestir todo o Ambiente de Comando com o tecido nervoso sintético capaz de gerar aquilo que os telepatas apelidam de "estática mental".

Quando sexualmente excitado, o ser humano emite fluxos mentais mais intensos que em seu estado normal.

Como toda telepata treinada, Olympia poderia erigir um bloqueio para não captar nossos pensamentos. Já ouvi dizer que telepatas experientes podem erguer bloqueios desse tipo sem ao menos darem pelo fato. É uma espécie de segunda natureza para eles. À época de nossa partida, Olympia era considerada uma das telepatas mais talentosas da Federação. Por isto, duvido muito que se deparasse com dificuldades se houvesse realmente tentado erigir um bloqueio naquela ocasião.

"Que gracinha!" – Um sorriso muito cândido aflorou nos lábios carnudos da sacana. Como muitos telepatas, Olympia se comprazia em expressar um estado emocional com a fisionomia e outro, inteiramente distinto, com o pensamento articulado. – *"Depois de todos esses anos de convívio, Sylvia ainda enrubesce como uma garotinha! Não me canso de repetir: fica ainda mais bonita com as bochechas vermelhas."*

– Bondade sua. – Agradeci, corando ainda mais.

"Não se acanhem em pedir. Não me incomodo nem um pouco em assumir o serviço no lugar do Michael por uma ou duas horas."

– Estávamos pensando em lhe pedir outra coisa. – Michael parecia ter recobrado a um só tempo a fleugma e o apetite sexual dos velhos tempos. – Por que não se junta a nós? A *Pioneira* pode cuidar de si própria por algumas horas.

"Não, obrigada." – A marciana enfatizou a negativa com um gesto de cabeça. – *"Meu pobre amado simplesmente não daria conta de nós duas. Não pense que já o perdoei pelo fiasco em nosso último* ménage à trois... *Sylvinha Gulosa te devorou inteirinho e eu fiquei chupando o dedo. Na falta de algo mais consistente, devo dizer."*

– Que telepatazinha suja! – Ele ainda tentou se fingir indignado, mas não resistiu e acabou sorrindo ante a lembrança. – Você sabe muito bem que naquele dia, além de caindo de bêbado, eu estava morto de cansaço.

"Muita desculpa pro meu gosto!"

– Onde foi parar aquele código moral tão rígido dos velhos colonos marcianos? – Michael recordou o tempo, no início de nosso treinamento, quando Olympia era realmente uma jovem inocente para os padrões do resto da Federação. Autêntico peixe fora d'água, cercada por cinco dos piores e mais duros tubarões já emersos das profundezas abissais da Academia Lunar. – Você está nos saindo uma pervertidazinha!

"Tive mestres excepcionais."

– ... e deliciosamente promíscua! – Acrescentei a título de convite. – Vem conosco, Ninfeta. Seu prazer em primeiro lugar. Eu prometo.

"Ah, gente... Vontade é que não falta. Mas, só de pensar em tirar a armadura e enfrentar essa gravidade toda, já perco o tesão. Vou declinar desta vez, mas fiquem com meus votos sinceros de orgasmos cósmicos inesquecíveis."

Minha mente foi avassalada pela projeção nítida e detalhada de um humano negro musculoso (Michael, sem a menor dúvida), inteiramente nu, deitado de bruços num leito com o rosto enfiado no sexo úmido e oferecido de uma humana calipígia, de seios pequenos, longos cabelos negros e feições ligeiramente orientais. O sujeito lambia o clitóris e os lábios da parceira com movimentos lentos, suaves, mas vigorosos. Sim, era mesmo o Michael!

Em sua charge mental, Olympia me representou com as feições afogueadas por uma expressão de êxtase cômica. Os olhos esgazeados, prestes a me saltar das órbitas.

Esbarrando em nosso pasmo, indagou com o tom de *voz* mais inocente deste lado da periferia galáctica:

"Então, não gostaram dos meus votos?"

– O que você acha, querido? E se nós a arrancássemos da armadura à força e a estuprássemos?

– Estava pensando em sodomizá-la, de armadura e tudo, com requintes de crueldade. Mas tua sugestão possui certo encanto.

"Crianças, por favor." – Ela irradiou em seu tom mais maternal. – *"Titia* Pioneira *está ouvindo apenas o seu lado da conversa. Ela não sabe que vocês estão apenas brincando."*

– Quem está brincando? – Perguntei no tom mais sério da periferia.

– E não pense que irá se safar do justo castigo fingindo ignorar as rotinas de discriminação do programa-mestre, sua civilzinha desprezível! – Michael rosnou, divertido.

"Sylvia, se eu fosse você, arrastava nosso brioso imediato para o leito com urgência máxima, como vocês costumam dizer nesse jargão operativo que fazem questão de preservar. Porque, no ritmo presente, vai acabar perdendo o embalo logo, logo. O clima de sensualidade à flor da pele que quase me nocauteou minutos atrás já está prestes a se esvair em galhofa."

Ainda tivemos que ouvir as risadas mentais daquela marcianazinha irritante ecoando em nossos crânios bastante tempo depois de havermos saído do Ambiente de Comando para o emaranhado de corredores da *Pioneira.*

* * *

Em nosso primeiro ano em Jokerman, ainda considerávamos Olympia uma mistura de caçula e mascote, pois não possuía sequer 26 anos completos à época da Partida.

Marciana de quinta geração, ela descende dos primeiros colonos brasileiros radicados no Planeta Vermelho em meados do século

XXII. Alguns dos seus antepassados se afirmavam capazes de remontar suas genealogias desde a Floresta.

Quando permanecia confinada por longos períodos em ambientes que considerava de alta gravitação (1,0 g padrão da Terra ou da maior parte das áreas habitáveis da *Pioneira*), Olympia via-se obrigada a vestir um traje ativo, que constituía uma espécie de exoesqueleto, aparato prontamente apelidado *armadura antigrav*.

De todos nós, Olympia foi a única que não frequentou as câmaras de aprendizagem da Academia Lunar. Recebeu sua formação científica na Universidade Goddard, instalada na faixa terraformizada do hemisfério norte de Marte.

Olympia era a única civil da *Pioneira*.

Ter a bordo uma marciana frágil sem experiência militar-espacial causou certos dissabores iniciais de parte a parte. Felizmente, tais sentimentos foram superados ao longo de nossa convivência de mais de uma década.

Na época do treinamento, tínhamos receio até de fazer amor com ela. Qualquer movimento um pouco mais brusco, a mínima empolgação indevida e pronto, pensávamos, acabaríamos partindo-lhe um par de costelas.

Aline, nossa oficial-médica, acabou logrando nos convencer de que a marciana não era tão frágil assim. Ademais, sempre pragmática, argumentou que seria mais fácil curar umas poucas fraturas e luxações do que um ego ferido pela rejeição.

Em nosso segundo ano de permanência em Delta Pavonis, embora ainda não considerássemos Olympia uma veterana rija, pelo menos ninguém mais se referia a ela como "Paraquedista".

Já o fato de ter a bordo uma telepata plena foi outra história.

Antes da Partida, ela foi nomeada representante oficial da Federação Humana, tendo sido exaustivamente preparada para desempenhar o papel de embaixadora e diplomata perante os vários governos nacionais pavonianos. Essa nomeação significava que a marciana teria plena autonomia para negociar tratados e decidir questões relativas aos protocolos diplomáticos do contato.

Sempre que estivesse no exercício da função diplomática, não estaria tecnicamente submetida à minha autoridade, podendo inclusive assumir interinamente o comando da expedição, se julgasse tal atitude essencial para o melhor cumprimento da missão primária no que dizia respeito ao estabelecimento de relações amistosas com os pavonianos.

Bem, ao fim e ao cabo, eu e Olympia não tivemos conflitos de autoridade durante nossa permanência em Delta Pavonis. Analisando a questão de uma perspectiva cínica, creio que tanto eu quanto ela teríamos preferido que tais conflitos houvessem eclodido.

A marciana se graduara em xenopsicologia e história, especializando-se na Era Pré-Holocausto. Porém, todos sabíamos que tais qualificações não teriam sido suficientes *per si* para arrancá-la do Planeta Vermelho e lançá-la de paraquedas a bordo da *Pioneira*, não fosse Olympia uma telepata poderosa com pleno domínio de seus dons.

Quer dizer, "pleno domínio" é um termo relativo, como os outros tripulantes logo aprenderam na carne ou, mais propriamente, dentro de seus crânios. De qualquer modo, podíamos afirmar sem falsa condescendência que ela mantinha seu talento sob controle a maior parte do tempo.

Contudo, apesar dos dons da marciana terem se transformado não raras vezes num autêntico martírio para os outros tripulantes e para si própria, ninguém reclamava do sacrifício, pois nutríamos firme convicção de que a presença de uma telepata a bordo era peça crucial para o estabelecimento de relações amistosas com os pavonianos. Afinal, a maioria dos linguistas e semanticistas da Federação apostava que uma telepata plena constituiria auxílio inestimável por ocasião dos contatos iniciais com os emissários de uma espécie alienígena.

Àquela época ainda não havia como saber se Olympia seria capaz de ler os espíritos dos pavonianos. Contudo, como afirmava poder visualizar o funcionamento das mentalidades rudimentares dos animais superiores, havia esperanças de que seus dons se mostrassem pelo menos parcialmente efetivos em relação aos alienígenas.

Todos os analistas – humanos e IAA – reputavam como tremendamente difícil a tarefa de traduzir conceitos alheios à experiência humana em ideias que pudéssemos entender. Imaginávamos que o esforço de compreender e traduzir ideias alienígenas seria com toda a probabilidade mais árduo e complexo do que a mera decodificação dos idiomas pavonianos.

No interior do exoesqueleto de plástico metalizado havia uma jovem esguia e graciosa quase da minha altura, com belos lábios carnudos, olhos grandes cor de avelã, encimados por pestanas compridas, com cabelos castanho-avermelhados sempre mantidos curtos. Sua compleição era tipicamente marcianiforme, isto é, esbelta, com quadris estreitos, seios pequenos, tórax amplo e profundo, e epiderme incomumente pálida.

A grande paixão de Olympia é o estudo das Eras Pré-Cristãs.

Embora fosse considerada extremamente atlética pelos padrões marcianos – afinal, consegue permanecer por longos períodos submetida a campos gravitacionais 150% maiores do que aquele sob o qual nascera e crescera – e praticasse com fervor fanático os exercícios de musculação prescritos pela oficial-médica, aos nossos olhos, mesmo após todos aqueles anos de convívio, Olympia ainda parecia uma garota delicada e franzina, que inspirava certos cuidados para que não a machucássemos com nossos modos bruscos de humanos acostumados a uma gravitação 2,5 maior que a reinante na superfície de Marte.

O convívio conosco fez com que Olympia abrisse mão de boa parte dos valores tradicionais de sua rígida educação de colona marciana. À medida que os anos se passavam, tornou-se cada vez mais liberada e esclarecida, a ponto de ser considerada uma pervertida, de acordo com os rígidos códigos de conduta moral professados em muitas comunidades coloniais de Marte.

Cabe fazer um pequeno esclarecimento aqui, em prol do espectador, cidadão de um Sistema Solar bem diferente daquele que deixamos para trás há mais de um século.

Na época de nossa partida, o planeta Marte encontrava-se parcialmente terraformizado, bem diferente, portanto, desse símile diminuto da Terra com o qual nos deparamos em nosso regresso.

O Marte de que nos lembrávamos possuía umas poucas faixas terraformizadas, correspondendo ao solo dos vales e canyons profundos, ou dos *diques hiperbáricos*, escavados por milhares de quilômetros ao longo da zona equatorial. Nessas regiões, a atmosfera possuía composição bastante semelhante à terrestre, só que com pressão "ao nível do mar" equivalente à reinante no topo da Cordilheira dos Andes.

Lagos pequenos e longos riachos – formados quer com o gelo fundido das calotas polares e do permafrost, quer com o gelo asteroidal, tangido para o Planeta Vermelho desde o Cinturão Interior – irrigavam o fundo desses vales e *diques*, possibilitando a sobrevivência de espécimes animais e vegetais geneticamente adaptados ao ambiente terraformizado de baixa pressão e gravitação reduzida.

Os colonos também empregaram as técnicas de manipulação genética para melhor adaptarem seus descendentes ao novo habitat que elegeram como lar.

Capítulo VIII
Mal-Estar Súbito

2389 E.C.
Molton I

"Quase todos os líderes natos de homens são mulheres."
[Anônimo]

Estava morta de saudades do Michael.

A noite de amor que se iniciou no Ambiente de Comando foi nossa primeira transa de verdade em quase quatro décadas, tempo objetivo.

Além disso, já não transávamos um com o outro desde três semanas antes do ingresso no Sono da Partida de Delta Pavonis.

Naqueles últimos dias que antecederam o novo período de animação suspensa, quando a *Pioneira* acelerava rumo à nuvem de Oort do sistema, Michael e Aline permaneceram muito próximos, até mesmo pela necessidade de concluir mais um estágio das pesquisas biológicas que desenvolviam juntos.

Na mesma época, por motivos mais ou menos análogos, eu e Mário passamos grande parte do nosso tempo juntos. Últimos preparativos e ajustes necessários para a missão secundária.

Todos que já viajaram pelo espaço profundo sabem como essas coisas funcionam. Missão prolongada, tripulação pequena. Uma coisa leva à outra.

Por isto, aquelas horas compartilhadas em meu camarote, seis dias após o Despertar nas cercanias da D.P. Molton I, foram como atracar num porto amigo há muito não visitado.

Horas e horas de carícias ternas e sexo gostoso. Amor feito no ritmo lânguido e tranquilo, mas vigoroso que tanto aprecio.

Sem pressa.

Em tudo diferente dos breves instantes de êxtase louco e temperos exóticos das minhas transas com Mário, da metodologia amorosa eficiente do meu Árabe Louco e da paixão doce, fraternal incestuosa que mantive com a Ninfeta.

* * *

Ao contrário do que algumas das IAA mais pessimistas da Força Estelar anteciparam, a conduta sexual da tripulação jamais nos trouxe grandes preocupações ou aborrecimentos.

Desde o início, ocorreram pouquíssimas cenas de ciúme. Das cenas que de fato eclodiram, nenhuma gerou crises duradouras ou irremediáveis.

A monotonia sexual que os psicólogos orgânicos e artificiais da Federação receavam acabou não se manifestando afinal. Ao menos não em seus piores sintomas. Uma boa medida desta ausência de tédio é que os programas de sexo virtual praticamente não foram utilizados por cinco dos seis tripulantes.

Talvez fôssemos um bocado antiquados em termos de conduta sexual, quando comparados com o grosso da população solariana da época da nossa partida. Não que o sexo tenha constituído matéria irrelevante para os tripulantes da *Pioneira*. Longe disso. Ocorre, contudo, que sempre houve tarefas e preocupações mais urgentes e importantes. Afinal de contas, se além de cumprir nossa missão ainda tivéssemos que nos preocupar com a incorreção de nossas condutas sexuais, talvez não restasse lá muito tempo para colocá-las em prática, não é mesmo?

Como a maioria dos adultos de nossa época, Olympia, Mário, Farukh e eu éramos bissexuais. Michael e Aline comportavam-se como heterossexuais típicos durante quase todo o tempo. Porém, apenas a médica mostrava-se realmente aferrada a suas noções tacanhas de sexualidade.

No início do planejamento logístico da expedição, cogitou-se a hipótese de selecionar para a tripulação apenas candidatos bissexuais dentre os milhares de voluntários qualificados disponíveis. O argumento simplista era que uma tripulação pequena composta exclusivamente por bissexuais seria "naturalmente melhor ajustada" e "decerto menos propensa tanto ao stress quanto ao tédio sexual".

Contudo, a Força Estelar recém-criada receou uma reação adversa da opinião pública contra aquilo que as minorias hetero e homossexuais decerto tachariam como "discriminação imoral por parte de uma instituição militar arcaica e obsoleta".

Assim, julgou-se por bem ignorar completamente os perfis sexuais dos candidatos ao longo de todo o processo de seleção.

Se por um lado, como sucessora da Força Espacial, a Força Estelar já estava mais ou menos acostumada a ser acusada de várias atitudes deploráveis, que iam do militarismo excessivo ao elitismo exacerbado, sem esquecer a pecha de instituição esbanjadora e desnecessária, por outro, não pretendia ser imputada por adotar práticas discriminatórias em seus processos de seleção.

Ao menos, não este tipo de discriminação.

* * *

Acordei com uma sensação de plenitude deliciosa.

Michael ressonava a meu lado no leito com um sorriso nos lábios e aquele ar de criança saciada.

Ao me levantar, beijei-lhe a bochecha com cuidado para não acordá-lo.

Caminhei nua até a ducha estática do camarote. Entrei e fechei a portinhola. Ativei a unidade e procurei relaxar sob o formigamento agradável que me arrepiava a pele e enrijecia meus mamilos, à medida que o campo eletromagnético fraco e o jato de ar tépido trabalhavam juntos para retirar a película de suor e as impurezas acumuladas nas últimas horas.

Ainda despida, pratiquei duas sequências de tai-chi-chuan com um programa de realidade virtual que consegui contrabandear para bordo em plena Academia Lunar.

Tentava superar uma cisma antiga. Por mais que me esforçasse, jamais me habituei a praticar nua.

Pode parecer besteira, mas os olhares de franco interesse do mestre Omar Tsao-Li sempre me faziam corar quando ele inspecionava as contrações musculares dos meus glúteos. Em tese, o avatar estava apenas observando a correção de meus movimentos durante a sequência, conferindo minha base, pronto para corrigir minha postura se necessário.

Incomodada, esforcei-me como uma principiante para manter o controle sobre a respiração. Omar era apenas um avatar, a personificação holográfico-táctil interativa de um programa autoconsciente. O problema era que às vezes ele se esquecia disto. Em princípio, esse tipo de inteligência artificial não devia ter sido programada para emular atração sexual por suas discípulas. Daí, eu julgar que talvez fosse apenas cisma minha. Ou, então, é um desses casos em que o programador falhou por excesso de esmero. O fato é que algumas das realidades virtuais psicointerativas da época de nossa partida eram voluntariosas demais para o meu gosto.

Perito no assunto, entre perspicaz e maroto, Mário afirmava que as R.V.I. do tipo do meu instrutor de tai-chi costumavam reagir aos desejos inconscientes do usuário.

Tenho impressão que o brasileiro dizia aquilo por pura sacanagem, embora admita que pudesse ser verdade no caso específico de Omar. A questão é que *conscientemente* eu teria preferido que o instrutor deixasse minha bunda em paz! Afinal, já me bastava as atenções lisonjeiras, porém excessivas, que meus *gluteus maximus* despertavam na tripulação orgânica da *Pioneira*.

Concluídas as duas sequências de exercícios, agachei-me diante do olhar atento do avatar, recolhi do piso parte das nossas roupas espalhadas e as arremessei no reciclador. A máquina as engoliu prontamente com um arroto suave de satisfação eletromecânica.

Vesti um uniforme novo e desci para o refeitório.

Encontrei Farukh, Aline e Mário naquele aposento comprido que costumava ser guarnecido por duas mesas retangulares de seis lugares, mais três mesas menores e um robô-cozinheiro de inteligência reduzida, mas muito solícito. Mário não se cansava de enfatizar que não se tratava propriamente de um robô, mas apenas de um autômato-cozinheiro. Segundo o ciberneticista, nosso mestre-cuca seria reprovado nos Testes de Turing mais primários.

Acreditava piamente na opinião do especialista.

Era o tipo de discussão retórica. Pois, robô ou autômato, o cozinheiro preparava panquecas com calda de chocolate simplesmente divinas. Sorri ao imaginar que, fosse meu genoma idêntico ao dos cidadãos pré-Holocausto e eu já estaria uma baleia de gorda!

Com fome de ursa recém-saída da hibernação, pedi as tais panquecas e, enquanto o cozinheiro nos deixou para prepará-las, aguardei observando o que meus amigos estavam fazendo.

Ainda mais irritadiço que de costume, o oficial-engenheiro estava sendo fria e metodicamente trucidado num confronto enxadrístico desigual.

Aline jogava com as pretas, como de hábito.

Embora me considerasse uma enxadrista mais do que razoável, há muito desistira de tentar o impossível contra a oficial-médica. Não havia sentido algum em jogar sozinha contra ela. Era absolutamente imbatível. Exceto, é claro, para o programa-mestre. Em sua adolescência, antes de cursar medicina, sagrara-se campeã do zonal europeu. Os analistas a consideravam a enxadrista mais promissora de sua geração. Dos cinco outros tripulantes orgânicos, àquela época, Farukh era o único que ainda efetuava umas poucas tentativas esporádicas para derrotar aquela que poderia muito bem ter se tornado a mais jovem Grande Mestra Solar, não houvesse decidido dedicar seu intelecto privilegiado à medicina e ao espaço.

Alheio à partida, Mário Sandriotti permanecia ensimesmado na cabeceira mais distante da mesa de refeições ocupada pelos três. O brasileiro parecia bastante relaxado em sua poltrona, com uniforme em desalinho e barba por fazer, embora aquele fosse tecnicamente seu turno de serviço.

Ao menos num ponto nosso ciberneticista era mais sensato que sua comandanta e seu imediato: não fazia segredo para ninguém que considerava ridículo o artigo da ordenança de bordo da Força Estelar que prescrevia que o oficial-cientista em serviço deveria obrigatoriamente guarnecer seu posto no Ambiente de Comando.

Enquanto eu e Michael ainda insistíamos em observar o tal artigo mais ou menos à risca, por iniciativa própria Mário instituíra o *serviço remoto*; voga que implicava comparecer ao A.C. somente quando surgia um problema ou novidade significativa. Isto é, praticamente nunca.

Absorto em seu hobby, Mário levou à boca o copo transparente repleto do caldo grosso e escuro que o robô-cozinheiro já tornara a encher sem que ele desse pelo fato.

Feijoada.

Era difícil não ficar com água na boca ante o aroma inebriante. Como difícil era não se apaixonar por preferências exercidas com tanto *gusto*. No entanto, por mais que tentasse, jamais consegui me acostumar inteiramente ao paladar pronunciado e aos temperos fortes dos pratos favoritos do brasileiro.

Assim eram os prazeres do membro mais brilhante da nossa tripulação.

De vez em quando, Mário empregava um bastão luminoso minúsculo para tocar com gestos rápidos e precisos o interior de uma das numerosas divisões do antiquado retículo dobrável aberto sobre o tampo da mesa.

Murmurava vez por outra uma ou duas sentenças curtas, numa linguagem subarticulada incompreensível aos demais.

Havia um microlink especial com o P.M. implantado em seu ouvido interno.

Não o equipamento padrão que todos nós portávamos, mas um dispositivo que se ramificava numa miríade de fibras ópticas de espessura microscópica que serpenteavam canal auditivo adentro, estendendo-se internamente ao crânio, até recobrir o cérebro do brasileiro como uma teia de aranha capaz de estabelecer simbiose completa e permanente do ciberneticista com o programa-mestre, fundindo as duas mentes mais poderosas da *Pioneira*, o criador de consciências artificiais e sua criatura mais perfeita.

O microlink devia responder algo a intervalos mais ou menos regulares, pois Mário sacudia a cabeça com frequência, concordando em silêncio.

O brasileiro dedicava uma parcela considerável do seu tempo livre à interação direta com o P.M. propriamente dito ou com uma de suas rotinas-especialistas. Os outros quatro tripulantes às vezes se queixavam comigo de que Mário preferia as R.V.I. ao convívio diário com a tripulação orgânica.

Sempre procurei relevar essa questão do comportamento excêntrico de Mário. Analisando minha postura excessivamente tolerante a posteriori, creio ter conduzido o assunto com pulso demasiadamente frouxo. É inegável que mais de uma vez agi de forma condescendente em relação às excentricidades do brasileiro.

O fato era que havia certo exagero nas queixas dos outros quatro. Mas não muito.

Passei os olhos pelo tabuleiro.

Apenas a obstinação cega e o orgulho despropositado de Farukh Achernar impediam-no de tombar o rei branco. No xadrez como na vida, nosso oficial-engenheiro esbarrava em dificuldades para distinguir as máximas "Jamais desistir" e "Não saber quando parar".

Imbuída de paciência estoica, exercitada inúmeras vezes ao longo de mais de uma década de convívio, a médica aguardava que o engenheiro concluísse o inevitável.

Decidi mostrar certo interesse na conduta aparentemente errática do brasileiro.

– Ainda o etrusco?

– Não, Sylvia. – Resmungou de boca cheia, mastigando o último pedaço de carne seca da feijoada, sem desviar a atenção do mapa quadriculado. O retículo simples, anos-luz distante dos hologramas complexos que ele costumava empregar, estava com vários setores pulsando em verde intermitente. Engoliu e acrescentou – Etrusco foi antes do Sono. Agora, estou batalhando num programa para traduzir uns textos rúnicos da Alta Idade Média.

– Ao que me consta, esses textos já foram traduzidos antes do Holocausto. – Protestei sem muita convicção.

– E daí? O etrusco também já havia sido inteiramente codificado para o português no fim do século XXI...

Com aquela declaração enfática, regressou a seu hobby predileto, tornando a ignorar a presença dos demais.

Aparentemente, Michael e Olympia continuavam dormindo.

Perdendo todo o interesse na partida, Aline ajustou a presilha que amarrava seus cabelos louros num rabo de cavalo. Gesto desnecessário que denotava impaciência crescente, mas controlada.

Só então pareceu reparar que eu continuava de pé atrás do banco de Farukh.

– Sente-se aqui ao meu lado, Sylvia. – O convite indicou que considerava a partida encerrada. – Desde que acordamos do Sono, venho querendo tirar umas dúvidas.

Tal postura era o máximo que Aline faria para induzir o engenheiro a concluir que não havia mais chance. Jamais chegaria a ponto de explicitar o óbvio uma situação como aquela. Pois é o tipo de pessoa que julga atitudes deste tipo ofensivas à inteligência do interlocutor.

– Pois não. – Beijei-lhe o rosto ao me sentar na poltrona vazia ao lado do banco dela. Seu olhar sério cruzou com o meu por um instante, quando ela me despenteou a franja num gesto carinhoso. Como em outras ocasiões, senti que aqueles olhos de um azul profundo eram capazes de perscrutar meu íntimo de um jeito vetado até à Olympia. Talvez fosse só impressão, mas era uma impressão das mais convincentes. – Você, com dúvidas? Espero que não seja nenhum dos teus problemas enxadrísticos.

Farukh levantou os olhos e sorriu para mim apenas com um dos cantos dos lábios, num breve lampejo de bom humor. Seu semblante logo se anuviou e ele tornou a lançar olhares furibundos, ora para o teto, ora para o tabuleiro.

– Esquece o xadrez. Minhas dúvidas são na área de gravitação.

Ou talvez na de astrofísica estelar. Você é a mais indicada para dizer ao certo.

– Vamos lá. – Convidei, francamente curiosa.

– Gostaria que me explicasse o que é exatamente uma Descontinuidade Molton.

– Puxa, Aline! Estou até emocionada. – Sorri, meiga e irônica. – Depois de tanto tempo, quase quinze anos de convivência, para não falar nos períodos de Sono, esta é a primeira vez que demonstra algum interesse na minha área de estudo.

– Desculpe, querida. Você sabe, estes assuntos sempre me soaram demasiado áridos. Houve sempre tanta coisa a fazer, duas biosferas inteiras para explorar e classificar, que, confesso, apesar da sua insistência bem intencionada, jamais julguei necessário saber algo sobre Molton I. – Ela se justificou, formal e circunspecta. – Contudo, a proximidade excessiva de um objeto desse tipo me fez questionar se este não seria o momento ideal para superar o bloqueio e tentar entender um fenômeno natural tão importante, a ponto de ter sido designado como objetivo secundário da nossa expedição. Deste modo, uma vez imbuída de paciência e coragem, o passo seguinte foi tentar esclarecer minhas dúvidas com o programa-mestre.

Atitude típica de Aline. Autossuficiente até o mais amargo fim.

Claro que, durante nosso treinamento, o controle da missão havia insistido à exaustão que a oficial-médica devia compreender gravitastronomia o bastante para desempenhar sozinha nossa missão secundária a contento, caso não pudéssemos contar com tripulantes mais qualificados para a tarefa.

Contudo, com três oficiais-cientistas a bordo, um oficial-engenheiro e, sobretudo, com o programa-mestre, as IAA responsáveis pelo nosso treinamento acabaram dando-se por vencidas.

Afinal, não havia tanto sentido assim em pressionar Aline em demasia. Ao menos, não com as qualificações profissionais excelentes e o perfil psicológico extremamente estável que a franco-norueguesa possuía. Como ela própria argumentou, sempre lógica e pragmática, na pior configuração imaginável, quando e se o conhecimento fosse necessário, o programa-mestre ainda poderia ensiná-la.

– Sei. E não ficou lá muito satisfeita com as informações que o P.M. forneceu, não é?

– Nem um pouco. O programa-mestre me encaminhou a uma das rotinas-especialistas em gravitação e astrofísica relativística.

Abismada com a profundidade abissal de minha ignorância no assunto, essa segunda consciência artificial designou-me para um curso hipnopedagógico de oitenta horas de duração.

– Compreendo. – Tratava-se, obviamente, da insistência na necessidade de La Belle possuir conhecimento bastante para cumprir sozinha a missão secundária, se preciso fosse. – E você está querendo uma explicaçãozinha bem simples, em poucas palavras e completamente isenta de jargão técnico, não é?

– Isto também. Porém, se não for pedir demais, meu maior desejo é que você convença a tal rotina a me dispensar do curso. Uma vez constatada minha ignorância, ela não larga do meu pé.

– Uma coisa de cada vez. – Não pude deixar de sorrir, o que atrapalhou um pouco minha tentativa de bancar a durona. Para variar, Farukh correspondeu ao meu sorriso. – Vamos começar do princípio. Uma descontinuidade permeável, também chamada de descontinuidade Molton, é um tipo de singularidade algo semelhante a um miniburaco negro não primordial dotado de momento angular...

– Sylvia, você está falando igualzinho à rotina-especialista. – A médica reclamou, um tanto impaciente – O que desejo saber é quais são as diferenças entre uma descontinuidade Molton e um buraco negro comum, entidade física que, acredito, já consigo mais ou menos imaginar o que seja. Ah, em termos leigos, por favor.

– As diferenças? – O engenheiro tombou o rei branco num gesto brusco e melodramático. – Meu Bom Espírito Universal, ela quer saber as diferenças entre uma D.P. e um buraco negro em termos leigos...

Aline lançou um de seus temíveis olhares gelados ao ex-adversário.

Farukh sustentou-o por uns instantes com uma expressão sarcástica afivelada no rosto, mas acabou desviando os olhos para o teto depois de quinze segundos de confronto.

Voltando a atenção para mim, como se já houvesse esquecido esse duelo de egos, ela insistiu:

– Afinal, se não for pedir muito, vamos começar do início: o que é uma descontinuidade permeável?

– O.k., tentarei ser breve. A descontinuidade permeável é uma singularidade equivalente em massa e momento angular a um miniburaco negro normal. Molton I, por exemplo, possui, grosso modo, a massa do Monte Everest.

– Certo.

– A maioria dos gravitastrônomos pensa que as diferenças entre as D.P. e os miniburacos negros decorrem de uma assimetria num conjunto de dimensões superiores as do espaço-tempo einsteiniano.

– E que diferenças são estas?

– São essencialmente duas. Em primeiro lugar, um miniburaco negro comum possui uma existência muito efêmera quando comparada à duração do período de estabilidade de uma descontinuidade permeável. Duração esta que, no caso das D.P., dependendo das condições de contorno iniciais, pode chegar a vários bilhões de anos. A segunda diferença, no entanto, é de longe a mais importante. Embora a matéria imergente num miniburaco negro possa ser, em termos hipotéticos, transmitida para um local espaçotemporalmente distinto da origem, o que ocorre na prática é que ao longo do processo essa matéria é descaracterizada como tal, ao ser integralmente convertida em energia. Em tese, sob determinadas circunstâncias muito particulares, imagina-se que uma D.P. seja capaz de manter a integridade estrutural de um corpo material extenso que cruze seu horizonte de eventos exterior.

– Como os tais portais dimensionais de que os autores de ficção científica vivem falando? – Farukh indagou, revelando-se pela primeira vez interessado.

– Preferimos pensar nesta propriedade das D.P. como uma espécie de Efeito Túnel para objetos extensos. Do ponto de vista probabilístico, podemos imaginar algumas configurações em seria possível a um objeto cruzar incólume uma singularidade deste tipo e emergir do outro lado.

– Entendo. – Aline franziu a testa, matutando sobre o assunto durante alguns segundos. – Que outro lado seria este?

– Boa pergunta. – Reconheci, pesarosa. – Pena que ninguém saiba a resposta.

– É exatamente isto que Sylvia veio descobrir. – Farukh Achernar declarou, enfático. – O que a Federação realmente pretende saber é se é factível utilizar Molton I como método de deslocamento interestelar sem perda substancial de tempo.

– Atalhos espaçotemporais. – Resumi para Aline. – Mas trata-se somente de uma hipótese remota. Por enquanto, apenas especulação.

– Mesmo assim, é para isto que estamos aqui. – Levado por sua visão utilitarista da pesquisa científica, o engenheiro decidiu enfatizar aquele ponto. – Esta é a primeira singularidade, permeável ou não, da qual um veículo tripulado já se aproximou o suficiente para sentir os efeitos gravitacionais diretos.

– Isso mesmo. Mas nem tudo é tão simples quanto Farukh quer fazer parecer. A assimetria que mencionei gera oscilações gravitacionais no que poderíamos chamar de *superfície* quadridimensional da descontinuidade Molton. Em teoria, alguns desses modos oscilatórios poderiam produzir uma compensação instantânea do efeito de maré. Já a posição da emersão do objeto transmitido seria, segundo a teoria mais em voga, uma função da taxa de permeabilidade transicional entre os dois pontos de instabilidade. Em termos leigos, quanto maior essa taxa, mais afastados entre si poderiam estar os pontos de imersão e emersão. Mais afastados no espaço e no tempo.

– Pelo que entendo, trata-se de um fenômeno meramente probabilístico... Meio quântico, não é?

– Exato, *Doc.* – Mário Sandriotti despertou afinal de seu transe privado. Dobrou o retículo, fechou-o cuidadosamente e encarou Aline com seus olhos verde-musgo e um arquear profundo das sobrancelhas espessas. – Apesar de imperfeita, a analogia é válida. Meio quântico mesmo. Só que numa escala macroscópica. Tá vendo só? Você já pegou a ideia geral. E nem doeu tanto assim.

– Ai! O que é isto?

Olhei para Farukh, que gemera.

Soube o motivo instantaneamente, pois fui acometida pela mesma tontura súbita que ele e os demais tripulantes também sentiram. Naquele instante, sem qualquer espécie de advertência, passamos por uma experiência que, embora brevíssima, foi desconcertante e inesquecível.

Senti como se houvesse sido virada pelo avesso. Como se meu corpo houvesse sido submetido a uma aceleração brusca de vários *g*, embora não houvesse aceleração alguma. Exceto, é claro, a aceleração centrífuga costumeira, presente na seção cilíndrica que abrigava os compartimentos habitáveis da *Pioneira*, que a tripulação insistia em chamar "gravitação artificial". Essa aceleração mantinha-se constante em torno de 1.0 *g*, graças à rotação do cilindro em torno de seu eixo.

Nem sequer cogitamos a hipótese de uma oscilação gravitacional. Porque, se uma onda de choque houvesse atingido a *Pioneira*, o P.M. teria soado os alarmes de emergência.

– Sentiram algo estranho coisa de dez segundos atrás? – Indaguei aos demais, tão logo me recobrei do susto.

– Senti. – O tom preocupado de Farukh Achernar denotava, contudo, maior apreensão com uma falha provável nos sistemas da nave do que com um mal-estar súbito. O ar ausente que assumiu no instante seguinte era indicador seguro de que devia estar àquele instante consultando os informes automáticos do controle de avarias. Mais tranquilo, *retornou* ao A.C. e detalhou: – Uma fisgada no estômago, como se houvéssemos sido submetidos a uma aceleração intensa. Mas não sofremos aceleração alguma, em absoluto. Quase como se fosse apenas a sensação psicológica da aceleração.

– A sensação que sentimos quando sonhamos que estamos caindo. – Aline resumiu o que eu senti.

– Não percebi a coisa como aceleração. – Pela primeira vez naquele dia, víamos o brasileiro inteiramente alerta; atento ao que se passava fora de seu espírito. – Senti, isto sim, os órgãos do abdome remexidos, torcidos e destorcidos com uma velocidade tão elevada que não houve tempo para que a dor física se manifestasse. Em seu lugar, só apareceu uma ligeiríssima sensação de mal-estar. Ei, Doc, o que poderia provocar um efeito deste tipo?

– Embora tenha sentido o mesmo que vocês, não faço a mínima ideia do que possa ter causado este mal-estar repentino. – A médica falava num tom pausado, como se houvesse retrocedido um holo e analisado sua própria sensação em maiores detalhes. – *Pioneira*, acaso sabe de algo que ignoramos?

O P.M. respondeu alguma coisa que ninguém foi capaz de ouvir.

Porque, naquele instante, Olympia entrou no refeitório correndo e tocando sua trombeta mental a todo volume dentro de nossas cabeças.

Há muito tempo a marciana não transmitia tanta agitação.

"O que houve? Até parece que tentaram arrancar minha mente do cérebro! Estava cochilando em minha poltrona no Ambiente de Comando. De repente, acordei com uma sensação estranhíssima. A sensação incrível de estar inteiramente sozinha."

– Como assim, *sozinha*? – Indaguei, tirando as mãos dos ouvidos, tapados em ato reflexo inútil.

"Por um instante, era como se não houvesse mais ninguém a bordo. Ninguém pensante. Não fui nem sequer capaz de ouvir *a estática psíquica dos isolantes telepáticos dos camarotes. Esse silêncio horrível durou menos de um segundo. Logo depois, voltei a captar vocês com intensidade normal."*

– Não pôde nos captar? – Incrédula, fiz menção de me erguer. – Já havia passado por algo deste gênero antes?

"Nunca. Como sabem, em geral, tenho que exercer um esforço consciente sistemático para me impedir de captar pensamentos, não o contrário."

– *Pioneira*, – só então lembrei que o P.M. parecia ter algo a dizer, – informe.

Solicitada, a IAA manifestou-se num português impecável, em seu tom monocórdio característico.

"O ÚNICO FENÔMENO QUE OCORREU QUASE SIMULTANEAMENTE COM VOSSAS INDISPOSIÇÕES ATÍPICAS, FOI A DETECÇÃO DE UM DISTÚRBIO DISCRETO NÃO OSCILATÓRIO NA DESCONTINUIDADE PERMEÁVEL. O PULSO DE ENERGIA ANÔMALO MANIFESTOU-SE TANTO NO ESPAÇO-TEMPO QUADRIDIMENSIONAL, QUANTO NOS PLANOS DE ORDEM SUPERIOR. A ANOMALIA DUROU 523 NANOSSEGUNDOS, COM CERCA DE 900 FEMTOSSEGUNDOS DE PICO PRINCIPAL E PELO MENOS SETE HARMÔNICOS ASSOCIADOS DE AMPLITUDES DECRESCENTES. INTENSIDADE MÁXIMA DO PICO ALCANÇOU 857 G TORSIONAIS. A ONDA DE CHOQUE PASSOU POR MIM HÁ CERCA DE 290 SEGUNDOS. O TRANSIENTE GRAVITACIONAL NÃO PRODUZIU NENHUM EFEITO PERCEPTÍVEL. A RIGOR, VOCÊS SEQUER DEVERIAM TER SIDO CAPAZES DE SENTIR O FENÔMENO."

Para uma gravitastrônoma, o informe do P.M. estava prenhe de significados, alguns deles preocupantes.

Por um instante, uma ideia apavorante me passou pela cabeça. Teria a D.P. algo a ver com nossa indisposição brevíssima?

Não conhecíamos o fenômeno da permeabilidade bem o suficiente para que eu pudesse avaliar de imediato se meu temor se baseara apenas num acesso de pânico irracional, ou fora inspirado nos fundamentos concretos daquilo que eu julgava dominar do assunto.

Teoricamente, à distância de três segundos-luz do horizonte de eventos exterior, não havia possibilidade real de sermos captados pela descontinuidade e transmitidos para outro loco espaçotemporal qualquer. Contudo, esse parco conhecimento teórico não bastou para me deixar tranquila. Afinal, de acordo com todos os cânones militares, "O comando não admite dúvidas, apenas a certeza."

Com este dogma em mente, contatei o P.M., procurando afastar qualquer sinal de apreensão da minha voz.

– *Pioneira*, informe a posição atual.

"POSIÇÃO ATUAL INALTERADA. TRIANGULAÇÃO FEITA ATRAVÉS DO SOL, ALPHA CENTAURI 'A' E DELTA PAVONIS INDICAM QUE PERMANEÇO EM ÓRBITA ESTÁVEL EM TORNO DA DESCONTINUIDADE

PERMEÁVEL MOLTON I. POSIÇÃO DAS ESTRELAS MAIS BRILHANTES NUM RAIO DE QUINZE PARSECS: INALTERADA. POSIÇÃO DOS AGLOMERADOS ABERTOS DO..."

– Basta. – Suspirei aliviada.

– Eia, Calipígia Chang! O que você estava esperando? – Mário exibiu um sorriso irônico. – Não estava por acaso supondo que a D.P. nos houvesse pregado uma peça, não é?

– Não estava supondo nada. – Menti. – Não temos conhecimento suficiente sobre descontinuidades permeáveis para afirmar o que quer que seja. Contudo, confesso-me satisfeita por tudo estar nos seus devidos lugares.

– É sempre reconfortante saber que Molton I não nos teleportou para a galáxia de Andrômeda! – Onde Mário manifestou uma ligeira pitada de ironia na esperança que os outros o julgassem espirituoso, Farukh foi a grosseria e o sarcasmo em pessoa.

Fitei o engenheiro nos olhos e sussurrei no meu tom mais maternal:

– OK, crianças, já chega.

O incidente daquele mal-estar esquisito foi superado em alguns minutos.

A conversação voltou aos temas habituais. Farukh convidou Aline para uma revanche. Ela declinou, alegando ter uma bateria de testes que desejava realizar numa nova amostra de alfa-fergusomina sintética.

Algo emburrada, Olympia dirigiu-se a seu leito antigrav.

O brasileiro me acompanhou ao A.C. para uma análise mais detalhada dos últimos dados de Molton I. Segundo ele, "por mero desencargo de consciência."

Ordenei ao P.M. em tom neutro:

– Prossiga a coleta de dados. Informe imediatamente a ocorrência de novos pulsos não-oscilatórios torsionais.

"AFIRMATIVO."

Nada daquilo era realmente necessário. O P.M. conhecia perfeitamente suas obrigações. Em verdade, seria imensamente difícil demovê-lo das diretivas relacionadas ao cumprimento da missão sem uma justificativa excelente.

De qualquer modo, como de hábito a confirmação da IAA atuou no sentido de acalmar minhas preocupações e exorcizar alguns dos meus fantasmas pessoais.

Ao menos por ora.

Cento e quarenta e duas horas, trinta e dois minutos mais tarde, a *Pioneira* detectou o fragmento.

* * *

Aline Juggersen comemorou seu trigésimo quinto aniversário a bordo da *Pioneira* às vésperas de nossa partida do Sistema Solar.

Nossa oficial-médica era uma espécie de unanimidade: era impossível não gostar dela. O tipo de humana que desperta paixões sem ao menos dar pelo fato.

Possuía o segundo intelecto mais versátil que conheci, atrás apenas de Mário Sandriotti. Formou-se com louvor pela Universidade de Uppsala e concluiu sua especialização em neurobioquímica na Universidade de Nova Copenhagen. Assim qualificada, prestou provas para o Corpo Médico da Força Espacial. Aprovada, efetuou o curso de adaptação militar-espacial de dois anos na Academia Lunar.

De ascendência franco-norueguesa, Aline é cinco centímetros mais alta que eu e um pouco menos carnuda. Falsa magra, possui um dos corpos naturais mais perfeitos que já vi, comparável ao das beldades recém-moldadas nas clínicas de remodelamento esteto-genético, tão em voga no Sistema Solar à época de nossa partida. Louríssima e com olhos grandes de um anil profundo engastados num rosto que se diria finamente cinzelado pelas mãos de Phidias, Aline foi agraciada pela natureza com um sorriso belíssimo, conquanto parcimonioso, exibido apenas em raras ocasiões.

O único elemento destoante na fisionomia incomparável de nossa médica é o nariz. Não que seja feio, em absoluto. Apenas um tantinho grande demais num perfil que, não fosse por isto, seria considerado perfeito. O fato de jamais se ter preocupado em corrigir o problema com uma pequena cirurgia estética instantânea, indica que Aline está plenamente satisfeita com seu nariz do jeito que é.

Nos primeiros meses de convívio, imaginei que o formato do órgão tivesse tão pouca importância para ela, que jamais chegou sequer a cogitar corrigi-lo. Contudo, quando quebrou a ponte nasal num pequeno acidente sofrido durante a exploração de uma floresta jokermaniana, fez questão de remodelar o nariz com o formato original exato.

Embora só houvesse se especializado em neurobioquímica, Aline dominava praticamente todos os campos da medicina. Era uma cirurgiã muito talentosa. Suas mãos hábeis e firmes suturaram nossas feridas, reduziram nossas fraturas e não poucas vezes salvaram nossas vidas em diversas ocasiões em que todos julgávamos já não haver mais esperança.

Nossa oficial-médica possui um temperamento bastante reservado. Não admite que outros se imiscuam em sua vida particular. Durante nosso convívio a bordo, sempre se esforçou ao máximo para ignorar a virtual impossibilidade de se manter a privacidade estrita numa expedição de longo curso tripulada por cinco companheiros abelhudos e uma IAA intrometida.

Aline possui um raciocínio extremamente lógico, de clareza cristalina.

O fato de exprimir muito pouco de suas emoções mais íntimas em nosso convívio cotidiano fazia com que Mário Sandriotti vez por outra a acusasse de ser uma pessoa fria e calculista. Em defesa de Aline, convém observar que, quando comparado ao comportamento histriônico típico do brasileiro, quase qualquer pessoa poderia ser considerada fria e calculista durante a maior parte do tempo.

No que me diz respeito, sempre tive em Aline uma amiga arguta e perspicaz, em cujas críticas e julgamento acostumei-me a confiar sem pestanejar.

Mário, Michael e Farukh eram unânimes em afirmar que, uma vez excitada, nossa bela médica transforma-se por completo, colocando as reservas de lado e se tornando um autêntico vulcão de apetite sexual insaciável. É difícil emitir opinião abalizada, visto que Aline sempre insistiu em se manter empedernida numa postura de heterossexualidade estrita das mais antiquadas, até mesmo em nossas sessões de sexo grupal. Não me foi possível testemunhar em favor desse ardor legendário a partir daquela única vez em que fizemos amor sozinhas uma com a outra.

Enfim, como mencionei antes, nossa médica é uma enxadrista exímia. Durante a adolescência chegou a sagrar-se campeã no torneiro zonal da Escandinávia em 2278 E.C. Não possuía adversários humanos à altura na *Pioneira*. É bem possível que, se houvesse permanecido em nossa velha Terra, tivesse se tornado a mais jovem Grande Mestra Solar da história. Ou talvez, não. Afinal, é bem provável que as paixões pela medicina e pelo espaço acabassem seduzindo Aline cedo ou tarde.

Se não viesse conosco para Delta Pavonis, com suas qualificações, Aline provavelmente acabaria engajando numa ou noutra expedição interestelar mais curta. Ou, quem sabe, no esforço para a exploração da nuvem de Oort solariana.

Além de enxadrista, era uma pianista excelente.

Infelizmente, não possuíamos um piano de verdade a bordo, mas apenas um polissintetizador neurolímbico que assumia o papel de piano.

Como eu, Aline também é uma apaixonada pela música.

Através dos anos, ensinou-me a apreciar os clássicos, sobretudo Chopin, Bach, Wagner e Mozart. Já Beethoven, Vivaldi e Carlos Gomes, descobrimos juntas graças ao Mário. Em troca, ensinei os dois a gostar de jazz e dos blues.

Éramos capazes de passar horas juntas nos deleitando na pureza simples das composições de Pachelbel e Monteverdi, apreciando as sinfonias opulentas de Beethoven e Bach, o vigor das marchas de Elgar, ou ainda, assistindo velhos holos dos concertos de jazz na Era Pré-Holocausto.

Sinto muitas saudades daqueles tempos.

Aline gozava tão somente dos aperfeiçoamentos genéticos comuns aos humanos de nossa época. Portava um microlink médico implantado, pelo qual era capaz de monitorar os sinais vitais, as condições físicas, a saúde e o estado emocional da tripulação.

Capítulo IX
Paradoxo de Sandriotti

2389 E.C.
Molton I

"Afirmações extraordinárias exigem evidências extraordinárias."
Carl Sagan

Seis dias mais tarde, mal nos lembrávamos daquele mal-estar súbito.

Não registramos outras anormalidades.

Meus temores já haviam quase desaparecido, quando descobrimos o fragmento da espaçonave alienígena, durante um turno de serviço que eu e Mário excepcionalmente cumpríamos juntos no A.C.

Logramos concretizar de novo a fantasia sacana que Michael sonhara em vão executar na poltrona da comandanta. Após a sessão tórrida, como só o brasileiro sabia proporcionar, ainda de pernas trêmulas, inteiramente saciada, comecei a me vestir e o incentivei a fazer o mesmo, pois pretendia retomar a tarefa de acompanhar o pré-processamento dos dados transmitidos pelas sondas enviadas às proximidades do horizonte de eventos exterior.

Os procedimentos-padrão longamente ensaiados funcionaram conforme o previsto, até que um alarme visual foi ativado.

A luminosidade púrpura pulsou intermitente no quadrante de simulação do holotanque.

O programa-mestre informou:

"MASSA ANÔMALA DETECTADA A .67 SEGUNDO-LUZ. DISTÂNCIA DO HORIZONTE DE EVENTOS: .43 SEGUNDO-LUZ. DISTÂNCIA DA SONDA MAIS PRÓXIMA: 3.740 KM. OBJETO DE COMPOSIÇÃO PREDOMINANTEMENTE METÁLICA. LIGA DE AÇO-VANÁDIO RESPONDE POR 72% DA CONSTITUIÇÃO. TRAÇOS PRESENTES DE COMPOSTOS CARBONADOS ORGÂNICOS. ORIGEM ARTIFICIAL. CLASSIFICAÇÃO PROVÁVEL: FRAGMENTO DE VEÍCULO ESPACIAL DE CIVILIZAÇÃO TECNOLÓGICA ALIENÍGENA."

– Destroços de uma nave! – Entusiasmado com a descoberta, Mário abanou levemente a cabeça, rompendo o vínculo simbiótico com o P.M. – Não é um dos nossos. Os pavonianos não possuíam a tecnologia necessária. Logo, estamos diante dos vestígios de uma segunda cultura extra-humana.

– Não acha que ainda é um pouco cedo para afirmações categóricas? – Repliquei, lutando para manter minha própria excitação sob controle. – Talvez seja um dos nossos, afinal. Pense bem. Estamos fora de casa há quase um século. Talvez a Federação tenha se cansado de esperar pelos dados que coletaríamos em Molton I. Afinal, uma sonda automática sairia muito mais barato e chegaria aqui muito mais rápido do que uma nave estelar.

– Pode ser. Mas sinto o cheiro de alienígena no ar. Empregar ligas de aço em cascos de veículos espaciais já era considerado técnica de construção obsoleta um século antes da nossa partida. Ninguém cogitaria seriamente construir naves ou sondas estelares com ligas de aço. Exceto se não dispuser de alternativa melhor. Ademais, uma sonda automática primitiva não possuiria compostos orgânicos, a não ser por uns poucos polímeros. De qualquer maneira, vamos tirar isto a limpo. – Mudou a entonação para se dirigir ao P.M. em português. – Ordene à sonda que implemente um curso de interceptação para a coleta de dados *in loco*.

A IAA respondeu com voz nitidamente feminina no mesmo idioma, em tom íntimo e amigável empregado exclusivamente com o brasileiro:

"JÁ TOMEI A LIBERDADE DE TRANSMITIR ESTE COMANDO HÁ POUCO MAIS DE TRÊS MINUTOS, MÁRIO. O FRAGMENTO SERÁ ALCANÇADO DENTRO EM NOVE MINUTOS."

– Esses resíduos de compostos orgânicos, o que são? – Lembrei de repente. – Nave tripulada?

– Não necessariamente. Quem sabe não era uma sonda com *biochips* em seus processadores.

– Talvez Mike possa esclarecer esse ponto. – Depois de matutar um segundo ou dois sobre o assunto, ordenei ao P.M. – *Pioneira*, Imediato ao A.C. Comunique a descoberta aos demais.

"AFIRMATIVO. EM EXECUÇÃO."

Cinco minutos mais tarde, os outros quatro se reuniram a nós no A.C.

Ocupamos a mesa de reunião circular de seis lugares, situada no bordo de boreste do aposento. Estávamos na expectativa de receber uma nova bateria de dados transmitidos pela sonda.

Olympia indagou ao P.M.:

– *Pioneira*, a sonda vai conseguir recolher amostras do material orgânico detectado?

"Provavelmente, sim. O hardware da Pioneira XXVII inclui brocas-laser, membros de manipulação e vários recipientes estanques para armazenar material coletado. Acabo de transmitir um datapack contendo rotinas de obtenção de dados sobre espécimes alienígenas, elaboradas pelo Professor McFerguson. Uma resposta definitiva à questão dependerá das condições de acesso e da quantidade de material orgânico encontrada no fragmento."

– Essa tua rotina é capaz de processar os dados coletados? – Mário indagou ao xenólogo.

– Negativo. É um programa-coletor puro. – Quem não conhecesse Michael muito bem talvez não percebesse o tom defensivo oculto sob o verniz exterior de competência profissional. A atitude não me causou surpresa. Afinal, o xenólogo tentava justificar um procedimento de programação em rotinas de IAA ao brasileiro, alguém que era reconhecidamente um dos programadores mais talentosos da Federação. Após um suspiro quase imperceptível, continuou. – Em verdade, não supus necessário elaborar programas de análise de espécimes para sondas desse modelo. *Anyway*, no caso presente, procurei seguir uma sistemática que possibilitasse a extração eficiente da maior quantidade de dados possível numa determinada amostra. O preço a pagar é que a análise deve ser executada a bordo da *Pioneira*. Até mesmo porque possuímos uma capacidade de processamento e simulação analítica muito superior àquela que se poderia implementar nos *biochips* da sonda.

– Perfeito. – Mário acenou sua concordância.

Aquilo encerrou a discussão. A análise dos dados seria executada a bordo pelo P.M., com o auxílio das rotinas-especialistas de xenobiologia. O processamento seria supervisionado por Michael, com o auxílio eventual de Aline.

A IAA manifestou-se afinal no seu português formal característico:

"Primeira sequência de dados da sonda Pioneira XXVII íntegro na memória. Fornecerei resumo oral."

– Prossiga. – O imediato ordenou.

"O OBJETO EXAMINADO TEM MASSA APROXIMADA DE 27 TONELADAS. HÁ CERCA DE 35 GRAMAS DE MATERIAL CARBONADO ORGÂNICO RETIDO NO INTERIOR DOS DESTROÇOS. A SONDA ESTÁ TENTANDO CRIAR UMA VIA DE ACESSO ATÉ O MATERIAL. OBSERVEM A SIMULAÇÃO HOLOGRÁFICA DO FRAGMENTO."

O holograma impressionante de uma bola de metal retorcido surgiu alguns centímetros acima do tampo da mesa, acompanhado por uma escala métrica que informava as dimensões reais do fragmento. Um aglomerado de formato grosseiramente esférico, com sete metros de diâmetro. Em vários pontos, chapas de aço emergiam do corpo principal, deformadas ou retorcidas pela força de uma explosão repentina.

Não se tratava de um artefato humano em absoluto.

Como Mário afirmara, nossos engenheiros espaciais já consideravam chapas e vigas de aço obsoletas bem antes da nossa partida. Moldado em ambientes zero-g, o hiperplástico metalizado oferecia resistência estrutural muito mais elevada por unidade de massa.

Em seu modo lacônico habitual, Farukh articulou a certeza que impregnara o A.C.

– Alienígena.

"Vejam a nossa sonda!" – Olympia apontou para o veículo cilíndrico minúsculo que o P.M. representou emergindo do tampo da mesa e equalizando seu deslocamento orbital com o dos destroços, até que distasse cerca de dez centímetros (um metro em escala) da extremidade superior do fragmento.

Um feixe azulado, fino e intermitente, emergiu da sonda e atingiu os destroços.

Calados, apreciamos o holograma até que o mesmo se dissolveu, cerca de dois minutos mais tarde.

Meia hora depois, a sonda ativou o laserlink com nave-mãe para iniciar a transmissão de um datapack pulsado de vários terabytes de comprimento.

Após um exame superficial da informação recebida e um breve diálogo com o P.M., Michael se considerou satisfeito, liberando a *Pioneira XXVII* para retornar à missão original de coleta de dados gravitastronômicos na vizinhança da descontinuidade.

Como já era de se esperar, o imediato se dirigiu ao Complexo Biótico.

Eu e os demais procuramos reiniciar nossas atividades normais da melhor maneira possível. Ansiosos pelo resultado das análises de Michael, aguardamos aquelas horas sob estado de expectativa contínua.

Antes de sair do A.C. com celeridade atípica, nosso xenobiólogo anunciou que devíamos aguardar novidades para breve.

* * *

Michael permaneceu trancado no laboratório de análises xenológicas do Complexo Biótico durante exatas 7 horas, 41 minutos e 27 segundos, conforme Aline informou, visivelmente irritada por ter sido excluída do exame dos dados.

Segundo a médica, nosso amigo enigmático nem sequer permitira que ela observasse os procedimentos. Dessa vez preferi não espioná-lo através dos circuitos de registro da *Pioneira*. Aparentemente, Olympia tomou decisão semelhante. Quando enfim saiu do C.B., ele ordenou ao programa-mestre que solicitasse uma reunião no Ambiente de Comando.

Já em nosso primeiro ano de Academia, percebi que meu futuro imediato possuía um senso melodramático pronunciado. Em português coloquial: adorava pagar mistério.

Daí, é claro que fez questão de ser o último a chegar para a reunião. Ninguém teve dúvida de que o atraso foi proposital. Todos o aguardávamos, já impacientes, acomodados em poltronas anatômicas dispostas ao redor da mesa circular.

Numa represália divertida, quando Michael ingressou no aposento mais de quinze minutos atrasado em relação ao horário que ele próprio estabelecera, de modo adoravelmente pernóstico, Aline solicitou que o P.M. executasse o trecho mais famoso da Marcha Triunfal de *Aida*.

Ao final, Farukh e eu aplaudimos entusiasmados, Mário urrou um *"Bravíssimo!"* gutural, ao passo que Olympia se limitou a um risinho maroto.

Impávido, exceto pelo fato de ter começado a marchar já nos primeiros acordes, Michael sentou-se no único lugar vago, entre Aline e eu, mantendo um silêncio muito digno e compenetrado. Lançou-me, contudo, um olhar travesso. Então, suspirou e declarou sério, num português perfeito:

– Eu teria preferido a 2ª marcha de *Pomp and Circumstance*, mas não se pode ter tudo.

"E então?" – Nossa caçula indagou, fazendo questão de ignorar o protocolo de galhofa. – *"Estamos ardendo de curiosidade."*

– Senhoras e senhores, – seus lábios carnudos abriram-se naquele sorriso maravilhoso de dentes muito brancos que eu tanto apreciava, – tenho o prazer de anunciar que nos encontramos perante um paradoxo aparentemente insolúvel.

– Peço que deixe suas declarações bombásticas tradicionais para mais tarde. – Apesar de brasileiro, Mário era de longe o mais pontual de todos nós, aquele que mais prezava seu próprio tempo e, por conseguinte, o que mais se aborrecia com atrasos sem uma boa justificativa. – Por ora, vamos nos limitar aos fatos. Diga sem rodeios, de quem são aqueles resíduos orgânicos lá fora?

– Vou tentar. – O norte-americano sentia-se tão bem-humorado que nem sequer esboçou reação à invectiva de Mário. – Em primeiro lugar, informo que nossa sonda coletou vários microgramas de material genético. Isto descarta a hipótese de que os resíduos tenham pertencido a uma biomáquina.

"Por quê?"

Mais calmo, o ciberneticista tomou a palavra:

– Esta é uma daquelas premissas que, embora de fundo chauvinista, sempre soou plausível. Como os biocomputadores que abrigam nossas IAA não precisam procriar, pelo menos não do modo orgânico, imaginamos que os símiles projetados por uma civilização alienígena qualquer também não o façam. Daí, pulamos para a conclusão, essencialmente um *salto de fé*, de que ninguém se daria ao trabalho descomunal de fabricar biomáquinas dotadas de padrão genético codificado em ácido nucléico e tudo mais.

– Exato. – A médica concordou no tom impaciente de quem julgava que a marciana tinha por obrigação saber o óbvio.

Michael prestou uma vênia sorridente ao brasileiro e então comentou:

– Eu não teria colocado melhor.

– Então o fragmento detectado pertenceu a uma nave tripulada. – Concluí o óbvio.

"Por humanos?" – O fluxo telepático de Olympia exalava um emaranhado de tristeza e esperança.

– Não. – Naquele instante Michael parou de sorrir, incorporando seu ar profissional categórico. – A possibilidade está totalmente descartada.

– Parabéns, Mike. É a segunda civilização alienígena que encontramos. – Foi a vez de Mário Sandriotti assumir a pose de conciliador. – Sem dúvida, uma descoberta sensacional. Pretendíamos encontrar uma única cultura extra-humana e fomos brindados com uma segunda *inteiramente grátis*, como se costumava dizer nos tempos pré-Holocausto. Só não percebo onde reside o tal paradoxo a que se referiu.

– O paradoxo, meu caro, reside no fato de termos tropeçado numa espécie racional indubitavelmente alienígena, – o sorriso franco de Michael indicava que ele estava prestes a exibir seu trunfo, a piada cósmica que parecia disposto a compartilhar com os demais, – cujo programa genético, no entanto, não só é codificado em DNA, mas constituído de sequências muitíssimo semelhantes às dos organismos superiores de origem terrígena!

Embora a declaração me tenha soado como de importância crucial, confesso que àquele momento também não consegui atinar com o paradoxo.

A oficial-médica, contudo, engoliu em seco com a fisionomia lívida de espanto.

A reação de Aline me atingiu como um murro no estômago.

Conhecia a norueguesa como a palma da minha mão. Éramos grandes amigas há mais de uma década. Havíamos explorado dois mundos desconhecidos juntas. Amizade forjada na época em que partilhamos inúmeras situações críticas, quando nossas vidas estiveram sob grande risco.

Se ela estava naquele estado, a coisa era realmente séria. Mas por que se sentia tão espantada?

Repassei o que sabia sobre moléculas autoduplicantes associadas à vida orgânica. Conhecíamos até então quatro tipos: o DNA, comum a toda vida terrígena; a alfa-fergusomina de Jokerman; a beta-fergusomina de Sandman e a ortotroiamina dos microfósseis procariotas alienígenas, descobertos em vários asteroides menores do cinturão principal solariano.

Após essa revisão sumária, falhei em compreender o porquê de Michael e Aline se sentirem tão alarmados com a descoberta de uma espécie alienígena cujo padrão genético também era baseado no DNA. Tal ocorrência era probabilisticamente possível.

Observando o silêncio abúlico que se abatera sobre o recinto e constatando que a verdade só saltara aos olhos da oficial-médica, o imediato esbravejou:

– Pela madrugada! Vocês vão ficar aí parados, sem falar nada?

– O que exatamente você espera que falemos? – Pensativo, o engenheiro de origem árabe cofiou o cavanhaque. – Não imagino o que possa haver de tão empolgante no fato prosaico de que esses alienígenas possuem um padrão genético baseado no ácido desoxirribonucléico com sequências análogas às existentes na Terra.

– O que há de surpreendente? Fato prosaico? – Michael ecoou Farukh, imitando-lhe o tom jocoso com perfeição. – Senhores, francamente! Surpreso estou eu, pois supus estar enunciando o óbvio.

– Seja mais claro, My Mike. – Intercedi no meu melhor tom contemporizador, no intuito de evitar outra discussão estéril. – Seu óbvio não está soando como tal à nossa audição ignara.

"É verdade. Até agora sua pretensa obviedade só funcionou com a Aline." – Olympia imprimiu uma inflexão irônica à tirada mental. Ouvimos a risadinha dentro do espírito, embora seu semblante permanecesse sério.

– Minha marcianazinha levada! Esta não é a hora e nem o lugar para sarcasmos deste gênero. – Embora meiga, a voz do imediato soou compenetrada. Voltou-se para a médica e pediu num tom de súplica que, embora teatral, pareceu decididamente convincente. – Aline, por favor.

Ela assentiu com a cabeça e se endireitou ainda mais na poltrona.

– Está bem, Michael. Como era de esperar que todos soubessem a esta altura, nossas pesquisas com as fergusominas de Delta Pavonis nos forneceram os elementos necessários para a elaboração de um modelo matemático bastante razoável. – Ela fitou nós quatro, um por um, examinando nossas fisionomias em busca de um vislumbre qualquer de compreensão. Decepcionada, continuou. – Um modelo capaz de lançar luz nos processos associados à origem da vida e sua evolução subsequente. Embora não tenhamos contatado os pavonianos, do ponto de vista da biogênese, a missão primária foi bastante proveitosa, pois os dados coligidos possibilitaram a compreensão quantitativa da origem e da evolução das formas biológicas.

– Tudo bem, – Mário concordou com ar agitado, – mas o que isto tem a ver com os alienígenas dessa nave destroçada?

A médica suspirou antes de prosseguir com a explicação:

– Graças às pesquisas em Delta Pavonis, hoje sabemos bem mais do que os biólogos da época em que deixamos o Sistema Solar. Através dos conhecimentos advindos deste novo modelo, podemos afirmar que a probabilidade de uma mesma sequência de programa genético, escrita numa mesma molécula autoduplicante, surgir duas vezes de forma independente em mundos distintos, mesmo que as condições ambientais sejam absoluta e rigorosamente idênticas, é virtualmente nula.

"Como assim? Você está querendo dizer que é impossível haver vida baseada em DNA fora da Terra?"

– Não foi isto que quis dizer. – Aline fitou Olympia com impaciência contida. – Até porque hoje sabemos que a Expedição Prometheus descobriu vida baseada em DNA no sistema triplo de Alpha Centauri.

– Ora, benzinho, uma vez que você mesma admite a existência de DNA extrassolar, então, imagino que esse belo modelo teórico de vocês anda bem mal das pernas. – Farukh riu entre os dentes. – Se é que ainda não desmoronou por completo.

– Não se trata de um mero modelo teórico. Estamos falando de fatos científicos já comprovados experimentalmente. – Aline suspirou outra vez e ajeitou os cabelos já perfeitamente arrumados. – Muito bem, tentarei estabelecer uma analogia. Imaginem que cada espécie viva ou extinta presente em cada biosfera da periferia galáctica seja como um livro.

– Um livro? – Achernar continuou com o sorriso nos lábios finos, mas balançou a cabeça com ar céptico. – Um livro sobre o quê?

– Não importa o assunto. – A oficial-médica continuou. – Espécies alienígenas cujos programas genéticos estão codificados em outras moléculas autoduplicantes que não o DNA são como livros redigidos em fenício, árabe ou chinês.

– Entendo. – Mário balançou a cabeça com ar pensativo. – Códigos redigidos em ideogramas ou caracteres inteiramente diferentes daqueles aos quais estamos acostumados.

– Exato. Os conceitos expressos nestas linguagens são quase sempre os mesmos, mas são grafados de formas inteiramente diversas. Levando essa analogia adiante, espécies alienígenas hipotéticas cujos códigos genéticos estejam transcritos em DNA seriam como livros redigidos em idiomas estrangeiros mas que compartilham o mesmo alfabeto. Como, digamos, o português e o inglês.

– Podemos reconhecer as letras e pronunciar alguns fonemas. – Eu começava a entender. – Mas ainda não seria possível ler o texto contido no livro, pois não dominamos o idioma.

– Isto mesmo. – Aline me fitou com um olhar agradecido. – Ora, o que Michael está tentando dizer é que não apenas reconheceu o alfabeto, os nucleotídeos que constituem as cadeias de DNA, como reconheceu também trechos inteiros da história contida no livro. Ele pôde lê-los, pois se trata de nosso próprio idioma genético por assim dizer, não é isto, Michael?

– Perfeitamente. Apenas um planeta em toda a Via Láctea, em todo o Universo, poderia ter originado vida com aquelas exatas sequências de DNA.

– Ah, não! Espere um instante... – Mário ofegou, surpreso.

"Você não está querendo dizer que..." – Olympia não conseguiu concluir o pensamento. Seu espanto transbordou como um vagalhão de caos num mar revolto, afogando meu espírito.

Pega desprevenida, fui apanhada em cheio pela onda de choque emocional da marciana.

Atordoada, sacudi a cabeça numa tentativa vã de esvaziar a mente daquela cacofonia infernal de temor, surpresa e ansiedade.

Notando o que se passava, depois de um intervalo que me pareceu excruciantemente longo, Olympia enfim interrompeu o fluxo emissivo.

Mário desferiu um murro no tampo da mesa. Com expressão dolorida, Michael cingiu o crânio com os dedos de ambas as mãos. Farukh subvocalizou um palavrão em árabe. Aline fuzilou Olympia com um olhar gélido.

E foi tudo. Não houve recriminações articuladas.

Afinal, por mais avassalador que se mostrasse, o vagalhão psíquico não constitui fenômeno nem de longe tão invasivo ou consciente quanto a simples intrusão mental. Ademais, depois de anos de convívio, havíamos aprendido a tolerar relativamente bem aquelas violações involuntárias. Fatos desagradáveis, mas inevitáveis, que éramos forçados a aceitar.

Ainda um pouco zonza, lutei para impor alguma ordem à balbúrdia.

– Olympia, *por favor*, tente se controlar. E você, Michael, seria bom se parasse de contribuir para provocar essas tempestades psíquicas e esclarecesse logo o assunto.

– Creio que a nossa bela doutora já o fez a contento. Ela acabou de enunciar os fatos que ambos havíamos anteriormente julgado de conhecimento geral.

"Posso até estar bancando a burra, Mike, mas não estou entendendo mais nada. Essas moléculas de DNA provieram de criaturas não-humanas, mas que evoluíram na Terra... Perdi algo pelo caminho, ou a coisa está meio confusa mesmo?"

– Você entendeu tudo muito bem, Ninfeta. Neste ponto exato, reside aquilo que poderíamos muito bem batizar "Paradoxo de Sandriotti". – O xenobiólogo nos brindou com seu sorriso mais cândido. – Esse DNA se originou sem dúvida na Terra, mas pertence a uma espécie inteligente não-humana.

– Terrígena, mas extra-humano. – Balbuciei baixinho.

Ante o ar aparvalhado que todos, com exceção de Aline, exibiram, ele se julgou na obrigação de acrescentar:

– Tudo bem. Vamos aos detalhes: o portador desse fragmento de DNA era membro de uma espécie heterotrófica, respiradora de oxigênio, como nós próprios. Uma espécie de paleo-homeotérmicos ovíparos racionais. Seu código genético apresenta semelhanças notáveis com modelos teóricos previstos para certa classe de fósseis mesozoicos. Em outras palavras, estamos lidando com dinossauros inteligentes.

Michael fez uma pausa teatral nesse ponto. Diante do silêncio chocado dos demais, decidiu continuar:

– Com o auxílio do P.M., analisei algumas das características morfológicas externas escritas no padrão genético da criatura. A análise foi facilitada pelo fato da estrutura básica desse padrão ser essencialmente idêntica à presente em nossos cromossomos. – Mais uma pausa de efeito. Então ordenou: – *Pioneira*, simulação em escala 1:1.

"AFIRMATIVO."

Um holograma surgiu sobre o tampo da mesa.

Fascinante o que se pode descobrir a partir de uns microgramas de DNA.

O espécime representado era uma criatura bípede.

Possuía dois braços terminados em mãos delicadas de três dedos, com unhas longas e esguias. Não havia escala métrica, visto que a criatura fora representada em tamanho natural.

Com cerca de 160 centímetros de altura, no escuro o vulto do espécime poderia ser facilmente tomado por humano.

Sob condições normais de luminosidade, contudo, aquele corpo esbelto se revelaria recoberto por epiderme de aparência úmida, composta por um rendilhado de escamas brilhantes minúsculas com tonalidade cinza-esverdeada. O retículo de escamas se exibia por entre tufos esparsos de plumagem rala de coloração acastanhada.

O pescoço era bem longo, mantendo o crânio vagamente humanoide relativamente afastado do tórax ossudo, escaveirado.

A simulação caminhou sobre a mesa, mexeu os braços e se virou de lado, balançando a cauda curta e rígida, como que para manter o equilíbrio.

As orelhas eram vestigiais. Narinas? Pouco mais que orifícios na ponta de um focinho pronunciado.

A boca não tinha lábios e sim excrescências córneas que lembravam um pouco um bico de pato atrofiado; excrescências lisas, não revestidas pela epiderme escamosa que cobria o resto do corpo.

A criatura entreabriu a boca, exibindo fileiras de dentes pontiagudos não diferenciados, denunciando sua ascendência de dinossauro predador.

Contudo, o mais impressionante de todo o conjunto facial eram os olhos.

Olhos grandes e brilhantes.

Globos expressivos, transmitindo a impressão nítida de que seu possuidor era dotado de um intelecto frio, desprovido de emoções. As pupilas negras apareciam reduzidas a meras fendas elípticas. Íris ambarinas ocupavam quase todo o hemisfério ocular, orladas de forma quase imperceptível pelos anéis finos e esbranquiçados das córneas. Membranas nictitantes abriam e fechavam na direção horizontal, perpendicular às pálpebras, à semelhança do que ocorre com os crocodilianos.

Olhos decididamente malévolos.

Não obstante o fato de provir de uma criatura da Terra, o olhar gélido desse dinossauroide me pareceu mais alienígena do que qualquer coisa que presenciei em nossa estada de mais de dez anos em Delta Pavonis.

Em minha opinião leiga, à primeira vista o espécime me fez lembrar um velocirraptor. Um velocirraptor de cauda bem curta, postura mais bípede que o normal e crânio superdesenvolvido. Um dinossauro inteligente e, nem por isso, menos ameaçador que seu antepassado irracional.

Mais tarde, quando Michael me enumerou quase meia centena de diferenças mais e menos sutis, dentre as quais destacou a ausência das temíveis garras-foice retráteis, reconheci que se tratavam de animais inteiramente distintos.

Mais tarde, o xenólogo esclareceu que o espécime não era realmente um dinossauro, mas antes, o descendente longínquo de um dinossauro.

Contudo, o fato de reconhecer que velocirraptores e o pseudoalienígena pertenciam a linhagens evolucionárias distintas não diminuiu em nada os meus preconceitos contra quaisquer das duas espécies.

* * *

Neste ponto, uma breve justificação se faz necessária.

Dos seis tripulantes da *Pioneira*, fui de longe a que ficou mais traumatizada, não apenas com a existência daqueles sauromorfos racionais, mas, sobretudo, com a aparência física dos mesmos.

Havia naquelas criaturas algo terrível capaz de me gelar o sangue. À mera recordação daquele primeiro holorregistro, revivenciada após todos esses anos para preparar este relato, foi o bastante para inundar meu espírito sob uma vaga de pavor incontrolável.

Conhecedora de meu histórico psicológico e decerto ponderando sobre meus índices elevados de estabilidade emocional, Aline procurou me acalmar ao fim daquela reunião fatídica. Atribuiu minha agitação inexplicável a um incidente que ocorreu durante minha infância.

Meus pais sempre afirmaram que fui uma criança excepcionalmente travessa. Não me cabe julgar a veracidade dessas alegações paternas. Todos sabem como pais e mães nostálgicos por vezes são dados ao exagero. Como não tive filhos, a verdade é que não possuo parâmetros de comparação.

O fato é que, durante uma visita ao zoológico de New Hawaii, Escócia, quando eu tinha quatro anos, arrumei um jeito de me evadir da vigilância de meus pais e saltei para dentro do fosso do habitat climatizado dos crocodilos.

Uma vez semi-imersa naquele ambiente pantanoso, vaguei pela margem de um riacho até me deparar com um grupo de uns vinte ou trinta jacarés e crocodilos dos mais diversos tamanhos e aspectos.

No início, os répteis não prestavam muita atenção em mim. Porém, depois de algum tempo, vários deles deram pela minha intrusão e decidiram verificar do que se tratava.

Em breve, vi-me cercada por meia dúzia de jacarés com bocarras escancaradas e aspecto faminto de quem parecia propenso a me engolir inteirinha sem nem sequer engasgar.

Só lembro que prorrompi num choro histérico ao concluir com lógica notável e arrependimento patético que me encontrava prestes a virar almoço de jacaré.

Então, em meio ao pânico, olhei para cima. Entre lágrimas, vislumbrei as carcaças reluzentes de uma dúzia de robôs zunindo sobre a clareira onde os jacarés me cercaram.

Os répteis permaneciam impassíveis, de bocarras arreganhadas, prontos para avançar e me abocanhar.

De bocas abertas e paralisados.

Claro!

Os robôs precisaram esperar que os jacarés descerrarem as mandíbulas para disparar os dardos contendo inibidores musculares de ação imediata. Inoculada nas mucosas das bocas dos jacarés, a droga paralisou primeiro a musculatura das mandíbulas, impedindo que se fechassem, e mais tarde os próprios corpanzis dos animais, tornando-os tão indefesos quanto estátuas de jade.

Uma veterinária e dois tratadores munidos de bastões elétricos ingressaram no habitat e me resgataram tão logo verificaram que os répteis se encontravam de fato paralisados.

Minha aventura imprudente granjeou certa repercussão na época. Segundo minha mãe, aparecemos em vários holonoticiários.

O Árbitro da Infância do Distrito da Escócia determinou a abertura de um inquérito para apurar responsabilidades. A direção do zoológico se viu em maus lençóis, mas acabou se livrando da condenação, quando se comprovou que os funcionários da instituição haviam descoberto minha travessura sozinhos e, de fato, desencadeado a operação de resgate minutos antes de meus pais comunicarem meu desaparecimento.

Ademais, a análise dos registros dos robôs confirmou que jamais cheguei a correr perigo real.

É claro que, aos quatro anos, não tive como saber que permaneci o tempo todo em segurança.

Segundo Aline, minha permanência naquele fosso de jacarés é a origem primeira do pavor em relação aos dinossauros inteligentes revelados por Michael.

A hipótese é engenhosa e decerto possui um apelo inegável. Só que não estou inteiramente convencida de sua validade.

Em primeiro lugar, os sauromorfos não parecem tão crocodilianos assim.

Em segundo lugar, racionalizando meu receio ao longo dos anos, concluo que o que me aterroriza até hoje não é realmente a mera aparência de uma criatura racional, exibida num holorregistro.

Não.

O que me aterroriza de fato é a perspectiva possível, conquanto improvável, de me defrontar com uma criatura dessas na vida real.

O pior é que à época tanto o conhecimento acadêmico quanto minha imaginação doentia me gritavam que tal possibilidade existia e não era tão ínfima quanto meu lado racional insistia em afirmar.

* * *

"Então... é assim que os tripulantes da nave sinistrada se pareciam?"

Sei que hoje em dia pode soar mesquinho e até xenofóbico, mas senti certo alívio ao notar que Olympia também ficara intimidada pela aparência da criatura.

Por favor, compreendam.

Fui exaustivamente treinada para realizar um Primeiro Contato com alienígenas autênticos. Não com velocirraptores inteligentes!

– Isto mesmo. – Embora obviamente acostumado ao holograma, Michael pareceu quase tão impressionado quanto nós. – Certos detalhes quanto à estatura e às proporções relativas dos membros talvez destoem um pouquinho da realidade. A tonalidade da epiderme não é exata, mas os extremos da faixa de erro são quase indistinguíveis à vista desarmada. Contudo, detalhes à parte, eu diria que a simulação está bem próxima da criatura real.

Depois de uma pausa, acrescentou:

– Talvez eu tenha me expressado mal quando designei esse espécime por *dinossauro*. Ele é de fato um descendente remoto dos dinossauros do Mesozoico. É provável que, em termos de escala evolutiva, esteja tão afastado dos estenonicossauros do fim do Cretáceo, quanto nós dos protomamíferos da época dos dinossauros.

Para o imediato a afirmação encerrara o assunto.

Só que as coisas não foram tão simples assim. Debates acalorados se seguiram à apresentação da criatura, cuja espécie Mário não demorou a batizar com o apelido jocoso de "fakers".

Michael e Aline nos asseguraram que a espécie se originara na Terra.

O P.M. asseverou que a probabilidade da origem extraterrígena dos *fakers* era, para todo e qualquer efeito prático, virtualmente nula.

Olympia, Farukh e eu questionamos a validade das teorias desenvolvidas pelo xenobiólogo. Sem muito tato, hoje reconheço.

No que me dizia respeito, eu estava longe de pôr em dúvida, pelo menos de forma consciente e objetiva, a competência de Michael. Afinal de contas, ele era reconhecidamente um dos melhores xenoespecialistas da Federação. Contudo, minha intuição de leiga esclarecida me dizia que os fatos concretos teimavam em contrariar aquele belo arcabouço teórico.

Ah, as ilusões do senso comum...

Em pleno ardor da discussão, o brasileiro elaborou uma das suas famosas hipóteses instantâneas. Segundo ele, os *fakers* seriam os representantes de uma cultura de dinossauros racionais, sim. Só que supostamente originária da Terra do Período Cretáceo, há cerca de 65 milhões de anos.

O xenobiólogo abriu mão de sua fleugma impecável para desdenhar o argumento, classificando-o como "mais uma babaquice do nosso gênio de plantão".

O bate-boca recrudesceu, degenerando em mais um daqueles perigosos conflitos de egos que o brasileiro e o norte-americano costumavam disputar de tempos em tempos.

Olympia assumiu uma vez mais seu papel tradicional de bombeira de ânimos exaltados. Julgando oportuno guindar a discussão a um patamar mais elevado, ela questionou o P.M. quanto à época em que a nave dos *fakers* fora destruída.

O programa-mestre informou que os testes de datação radioativa efetuados pela sonda indicaram que a criatura do holograma vivera há cerca de 350 anos, com margem de erro inferior a cinco anos.

Conhecendo de antemão o resultado dos testes, Michael afirmou num tom conciliador que era perda de tempo pensarmos numa cultura mesozoica de dinossauros racionais.

Mário começou a rir alto. Insolente como só ele lograva ser, entre uma gargalhada e outra, bradou que o xenobiólogo perdera 65 milhões de anos em algum ponto de seus cálculos.

Calmo e irônico, Michael frisou que aquele era justamente o fulcro do Paradoxo de Sandriotti: os *fakers* haviam de fato se originado na Terra, mas não no Mesozoico. A nave estelar deles estivera operacional há coisa de três séculos e meio.

Em meio ao bate-boca, comecei a pensar rápido. Tinha que haver outra explicação.

Se o fragmento daquela nave estelar houvesse passado tempo bastante orbitando muito próximo ao horizonte de eventos, a dilatação temporal gerada pela densidade elevada do campo gravitacional da descontinuidade poderia fazer com que 65 milhões de anos equivalessem a uns poucos séculos.

No entanto, corpo material algum sobreviveria intacto suficientemente perto de Molton para que tantos milhões de anos aqui fora equivalessem a menos de quatro séculos dilatados. Bem antes disso, o fragmento teria sido convertido em partículas de poeira microscópica.

Se a hipótese gravitacional não era válida, por um instante me vislumbrei capaz de arranjar uma explicação relativística para o paradoxo.

Dilatação temporal numa viagem em velocidade bem próxima à da luz. Só que uma nave com casco de aço-vanádio não é capaz de resistir às acelerações e velocidades relativísticas. O atrito produzido pelo efeito acumulado dos microimpactos com moléculas e átomos presentes no espaço interestelar *corroeria* o casco de uma nave tão frágil, sobretudo se não estivesse protegida atrás do campo eletromagnético intenso do funil coletor de um propulsor Bussard.

Além disso, se acaso pudessem viajar à velocidade da luz por cerca de 65 milhões de anos, decerto não se limitariam a singrar do Sol até Delta Pavonis.

Não.

Visitariam galáxias exteriores ao Grupo Local, isto sim! Teriam, quiçá, colonizado toda a periferia da Via Láctea...

Excluídas todas as demais hipóteses, restou apenas a explicação gravitastrofísica. Cerrei os maxilares, tomada por um arrepio de temor repentino.

Não! Não era possível.

Eis que o receio hipotético ameaçava se transformar em pavor indizível e, sobretudo, impensável. Porque, se eu pensasse, Olympia saberia. E, de fato, naquele instante exato, ela me fitou espantada e indagou em seu equivalente de um sussurro mental:

"Que barafunda é esta? Por que está tão assustada? Duas linhas de realidade divergentes tangenciando uma à outra numa permeabilidade parcial? O que é isto, Sylvinha? Não estou entendendo patavina."

– Saia da minha cabeça, sua intrometida! – Murmurei entre os dentes.

Fui brindada com um olhar magoado. Em seguida, ela baixou os olhos para o tampo da mesa. Torci para que a grosseria surtisse o efeito almejado de fazê-la parar de ler minha mente.

Felizmente, em meio à balbúrdia reinante no A.C., com Mário, Aline e Michael tentando falar ao mesmo tempo, ninguém mais *ouviu* a pergunta inoportuna da marciana.

Alheio às divergências entre os dois oficiais-cientistas, Farukh se sentou num dos consoles de bombordo do A.C. e solicitou a ativação de um tanque holográfico auxiliar. Começou a analisar em pormenor as diversas vistas do destroço examinado. Em seguida, solicitou ao P.M. que executasse alguns cálculos e gastou alguns minutos interpretando os resultados fornecidos.

Então, do próprio console, explicou que o tipo de esforço ao qual foram expostas as vigas e chapas do destroço indicava que a nave *faker* explodira em decorrência do efeito de maré da D.P.

É bem provável que aquele veículo espacial primitivo tenha se aproximado em demasia do horizonte de eventos, pagando caro pela imprudência. Foi esmigalhado, como uma casca de noz lançada num torno eletromagnético.

De qualquer modo, a nave explodira durante o processo.

A maioria dos fragmentos fora há muito arrastada para o interior de Molton I. Desintegrados em suas partículas subatômicas constituintes, esses resíduos mergulharam cada vez mais rápido na descontinuidade até serem aniquilados e emitidos sob a forma de raios X duros.

Uns poucos fragmentos extensos talvez houvessem sido admitidos incólumes na D.P., aportando em outros sítios espaçotemporais deste ou de outros universos. Ainda outros, como o destroço encontrado, foram alijados. Cuspidos de volta para a órbita de Molton I.

Contudo, saber a causa provável da destruição da nave estelar *faker* não esclareceu em nada a origem dos tripulantes.

Cansado e aborrecido, Michael insinuou considerar Mário e, em menor escala, eu, Farukh e Olympia, uns ignorantes. Como era de se esperar, o insulto deixou o brasileiro vermelho de raiva, o que só serviu para tornar as coisas ainda piores.

Após mais alguns minutos de argumentação passional infrutífera, o imediato bateu em retirada, mudo e indignado.

Com sua saída, os ânimos começaram a serenar gradualmente.

Abandonei o A.C. meia hora mais tarde. Não consegui dedicar

mais a atenção devida às conversas que decorreram após a saída de Michael.

O paradoxo dos *fakers* deixou-me profundamente intrigada.

Ao regressar à privacidade do meu camarote, pude me dar ao luxo de recordar o breve mal-estar que nos acometera dias antes. Comecei a refletir a respeito.

Poderia aquela indisposição súbita ter constituído apenas uma espécie de efeito colateral fortuito de um fenômeno mais amplo?

Daí para imaginar besteira foi um pulo. Por minha própria conta e risco, decidi ignorar não apenas o embasamento científico sólido adquirido na Academia, mas a própria objetividade de que tanto me orgulhava.

Dando ouvidos ao pressentimento para lá de descabido, acabei recomendando ao P.M. que procurasse captar emissões EM oriundas do Sistema Solar.

Não havia, é claro, esperança razoável de êxito. Afinal, estávamos imersos nas profundezas da esfera de interferência destrutiva gerada por Molton I.

Era quase impossível captar uma transmissão espúria do Sistema Solar numa vizinhança de vários minutos-luz da D.P.

Mesmo se um dos novos laserlinks orbitais da Federação nos houvesse direcionado um feixe pulsado, era quase certo que a mensagem nos chegasse irremediavelmente truncada por causa da interferência da D.P.

Eu sempre poderia ordenar à *Pioneira* que lançasse uma sonda para fora da esfera de interferência para atuar como retransmissora. Só que meus tripulantes muito provavelmente descobririam o lançamento e indagariam que tipo de dados eu pretendia coligir com a sonda posicionada tão longe de Molton.

Por que tamanha sofreguidão para captar informações do Sistema Solar se, enfim, após tanto tempo fora, estávamos a menos de uma década de casa?

Se o lançamento inopinado fosse descoberto, como me justificaria perante meus amigos e subordinados?

– Fui acometida por ligeiro terror irracional, daí precisei me certificar de que não estamos prestes a regressar para uma Terra habitada pelos descendentes inteligentes de velocirraptores...

Não, senhora. O plano da sonda retransmissora foi definitivamente descartado.

Contudo, na hipótese improvável de captarmos um fragmento anômalo de mensagem, determinei ao P.M. que me informasse imediatamente e que mantivesse sigilo absoluto até segunda ordem.

A missão secundária prosseguiu no cronograma sem novos sobressaltos, ocupando a maior parte do meu tempo durante os três meses seguintes.

O laserlink da *Pioneira* continuava efetuando suas transmissões de rotina periódicas para o Sistema Solar.

De acordo com nossos melhores modelos teóricos, a potência das transmissões era mais que suficiente para superar a interferência de Molton I.

Como era de se esperar, não recebíamos transmissão alguma da Terra.

O fato de ter permanecido sobrecarregada de trabalho dia e noite evitou que eu perdesse algumas horas de sono preciosas imersa em pensamentos fúteis.

Preocupações típicas do ócio de uma longa viagem interestelar. Meras tolices, como, por exemplo, as sutilezas matemáticas da teoria dos planos de realidade divergentes.

Saltando direto das especulações delirantes, dignas de um enredo fosfórico de ficção científica, para a modelagem de uma teoria factível, já lograra intuir que o processamento da batelada de dados coligidos implicaria a reformulação completa do que a humanidade sabia sobre descontinuidades permeáveis. Talvez jamais fossemos capazes de utilizar uma Molton como portal de teleporte, mas não descartava por ridícula a hipótese de que, num futuro remoto, pudéssemos efetuar transmissões de dados instantâneas entre duas D.P. situadas em sistemas estelares distintos.

Mário me auxiliou muito na calibração das rotinas de análise dos dados coletados pelas sondas. Estivemos muito próximos naquela época. Em todos os sentidos.

Já Michael tornou-se taciturno e irritadiço. Era quase como se mal pudesse esperar pelo próximo período de Sono. Passou praticamente todo o tempo livre sozinho, quer no camarote, quer trancado no Complexo Biótico. Vez por outra, partilhava algumas horas de intimidade com Aline.

Não me lembro de vê-lo dirigindo uma palavra sequer aos demais, além das estritamente necessárias.

* * *

Apesar da ascendência árabe, Farukh nasceu no Sri Lanka. Seus antepassados sobreviveram aos Meses Escuros abrigados nas dunas às margens do Nilo. Regrediram à vida nômade de seus ancestrais. Com o abrandamento do Inverno Nuclear, migraram para leste, primeiro até o Mar Vermelho. Dali navegaram pela costa do Oceano Índico até a Índia, deparando-se com uma terra devastada.

Finalmente conseguiram se fixar nos planaltos do Sri Lanka, onde encontraram solos praticamente intocados pela precipitação de poeira radioativa. A maior parte da população nativa perecera no frio inclemente dos Meses Escuros.

A notícia da descoberta dessa Terra Prometida se disseminou de algum modo, porque várias levas de egípcios, sírios e árabes migraram para a ilha, fundindo-se e dividindo-se em várias comunidades, enfim integradas como Estado-membro da Federação em 2182 E.C.

Farukh tinha 38 anos à Partida.

Geralmente um sujeito calado e introvertido, Farukh se transformava quando exercia sua vocação de engenheiro. Era o tipo de profissional que nas culturas pré-Holocausto seria chamado de um "engenheiro de mão cheia", um especialista cuja competência técnica inquestionável se distribuía por diversas áreas do conhecimento tecnológico, da eletrônica à mecânica; dos sistemas de propulsão aos de manutenção de vida.

Michael costumava brincar conosco sobre os *poderes mágicos* do engenheiro:

– Se está quebrado, Achernar pode consertar.

Em criança Farukh foi aquele tipo de geniozinho precoce não apenas propenso a desmontar as engenhocas mais complicadas, mas, sobretudo, capaz de remontá-las, fazendo-as funcionar melhor do que antes.

Debaixo da armadura de rabugice permanente, o engenheiro abrigava um grande coração e uma índole obstinada. Exatamente o tipo de sujeito que, depois que encasqueta com uma ideia ou objetivo, mantém-se aferrado ao mesmo "até o mais amargo fim", como ele próprio costumava dizer.

Especializou-se em engenharia eletrônica na Academia, embora dominasse vários outros campos do conhecimento técnico.

Era o responsável pelos sistemas de propulsão, controle de avarias, hipodrônicos, biossintetizadores, sistemas de manutenção de vida e pelo bom funcionamento de todas as sondas, naves auxiliares, lançadeiras e veículos terrestres de desembarque.

É claro que grande parte das tarefas delegadas ao engenheiro eram realmente executadas sob comando direto do P.M. e suas sub-rotinas autoconscientes. Contudo, era reconfortante saber que podíamos contar sempre com Farukh para qualquer eventualidade.

O engenheiro possuía olhos negros que combinavam muito bem com suas sobrancelhas hirsutas unidas sobre a fronte. "Olhos de Falcão", de acordo com o apelido de alcova que lhe fora atribuído, segundo me constava, por Aline.

De tez morena, Farukh possuía um queixo forte e pronunciado, guarnecido por um cavanhaque bem cuidado, cujo proprietário julgava de bom gosto, opinião não compartilhada, ao que eu saiba, por ninguém a bordo. No que me dizia respeito, o cavanhaque dele só mostrava para que servia em alguns poucos momentos íntimos e, mesmo assim, só nas ocasiões em que o engenheiro estava particularmente inspirado.

Farukh era um homem esbelto e bem proporcionado. De acordo com seu arquivo médico, possuía 185 centímetros de estatura e 75 quilogramas de peso, embora parecesse mais alto e mais magro do que isto.

Seu hobby principal era a elaboração de holoesculturas, atividade na qual exibia talento considerável. Também gostava de cantar, possuindo uma voz de barítono das mais afinadas. Em muitas de nossas festinhas, quando se dispunha a cantar com vontade, eu e Aline tocávamos para acompanhá-lo. Quando nós três entrávamos em sintonia, éramos capazes de elevar o moral da tripulação mesmo nas situações mais tétricas, como na ocasião do encontro com os sobreviventes pavonianos.

Farukh era um dançarino mais do que razoável, habilidade que procurou ensinar aos demais tripulantes durante a estada em Delta Pavonis. Durante esse mesmo período, aprendeu a tocar violino e cítara virtuais, elevando ainda mais a popularidade do nosso trio musical.

Ao longo de toda a expedição, Farukh portou um microlink implantado que lhe informava constantemente o status dos principais sistemas de bordo.

* * *

Dois dias antes de iniciarmos os preparativos para o Sono da viagem de regresso, num dos raros momentos em que repousava sozinha em meu camarote, o P.M. entrou em contato comigo através de minha frequência privativa.

"Comandanta Chang, desculpe-me por acordá-la." – Ao me perceber desperta, a consciência artificial prosseguiu. – "A senhora me pediu para ser avisada caso captássemos uma transmissão oriunda do Sistema Solar."

– Afirmativo. – Bocejei, imediatamente alerta. – Prossiga.

"Captei um fragmento de emissão. Trata-se de um fragmento curto, indubitavelmente procedente do Sistema Solar. Não recebi os parâmetros de descompressão. A frequência de transmissão é diferente das frequência-padrão empregadas nos datapacks da Força Estelar."

– Não se preocupe com o deslocamento da frequência. É de se esperar que ocorram perturbações significativas desta ordem na esfera de interferência destrutiva de uma Molton.

"Não se trata de mero deslocamento espectral, mas do emprego de uma frequência distinta."

– Tudo bem.

Minhas esperanças não se haviam mostrado vãs, afinal. O fragmento de emissão fizera parte de uma mensagem direcionada composta por sinais de áudio e vídeo, transmitida via laserlink pulsado. Isto queria dizer que, pouco mais de três anos antes, alguém em plena nuvem de Oort solariana sentiu-se imbuído da consideração necessária para transmitir uma mensagem para nós, não obstante a probabilidade reduzida de sermos capazes de captá-la na íntegra.

Um bom augúrio, sem a menor dúvida.

Aliviada, sorri e me recriminei por ter sido tão tola. Cultura sauriana alguma lançaria um feixe direcional para Molton I na época exata que uma nave humana devia estar em missão por lá.

Houve um pequeno problema técnico. Embora o conteúdo do fragmento em si parecesse íntegro e completo, faltavam os parâmetros de decodificação. Daí, mesmo à custa de uma quantidade tremenda de processamento, só recuperamos cerca de 40% do conteúdo original.

À falta de uma explicação melhor, eu e o P.M. atribuímos a ausência dos parâmetros à distorção gerada pela interferência destrutiva da Molton.

Para piorar uma situação em si já particularmente ruim, a emissão chegou num instante péssimo, quando a *Pioneira* estava mal posicionada, com a D.P. quase na mesma linha de visada que o Sol.

Após a lenta descompressão de dados e o trabalho das rotinas para tratamento de sinal, conseguimos recuperar quase sete segundos de imagem.

Não foi possível resgatar a parte áudio do fragmento ao ruído de fundo caótico, gerado pelo aniquilamento intermitente de matéria na vizinhança da D.P.

Apreensiva, aguardei que o P.M. exibisse o fragmento de imagem. Confesso sem a menor vergonha ter nutrido o temor absurdo de me defrontar com um par de olhos ágeis e inquietos, de ave. Aquele olhar sauriano frio e inquisidor, que me atormentava em meus pesadelos. O olhar de um espécime da raça que nos habituamos a chamar de *fakers*.

Por isto, aquele rosto humano foi uma das visões mais reconfortantes da minha vida. Na solidão aconchegante de meu camarote, tensa e suada não obstante a climatização perfeita, tremi de cima a baixo. Puro alívio.

O homem abria e fechava os lábios. Não havia som algum.

O rosto era pardo. Não simples bronzeado, mas a cor autêntica. Uma tonalidade intermediária entre a chocolate de Michael e a minha de polinésia legítima.

Uma gema verde brilhava numa tiara fina e prateada que circulava sua testa proeminente.

Num primeiro instante, julguei estranho que o sujeito não portasse as insígnias holográficas da Força Estelar.

Relaxei um ou dois segundos mais tarde. Que importavam insígnias ou patentes?

Um ser humano!

Quase um século nos separava daquele cidadão do fim da penúltima década do século XXIV.

Talvez, as insígnias houvessem mudado ou até sido abolidas durante a ausência prolongada da *Pioneira*. Se duvidar, esse tipo de tarefa foi delegada a civis. Talvez, a própria estrutura do sistema de governo houvesse se alterado. Quem sabe não haviam abolido até o próprio governo?

E daí?

Sempre haveria pessoas, seres humanos, aguardando com boas-vindas. Pessoas ansiosas o bastante para nos enviar uma saudação sete anos antes de nossa chegada.

Transmiti as boas-novas à tripulação.

Os cinco se mostraram eufóricos com a notícia.

Tão logo me pegou sozinha num canto, Mário me confessou que nutrira suspeitas análogas às minhas. Aproveitou a oportunidade para me convidar para passarmos juntos as últimas horas que antecederiam o Sono.

Até Michael se deixou contagiar com o clima de entusiasmo geral reinante a bordo e resolveu romper seu *voto de silêncio*, brindando-nos com meia dúzia de favoritas e duas novidades de seu delicioso e aparentemente inesgotável repertório de piadas.

O enigma dos *fakers* permaneceu insolúvel.

Contudo, um novo consenso se estabeleceu a bordo naquelas últimas horas antes do Sono de Regresso.

Num pacto tácito, decidimos ofertar nosso pretenso paradoxo ao controle da missão.

Transmitimos para casa todos os elementos do enigma. Quando chegássemos à Terra, o problema já estaria sendo analisado há vários anos pelos melhores cientistas solarianos. Acreditávamos piamente que alguma explicação plausível seria encontrada cedo ou tarde.

Assim confortados, confraternizamos em grande estilo, com músicas, piadas, sexo, paixão e carinho.

Extenuados e felizes, ingressamos na última fase de nossa longa jornada, o Sono de Regresso.

Capítulo X
Anomalias Inquietantes no Sistema Solar

2398 E.C.
Nuvem de Oort, Sistema Solar

A *Pioneira* distava cerca de dez horas-luz do Sol quando o programa-mestre determinou que era hora de nos acordar.

Como das duas outras vezes, fui a primeira a ser despertada.

Ainda bastante indisposta, fitava o piso da Câmara do Sono. Procurava relaxar, deitada de bruços no hibernáculo aberto, enquanto um robô programado em técnicas de animação suspensa pela própria Aline, massageava os músculos dormentes dos meus ombros, de um jeito vigoroso demais para meu gosto.

Pouco a pouco a dormência foi cedendo, dando lugar a câimbras dolorosas e violentas.

Jamais considerei correto esse procedimento do Despertar.

Como oficial-médica, Aline é que deveria ser a primeira a acordar.

No entanto, os planejadores da missão pensaram de forma diversa.

A náusea habitual se transformou numa ânsia de vômito terrível, controlada somente com sacrifício considerável.

Constatada minha lucidez, obedecendo ao comando direto do P.M., um segundo robô em tudo idêntico ao primeiro entrou no aposento e deu início ao procedimento para despertar Michael.

Em breve, haveria um terceiro robô para Aline.

Depois disso, para minha alegria infinita e sossego merecido, pela graça de Rangi, meu algoz robótico me deixaria em paz e rumaria para o casulo do Mário.

Felizmente, a *Pioneira* só possuía três robôs-enfermeiros.

* * *

Durante as seis horas seguintes não pudemos sequer nos levantar.

O próprio ato de articular a fala, além de praticamente inútil, só podia ser realizado mediante um esforço de vontade imenso. Os robôs nos entupiam a corrente sanguínea com dezenas de hormônios sintéticos e drogas estimulantes dos mais diversos tipos.

Olympia não resistira e tentara vomitar. Obviamente, sem sucesso. Seu estômago estivera vazio por quase oito anos.

"Ai, que vontade de morrer!" – Emitiu para quem estivesse consciente. A maior vantagem da telepatia consiste na capacidade de se lamuriar, mesmo quando é impossível abrir a boca.

Ninguém se sentia lá muito diferente da marciana durante as primeiras horas após um período prolongado de Sono. A eternidade seguia seu curso inexorável e nossas náuseas eram uma parte integrante de seu fluxo. Se algum dia fosse nomeada almiranta da nossa Força Estelar, juro que daria um jeito para que os tripulantes de viagens de longo curso só fossem acordados após o término dos piores sintomas do Despertar.

No segundo dia após o Despertar, consegui levantar do hibernáculo. Arrastei-me até o Ambiente de Comando com auxílio de um robô.

Verifiquei que havíamos chegado em casa e, como idiota perfeita, recomendei desnecessariamente ao P.M. que ativasse o sinal de chamada automático. Em seguida, rumei em meu modo zumbi clássico para o camarote, tombando exausta em meu leito.

Acordei no início do quarto dia me sentindo relativamente bem disposta. Sensação caracterizada, sobretudo, pelo fato de já não ansiar mais por uma morte rápida e indolor.

Como sempre ocorria no terceiro ou quarto dia, assim que me sentia um pouco melhor, dava por mim desesperada de fome.

Levantei com cautela, autocongratulando-me ao constatar que havia recuperado o domínio das pernas. Deixei o camarote nua como estava e caminhei até o refeitório sem ajuda, encontrando-o deserto.

Como das vezes anteriores, os outros cinco ainda dormiam a sono solto. Apenas sono e não o Sono em que estivéramos imersos até uns dias antes.

Por alguma razão metabólica misteriosa, era sempre a primeira a me restabelecer. Se duvidar, este foi o verdadeiro motivo pelo qual me escolheram para comandanta.

O P.M. confirmou que os outros tripulantes ainda não haviam despertado.

Desta vez Farukh fora o único que não se dera ao trabalho de rastejar até o camarote. Dormira em pleno casulo de hibernação.

Minha cabeça parecia decidida a explodir.

Ao contrário da última vez, a dor não melhorou após a refeição.

Como de hábito, o robô-cozinheiro recusou-se peremptoriamente a obedecer minhas ordens para preparar alimentos sólidos. Como das vezes anteriores, insistiu ser recomendação da oficial-médica.

Numa iniciativa sem precedentes, que de pronto interpretei como mau augúrio, o P.M. começou a falar comigo sem que eu perguntasse nada, mesmo ciente de que eu ainda não estava recuperada do Despertar.

"COMANDANTA?"

– Prossiga. – Ordenei, tentando ocultar a apreensão.

"DURANTE A VIAGEM DE REGRESSO, OCORRERAM CERTOS FATOS INEXPLICÁVEIS. AGORA QUE SE ENCONTRA LÚCIDA, CUMPRE RELATÁ-LOS À SENHORA."

– Continue.

"DESDE ALGUNS MESES-LUZ DE DISTÂNCIA, COMECEI A CAPTAR EMISSÕES LASER DO SISTEMA SOLAR, DIRECIONADAS TANTO PARA MOLTON I QUANTO A TRÊS ESTRELAS PRÓXIMAS QUE ESTAVAM QUASE NA MESMA LINHA DE VISADA DA TRAJETÓRIA QUE ASSUMIMOS DE MOLTON AO SOL. NÃO SE TRATAM DE SINAIS CODIFICADOS, MAS PULSOS LUMINOSOS QUE PARECEM CONDUZIR FLUXOS DE COMUNICAÇÃO INTERESTELAR NORMAL. CERCA DE 40% DESSES SINAIS SE ORIGINA NA ÓRBITA DA TERRA. CONSEGUI PROCESSAR A PARTE VISUAL DOS SINAIS RECEBIDOS SEM MAIORES DIFICULDADES, APESAR DA AUSÊNCIA DE PARÂMETROS ADEQUADOS DE COMPATIBILIZAÇÃO. A PARTE ÁUDIO DOS MESMOS TAMBÉM FOI INTEIRAMENTE PROCESSADA, MAS NÃO TRADUZIDA. SOLICITO SUA ORIENTAÇÃO, UMA VEZ QUE OS HUMANOS DESTE SÉCULO ARTICULAM IDIOMA INTEIRAMENTE DESCONHECIDO."

– Não empregam mais o português normalizado?

"EXATO. EXPRESSAM-SE EM OUTRO VERNÁCULO."

– Esta história está muito esquisita. – Será que a Federação havia adotado outro idioma oficial? Improvável. No entanto, parece ser a única hipótese que restou. – Esse idioma desconhecido guarda alguma semelhança com o português, o inglês ou o mandarim?

"POUQUÍSSIMAS SIMILARIDADES COM QUALQUER DOS TRÊS IDIOMAS OFICIAIS. POSSUI ELEMENTOS DE LATIM E DO MANDARIM ARCAICO. TRAÇOS ESPARSOS DE SÂNSCRITO E MUITA COISA ANÔMALA OU SIMPLESMENTE DESCONHECIDA."

Uma confissão de ignorância desse quilate, da parte de uma inteligência artificial autoconsciente com a capacidade do programa-mestre, provocou um arrepio de pânico que me subiu medula acima, do cóccix à nuca.

Porque o P.M. conhecia centenas de idiomas humanos, desde o latim, o grego clássico, até o iroquês e o tupi. Além disso, seu banco linguístico original havia sido bastante ampliado e enriquecido pelas atividades hobbísticas de nosso oficial-de-ciências.

Que diabo de linguagem teriam inventado em nossa ausência?

Talvez, fosse preciso convocar o próprio Mário para ajudar o P.M. a desvendar o mistério.

Um pouco mais calma, determinei:

– Desperte os demais. Reunião no Ambiente de Comando em quinze minutos. Não os deixe vir ao refeitório. Mande o cozinheiro até lá, com cinco jarras dessa merda que estou tomando. Estou farta de sofrer sozinha...

"Afirmativo. Em execução."

Caminhei o melhor que pude até o A.C. Até levei a jarra de papa nauseabunda comigo. Ao chegar lá, desabei numa poltrona anatômica.

Meus amigos foram aparecendo um a um.

Apesar das caras de poucos amigos, ninguém ousou reclamar da convocação inopinada. Os cinco me conheciam bem o bastante para saber que não os traria para lá tão cedo sem um motivo excelente.

Ainda bem abatida no interior de sua armadura antigrav, Olympia era a única que não estava despida. Em compensação, foi a última a ingressar no aposento.

Todos portávamos fisionomias amassadas, de quem bebera além da conta, dormira pouco e mal, acabara de acordar e se levantara sem se dar ao trabalho de fazer a higiene matinal adequada. A se confiar nos holos históricos, mais ou menos aquilo que os humanos da Era Pré-Holocausto chamavam de "ar de ressaca".

Os rapazes estavam com a barba por fazer, ainda que esta praticamente não crescesse durante o Sono. Farukh Achernar era de longe o que se apresentava em pior estado. Ainda não havia recuperado o pleno controle dos membros superiores.

– Muito bem. – Mário começou, tão logo Olympia se sentou. Falava num tom muito baixo, como se temesse acordar alguém. – De volta ao lar, afinal. – Interrompeu-se numa careta de dor e levou as pontas dos dedos às têmporas. – Então, qual o motivo deste alarido todo? Por acaso houve algo que não pudesse esperar até que acordássemos naturalmente?

Em poucas palavras, contei sobre o idioma anômalo aparentemente adotado por essa humanidade do fim do século XXIV.

Tomaram suas jarras de nutrientes e, entre pragas e maldições, finalmente se manifestaram.

"Qual é o problema, estamos em casa, não estamos?" – Havia uma pitada de temor perceptível no fluxo mental pretensamente tranquilo da marciana.

– Estamos. – Mário asseverou. – Antes de vir para cá me dei ao trabalho de confirmar com o P.M.

– Então, que raio de idioma é esse? – Farukh cerrou os punhos apoiados no tampo da mesa. Estava bastante irritado, sem dúvida, por causa da relativa lentidão em recobrar a plenitude das funções motoras.

– Vamos repassar as transmissões captadas. – Mário propôs. – *Pioneira* querida, em respeito ao meu triste estado, apenas os trechos mais representativos.

Imagens holográficas de diversos rostos humanos se sucederam e, com elas, sons articulados incompreensíveis. Quando a exibição dos trechos selecionados estava prestes a terminar, comentei:

– A maioria das pessoas deste século usa tiaras semelhantes àquela que vimos poucos dias atrás na cabeça do humano que apareceu no fragmento de mensagem captado em Molton I há oito anos objetivos.

O holotanque se apagou.

A atenção de todos se voltou para o brasileiro.

Ao contrário do xenobiólogo, Mário era avesso ao clima de mistério.

Não perdeu tempo em declarar:

– Olha, confesso que me sinto confuso. No início, pensei que se tratasse de um novo vernáculo. Algo inteiramente anômalo, parecido com aquelas falas artificiais sem pé nem cabeça, inventadas nos laboratórios linguísticos, tão em voga na época da nossa partida. Só que não é isto que temos aqui. Não se trata de um idioma novo e sim uma tremenda mistura de línguas, algumas das quais não tiveram contato histórico significativo algum entre si. Estamos diante de uma autêntica colcha de retalhos idiomática.

"Como assim?"

– Esta linguagem bastarda possui elementos em comum com o latim da época de Augusto. Sobretudo no que diz respeito à estrutura frasal e à conjugação. Não obstante o fato de estar anos-luz distante do idioma dos romanos. Emprega palavras e conceitos do sânscrito clássico, e também do mandarim. Não nossa versão moderna desse vernáculo, mas alguma coisa parecida com o que deve ter sido falado no velho Império Chinês. Dinastia Han, se é para arriscar um palpite. Ora, o mandarim nem sequer pertence à família indo-europeia. Há também meia dúzia de termos que me pareceram originários do grego clássico e de algo que julgo ser fenício. O mais estranho de tudo, no entanto, são os traços de idiomas insólitos que suponho serem maia, aimará e maori... Ora, na Terra que deixamos para trás há um século não existia língua alguma com tantos fragmentos de maia clássico ou do idioma dos polinésios!

– Parece que alguém se esmerou um bocado para pregar uma peça nos velhos astronautas! – Farukh esmurrou a mesa. Ato contínuo, mordeu o lábio para segurar o gemido de dor.

– É uma boa hipótese. – Esbocei um sorriso cansado. – Em condições normais, diria até que é a hipótese mais plausível.

– Mas você tem outra coisa em mente, não é? – Percebi certa dose de tensão na voz de Michael. Como ele me conhecia bem!

– Não estou bem certa. Porém, desde o evento que nos provocou aquele mal-estar estranho em Molton I, vários incidentes surpreendentes começaram a se acumular. Primeiro, a descoberta dos fakers que, segundo Michael e Aline, só poderiam se ter evoluído na Terra. Depois, aquela emissão esquisita. Uma coincidência incrível ter sido direcionada para lá, exatamente na ocasião em que estávamos presentes. Fiquei intrigada com o fato do P.M. haver *perdido* o pulso de decodificação da banda de áudio. Agora, este idioma anômalo. Não sei... De repente, o áudio não pôde ser processado a contento porque aquele sujeito articulava essa mesma salada idiomática.

– O que está tentando sugerir? – Aline exagerou na pitada de ironia.

– Não estou sugerindo nada. Apenas desejo que tenham em mente que uma série de eventos estranhos começou a ocorrer desde Molton. – Suspirei fundo, tomando coragem para externar meus temores. Senti uma vontade louca de tomar emprestado os dons de Olympia, só por uns instantes. – Agora, o mais grave: é possível que coisas estranhas continuem a ocorrer. Portanto, é de bom alvitre que estejamos preparados.

– Nossa amada galinha-mãe, sempre preocupada com seus pintinhos... – Apesar do gracejo, constatei boa dose de preocupação velada no fulgor esmeralda dos olhos de Mário.

Os cinco prorromperam em gargalhadas. Vi-me compelida a rir também, mesmo diante da situação grave em que nos encontrávamos.

Quando percebi que já haviam recobrado o fôlego, falei:

– Tudo bem. Nada como uma gozaçãozinha para levantar nosso moral combalido. – Sorri, ante seus olhares de indignação fingida. – Agora, vamos voltar a falar sério. Mário, você acha possível que nosso idioma tenha se modificado tanto em meio século? Porque os datapacks que recebemos em Delta Pavonis ainda empregavam o português normalizado.

– Antes da Partida, teóricos da Força Estelar haviam previsto pequenas dificuldades de adaptação. Nem de longe algo que se assemelhasse a um idioma novo. Um vernáculo constituído de uma mistura de versões arcaicas dos idiomas atuais e pré-Holocausto com várias línguas mortas, algumas delas há milênios... – Ele se quedou pensativo por uns instantes.

Olhei em volta e percebi que Olympia não acompanhava nossa conversa.

Sentava-se rígida na poltrona, numa espécie de transe não responsivo.

Coloquei a mão em seu ombro.

– O que foi, meu anjo?

Distraído em suas considerações, o brasileiro continuou:

– A não ser que a mudança de vernáculo seja intencional. Como uma nova mania cultural. Mas não faria o mínimo sentido empregar essa linguagem na comunicação interestelar.

A discussão foi interrompida naquele ponto por uma advertência do P.M.:

"Mensagem em laser pulsado direcionada para nós. Análises goniométricas indicam que a origem se situa num habitat cilíndrico estacionado no ponto lagrangiano L-5 da órbita de Júpiter, cerca de 10 milhões de Km da nossa posição atual. Trata-se de uma projeção holográfica com banda de áudio. O idioma utilizado na mensagem é o mesmo que vem sendo captado desde nosso regresso."

– Quem diabos empregaria um idioma desses conosco? – O brasileiro ergueu-se a custo da poltrona, tamanha a indignação. – Sabem perfeitamente que não dominamos essa língua de malucos!

– *Pioneira*, – ordenei, – exiba o registro recebido para nós.

* * *

A holoprojeção de uma jovem muito morena materializou-se sobre o tampo da mesa de reuniões. Aparentava cerca de vinte anos. Possuía nariz aquilino e olhos negros amendoados.

Não portava a indefectível tiara.

Falou durante alguns minutos naquele idioma desconcertante.

Ninguém, nem mesmo Mário, entendeu nada.

Olympia permanecia imersa em seu transe.

Imaginando que talvez estivesse revivenciando memórias importantes para o contexto de nossa discussão atual, decidi não perturbá-la.

De qualquer modo, o simples fato de desejarem estabelecer comunicação pacífica conosco já era considerado bom sinal.

Após o término da mensagem, até então estática, Olympia emitiu:

"Ela... eles pensam que somos alienígenas!"

A balbúrdia se instalou no aposento.

Com muito custo, depois de vários gritos e com a palma da mão ardendo de tantos tapas na mesa, consegui me fazer ouvir:

– Silêncio, por favor. – Quando consegui meu intento, perguntei à marciana – Como soube disso?

"Aquela jovem é uma telepata. Comecei a receber uma emissão dela coisa de um minuto antes da holoprojeção começar. De alguma forma desconhecida, eles parecem ser capazes de enviar mensagens telepáticas através de distâncias imensas."

– Eles quem? – Michael indagou com os olhos muito abertos.

"Os humanos desta civilização."

– Espere um pouco, benzinho. – Normalmente bem impostada, a voz de Farukh soou num guincho agudo. – Esta é a nossa civilização! Voltamos ao Sistema Solar, à Terra!

"Eu sei, Farukh. Esta é de fato a Terra, embora não pensem nela com este nome. Mas, é a Terra deles, e não a nossa."

O silêncio inundou o recinto quando o dique de lógica e sanidade se rompeu dentro de cada um de nós.

Cada tripulante digeriu aquela informação avassaladora a seu modo.

Lágrimas brilhantes se despenharam silenciosas pelas bochechas de Mário. Aline abriu a boca três vezes e tornou a fechá-la sem conseguir articular o que pensava. Michael permaneceu estático, qual estátua de ébano.

Estávamos chocados demais para questionar a afirmação da marciana.

Finalmente, consegui perguntar:

– Olympia, meu anjo, você conseguiu entender tudo o que aquela jovem transmitiu?

"Tudo, não. Perdi muita coisa. Para começar, houve o espaçamento entre as duas transmissões. A telepática veio primeiro. Só depois, quando a Pioneira *iniciou a exibição, concluí que uma coisa tinha a ver com a outra, que eram duas partes, duas expressões, da mesma mensagem. Então comecei a casar as duas emissões dentro da minha cabeça."* – Ela fez uma pausa, assumiu um ar pensativo, mas logo retomou a *fala*. – *"Houve um monte de conceitos desconhecidos. Para piorar, em vários trechos, ela deixou de emitir imagens e sentimentos, passando a enviar sentenças e frases articuladas em seu próprio idioma, o que obviamente tornou a compreensão impossível."*

– *Pioneira*, essa segunda transmissão também veio do tal habitat cilíndrico?

"QUESTÃO NÃO PERTINENTE. PELO POUCO QUE DEPREENDI, DE ACORDO COM A DOUTORA MAGNUS, TRATA-SE DE UMA EMISSÃO TELEPÁTICA. COMO DECERTO NÃO IGNORAM, SOU INCAPAZ DE CAPTAR FLUXOS DESSA ORDEM."

– Lógico que não. – Mordi meu lábio inferior. Detesto quando banco a idiota no meio de uma crise. Não sei como pude esquecer o fato. – Olympia, por favor, repita em voz alta as suas últimas falas.

Depois de a marciana ter descrito sucintamente ao P.M. sua descoberta e os fragmentos da emissão cujo conteúdo conseguira intuir, a IAA se pronunciou:

"EMBORA NÃO DISPONHA DE MEIOS PARA RASTREAR FLUXOS MENTAIS, UMA ANÁLISE PRELIMINAR DOS FATOS INDICA QUE A PARTE TELEPÁTICA DA MENSAGEM FOI TRANSMITIDA SIMULTANEAMENTE À FALA, E À PROJEÇÃO HOLOGRÁFICA. O RETARDO RELATADO PELA DOUTORA MAGNUS É COMPATÍVEL COM A DURAÇÃO DA MENSAGEM E O TEMPO DECORRIDO ENTRE O FIM DA RECEPÇÃO E O INÍCIO DA EXIBIÇÃO. A PARTE HOLOSSONORA NOS CHEGOU ATRAVÉS DE FEIXE LASER PULSADO PROVENIENTE DO HABITAT CILÍNDRICO. PARECE VÁLIDO SUPOR QUE O FLUXO MENTAL PROVEIO DO MESMO LOCAL."

– Dez milhões de quilômetros de distância? Trinta e poucos segundos-luz... – Michael alisou o próprio queixo suavemente, com o indicador e o polegar. O gesto denotava cepticismo. – Telepata algum é tão bom assim.

"Esses telepatas parecem ser."

– Tudo bem. Deixemos essa discussão para mais tarde. – O xenobiólogo condescendeu com um gesto contido. – Da parcela que você entendeu, o que você acha que ela disse?

"Ela solicitou aos visitantes alienígenas que se identificassem e declarassem seus propósitos. O tom empregado foi francamente amistoso. Disse acreditar que houvéssemos vindo em paz e que, neste caso, sua espécie nos transmitia boas-vindas e a permissão para entrar em órbita do satélite natural do terceiro mundo, que eles pensam de várias formas, ora designando-o como 'Orbi', ora 'Ksetra Suddhi', ou ainda como 'Ching-t'u' ou 'Elysium'... Fizeram um convite para que visitemos seus principais planetas e habitats espaciais."

O caos de cinco vozes tentando se expressar simultaneamente tomou conta do Ambiente de Comando outra vez.

– Esquisito ele pensar na Terra sob tantas designações diferentes. – Mário afagou o queixo com olhar perdido num ponto qualquer da antepara. – "Ksetra Suddhi" vem do sânscrito, significa, mais ou menos, "Terra Pura". "Ching-t'u" é a tradução desta expressão para o mandarim...

"Tanto 'Orbi' quanto 'Elysium' são latim, não são?"

– Exato. – O brasileiro dirigiu sua atenção à marciana. – Se bem que "Elysium" vem do grego. Segundo a mitologia dos helenos, era para onde os heróis iam quando morriam.

* * *

A mensagem holográfica surpreendente se repetiu mais duas vezes, em intervalos de 60 minutos.

Depois de várias horas de discussões estéreis, decidimos encarar o fato.

Não sabíamos exatamente de que maneira aquilo se dera. Mas havia indícios numerosos – dentre os quais os mais fortes foram as mensagens laser e telepáticas – de que não estávamos mais em nosso continuum espaçotemporal.

Afinal, o temor que eu e Mário havíamos confidenciado um ao outro dias atrás em Molton I não havia sido tão ilógico assim.

Ao menos não estávamos nos defrontando com uma civilização

de dinossauros racionais. Os habitantes dessa Terra são humanos. No entanto, essa não era a Terra para a qual ansiávamos regressar.

Tinham todo o direito de nos julgar alienígenas.

Os projetistas dessa humanidade que não é a nossa aparentemente não simpatizavam com naves estelares com o formato da *Pioneira*.

Nossos sistemas de detecção mostraram que esse povo possui especial predileção pelas formas esféricas. Quase todas as naves cujas projeções holográficas observamos possuíam formato esferoide, desde veículos minúsculos, de poucos metros de diâmetro, até naves de grande porte, quase com as dimensões da *Pioneira*. Mesmo aquilo que imaginamos constituir habitats espaciais ou colônias orbitais – embora algumas daquelas estruturas tivessem o porte de asteroides robustos – assumiam a esfericidade por norma.

Na verdade, o habitat cilíndrico que transmitiu as saudações de boas-vindas parecia ser uma das poucas exceções àquela opção curiosa pelo formato esférico.

Teria a tentativa de estabelecer o primeiro contato partido dali pelo fato de nos julgarem alienígenas e, portanto, avessos à estética esférica?

Decidimos aceitar o convite.

Ordenei que ao P.M. implementasse um curso que nos colocasse em órbita da Lua em cerca de cinco dias-padrão. Enquanto isso, preparávamos nossos espíritos para o encontro inevitável com aquele povo, tão humano quanto nós próprios e, no entanto, mais alienígenas que os pavonianos.

Afinal, a civilização de Jokerman havia ao menos pertencido ao continuum da nossa humanidade.

Olympia nos alertou quanto à possibilidade de sondagens telepáticas.

Em nosso continuum, um telepata excelente poderia estender seu alcance até distâncias de centenas de quilômetros. Nesse Sistema Solar anômalo, os seres humanos pareciam melhor dotados.

Como tínhamos a intenção inicial de manter alguns trunfos na manga, explicando aos poucos o que se passava aos nossos anfitriões inusitados, ordenei ao P.M. que estacionasse numa órbita estável que mantivesse uma distância mínima de três mil quilômetros da superfície lunar. Fator que à época já havíamos concluído não constituir margem de segurança alguma. Ao menos não para quem era capaz de lançar emanações telepáticas inteligíveis para receptores a 10.000.000 km de distância.

Contudo, um de nossos trunfos era o isolamento telepático de nossos camarotes.

Decidimos passar as últimas vinte horas da aproximação internados de castigo dentro de nossos camarotes. Capaz de erigir um bloqueio mental em tese eficaz, Olympia permaneceria no Ambiente de Comando a fim de proceder os contatos iniciais e receber possíveis representantes que fossem enviados a bordo.

Mário aproveitou aquele tempo de espera nervosa e expectativas disparatadas para travar conhecimento com o idioma anômalo. Primeiro, ouviu dezenas de vezes a mensagem que nos fora dirigida. Depois, dividiu a mesma em períodos, estes em sentenças, e finalmente, as sentenças em vocábulos isolados. Confirmou que o idioma era uma algaravia disforme que misturava latim, sânscrito e mandarim em proporções quase idênticas. Havia termos e expressões originários do grego heládico e do fenício cartaginês e outros, provenientes de vernáculos desconhecidos. Finalmente, palavras esparsas dos idiomas maia pré-clássico, aimará, japonês, iorubá e maori.

Após aquela análise preliminar, o brasileiro convocou o auxílio da marciana. Ambos concordaram que a cada frase deveria corresponder um segmento da mensagem telepática. Pelo menos, era o que acontecia nas mensagens dos telepatas humanos do nosso continuum.

Olympia ouvia uma determinada sentença ou expressão gravada e dizia o que julgava ter entendido de seu correspondente mental, após repassar na memória a emissão telepática que antecedeu a parte holossonora. Como um todo, o procedimento não se mostrou muito eficiente, até pelo fato de não termos podido contar com uma amostra mais significativa daquele idioma. Sem o auxílio da telepata, contudo, o trabalho teria sido imensamente mais difícil.

O mais importante, segundo Mário, era que o primeiro passo para a tradução havia sido dado.

Havíamos estudado, em níveis de detalhe genuinamente tortuosos, todas as ramificações imagináveis das principais alternativas que poderiam se seguir ao contato inicial com aquela outra humanidade.

Havíamos sido treinados para estabelecer o primeiro contato pacífico da humanidade com uma civilização tecnológica alienígena.

Portanto, até certo ponto, sabíamos mais ou menos como agir.

Só que não esperávamos empreender o primeiro contato com

essa outra humanidade. Daí, não se pode dizer, em absoluto, que estivéssemos preparados para o que aconteceu naquela conjuntura.

* * *

A manobra orbital fora concluída. O sistema de propulsão auxiliar foi desativado alguns minutos após o P.M. instalar a *Pioneira* numa órbita circular estável em torno da Lua.

Esperamos.

Preparamos nossos espíritos para aguardar dias a fio. Felizmente, tal espera não se fez necessária.

Meia hora depois do propulsor iônico ter sido cortado, quando estávamos os cinco espremidos, conversando em meu camarote, Olympia nos informou através do intercomunicador:

– Acabei de receber uma mensagem holográfica a partir da superfície lunar. A *Pioneira* já deve estar transmitindo áudio e holo para vocês neste momento.

De fato, estava. O programa-mestre reproduziu a holoprojeção de um jovem aparentando 25 anos, moreno, de pele clara e olhar expressivo. Como a jovem que emitira a última mensagem, o rapaz também não portava a tiara.

– Vou tentar traduzir o que estou entendendo do análogo telepático da mensagem. – Olympia tomou fôlego e prosseguiu – Ainda está se detendo nas saudações de praxe. Espera que tenhamos realizado uma boa viagem até aqui e... Ahn... Não entendi direito esta parte. Agora, está dizendo que... nos explicará tudo durante o nosso primeiro contato direto. Explicará tudo o quê? Esperem um pouco, ele... eles já sabem que também somos humanos!

Naquele instante, a marciana parou de falar. O humano cujo rosto aparecia em meu camarote, continuava emitindo sons articulados em seu idioma incompreensível. Nossa *intérprete*, no entanto, parecia atordoada demais para executar a tarefa à qual se propusera.

Enfim, o emissário concluiu sua fala.

Lançou-nos um breve olhar amistoso, pouco antes de seu holo se desvanecer sobre minha mesa de trabalho.

Olympia falou num tom assustado:

– Ele pediu permissão para vir a bordo, dentro de três dias terrestres. Não tenho certeza, mas... Bom, acho que ele conseguiu penetrar no meu bloqueio psíquico.

No interior do camarote, todos tentaram falar ao mesmo tempo.

Prática como de hábito, Aline perguntou:
– Como devemos responder?
– Em caso afirmativo, – Olympia explicou, – deveremos transmitir na frequência que estão utilizando, pulsos na ordem seguinte: dois longos, um curto, três longos, dois curtos.
– *Pioneira*, – ordenei, – emita os pulsos na sequência indicada por Olympia. Desconsidere qualquer ordem alheia em contrário.
"AFIRMATIVO, COMANDANTA." – Após dois segundos que me pareceram uma eternidade, a IAA acrescentou o complemento que eu esperava: "COMANDO EXECUTADO."
– Não deveríamos ter discutido um pouco o assunto, antes de tomar uma decisão tão grave? – Michael sentia-se obviamente magoado. Não sem certa razão, julgava que eu havia ferido suas prerrogativas de imediato.
– De modo algum. Este é o tipo de dilema que exige decisão rápida. Se dependesse de um consenso geral, levaríamos dias a fio debatendo o assunto. Os humanos deste continuum talvez acabassem se cansando de esperar. Lembrem-se de que eles são telepatas. Temos que trabalhar com a hipótese de que são capazes de superar o bloqueio de Olympia e nossas barreiras isolantes. Por isto, escolhi o caminho que, embora menos democrático, é o mais curto e o mais sensato.
– Tem toda a razão numa coisa, querida. – O comentário do norte-americano esguichou num tom ainda mais amargo que o anterior. – Sua atitude não foi realmente nada democrática.
– Melhor que ninguém, você sabe o quanto detesto me valer da autoridade inerente ao comando para impor as minhas ideias. Porém, neste caso em particular, assumo tranquila a responsabilidade de receber o visitante a bordo. No que me diz respeito, continuo investida do comando; embora, pelo visto, não precisemos mais prestar contas ao Conselho.
A colocação foi dura, mas inteiramente verídica.
De acordo com as tradições da velha e gloriosa Academia Espacial Lunar, que havíamos deixado para trás num outro continuum, em momentos de crise, uma comandanta podia tomar decisões sem qualquer consulta prévia a seus subordinados ou ao programa-mestre.
Para apaziguar os ânimos e controlar o *motim* iminente, acrescentei:
– Não preciso ser telepata para perceber que esses humanos aí

fora estão loucos para esclarecer tudo. Cá entre nós, também estamos e muito. Não creio que alimentem intenções hostis a nosso respeito. Deste modo, quanto mais cedo resolvermos este impasse, melhor. Ao menos assim poderemos saber que tipo de Sistema Solar é este.

– Belo discurso, chefa! – O tom jocoso de Mário foi seu modo de afirmar, a mim e aos outros, que aprovara minha atitude. – Pode contar com meu apoio irrestrito.

– Tenho sérias dúvidas se a credulidade e a confiança absoluta e incondicional constituam a melhor política a adotar. – Farukh cofiou o cavanhaque e franziu a testa larga. – Talvez, devêssemos nos preparar para o pior.

– De que maneira você propõe que façamos isto? – Aline arqueou as sobrancelhas, imitando o tom gutural do engenheiro. – Acho que iria parecer um pouco ridículo se declarássemos guerra à humanidade deste continuum. Seis humanos, um aglomerado de programas autoconscientes e uma nave interestelar de pesquisas contra uma espécie humana que, ao que tudo indica, é mais avançada do que nosso povo.

– Senhores, por favor. – Amaldiçoei pela enésima quarta vez as IAA que me haviam selecionado para líder daquele bando de loucos. – Sinto-me obrigada a lembrá-los que *esta* é a única humanidade deste continuum. Como gravitastrônoma, não creio na possibilidade de regresso a nosso próprio plano de realidade. Ou seja: esses humanos são o único povo que nos restou. Por mais diferente que pareça, este Sistema Solar é o único lar possível para nós. Devemos nos sentir bastante gratos por se mostrarem receptivos e amistosos. Não agressivos, como decerto nos portaríamos, fossem eles os náufragos dimensionais e não nós.

– Sobretudo, – Mário adicionou, – o mais importante: devemos agradecer por serem humanos, e não *fakers*!

– Não precisa repetir! – Olympia se manifestou lá do Ambiente de Comando.

– Como povo, aliás, esses humanos me parecem mais pacíficos do que nós. – Ao proferir essa declaração, Michael envolveu minha mão com a dele. Afirmação tácita de que havia perdoado minha iniciativa. – No início, fomos considerados alienígenas. Mesmo assim, não nos deparamos com nenhuma torre de canhão multilaser orbital apontada contra nós. Duvido muito que uma postura tão ingênua ocorresse em *nosso* Sistema Solar. Além disso, já observamos não haver traços significativos de radioatividade nos solos ou na atmosfera desta Terra.

Restabelecida a cordialidade, conversamos algum tempo naquele tom, procurando fazer com que o tempo passasse mais rápido.

Alea jacta est.

Peço desculpas se por acaso essa frase não tiver significado histórico relevante para vocês, ou se até mesmo não for grafada exatamente assim no latim deste continuum.

* * *

Setenta horas mais tarde, uma naveta esférica de quatro metros de diâmetro decolou de uma grande cidade lunar localizada nas planícies do Mare Smythii. O núcleo urbano possuía uma bela cúpula hemisférica de material plástico transparente, recobrindo todas as instalações acima da superfície.

O satélite natural da Terra fora inteiramente explorado.

Indústrias, cúpulas, túneis e núcleos sublunares espalhavam-se por vales, *maria* e crateras, num reticulado luminoso de linhas, círculos e pontos. Uma colcha de retalhos brilhante cujo fulgor espantava a escuridão da longa noite lunar.

Julgando apenas pelos trabalhos de engenharia realizados na Lua e pela quantidade imensa de habitats espaciais espalhados por todo o Sistema Solar, imaginei que os humanos deste continuum houvessem conquistado o espaço interplanetário muito antes da nossa civilização.

Rumamos ao Ambiente de Comando para aguardar nosso convidado.

Num acordo tácito, decidimos abandonar os subterfúgios.

O veículo esférico minúsculo girou em torno da estrutura quilométrica em forma de ampulheta que era a *Pioneira*. O P.M. acendeu as luzes de sinalização do hangar de naves auxiliares de bombordo e descerrou as comportas externas.

A naveta ingressou cuidadosamente no bojo do nosso veículo. As comportas se fecharam.

O programa-mestre informou que nosso visitante abrira a escotilha da esférula e se preparava para desembarcar.

Havia um robô de prontidão no hangar. Uma máquina programada para conduzir o emissário daquela outra humanidade ao Ambiente de Comando.

Confiante em nossas boas intenções, o humano deste continuum nem sequer portava traje espacial. Tampouco parecia trazer armamento portátil consigo.

Um minuto mais tarde, o P.M. abriu a escotilha interna do hangar.

Nosso visitante estava a caminho.

CAPÍTULO XI
Arauto de Elysium

2398 E.C.
Órbita Lunar, Sistema Solar

"Os verdadeiros paraísos são os paraísos que se perderam."
Proust, *O Tempo Reencontrado*

Aguardamos os seis, sentados nas poltronas da mesa de reuniões.

Havíamos retirado a poltrona da comandanta de seu pedestal, trazendo-a para perto da mesa.

Michael brincou comigo, comentando que, como anfitriã perfeita, eu decidira ceder o assento mais confortável de nosso lar ao convidado de honra.

A escotilha de acesso se fendeu em duas metades.

O robô acompanhante fez menção de ingressar no Ambiente de Comando. Contudo, a um gesto do brasileiro, imobilizou-se no corredor.

O humano magro praticamente da minha altura, com epiderme clara, feições delicadas e olhos castanhos amendoados, entrou no recinto com passos lentos e confiantes.

Com um gesto, indiquei-lhe a poltrona vazia.

Ele sorriu. Fez um sinal de assentimento com a cabeça.

Uma vez sentado, sorriu outra vez e iniciou sua emissão telepática.

Ao contrário do que em geral ocorria nas transmissões de Olympia, não houve palavras. Quem sabe não se tratava de um especialista em primeiros contatos? Pois transmitiu apenas imagens, sensações e ideias.

Primeiro projetou o sentimento pungente que incluía doses consideráveis de tristeza e pesar.

Vi em minha mente a projeção de uma nave em forma de ampulheta que decerto representava a *Pioneira*. A nave cruzava o espaço interestelar, o vazio negro salpicado de estrelas. A passagem do tempo foi indicada pela Terra girando cada vez mais rápido em sua órbita ao redor do Sol. Tão rápido que se transformou num anel branco-azulado contínuo. Anteriormente distante do Sistema Solar, a representação da *Pioneira* nos foi então mostrada bem próximo à Terra, outra vez uma bolinha azul girando lentamente ao redor do Sol.

Em seguida o emissário lançou em nossas mentes as imagens de uma multidão de pessoas trajadas com roupas estranhas, mantos e togas pouco funcionais. As pessoas acenavam com os braços ou com pedaços de tecido, demonstrando alegria visível. Enfim, ele nos mostrou um rosto humano com o semblante triste, os olhos marejados de lágrimas.

"Parece-me," – Olympia explicou, – *"que está tentando nos dizer que seu povo sente muito por não haver nenhuma recepção festiva para nós após o regresso de uma viagem tão longa."*

Ao captar a emissão telepática da marciana, o emissário virou-se para ela, fitando-a intrigado.

Apontou para a própria fronte e, a seguir para mim, Mário, Aline, Michael e Farukh.

Com ar inseguro, abanou a cabeça num gesto de negação. Percebeu que não éramos telepatas.

Com um gesto grave, confirmei-lhe a suspeita. Apontei para Olympia e meneei a cabeça afirmativamente.

Ele nos lançou outro olhar de dúvida. Repeti o gesto, fazendo um sinal de encorajamento para que prosseguisse.

Após breve hesitação, estabeleceu um vínculo com a marciana.

– Peça-lhe para falar enquanto emite. – Mário lembrou. – Estaremos gravando tudo.

"Certo."

O emissário iniciou um discurso pausado em seu próprio idioma.

Olympia fez um gesto para que emitisse mais devagar, sendo atendida de pronto.

Solicitando um intervalo, ela *traduziu* para nós:

"Está indagando se sabemos o que realmente aconteceu conosco."

– Responda que sim. – Disparei em modo automático. – Explique o que julgamos ter ocorrido com a *Pioneira.*

"Vou fazer isso."

Depois de um intervalo de silêncio considerável, nosso convidado voltou a se manifestar e Olympia retransmitiu:

"Afirmou que nossa ideia está essencialmente correta. Não sendo um

especialista em gravitação, alega que ele próprio não saberia explicar melhor as nuances técnicas envolvidas na... ahn... na transferência. *Segundo ele, mais tarde, quando pudermos nos comunicar com mais facilidade, outros do povo dele nos fornecerão maiores detalhes sobre o assunto.*"

O emissário voltou a falar e Olympia acrescentou:

"Indaga se gostaríamos de receber a transmissão de um banco de dados que, segundo entendi, seria uma espécie de dicionário holográfico que também incluiria uma gramática e... ahn... bem... outros apêndices úteis. Pelo que estou visualizando, trata-se de um programa interativo no qual, associado a cada verbete, além de texto explicativo, há holoprojeções, para ilustrar significados, acepções e contextos."

– É lógico que gostaríamos! – Mário saltou da poltrona entusiasmado, causando certo espanto no visitante. Mais comedido, forçou-se a se sentar. – É lógico que primeiro teremos que compatibilizar nossos parâmetros computacionais com os deles. Pergunte se eles dispõem de programas autoconscientes.

"Eles têm, sim." – A marciana informou quase de imediato, numa demonstração clara de que o emissário entendera a pergunta que o brasileiro propusera em português. – *"Devo sugerir que ele providencie um laserlink direto entre os computadores deles e o programa-mestre?"*

– Afirmativo. – Concordei.

"Está dizendo agora, que está falando com... pelo Espírito Galáctico! Afirma estar neste exato instante em contato telepático direto com uma equipe na Terra!"

– Incrível! – Michael fitou o emissário. – Não uma simples transmissão, mas um diálogo telepático com interlocutores a mais de um segundo-luz de distância... Os talentos desses humanos são definitivamente mais pronunciados do que os dos nossos telepatas!

– Atenção, *Pioneira.* – Mário sussurrou distraído, muito mais empolgado com a perspectiva de obter uma decodificação completa do idioma dessa humanidade, do que com o alcance das ondas telepáticas dos cidadãos do presente continuum. – Prepare-se para estabelecer um laserlink com os computadores deles. O bom e velho procedimento-padrão que não pudemos pôr em prática lá em Delta Pavonis. Decodifique os sinais de apresentação e os compatibilize com os nossos. Em seguida, receba essa gramática holofonética e traduza todo o material para o português. Tão logo conclua estas tarefas, inicie a elaboração do programa hipnopedagógico para nos ensinar a compreender e articular a linguagem deles. Vamos lá, menina!

"Afirmativo, Mário. Já estou preparada para receber sinais de compatibilização."

"O emissário está animado com a perspectiva de que em breve estejamos nos entendendo melhor. Lamenta que, por enquanto, exista tanto a dizer e tão poucas formas de fazê-lo."

Percebemos que aquela última afirmação fora enunciada à guisa de despedida temporária. Dito e feito, pois, em seguida, o humano deste continuum ergueu-se da poltrona e nos saudou com um movimento de cabeça.

"Pede que o chamemos com o sinal pulsado, assim que estivermos prontos."

O emissário caminhou confiante para a escotilha fechada.

Ordenei ao P.M. que a abrisse.

Ele se voltou para nós e emitiu para Olympia.

"Ele nos saúda e diz que devemos nos considerar muito felizes... Não! Esperem um pouco... Afortunados... *Acho que foi isso que ele quis dizer."* – A marciana se corrigiu com cara de quem não entendeu nada.

– Pergunte-lhe o porquê. – Michael pediu.

"Já o fiz." – Depois de alguns instantes, ela acrescentou – *"Afirma que a probabilidade de encontrar outro continuum em que existam humanos é extremamente reduzida."*

– Desconfiava disso. – Afirmei – Aí está a solução para o paradoxo da civilização faker.

O humano desse continuum lançou-me um olhar inquisitivo muito breve. Em seguida baixou os olhos, com jeito de quem pretende mudar de assunto.

Michael abriu a boca, mas não conseguiu falar nada.

Com uma última vênia, nosso visitante se retirou do Ambiente de Comando.

Ao contrário de Olympia, o emissário foi capaz de *falar* com a marciana sem que nós o *ouvíssemos.*

Sempre que ela perguntou ou respondeu algo, nós cinco *ouvimos* o eco de sua *fala*, como alguém ouve uma conversa em voz alta no aposento ao lado.

Talvez fosse questão de educação e treino. Imaginei que a Garota talvez houvesse desenvolvido a capacidade de transmitir pensamentos daquela maneira discreta e unidirecional, se tivesse sido criada numa cultura onde todas as pessoas possuíssem dons telepáticos.

* * *

O programa-mestre levou cerca de cinco horas para destrinchar todas as idiossincrasias daquela gramática bastarda. Dois dias mais tarde, concluiu a elaboração da rotina de aprendizagem hipnopedagógica.

Imergimos na rotina ao longo de uma semana, em períodos de aproximadamente quinze horas por dia. Depois desse tratamento de choque, julgamo-nos preparados para um novo diálogo com nosso interlocutor.

Apesar de tudo, imagino ter sido mais fácil aprender o shant – um vernáculo humano, afinal de contas – do que teria sido articular quaisquer dos idiomas pavonianos.

Enviamos o sinal pulsado.

Samir Falcus atendeu a convocação em menos de duas horas, chegando numa naveta idêntica à utilizada anteriormente.

Ingressou no Ambiente de Comando e se acomodou na poltrona que lhe foi reservada. Dessa segunda vez, emitiu para todos e o fez em seu próprio idioma, sendo plenamente compreendido.

"Espero que tenham conseguido adquirir fluência em shant. De qualquer modo, procurarei emitir de forma pausada, para facilitar o entendimento. Como devem estar constatando, a comunicação telepática articulada é bem mais eficaz do que sua congênere ideográfica. Estão conseguindo me compreender?"

– Perfeitamente. – Respondi no idioma dele. – Pode continuar.

"Sua pronúncia é excelente. Vocês devem possuir um programa de instrução idiomática magnífico." – Quando constatou que ninguém iria agradecer o pretenso elogio que, aqui entre nós, julguei exagerado, prosseguiu. – *"Antes de qualquer outra coisa, devo cumprir minha promessa de prestar alguns esclarecimentos iniciais."*

– Que tal começar pelo seu nome? – Aline propôs com um sorriso irônico no canto dos lábios.

"Perfeitamente. Sou Samir Mixtlan Falcus, representante nomeado para estabelecer este primeiro contato convosco." – Aparentemente, ele não notou a ironia da franco-norueguesa. – *"Você deve ser Aline Xavier Juggersen, correto? A médica da nave."*

Ela assentiu com ar desconcertado, somente perceptível para quem a conhecesse bem. Ou fosse telepata, é lógico! Foi a primeira vez que ouvíamos seu nome completo em *voz alta* em quase uma década.

"Compreendo que vocês seis são pessoas dotadas de sólida formação científica. Portanto, em princípio não julgo necessário convencê-los de certos fatos óbvios.

Como sabem, vieram parar em outro continuum espaçotemporal. Outra expressão de realidade, por assim dizer. Os gravitólogos de meu povo acreditam que sua nave estelar foi atingida pela onda de instabilidade de um horizonte de eventos permissivo. Como se trata de um fenômeno relativamente raro, imaginamos que tenha ocorrido no Olho de Shiva, uma singularidade permeável distante pouco mais de três anos-luz do nosso sistema. Soubemos que estiveram por lá, algum tempo antes de ingressarem neste sistema."

– Descobriram pela regressão de nossa trajetória. – Michael concluiu num shant cauteloso bem pronunciado.

Já havíamos aprendido o bastante nos dias anteriores para saber que nosso visitante se referia a Molton I.

"Exato. Desconfiávamos de que haviam emergido através do Olho. Desde nosso último encontro, aprendi que essa singularidade apresenta propriedades de absorção de caráter assimétrico. Confesso-me longe de dominar os conceitos físicos e as nuances matemáticas envolvidas no problema. Sabemos que uma de vocês é gravitóloga. É você, Sylvia Kahoolawe Chang, certo? Pois bem. Mais tarde, uma equipe de especialistas poderá lhe ministrar uma explicação científica detalhada."

Troquei um olhar inquisitivo com Aline. Esse arauto insistia em empregar nossos nomes completos. Seriam os representantes dessa humanidade mais formais do que os cidadãos de nossa própria cultura?

"Por ora, contudo, numa linguagem leiga, pelo que entendi, posso adiantar que essa assimetria consiste mais ou menos no seguinte: neste continuum, o Olho de Shiva atua exclusivamente como agente receptor de matéria e energia. Isto quer dizer que a matéria que atravessa seu horizonte de eventos num outro continuum qualquer e vem, por acaso ou destino, emergir neste continuum, na maioria das vezes mantém sua integridade estrutural intacta. Segundo ouvi dizer, o inverso jamais parece ocorrer. Qualquer corpo sólido que utilize a passagem, *partindo desta expressão de realidade para outra qualquer, será total ou parcialmente convertido em energia.*

"Infelizmente, a consequência principal da existência dessa assimetria é a impossibilidade de regresso à sua expressão. Eu lamento."

A confirmação de que nosso exílio seria permanente nos deixou um bocado abalados, conquanto já tivéssemos quase certeza de que seria assim.

Após quase um minuto de silêncio aparvalhado, reuni energias para indagar:

– Acreditamos ter captado uma mensagem de seu povo quando

estudávamos o Olho de Shiva *in loco*. Por acaso vocês já sabiam que estaríamos por lá?

"Em absoluto. No entanto, desde que descobrimos ser teoricamente possível que visitantes se materializassem por lá, emergentes de outros continua, passamos a transmitir mensagens automáticas para o Olho de Shiva, a fim de alertar quanto à impossibilidade de regressar ao continuum original e também para informar quais os sistemas mais próximos capazes de prestar auxílio aos recém-chegados."

Ficamos chocados com a postura filosófica embutida nessa resposta. Em situação análoga, nossa humanidade erigiria forte aparato de segurança em Molton I, para deter qualquer possível ameaça alienígena oriunda de outro continuum.

Michael expressou o pensamento geral ao comentar:

– Não me parece sensato atrair alienígenas até o Sistema Solar.

"Por mais alienígena que pareça, um náufrago merece auxílio. Ademais, qualquer visitante hostil capaz de nos causar mal também seria capaz de descobrir os sistemas que habitamos sem auxílio." – O emissário tocou o próprio nariz com as pontas dos dedos. Mais tarde aprendemos que o gesto é o equivalente ao nosso dar de ombros. – *"Além disso, Sol é o sistema mais próximo do Olho de Shiva."*

Ante nossos semblantes inquietos, acrescentou, conciliador:

"Depois que vocês nos convenceram de que existem outras humanidades para além do Olho de Shiva, instalamos uma base científica em órbita da singularidade."

– Espere um pouco. – Mário se remexeu na poltrona, como se houvesse sentado sobre uma moita de espinhos. – Há quanto tempo sabiam que éramos humanos? Que havia humanos dentro da *Pioneira*?

"Já desconfiávamos de que podiam ser humanos desde a detecção de vossa nave há pouco mais de um ano." – O emissário abriu as mãos, com as palmas voltadas para cima. – *"Não havia como ter certeza absoluta, mas uma série de indícios nos levaram a suspeitar que vocês também eram humanos."*

– E só decidiram instalar a base em Molton... no Olho de Shiva depois que suspeitaram de que éramos humanos? – O brasileiro insistiu.

"Não. Só instalamos uma base lá dez dias atrás. Depois da confirmação de que vocês não eram alienígenas."

Mário afundou o queixo no peito.

Farukh emitiu um gemido audível.

Michael, Aline e eu abrimos a boca, incapazes de articular nosso espanto.

Deslocamento hiperluz!

Samir demorou uns bons vinte segundos para descobrir o motivo da nossa admiração.

À época não sabíamos que os humanos deste novo continuum viajam para outras estrelas com a mesma facilidade com que nós dávamos um pulinho até a Lua.

* * *

– O que você quer dizer exatamente quando se refere a "expressão de realidade"?

"Expressões de realidade são continua quase exatamente idênticos entre si; somente distinguíveis por aquilo que os gravitólogos designam como pontos de desnível topológico. *Qualquer evento espaçotemporal que exista ou tenha ocorrido numa expressão, mas não em outra, constituirá um ponto de desnível topológico entre essas duas expressões. Estes pontos podem diferenciar duas ou mais expressões. Contudo, um ponto de desnível entre duas expressões pode não o ser em relação a uma destas e uma terceira expressão."*

– Com que frequência surgem esses pontos de desnível? – Senti minha curiosidade profissional espicaçada.

"Muito raramente, segundo ouvi dizer. De acordo com algumas de nossas melhores estimativas, devem surgir cerca de dois ou três desses pontos por ano-luz cúbico por milênio. Porém, em sua grande maioria, são desníveis topológicos ordinários e não desequilíbrios notáveis."

– Qual a diferença? – Mário perguntou.

"Bem, pelo que aprendi há poucas semanas, nossos gravitólogos definem desnível topológico ordinário como aquele que não produz efeitos notáveis a longo prazo. Os exemplos mais banais são, segundo os especialistas, o decaimento radioativo de partículas e reações químicas microscópicas, que ocorrem alguns segundos antes num continuum em relação aos demais. Essa diferença diminuta constituiria um desnível topológico ordinário. Contudo, se essa diferença minúscula implicar o surgimento de uma nova forma de vida, ou no advento de uma ideia revolucionária para uma comunidade, ela se tornará um desnível notável."

Não resisti e lancei um olhar maroto a Aline. Avessa às explicações físicas detalhadas, ela revirou os olhos em minha direção. Brindei-a com meu sorriso mais cândido.

Quem diria que aquela imersão mnemônica em gravitação e astrofísica relativística, da qual Aline escapou por um triz em Molton I – com minha conivência, aliás – iria fazer tanta falta...

"Existe um destes pontos notáveis entre o continuum de vocês e o nosso."

– Olympia constatou o óbvio. – *"Em termos cósmicos, deve ter sido uma mudança relativamente pequena e de ocorrência recente. Alguns milênios atrás, se tanto."*

"É possível que esteja certa. Algumas vezes, no entanto, uma alteração pequena num determinado continuum, somente produzirá efeitos notáveis muito tempo depois."

"Uma vez que já dominamos o shant, proponho que troquemos informações sobre as respectivas histórias de nossos povos." – Olympia já preparara um arquivo histórico de dimensões respeitáveis para presentear aos humanos deste continuum. Sonhava em superar a frustração por nosso desencontro junto aos pavonianos com a oportunidade única de pesquisar as fontes históricas vivas de outra cultura tecnológica, a seu modo tão alienígena quanto a de Jokerman. – *"Editamos alguns arquivos holográficos em shant. Material que, acreditamos, será do interesse dos historiadores do seu povo."*

O emissário abriu um sorriso radiante de dentes perfeitos.

"A ideia é excelente. Uma de minhas tarefas neste encontro de hoje era justamente convencê-los a aceitar uma permuta desse gênero. Sinto-me extremamente satisfeito em perceber que anteciparam nossa necessidade mútua. Daqui a alguns dias, quando conhecermos melhor a história, hábitos e costumes uns dos outros, formalizaremos o convite inicial para que conheçam pessoalmente os nossos mundos e habitats principais.

"Tais visitas se revestirão de certa formalidade inescapável, visto que imaginamos que um desses sítios será escolhido por vocês algum dia como novo lar. Pelo fato de serem os primeiros seres humanos de outro continuum com quem travamos conhecimento, a grande maioria de nossas sociedades planetárias e espaciais considerará um privilégio recebê-los como cidadãos. Porém, não é necessário pressa alguma nesta escolha. Ponderem sobre o assunto pelo tempo que julgarem necessário.

"Por ora, sejam bem-vindos neste vosso regresso ao seio da humanidade. Rogamos para que se considerem de volta ao lar."

Aquela declaração extremamente acolhedora, ainda que formal, concluiu a primeira fase de nosso contato com aquele povo humano que outrora designara nosso planeta Terra como "Orbi", mas agora se refere ao mesmo como "Elysium".

* * *

Com o auxílio de uma historiadora ávida, não foi muito difícil encontrar o tal ponto de desnível topológico.

Os conhecimentos notáveis da marciana em paleo-história – período que, segundo ela, estende-se do surgimento da escrita até o advento do Holocausto Nuclear – foram de grande valia. Sobretudo, os conhecimentos que diziam respeito às Antiguidades Pré-Cristãs,

Partindo do Neolítico, em apenas 50 minutos de busca sistemática num compêndio holográfico que o P.M. editara em português, ela detectou o primeiro evento que não possuía equivalente em nossa própria história.

Emitiu, em altos *brados*:

"Romanos budistas? Nunca houve nada como isto na Terra!"

Capítulo XII
Implicações Históricas

3156 A.U.C.* [2403 E.C.]
Elysium, Sistema Solar

"A história do mundo também pode ser encarada como o somatório de tudo aquilo que poderia ter sido evitado."
Konrad Adenauer

Vez por outra ainda me surpreendo assombrada.

Quem poderia ter imaginado uma linha histórica alternativa à primeira vista tão improvável e, ao mesmo tempo, tão plausível e consistente quanto esta que nos acolheu com carinho e compreensão?

Rogo que não tomem nosso espanto e incredulidade iniciais por ofensas. Foi difícil aceitar visceralmente o que nossos intelectos afirmavam: não apenas havíamos deixado nossa linha histórica para trás, como nossa história em si era apenas uma variante dentre as infinitas possibilidades possíveis.

Dentre as miríades de opções teóricas, viemos parar nesta linha histórica em que os patrícios da antiga República Romana se converteram ao budismo entre a Primeira e a Segunda Guerras Púnicas e disseminaram essa doutrina indiana por todo o Mundo Mediterrâneo.

– Como isto pôde acontecer? – Indagamo-nos desde o dia em que Olympia nos contou a verdade.

"E como poderia ter acontecido de outro jeito que não este?" – Muitos de vocês replicaram, tão perplexos quanto nós.

Séculos mais tarde, esses romanos budistas avassalaram o subcontinente indiano, convertendo-o na província mais próspera da República. Então, estabeleceram uma aliança curiosa com o Império

* A.U.C. = *Ab Urbe Condita. "Da fundação da cidade"*. Calendário cujo ano 1 corresponde a 753 a.C., data convencionada pelas tradições como sendo a da fundação de Roma.

Chinês da dinastia Han. Juntos, chineses e romanos das províncias asiáticas se tornaram fortes a ponto de lograrem impedir que as hordas bárbaras erodissem os alicerces das duas civilizações.

Ao que parece, o Cristianismo morreu no nascedouro. Poucos historiadores deste lado do Olho de Shiva haviam ouvido falar no messianismo hebreu prevalente por volta de 750 A.U.C. Olympia teve que lhes mostrar onde, quando e o que procurar.

Sem as invasões bárbaras, jamais houve uma Idade Feudal na Europa ou na China desta Terra, planeta que vocês designam com justiça por "Elysium", o paraíso dos heróis.

Essa fusão *sui generis* dos ideais expansionistas romanos aos cânones da filosofia budista indochinesa propiciou à humanidade desta linha histórica um desenvolvimento mais célere do que o nosso, não obstante a ausência das grandes guerras modernas, que julgávamos essenciais ao progresso tecnológico da civilização, mas que, segundo vocês, constituíram tão somente a característica mais marcante da história da nossa humanidade. Mais um dogma demolido.

Outra convicção abalada pelo convívio com a humanidade de Elysium foi a de que o exercício do governo deve ser atribuído à elite científica da civilização, crença arraigada no seio da civilização humana do nosso continuum, provavelmente advinda de nossa experiência com o Holocausto Nuclear.

Confesso que ainda não me sinto inteiramente à vontade com a noção de que os elysianos têm a política em tão alta conta. É fato concreto que seus políticos foram e são bem diferentes dos nossos. Contudo, não consigo engolir a tese professada por vários historiadores desta cultura, segundo a qual a sociedade justa e harmônica que nos adotou é fruto, sobretudo, do trabalho de políticos idealistas que se esforçaram para erigir os pilares da civilização ao longo das gerações. Parece uma visão idealizada, criada a posteriori para justificar certas crenças e atitudes de seus ancestrais.

De todo modo, passados cinco anos da nossa chegada, ainda hoje me surpreendo com a maneira relativamente pacífica pela qual seus antepassados sino-romanos lograram integrar numa confederação harmoniosa tanto cidadãos de sociedades urbanas quanto os povos bárbaros que ameaçavam solapá-las, bem como as formações tribais e as culturas avançadas nativas de outros continentes.

Harmonia com diversidade. Fusão de conceitos e culturas díspares, por vezes antagônicos. Avanços sociais aliados ao aprimoramento ético, culminando em conquistas tecnológicas. A unificação política da espécie humana chegou mais cedo para vocês.

Nunca se puseram sob risco de extinção. A espada de Dâmocles jamais pairou sobre seus pescoços. Não sofreram as agruras do Holocausto Nuclear. Afortunados, lançaram-se ao espaço mais cedo, explorando e colonizando primeiro o Sistema Solar e depois os sistemas estelares mais próximos.

* * *

O primeiro contato da humanidade deste lado do Olho de Shiva também se deu com os pavonianos. Só que, quando o contato se concretizou em 2144 A.U.C., quase um milênio à nossa frente, vocês já se deslocavam a velocidades hiperluz e os pavonianos haviam acabado de inventar a pólvora. Não seriam capazes de captar ondas de rádio, mesmo se vocês as houvessem emitido.

Imagino o quão atônitos eles não se sentiram com a visita inopinada de uma nave estelar. Afinal, nesta linha histórica, sem o estabelecimento de contato radiofônico, não houve qualquer aviso da iminência da chegada de emissários humanos, embora suas sondas já observassem as diversas culturas nativas de Jokerman há décadas sem que os autóctones desconfiassem.

Quanta inveja nutrimos daquilo que tomamos como maior realização da cultura de Elysium! Porque vocês chegaram a tempo de salvar os pavonianos.

Está certo, eu sei. Tudo bem que não foi bem assim.

Cumpre pôr a melancolia de lado, mesmo que pró-tempore.

Ao contrário da humanidade do meu continuum, vocês adotaram uma estratégia de contato mais sábia e, sobretudo, mais eficaz do que a nossa. Decerto conceberam o plano inspirados nos contatos com as civilizações americanas e polinésias que seus monges sino-romanos tão bem souberam conduzir para o interior da cultura da Confederação.

Pelo fato de haverem chegado em Delta Pavonis mais cedo, seus antepassados não precisaram salvar os pavonianos da extinção.

Ademais, sem a notícia da chegada de uma nave humana com décadas de antecedência, não houve motivo para disputas. Tampouco os pavonianos possuíam à época meios para se autoexterminarem.

Uma de minhas maiores alegrias nesta Terra-Elysium foi travar amizade com Jug'harr, pavoniano que desempenha as funções de representante de seu povo junto à humanidade. Aquilo que existe de mais próximo de um embaixador pavoniano no Sistema Solar.

Esse macho afável teve sua sensibilidade delicada abalada ao saber que em nosso continuum sua espécie se encontra extinta, em parte pela ganância em auferir conhecimentos tecnológicos que nós lhes trazíamos, em parte por nossa tentativa desastrada de estabelecer contato.

Enfatizo meu pedido inicial para que cumpram nosso acordo e omitam dos pavonianos o horror e o opróbrio de nossa participação involuntária na eliminação daqueles que foram, com toda probabilidade, os últimos pavonianos da face de Jokerman.

Imagino que não seja tão difícil assim *editar* essa informação, em virtude do embargo científico e cultural que vocês ergueram ao redor de Delta Pavonis.

Aliás, como já fiz questão de deixar claro mais de uma vez, nutro sentimentos ambivalentes em relação a esse embargo. Por um lado, compreendo e concordo com a intenção de impedir que as diversas formações sociais pavonianas se deixem influenciar por nossa cultura e civilização. Influência esta que provavelmente inibiria o desenvolvimento de uma matriz tecnológica própria. Por outro, embora reconheça que seus *exólogos* possuam conhecimentos de psicologia pavoniana muito superiores aos meus, julgo pouco crível que, em cerca de um milênio, não se tenha concebido um método seguro de auxiliar os pavonianos a galgarem o status de civilização estelar.

* * *

Sim, eu sei que nosso acordo, estabelecido quando decidimos elaborar este depoimento, previa que eu preparasse uma série de comentários sobre os aspectos que considero mais relevantes na evolução da cultura humana de Elysium. Afinal, características culturais que vocês assumem como universais, básicas e inerentes à condição humana, causaram-nos pasmo quando aportamos neste Sistema Solar há cinco anos. Enquanto isto, aspectos desta cultura estelar que vocês julgavam idiossincráticos possuem paralelos históricos admiráveis na cultura da humanidade que construiu a *Pioneira.*

Portanto, elaborar os comentários do jeito que combinamos teria sido a coisa mais honesta a fazer. Contudo, do meu ponto de vista, constitui absoluto desperdício de tempo e recursos falar de sua cultura para vocês próprios. Porque, no fundo, eu estaria falando de um assunto que vocês dominam melhor do que eu. Tais comentários se limitariam, pois, à mera coletânea de aspectos pitorescos e curiosos da história da humanidade de Elysium.

Compreendo que almejassem usufruir do ponto de vista, quiçá divergente, de uma humana nascida noutra cultura tecnológica, para saberem como vocês se parecem aos nossos olhos.

Porém, no que me diz respeito, com a pressa que ultimamente me motiva a apreender toda uma pletora de novos conhecimentos e experiências, cada dia e cada hora são tesouros preciosos que reluto bastante em desperdiçar.

É possível que a falta de motivação para cumprir uma tarefa, sob alegação de que a mesma constitui perda de tempo, não deve ser o tipo de desculpa comumente apresentada por cidadãos de uma cultura que deixou a senescência para trás.

Justo à época em que me sentia consumida pelo dilema de preparar ou não esses comentários para o depoimento presente, ouvi falar da iniciativa maluca de Olympia, náufraga reconhecidamente mais gabaritada do que eu para elaborar um estudo histórico comparativo capaz de apontar as diferenças e semelhanças marcantes nas trajetórias das nossas duas humanidades, permanentemente separadas em planos de realidade distintos.

Todos os envolvidos no projeto de Olympia têm plena consciência de que a iniciativa possui chances de êxito infinitesimais. Tampouco minha marciana favorita ignora o fato.

Ocorre que a Garota sempre foi uma romântica incorrigível. Não obstante a possibilidade ínfima de sucesso, preparou um pequeno tratado sobre a história dos humanos de Elysium e o enviou através do Olho de Shiva, na esperança vã de que o trabalho seja recuperado algum dia por seres humanos do nosso próprio continuum espaçotemporal.

Apesar desse otimismo ingênuo, Olympia não foi tola a ponto de se contentar com o envio de uma única cópia. Fabricados no plástico hiperdenso mais resistente que esta humanidade é capaz de produzir, doze bilhões de cilindros minúsculos foram arremessados para dentro do horizonte de eventos daquela singularidade permeável em diversas ocasiões e com momentos angulares os mais variados possíveis. Em cada cilindro há um nanocristal de memória que armazena os arquivos preparados por Olympia.

Talvez, quem sabe, ao menos um desses cilindros aporte um dia em nosso plano de realidade natal e seja encontrado por humanos de nossa estirpe.

Afinal, os fakers conseguiram passar de seu próprio plano, onde a Terra é habitada até hoje por descendentes de dinossauros, para o plano da minha humanidade, certo?

Errado.

Quando tropeçamos num fragmento da nave estelar faker, já havíamos sido transladados de nosso próprio plano para este aqui.

Aliás, é de bom alvitre frisar que a nave faker foi destruída nessa travessia dimensional. O fragmento analisado pertence ao conjunto de partes daquele veículo que não lograram abandonar o plano de realidade em que residimos hoje em dia.

Por outro lado, segundo meus cálculos, em virtude de suas dimensões irrisórias, os tais cilindros de Olympia possuem boas chances de sobreviver incólumes. Confeccionados com traços de um isótopo raro de tecnécio, devem ser detectados à distância com relativa facilidade por cidadãos de qualquer civilização avançada.

Hoje em dia já domino as equações de hipercampo gravitostático bem o bastante para prever que os cilindros dificilmente chegarão ao plano de realidade de onde emergimos.

Se ao menos fossem doze trilhões de trilhões, em vez de meros doze bilhões...

Expliquei a Olympia, minha amada otimista inveterada, que as chances são muitíssimo reduzidas.

Ninguém sabe ao certo quantos planos distintos estão conectados entre si através do Olho de Shiva. Contudo, alguns prognósticos otimistas que analisei falam em coisa de umas poucas centenas de quatrilhões.

Ainda assim, sendo quem é, Olympia jamais se perdoaria caso não tentasse.

Vocês foram muito simpáticos ao consentir satisfazer esse capricho algo infantil da nossa historiadora. Prova cabal do carinho e respeito que nutrem por nós.

Sim, compreendo que a execução desse projeto pessoal singelo de Olympia se tornou mais fácil com a conclusão da nova base orbital permanente instalada no Olho de Shiva.

De qualquer modo, não custa explicitar através desta via formal a sugestão, insinuada anteriormente, de adicionar o tratado de Olympia, *in totum* ou numa versão resumida, como apêndice desta narrativa que ora lhes preparo.

À semelhança do apêndice técnico que vocês mesmos solicitaram a Mário e Farukh sobre os sistemas da *Pioneira* (a respeito do qual, lamento informar, o brasileiro ainda não iniciou sua parte), o apêndice histórico de Olympia decerto constituiria um acréscimo valioso, com a vantagem adicional de já se encontrar concluído e aprovado. Em que se pese o fato de que o trabalho dela foi elaborado com vistas à apreciação por humanos do nosso continuum, que não constituem exatamente o público-alvo que ora temos em mente para o presente holodocumentário.

A propósito, já que estamos tocando nesta questão dos apêndices, a bem da abrangência, talvez devêssemos cogitar a possibilidade de introduzir outros apêndices.

Muito bem. Neste caso, vamos tratar deste assunto mais tarde.

* * *

Se nós seis, náufragos de outra civilização humana, sentimo-nos atônitos e maravilhados com a história dos Filhos do Elysium, vocês não se mostraram menos surpresos com a nossa.

Lembro-me do quão impressionado o grande público solariano ficou quando Olympia falou pela primeira vez do Império Romano, naquela entrevista que a tornou famosa, tendo sido posteriormente irradiada para todos os sistemas estelares onde existem bases ou colônias humanas.

Daquela entrevista inicial surgiu a ideia de gravar uma série inicial de palestras sobre o apogeu e a decadência do nosso Império Romano. Graças à transmissão dessa série, Olympia transformou-se da noite para o dia numa celebridade científica de renome estelar, fato assaz incomum numa civilização tão pouco afeita a modismos culturais quanto esta.

De repente, todos os humanos de Elysium tiveram seu interesse despertado pela história da nossa humanidade.

Deste modo, nossa marciana foi convidada a supervisionar a elaboração daquela série de holodocumentários históricos sobre a humanidade da Terra.

Vários espectadores apresentaram reações iniciais curiosas e inusitadas em relação à série sobre o Império Romano, julgando de todo implausível a ascensão do Cristianismo, considerando-a, não sem certa justiça, como religião eivada por recompilações óbvias e canhestras dos mitos e tradições hebraicos, sumérios e, segundo Olympia, até mesmo de textos budistas e zoroastrianos.

A título de comentário neutro, tendo em vista que jamais nutri predileção especial por esta ou aquela doutrina religiosa, cito uma máxima repetida por autores do meu continuum: "Só a ficção precisa soar plausível." A realidade prescinde de plausibilidade. Tão real quanto a história da humanidade elysiana, ao menos em seu impacto inicial, nossa história soa tão implausível para vocês quanto o inverso.

Outro motivo de espanto entre leigos e especialistas foi a estagnação da cultura e a lenta agonia da vida urbana que acometeram a Europa Ocidental com o advento da Idade Feudal. Hoje em dia, observando seus avanços técnicos e sociais, concluo que essa perda de mais de meio milênio talvez não fosse, em absoluto, inevitável.

A partir das séries históricas da Terra que se seguiram ao sucesso estrondoso da primeira, muitos espectadores se entusiasmaram com a Renascença Italiana e com as proezas dos grandes navegadores chineses e portugueses, que vocês tomaram por aventureiros temerários, em virtude das técnicas de construção naval primitivas que empregavam e das embarcações precárias delas resultantes. Preconceito compreensível numa cultura cujos antepassados descobriram a América a bordo de navios a vapor.

Não espanta, portanto, que o estudo comparativo elaborado por Olympia entre nossa era de expansão marítima, iniciada na Península Ibérica, e a de vocês, propulsionada a partir da Índia Romana e da Indonésia Han, seja considerado um clássico, além de um sucesso estrondoso de público e de crítica.

Ao clássico de Olympia, seguiu-se a holoprodução de Ubirajara Aquylinus, uma análise comparativa acurada das diferenças e semelhanças das várias estratégias colonizatórias resultantes desses dois processos de expansão marítima.

O trabalho de Aquylinus provocou indignação ao ressaltar a extinção brutal das civilizações inca e asteca, fenômeno sem paralelo neste continuum, onde as culturas andinas e mesoamericanas que teriam dado origem, respectivamente, aos Impérios Inca e Mexica foram incorporadas de forma pacífica ao seu *Panimperium* planetário. Incorporação facilitada pela ação de antibióticos ministrados nas populações nativas do hemisfério ocidental, de modo a evitar a propagação de moléstias infectocontagiosas euroasiáticas que decerto dizimariam tais povos. Como, aliás, ocorreu de fato em nosso continuum.

Mais revoltados ainda se sentiram os espectadores que vivenciaram reconstituições psicointerativas da época da colonização da América. Muitos nos indagaram em emissões telepáticas indignadas como nossos líderes puderam consentir em práticas hediondas de escravidão, muito mais brutais do que quaisquer análogos existentes entre as Cidades-Estado helênicas e na República Romana de Elysium. Muitos se recusaram a crer que escravidão em tão larga escala se houvesse prolongado em alguns países até o fim do nosso século XIX.

A maioria das séries de holodocumentários inspirados na história da humanidade da Terra foi convertida em imersões virtuais psicointerativas, produções ficcionais de caráter recreativo e paradidático. Essas conversões propiciaram a divulgação extrema de alguns dos tópicos mais polêmicos de nossa história.

Nossas guerras forneceram combustível para imenso celeuma popular e inúmeros debates acadêmicos. Vocês se sentiram atordoados com a carnificina em escala industrial exibida em nossos grandes conflitos militares, a partir da segunda metade do século XIX. A Guerra de Secessão lhes pareceu inconcebível. A Guerra do Paraguai foi classificada como genocídio absurdo, na melhor das hipóteses. De qualquer maneira, segundo vocês, um conflito sem vencedores.

Com suas dezenas de milhões de mortos e nações inteiras arrasadas, nossas duas Guerras Mundiais constituíram espetáculos de pesadelo de proporções dantescas, dolorosos a ponto de receberem recomendações oficiais para evitar que cidadãos incautos experimentassem a imersão psicointerativa integral. A partir dessa contraindicação, produtor histórico algum cogitou a possibilidade de elaborar realidades virtuais interativas inspiradas nas Guerras Mundiais. Até hoje, há apenas as séries históricas originais e os documentários derivados, invariavelmente mediados por um narrador externo, sem possibilidade, portanto, de o espectador encarnar como personagem histórico no intento de vivenciar realisticamente a experiência da trincheira, de um bombardeio aéreo ou coisa que valha.

Se os conflitos do fim do segundo milênio já vos traumatizaram tanto, o que dizer então do Holocausto Nuclear, com sua enxurrada de resultados nefastos?

Nove bilhões de seres humanos exterminados. Parcos quatro milhões de sobreviventes reduzidos à barbárie.

No entanto, contrariando tudo o que vocês consideravam plausível, nós sobrevivemos.

Mudos e emocionados, muitos de vocês vivenciaram a redenção dessa outra humanidade através dos esforços e sacrifícios de três núcleos subterrâneos que lograram se manter incólumes pelos Anos Escuros e por toda a Era de Caos que se seguiu ao inverno nuclear. Um habitat estanque em pleno Grande Deserto Australiano; outro nas vastidões outrora ermas do Planalto Central Brasileiro; e um terceiro encerrado sob o gelo eterno do continente antártico. Três núcleos redentores que estabeleceram um colegiado científico executivo para resgatar penosa e gradativamente os filhos e netos dos sobreviventes para a vida civilizada abandonada por seus avós, dando início à reconstrução de uma nova ordem planetária e solar.

É fato inconteste que a humanidade de Elysium se adiantou demasiado em relação a meu povo, atingindo píncaros da evolução tecnológica e social nem sequer sonhados em nosso continuum.

Não fomos nem de longe um povo tão sábio quanto vocês.

Porém, à nossa própria maneira torta, somos um povo bravo.

Uma civilização capaz de renascer das próprias cinzas, qual fênix de nossa mitologia greco-romana.

Das próprias cinza e mais forte.

Capítulo XIII
Espécimes Ameaçados de Extinção Encontram Nicho Ecológico

3161 A.U.C.
Rapa-Nui
Elysium, Sistema Solar

"Só a ficção precisa soar plausível. À história, não se impõe tal exigência."
Olympia Magnus

Já se passaram dez anos desde nossa chegada neste Sistema Solar em tudo idêntico ao que deixamos para trás há mais de um século, com a única exceção de que, em lugar da nossa boa e velha Terra, encontramos na mesmíssima órbita um planeta em tudo semelhante ao nosso. Um mundo que vocês, humanos nativos, tão parecidos e tão diferentes do meu povo, denominam "Elysium".

Ao longo desta década, eu e meus cinco conterrâneos lutamos com afinco para nos adaptar a esta sociedade humana, cultura em vários aspectos mais alienígena do que a própria civilização pavoniana à época da Extinção.

Conterrâneos? Por sua própria raiz etimológica, o termo jamais soou tão pertinente quanto agora.

O fato é que nossa adaptação ao estilo de vida humana deste continuum se deu com graus de sucesso variados.

Segundo vocês, há ocasiões em que somos desnecessariamente agressivos ou demasiado apressados, decerto atavismos genéticos de nossa herança de primatas caçadores. Afinal, como se comenta à boca pequena por aqui, nosso genoma não foi depurado pelas técnicas de manipulação molecular que vocês já vêm empregando há mais de um milênio.

Agressividade inata, vocês costumam afirmar com sorrisos pouco à vontade. Nós somos o que somos. Sem orgulho desmedido, mas também sem grandes vergonhas.

Por outro lado, possuímos raciocínio comparativamente mais ágil e parecemos capazes de nos adaptar às situações inesperadas de forma quase instantânea.

Óbvio está que não representamos uma amostra aleatória da humanidade da Terra. Em verdade, eu diria que possuímos qualidades e virtudes bem acima da média do nosso povo. Não fosse por isto, imagino que não teríamos sido selecionados para integrar a tripulação da primeira expedição interestelar humana de nosso continuum.

Depois de toda a publicidade a respeito, é impossível que qualquer humano adulto ainda possa ignorar o fato de que não somos imortais.

Contudo, quando interagimos com as raras crianças desta sociedade (sim, nós sentimos falta delas), as coisas se complicam. Pois, num nível puramente emocional, não é tão fácil convencê-las de que não estaremos mais aqui dentro em uns míseros quatro ou cinco séculos.

É bem provável que nossa mortalidade constitua o motivo real da nossa pressa, da qual vocês tanto se queixam.

Sei que é difícil se colocar em nosso lugar.

Talvez seus bisavós nos entendessem melhor, visto que, os humanos da época deles não eram imortais.

Jamais havíamos considerado nossas vidas tão efêmeras assim, até descobrirmos que existem humanos capazes de viver para sempre e que, neste plano de realidade, longe de constituir exceção, essa imortalidade é regra geral.

Como amar, se apaixonar por um de vocês e manter a paixão acesa décadas afora, sabendo que, mesmo que passemos toda a vida ao lado da pessoa amada, esses séculos não terão representado mais do que um piscar de olhos ante uma eternidade potencial de dezenas de milênios?

Portanto, rogo que relevem nossa pressa. É apenas ânsia de viver, de imprimir nossa marca, concretizar realizações importantes para as gerações futuras, antes de sermos obrigados a sair de cena.

* * *

As técnicas de coleta de dados observacionais disponíveis aos gravitastrônomos deste continuum são mais avançadas do que as que aprendi no Sistema Solar. Fato bastante compreensível quando consideramos que aqui a astrofísica gravitacional é uma disciplina madura há pelo menos um milênio, tanto em termos teóricos quanto observacionais. Aliás, foi deste conhecimento gravitastronômico que adveio a tecnologia do deslocamento interestelar a velocidades mais rápidas que à da luz, com o emprego de atalhos abertos em planos dimensionais superiores ao nosso prosaico continuum espaçotemporal einsteiniano. Deste modo, os gravitofísicos elysianos concretizaram o sonho dourado de seus colegas do meu plano de realidade.

Decidi que minha carreira científica precisava de uma reciclagem completa. Para tanto, obriguei-me a uma atualização intensiva de milhares de horas de hipnoaprendizagem. Isto tudo apenas para me colocar grosso modo em dia com as linhas gerais dos avanços nos campos em que eu me julgava especialista.

Não que eu nutra a mínima esperança de me tornar uma expoente da astrofísica gravitacional neste continuum. A competição aqui é demasiado dura.

No campo teórico, os modelos matemáticos que descrevem o comportamento das singularidades permeáveis são quase os mesmos que desenvolvemos em nosso continuum. Não houve bicho de sete cabeças. Foi só questão de aprender notações novas. Ademais, aqui existem dois conjuntos de equações bastante elegantes, inteiramente desconhecidos em nosso Sistema Solar à época da Partida. Porém, nada realmente muito difícil de compreender.

Houve um punhado de novidades agradáveis.

Corroborando a tese advogada por alguns historiadores da ciência deste lado do Olho de Shiva, segundo a qual os diversos ramos do conhecimento jamais seguem exatamente o mesmo curso em duas culturas diferentes, há coisa de cinco anos descobri uns poucos aspectos da astronomia de raios gama que não foram tão bem explorados por aqui quanto em nossa civilização. Depois de três trabalhos publicados, eis que me tornei uma voz respeitada na área promissora da cosmologia dos raios gama de baixa energia.

Ainda que bastante bem-vinda, essa aura de respeitabilidade, recém-adquirida com relativa facilidade, chega eivada de percalços. Porque, desde então, meus amigos e colegas passaram a assumir que agora já me encontro plenamente adaptada ao modo de vida desta humanidade. Com frequência ignoram minhas deficiências e, com isto, acabam criando embaraços mútuos.

No que me diz respeito, é impossível afastar do pensamento por um instante a certeza do quão breve será minha estada entre vocês, quando medida por padrões que comecei a aceitar como naturais.

A questão da nossa efemeridade não é o pior de tudo.

Como não notar a todo instante que, quando comparada a uma humana normal, sou considerada deficiente física?

Uma aleijada.

Pior do que uma surda-muda de nascença. Pois, mesmo em nosso continuum, havia cura definitiva para surdez.

Porém, nem mesmo a ciência médica avançada desta humanidade encontrou cura para a surdez telepática, mal desconhecido por aqui há milênios e somente descoberto quando a *Pioneira* aportou neste Sistema Solar. Minha situação é mais ou menos análoga a de uma surda-muda da Terra pré-Holocausto que conseguia fazer leitura labial. Incapaz de responder às emissões telepáticas que me são dirigidas, vejo-me forçada a me valer de equipamentos de comunicação desajeitados para responder às questões mais simples, ainda que meu interlocutor esteja na sala ao lado. Isto, numa sociedade que não está em absoluto preparada para oferecer um mínimo de conforto e bem-estar aos deficientes telepáticos. Até porque estes não existiam antes da nossa chegada.

No entanto, apesar das vicissitudes, sinto-me satisfeita e medianamente feliz nesta cultura que, apesar de muito diferente da nossa, acolheu-nos com carinho e hospitalidade, concedendo-nos status de cidadãos.

O melhor daqui é a certeza absoluta de que sempre haverá muito a aprender.

Tem sido prazeroso trabalhar com um horizonte de conhecimento científico muito mais amplo do que aquele que estávamos acostumados.

Quanto à fama, prestígio e outros que tais, conquistei um quinhão de glória bem maior que o devido. Não por causa de meus parcos conhecimentos científicos, é lógico, mas sim graças a meu bom e velho mestre virtual Omar Tsao-Li.

Quem diria que o tai-chi-chuan iria se alastrar deste lado como fogo em palha seca? O que começou como meia dúzia de aulas inocentes num mosteiro de Siracusa, adquiriu status repentino de modismo cultural de âmbito planetário, logo adotado pela maioria dos mosteiros de Elysium.

Embora comumente avessa às inovações provindas de culturas

alienígenas, as hierarquias monásticas euroasiáticas abriram exceção notável para o tai-chi.

Há ocasiões em que ainda acho engraçado quando vocês se referem às instituições de pesquisa e ensino superior como "mosteiros". É preciso ter em mente que, conquanto tão laica quanto a cultura humana da Terra do século XXIII, sua congênere elysiana foi impregnada pela influência do Budismo, tanto quando a cultura da Europa Ocidental do nosso continuum foi influenciada pelo pensamento judaico-cristão. Tanto nós quanto vocês concordamos que tais influências, lá e aqui, produziram contextos culturais inusitados.

De volta ao tai-chi-chuan, bem que tentei me manter afastada deste boom de entusiasmo pela prática. Contudo, para bem e para mal, ao menos por enquanto, mantenho o posto de maior mestra de tai-chi do Sistema Solar e, por mais que me esforce para colocar meus ensinamentos em seu devido lugar, ainda não consegui me furtar às três sessões semanais de teleprática holográfica que ora ministro para uma turma de cerca de trezentos áulicos, constituída por alguns dos sábios, legisladores e monges mais eminentes do sistema Elysium-Luna.

Há coisa de duas semanas conversei com sociólogos que especularam ser mera questão de tempo até que a prática do tai-chi-chuan se dissemine por todas as comunidades humanas da periferia.

É pena que a teleprática constitua o máximo de concessão que vocês se dignam fazer em termos de metodologia de ensino.

Porque um professor virtual talentoso como Omar bem que viria a calhar, se ao menos vocês conseguissem suportar a ideia de receber instruções de uma reles inteligência artificial. Não fossem tais escrúpulos morais injustificáveis e não me veria compelida a lecionar uma disciplina para a qual não me julgo minimamente habilitada, uma prática na qual, até dois ou três anos atrás, eu me julgava mera aprendiz.

Como não me canso de repetir, minha vida é demasiado curta. Há muito o que aprender em pouquíssimo tempo, para que eu perca horas e horas lecionando algo que uma inteligência artificial ordinária poderia ensinar bem melhor do que eu.

* * *

Do ponto de vista virtual, o ambiente no qual a holoconferência se desenrolou pareceu completamente lotado. Sozinha no *tablinium* de minha residência volante presentemente estacionada na Ilha da Páscoa, graças à imersão, vi-me subitamente cercada por milhares de pessoas sentadas em poltronas verdes, num vasto anfiteatro a céu aberto.

O bom dessas holoconferências virtuais ao ar livre é a certeza absoluta de que não vai chover.

Dei por Michael sorrindo a meu lado.

– Você veio, afinal!

– Não foi fácil, mas cheguei. Consegui me desvencilhar do tal colóquio com o Embaixador Jug'harr. – Desculpei-me num sussurro, depois de me lançar sobre ele para lhe aplicar um beijo estalado na bochecha. – Não podia perder o reconhecimento público do seu maior triunfo.

– Triunfo? – Ele esboçou uma careta bem-humorada. – Não exagere, querida. Afinal de contas, eu sabia desde o início onde procurar. Quer dizer, mais ou menos.

– Silêncio, vocês dois aí na frente. – Recém-materializada na fileira de trás, Aline acariciou nossos ombros de sua poltrona. – Olhem lá para frente. O tal apresentador do *Mahavihara** de Elysium parece impaciente para começar logo sua emissão. Isto é, tão impaciente quanto um elysiano consegue ficar.

Viramos para frente e dedicamos nossa atenção ao humano calvo e magro que acabara de se materializar no centro do palco rebaixado.

Por falar em materializações, não vimos sinal de Mário, Farukh ou Olympia.

Se bem que, no caso dos rapazes, a ausência já era de se esperar.

Quanto à marciana, como estava de volta ao Planeta Vermelho**, supus que, ao contrário do que ocorreu em outras ocasiões, dessa vez nem mesmo a influência do esposo foi suficiente para liberar em tempo hábil a conexão não-espacial que lhe facultaria a telepresença em tempo real aqui em Elysium.

"Saudações, meus amigos." – O humano que representava o Mahavihara da Ciência emitiu para todos os presentes no ambiente. – *"Estamos reunidos agora neste espaço consensual em reconhecimento e*

---

* Aproximadamente, "Arquimosteiro" em português.

** Muitos dos meus espectadores não compreendem porque insisto em me referir a Marte como o "Planeta Vermelho". Decerto não ignoro que, completamente terraformizado, Marte aqui se assemelha bastante a uma versão reduzida de Elysium. Em minha defesa, à guisa de atenuante, só me resta alegar força do hábito.

homenagem às realizações do Guru Michael Jackson McFerguson, nosso precioso hóspede, nascido em outra civilização humana, cujos conhecimentos e denodo nas áreas da exologia aplicada e biogênese comparativa proporcionaram a descoberta de uma nova forma de vida alienígena em nosso próprio Sistema Solar. Uma forma de vida primitiva, até então desconhecida da ciência. Ou, pelo menos, da ciência humana de nossa expressão de realidade."

Apertei a mão esquerda de Michael entre as minhas e sorri para ele.

O orador continuou:

"Ao contrário do que ocorreu no continuum da Terra, aqui não havíamos descobertos microfósseis alienígenas no cinturão de asteroides. Assim que constatou esta lacuna no conhecimento exológico, o Guru McFerguson envidou esforços para persuadir nossas instituições científicas da necessidade de se empreender uma busca sistemática dos microorganismos procarióticos. No início, nosso hóspede querido esbarrou no cepticismo generalizado da parcela da comunidade científica estabelecida nos próprios asteroides. Muitos se questionaram sobre a existência de tais organismos alienígenas em nosso continuum. Afinal, os cépticos argumentaram, exploramos o cinturão de asteroides de nosso sistema numa escala muito maior do que a humanidade da Terra. Se de fato houvesse tais microfósseis por aqui, os cidadãos dos asteroides afirmaram, decerto já os teríamos encontrado."

– Ora, ora. O que seria da ciência sem as descobertas fortuitas. – Aline se debruçou no meu ombro para me sussurrar ao ouvido.

"Por mais de três anos nosso hóspede viu todas as suas propostas de pesquisa biótica nos asteroides recusadas. Não obstante o fato de ter seus esforços baldados um a um, Michael não esmoreceu. Enfim, surgiu a oportunidade de se consorciar à equipe de exobiologia da Universidade de Teotihuacán. Uma vez lá, Michael conseguiu concretizar seu projeto de pesquisa."

– Do jeito que esse sujeito emite, até faz parecer que foi fácil. – O norte-americano murmurou para si próprio.

"Por insistência de Michael, os exobiólogos de Teotihuacán acabaram endossando seu pedido de recursos junto ao conselho científico do Panimperium Solar. A perseverança de nosso homenageado culminou, portanto, na obtenção da infraestrutura necessária em sondas e pessoal para iniciar seu projeto de busca sistemática.

"O aparato de busca coordenado por Michael não obteve resultados positivos no primeiro ano de rastreamento. Esse insucesso temporário propiciou o soerguimento de vozes dissonantes, inclusive onde a oposição não era de se esperar: na própria Universidade de Teotihuacán. Esses opositores trouxeram mais uma

vez à baila a hipótese de que talvez não existissem microfósseis procariotas no cinturão de asteroides deste continuum. Não surpreende, portanto, que nosso hóspede se tenha sentido decepcionado. E com inteira razão. Afinal, ele supusera que as pessoas fossem mais serenas e pacientes por aqui."

Nesse ponto, o orador esboçou um sorriso encabulado brevíssimo. Em seguida baixou os olhos.

"De fato. Todos sabemos, ou deveríamos saber, que em ciência faz-se mister trabalhar com a perspectiva de resultados a longo prazo. Essa perspectiva de êxito a longo prazo deveria constituir motivação bastante. Por fim o bom senso prevaleceu e a busca prosseguiu. O que não quis dizer, em absoluto, que a comunidade exológica solariana estivesse entusiasmada com a tese advogada por nosso hóspede dileto."

– Isto é o que eu chamo eufemismo! – Michael sussurrou entre os dentes.

– Já eu chamo de cretinice, mesmo. – Repliquei no mesmo tom.

"Somente ao final do terceiro ano de busca, já em clima de franco pessimismo e descrédito, a equipe e os meios coordenados por Michael encontraram o que procuravam. Não é preciso enfatizar a importância desta descoberta. Embora a michaelima *seja apenas a quadragésima quarta molécula autoduplicante alienígena encontrada pela humanidade, é a única jamais descoberta no interior do Sistema Solar."*

O orador calvo virou-se para nós e fitou Michael diretamente.

"É por este motivo que nos reunimos hoje neste ambiente, vindos de todos os recantos de Elysium e do Exterior, para prestar nossas justas homenagens a nosso hóspede amado, Michael Jackson McFerguson." – Ele fez um gesto para o norte-americano. – *"Guru McFerguson, poderia se rematerializar aqui no palco e nos dirigir umas poucas palavras?"*

– *Oh, boy! Let's go. So help me, God.* – Michael me piscou o olho antes de desaparecer e se rematerializar no palco, atendendo o pedido do anfitrião.

Depois desta vitória, as portas da comunidade acadêmica solariana se abriram de par em par ao ex-imediato da *Pioneira*. Em questão de meses, recebeu dezenas de convites. Como não pretendia sair da Terra, acabou decidindo aceitar a cadeira de Microbiótica Alienígena no Departamento de Exobiologia Aplicada, localizado no vasto campus da Universidade Provincial de Neogades, erigido às margens do rio Pawkee, ao qual Michael ainda insiste em se referir como "Hudson".

É lá que leciona até hoje.

***

– Insisti que viesse pessoalmente. Estou farta de tê-la a meu lado em telepresença. Tudo bem que podemos nos tocar, dar as mãos para ouvir música e muito mais, só que eu precisava que estivesse realmente por perto, sentir seu aroma, seu coração pulsar, quando fosse a primeira dos cinco a saber. – Aline foi logo jorrando, mal adentrei no varandão de sua ampla residência. Estendeu-me sua taça de vinho tinto. – Tome. Já provou desse Caecubum? Não existia nada tão bom assim na nossa Terra.

– É claro que já ouvi falar dos Caecuba. Mesmo nesta sociedade de abundância em que aterrissamos, ouvi dizer que são terrivelmente difíceis de obter. – Tomei o primeiro gole minúsculo de olhos fechados. De fato, maravilhoso. Ao perceber que ela pegara outra taça para si, ansiosa, não resisti a provocá-la para fazê-la pôr de lado os rodeios. – Pelo visto, temos motivos para comemorar.

Não indaguei porque não chamara os outros quatro. Ambas sabíamos que só nós duas estávamos em Elysium àquela altura. Mesmo Olympia, a mais próxima de nós, estava em Marte, como sempre.

Quanto à Aline, acabara de regressar da Lua, após uma temporada de sete meses para aprender mais algumas das muitas técnicas cirúrgicas que não existiam em nossa civilização à época da Partida.

– Temos mesmo. – Exibiu um sorriso radiante e ergueu a taça num brinde tácito. Ante meu olhar inquisitivo, foi direto ao ponto. – Foi o xadrez, Sylvia.

– Vamos comemorar por causa do xadrez? – Degustei outro gole diminuto e pressionei aquele fluido divino entre a língua e o céu da boca. – Ao que me consta, não se joga xadrez neste Sistema Solar.

– Não é bem assim. Até onde pude apurar, o xadrez parece ter sido esquecido há milênios. De qualquer modo, eram formas primitivas do jogo, que nunca chegaram a assumir a sofisticação da forma moderna, conhecida em nossa Terra.

– Hum, você tem toda razão. Este vinho é mesmo fantástico! – Suspirei, ao recordar de um comentário casual de Olympia sobre os vinhos de Roma Antiga: os melhores e mais reputados eram invariavelmente brancos, doces e encorpados, algo parecidos com o vinho da Ilha da Madeira. Felizmente, esse Caecubum é um tinto seco excelente. Ante seu olhar impaciente, decidi parar de torturá-la e fiz a pergunta pela qual ela ansiava: – Mas, então, e o xadrez?

– Tenho impressão que o xadrez não permanecerá desconhecido por muito tempo.

– Ah, não?

– Lembra o que aconteceu contigo em relação ao tai-chi-chuan?

– Lembro. Mas o que... Ah, você está ensinando xadrez para eles.

– Exato. Apresentei alguns programas de ensino de xadrez. Tudo começou com umas demonstrações descompromissadas durante essa última reciclagem profissional lá na Lua. Diante do interesse dos meus colegas, elaborei uns programas para o ensino básico das regras e da estratégia elementar do jogo. Nada muito complicado e, de qualquer forma, Mário e a *Pioneira* me ajudaram com a parte da programação.

– Ao menos para esse tipo de apoio, nosso amado ainda se anima a dialogar conosco. – Suspirei, amargurada ao pensar no brasileiro. Então, mudando de tom, voltei ao assunto que entusiasmava Aline. – Com quantos alunos você estava lá na Lua?

– No início, dezessete. Depois, uns cinquenta. A questão é que as pessoas foram ensinando umas às outras. Quando dei por mim, o jogo já se havia difundido do satélite em si para os habitats circunlunares. Ao que parece, a coisa toda está começando a assumir ares de mania. Uma febre!

– Puxa, querida, meus parabéns! – Nossas taças tilintaram uma na outra. Agora, sim, num brinde de verdade. – Aposto que essa febre, como você diz, é só o começo da epidemia. Em breve teremos torneios interzonais por todo o Sistema Solar. Daí para os outros sistemas habitados é mera questão de tempo. Precisamos comemorar em grande estilo.

– Há mais dois Caecuba na adega. – Ela se virou na espreguiçadeira para me fitar. O tom do comentário foi perfeitamente inocente. Destoante, portanto, do olhar intenso que me lançou. – Por que você acha que fiz questão absoluta da sua presença física?

– Será que damos conta? – Da minha própria espreguiçadeira, observei seu semblante corado por cima da taça daquele vinho tão bom. – E quanto ao teu Fabius?

– Meu *maridinho* está presentemente em visita num habitat espacial orbitante em torno de Saturno. – Ela abriu um sorriso indecente simplesmente delicioso. – Mas se lhe conheço bem, você já sabe disso.

– Claro que sei. – Reconheci com voz rouca.

– Quanto ao meu digníssimo Fabius, já não nos vemos em carne e osso há três meses. Três longos meses. Isto quer dizer que temos uma noite de comemorações inteirinha só para nós duas.

– Eu, você e três Caecuba?

– Isto mesmo. Três Caecuba e duas humanas sedentas e saudosas. Quer que eu reative o medlink para impedir que fique bêbada?

– Só nós duas, juntinhas? – Senti as maçãs de meu rosto queimarem. Devia estar vermelha como uma rosa. – Não preciso do medlink. Vou me segurar.

– Isto mesmo, minha Sylvia. – Ela estendeu a palma da mão sobre minha barriga à altura do umbigo. Aquela carícia ligeira me arrancou arrepios. – Você me conhece, querida. Sabe como eu sou. Nunca fiz promessas.

– É verdade. Nunca fez.

– Porém, hoje e só hoje, um pedido e uma promessa.

– O que você quiser.

– Peço apenas que não pense nas consequências. Não teça planos sobre o futuro. Só isto.

– Combinado. E a promessa?

– Prometo que não vai se arrepender de atender meu pedido.

Jamais me arrependi.

Não obstante a excelência dos Caecuba, tomamos cuidado para não ficarmos demasiado bêbadas desta vez.

Porque, mesmo que nosso ato de amor nunca mais se repita, o que vivemos naquela noite está comigo para sempre.

Desta vez eu não vou esquecer.

Sete semanas após nossa *bebemoração*, ouvi num holonoticiário que o xadrez conquistara grande popularidade na colônia de Alpha Centauri "A" e nas duas bases de pesquisa que esta humanidade mantém no Sistema Tau Ceti.

No ano seguinte ocorreria o primeiro torneio do Sistema Solar num habitat orbitante em torno de Calisto, com o patrocínio do governo regional dos satélites jupiterianos.

Em nossa ocasião memorável, Aline se referira ao xadrez como uma febre e eu mesma brincara com o conceito de epidemia. Porém, o fenômeno de disseminação logo adquiriu contornos de pandemia. Uma onda avassaladora que tomou de assalto primeiro o Sistema Solar e, mais tarde, todo o segmento da periferia galáctica habitado pela humanidade.

Minha amiga estava certa. Foi como o tai-chi. Só que numa escala muito mais ampla.

Graças ao xadrez, Guru Aline Xavier Juggersen tornou-se uma celebridade cósmica. De longe a mais famosa de nós seis.

* * *

Em nosso continuum houve uma religião monoteísta importante denominada "Islamismo".

Nessa crença, o profeta maior chamava-se "Maomé".

Segundo a mitologia islâmica, houve uma ocasião em que, pela força de sua fé, Maomé teria conseguido que uma montanha inteira se movesse para perto de si. Daí, há um velho provérbio da humanidade da Terra, segundo o qual "A fé remove montanhas." Há também um velho ditado resultante do provérbio que afirma que "Se Maomé não vai à montanha, a montanha vem a Maomé."

Foi mais ou menos o que se deu conosco em relação a Olympia.

Como nossa amiga não saía mais de Marte, para comemorarmos o décimo segundo aniversário de nossa chegada a este Sistema Solar, Aline, Michael e eu viajamos pessoalmente até o quarto planeta.

Costumávamos nos reunir nos aniversários por conexão de telepresença não-espacial. Quer dizer, pelo menos nós quatro. Porque, mergulhados em sua nova mania obsessiva, Farukh e Mário há muito se recusavam a confraternizar conosco por telepresença.

O que se dizer então de comparecerem pessoalmente.

Em nosso décimo segundo aniversário, decidimos inovar. Ainda que consideremos a simulação proporcionada pela telepresença perfeita em seus mínimos detalhes, há ocasiões em que você realmente precisa se sentir cercada pelas pessoas que você ama: fisicamente abraçada por outro humano e não pelo mero simulacro desse humano.

Se você é desses que julga não haver diferença alguma entre carne e simulacro, eu sinto pena de você.

Por este motivo, deixamos nossos afazeres de lado, explicamos a situação aos companheiros e amantes que assumimos neste continuum, e fomos até Marte para ver Olympia.

Sensibilizada com tamanha prova de consideração, a Garota cancelou todos seus múltiplos compromissos e foi nos buscar pessoalmente no espaçoporto.

Obviamente, não trajava mais sua indefectível armadura exoesquelética que, para nós, era quase como que sua marca registrada.

Ainda me surpreendo um pouco, sempre que vou a Marte, ao me

deparar com esses céus azul-claros e essa atmosfera perfeitamente respirável.

A bordo da miniesfera, no curto voo de Fobos à superfície, Michael e eu mostramos a Aline os rios e florestas do planeta. Ela se sentiu frustrada por não ter conseguido observar o oceano estreito e muito comprido que ocupa o leito da região que em nosso continuum chamávamos Valles Marineris. Prometemos incluir o sobrevoo desse acidente areográfico no tour que faríamos pelo planeta.

Chamei a atenção de Aline para o brilho quase imperceptível do campo eletromagnético que impede que o ar da nova atmosfera marciana se esvaia gradualmente para o espaço exterior.

Em nosso continuum, os colonos marcianos sonhavam que seu planeta ficasse assim algum dia. Aqui, o sonho se tornou realidade quase dois milênios atrás.

– E então, Ninfeta? – Michael enlaçou-a pela cintura, não sem certa cerimônia, decerto recordando que a amiga agora era muito bem casada com um influente monge-ecologista de quase oito séculos de idade. – O que tem feito ultimamente?

"Ando estudando o período histórico imediatamente posterior ao reinado de Asoka." – Ela emitiu enquanto me aplicava um beijo casto nos lábios. – *"Ah, também aproveito as poucas horas vagas para elaborar uma série de programas hipnopedagógicos para ensinar um pouquinho da vida cotidiana das sociedades romana, indiana e chinesa da era anterior ao desnível topológico."*

– Ou seja, tão viciada em trabalho, quanto qualquer um de nós. – Sorri, acariciando-lhe os cabelos ruivos ainda mais curtos do que de costume. – Desde o início, de nós seis, você foi a que se adaptou melhor à nossa nova civilização.

"Grande vantagem! Sou apenas hemiplégica e não tetraplégica." – Ela brincou com fisionomia inteiramente séria.

– Ui, esta doeu! – Michael gemeu e se agachou como se golpeado.

– Quanto humor negro! – Fitei-a com ar zangado que ela obviamente reconhecia ser falso.

– Muito engraçadinha. – Aline murmurou ao beijar a amiga.

– Pelo visto, a velha disciplina de bordo está lhe fazendo falta. – Michael riu com ar maroto.

"Opa! É melhor parar de pensar nestas besteiras, meu amiguinho lascivo. Agora sou uma humana casada e honesta."

Michael exibiu uma careta. Aline e eu trocamos olhares significativos.

"Então, vamos para meu domus*?"*

– Tem certeza que o senhor seu esposo não se importará que nos hospedemos com vocês? – Caprichei na ironia.

"Huáscar? Ele adorará tê-los por perto." – Ela sorriu. – *"Imagine só, hospedar de uma só vez em nossa humilde* villa *o descobridor da vida alienígena nos asteroides; a grande mestra do tai-chi-chuan e a célebre introdutora do xadrez... Ele já repetiu várias vezes que há mais de um século não se sente tão excitado como agora."*

* * *

Estávamos os quatro reunidos na ampla sala de estar do *domus* de Olympia e Huáscar.

Após um desjejum lauto de mais de duas horas em companhia de Huáscar Chiang, o marido simpático de nossa amiga nos pediu vênias elaboradas e se despediu para ingressar numa reunião virtual com um punhado de legisladores responsáveis por eventuais propostas de mudanças e atualizações no processo de terraformização do planeta.

Ao se despedir, antes de se dirigir a seu estúdio de trabalho, na ala oposta do *domus*, Huáscar beijou Olympia e a abraçou, trocando um olhar prolongado com ela, indicativo seguro de comunicação telepática privada. Quando se separaram, nossa amiga assentiu com um sorriso levado nos lábios.

Voltou a se sentar conosco no piso almofadado, decoração típica das residências marcianas deste continuum.

"Pena que Mário e Farukh não tenham podido vir."

– Não vamos nos iludir a respeito, minha querida. – Aline brindou a marciana com um de seus olhares graves. – Eles não quiseram vir.

"Disseram que estavam ocupados com seus novos estudos e que Marte se encontra presentemente muito longe da Pioneira.*"*

– Eu e Sylvia viemos da Terra.

– Marte está agora praticamente em oposição à Terra. – Assenti, sem graça. – Mais de duas unidades astronômicas de distância.

– Pois é. – Aline concluiu, implacável. – E você, Michael, veio da órbita de Júpiter, não foi?

– Exato. De Sirkis Tertius, um habitat cilíndrico imerso no grupo troiano de asteroides, na órbita de Júpiter. – O norte-americano anuiu. – Quase vinte horas de viagem daqui.

– Já a *Pioneira* está estacionada na órbita de Elysium, só que em oposição ao planeta. – Expliquei a Olympia. Afinal, mecânica orbital nunca foi o forte dela. – Portanto, os dois estão muito mais perto de Marte do que nós três estávamos até ontem.

"Está bem. Reconheço quando estou derrotada. A verdade é que nossos dois amigos andam um bocado reclusos ultimamente." – Olympia suspirou com ar desanimado. – *"Não saem mais da nave para nada. Ando um bocado preocupada com eles."*

Olympia e seu bom coração. Reclusos é apelido! Antissociais era a expressão correta.

É bem verdade que, desde o começo, Mário e Farukh sentiram mais dificuldades do que nós quatro para se adaptar à sociedade de Elysium.

Não parecia haver nada que quisessem de fato aprender e, passado o período inicial de curiosidade dos nossos anfitriões, bem pouco que os dois pudessem ensinar.

Muitos terapeutas ocupacionais deste continuum se ocuparam em propor teorias mais ou menos esdrúxulas para explicar o fracasso de Mário e Farukh em se adaptar à cultura que nos acolheu com tanta hospitalidade. É lógico que a tecnologia nanofotônica desta humanidade é muito superior àquela que deixamos para trás. Avançada a ponto de parecer incompreensível à primeira vista. No entanto, nossos amigos estavam longe de constituírem idiotas. Com auxílio de técnicas de aprendizagem hipnopedagógicas e apoio psicológico adequado, poderiam ter superado em questão de uma ou duas décadas a defasagem tecnológica tão bem quanto nós, se houvessem realmente se empenhado.

Afinal, é o que nós quatro estamos fazendo.

– Ainda estão obcecados com aquela ideia de destrinchar o funcionamento do Olho de Shiva? – Michael me piscou o olho, esforçando-se para não rir.

– Inteiramente. O pior é que essa obsessão, como você diz, não mostra sinais de amainar. Ao contrário. Parece ter aumentado com o tempo. – Respondi, algo desconfortável. Afinal, fora eu mesma que incentivara Mário a estudar o assunto, numa tentativa de arrancá-lo de sua depressão crônica. O problema é que obtive sucesso demais. – Andam estudando freneticamente tudo o que existe neste continuum e nos bancos da *Pioneira* sobre singularidades Molton em geral e sobre o Olho de Shiva em particular. Mário colocou toda a capacidade de processamento do biocomputador da nave para trabalhar na hipótese estapafúrdia de que é possível conduzir uma translação controlada através da descontinuidade e, portanto, em tese, regressar ao nosso próprio continuum.

– Como especialista, – Aline me encarou por cima da taça de suco de laranja, – o que você pensa disso? Seu tom não é o de quem considera essa ideia tão estapafúrdia assim.

– No começo achei que era maluquice do Mário. – Confessei, envergonhada. – E, antes que perguntem, é claro que me sinto culpada.

– Maluquice do Sandriotti? – Michael exibiu seu sorriso reluzente. – Imagine...

– Tolice se sentir culpada. – Aline falou, sem dar ouvidos ao humor do norte-americano. – Mas, e agora? Ainda te parece loucura?

"Agora é melhor mudarmos o tom." – Olympia entrelaçou os dedos e fitou Michael com ar severo. Não foi preciso ser telepata para constatar que ela estava tremendamente impressionada com o que vislumbrou em meu espírito. – *"Porque a própria Sylvia já nutre dúvidas se aquilo que Mário almeja é de fato tão impossível assim."*

– Independente do universo em que vivamos, algumas coisas não mudam, não é? – Soltei uma risada para relaxar e apliquei um tapinha amigável na coxa dessa intrometida adorável. Não sei como ela se virava com os elysianos, para quem a intrusão mental constitui grosseira das mais ofensivas. Enfim, até por mera força do hábito, acho que conosco ela julga que não precisa se controlar. – Já estava até com saudades de te sentir se enfiando minha cabeça adentro.

"Então abre logo o jogo, Docinha. Antes que nossos amados explodam de curiosidade."

– Tudo bem. Vamos lá. – Voltei-me para Michael e Aline. – Olha, sinceramente, não sei o que pensar. Por um lado, todos sabemos que os gravitastrônomos deste continuum vêm estudando a hipótese de uma possível aplicação prática das singularidades permeáveis há vários séculos. Desses estudos, nasceram dois métodos distintos de deslocamento em velocidades mais rápidas que a da luz. Porém, no que se refere à utilização direta de uma Molton, ainda não se obteve nenhum resultado concreto. Reparem que a capacidade de processamento bruto de que eles dispõem aqui supera a da *Pioneira* em muitas ordens de magnitude. Por outro lado, também sabemos que nem todos os problemas complexos da gravitastrofísica teórica são passíveis de resolução mediante a mera aplicação de métodos de processamento por força bruta.

– Um ponto que, talvez por questão de modéstia, você não está abordando, – Michael comentou, – é que nem Sandriotti e tampouco Achernar são especialistas em gravitastronomia e, dada a complexidade da disciplina, cinco ou seis anos de estudos constituem intervalo demasiado curto para que efetuem descobertas fundamentais. Atrevo-me a estimar que, considerando os avanços deste continuum e a mera quantidade de informação nova que eles devem analisar, mesmo cinco ou seis décadas não seriam o bastante.

"É isto mesmo, Sylvia?"

– Não sei ao certo. Confesso que tendo a concordar com Michael. Ao menos, na maior parte do tempo. Contudo, há ocasiões em que falo para mim mesma que, antes de qualquer outra coisa, Mário é um especialista em processar informação e em encontrar ou gerar padrões inteligíveis em meio a um aparente oceano de caos.

– Esperem um instante. – Aline interrompeu. – Ele não recebeu treinamento em gravitastrofísica antes da Partida?

– Exato. – Confirmei. – Para me auxiliar em nossa missão secundária.

– Vamos falar sério, meninas. Quão grandes vocês julgam que sejam as chances de Sandriotti e Achernar obterem êxito onde os próprios semideuses deste continuum fracassaram?

– Ora, meu querido. Eles podem ser telepatas e imortais, mas, ao que eu saiba, não possuem inteligência superior à nossa. – Aline lançou um olhar lânguido de puro cinismo ao xenólogo. – Nós quatro, que mantemos ou mantivemos relações íntimas com humanos deste continuum, nem sequer precisamos de análises quantitativas para confirmar este ponto.

"Por falar nisso, não há mesmo uma maneira da medicina deles nos tornar imortais?" – O tom de Olympia soou choroso, embora mantivesse o semblante perfeitamente sereno. – *"É tão frustrante imaginar que não viverei para sempre com Huáscar."*

– Como estamos românticas hoje! – Michael soprou um beijo para a marciana. – Vou me imolar à deusa do ciúme.

– Por isto não, meus queridos. – Aline sorriu para Olympia. – Os humanos daqui podem de fato viver para sempre se assim o desejarem. Porém, relacionamentos monogâmicos que perduram mais de um século são considerados raridades tão extraordinárias por aqui quanto em nosso continuum, não obstante um século ser um intervalo relativamente mais curto para eles.

– Voltando à sua pergunta, ouvi dizer que em tese poderíamos gravar nossas personalidades e transplantá-las para clones cultivados a partir de nossas células somáticas. – Michael falou. – É uma tecnologia banal para os médicos daqui.

– Não exatamente. – Aline replicou. – Eles conseguem injetar as personalidades deles nos clones deles. Embora não existam grandes dificuldades produzir clones tabula rasa para nós e em gravar nossas personalidades em mídia inorgânica, ao que parece a injeção ainda é problemática.

"Por quê?"

Nossa ex-oficial-médica suspirou antes de responder.

– Porque, ao que tudo indica, as diferentes modificações introduzidas nos genomas das estirpes humanas da Terra e de Elysium tornaram nossos cérebros e os deles significativamente distintos.

– O quão distintos? – Indaguei.

– O suficiente para que os biocientistas daqui não saibam como injetar nossas personalidades em versões virgens de nossos próprios cérebros.

"Mas deve haver alguma solução para este problema, não é?"

– Há pelo menos duas equipes diferentes analisando a estrutura genômica que responde pela arquitetura neurobioquímica de nossos cérebros. Contudo, ao que me consta, ainda não há solução à vista.

– Bem, creio que temos algum tempo. – Sorri, tentando demonstrar confiança. – Não estamos exatamente desesperados, certo?

– Ainda não. – Michael assentiu com um sorriso amarelo. – Dentro em um século ou dois, quem sabe? Porque, como todos já sentimos em nossas próprias peles, os cientistas daqui parecem inteiramente desprovidos de pressa. E quem em sã consciência pode culpá-los? Eles possuem todo o tempo da periferia.

– Mas nós, não. – Repliquei mais séria do que pretendia.

Na semana seguinte, quando ainda gozávamos da companhia de Olympia e da hospitalidade do *domus* espaçoso que ela partilhava com aquele monge sibarita, recebi uma emissão urgente de minha companheira, que eu deixara para trás em nossa vivenda em Elysium para visitar minha amiga.

Infelizmente, não foi por meras saudades que Cornelia me procurou.

Em virtude dos acontecimentos, Aline, Michael e eu regressamos para Elysium o mais rápido possível. Regresso este que, dada a gravidade da crise e os meios postos à nossa disposição, foi realmente muito rápido.

Capítulo XIV
Via de Mão-Única

3162 a.u.c.
Siracusa, Europa.
Elysium, Sistema Solar

"A duração breve de nossa vida proíbe-nos de nutrir uma esperança longa."
Horácio, *Odes*

Meus detratores em dois *continua* distintos afirmam que um de meus maiores defeitos consiste em deixar a pior parte da história para o fim.

Em minha defesa, a título de desculpa esfarrapada, só me cabe brandir a obviedade débil de que preferiria mil vezes não ter que concluir esta narrativa com uma nota trágica.

Contudo, nem sempre nossos desejos ingênuos são atendidos.

O lado mais triste de nossas experiências neste continuum deveu-se à atitude tresloucada de dois dos antigos tripulantes da *Pioneira.* Mário e Farukh não deviam ter agido daquela forma.

Vejo-me obrigada a abrir um parênteses aqui, para martelar outra vez a mesma velha tecla.

Não que eu pretenda justificar a atitude deles, em absoluto.

Só peço que vocês, espectadores da humanidade de Elysium, mantenham sempre em mente que o intervalo de algumas décadas constitui um período de tempo considerável para nós.

* * *

Como comandanta da *Pioneira* durante tantos anos, naturalmente não ignorava que Farukh Achernar possuía um perfil emocional instável. É lógico que os psicólogos e programas que o analisaram antes de aprovar seu nome para a expedição também estavam cientes dessa instabilidade. No entanto, o engenheiro havia sido submetido a uma bateria gigantesca de testes e simulações, emulando todas as configurações críticas e de estresse possíveis e imagináveis.

Foi aprovado em todos os exames com resultados mais do que satisfatórios.

A aprovação não se deu à toa. Farukh resistiu surpreendentemente bem à decepção causada pelo desaparecimento dos pavonianos.

Nada o preparara, todavia, para as surpresas deste plano de realidade.

Adquiriu uma depressão incurável ao concluir que estava fadado a envelhecer e morrer numa utopia social habitada por humanos imortais.

Paradoxalmente, saber que as técnicas médicas que vocês desenvolveram serão capazes de prolongar sua vida por mais um ou dois séculos só tornou as coisas piores. Afirmava-se vítima de uma grande piada cósmica.

Durante minha última conversa, quando tentei elevar seu moral, colidi com uma muralha de irritação intransponível.

"– Dois séculos! Isto com muita sorte... O que são dois séculos, afinal? Uma esmola ínfima para quem almeja a imortalidade!"

Com tal rompante, Farukh desfez a conexão via não-espaço antes que eu pudesse pensar numa resposta à altura.

* * *

Quanto a Mário, foi o único dentre os seis que nem sequer tentou se radicar numa comunidade do Sistema Solar.

Durante o primeiro ano da nossa chegada, ele visitou conosco os principais planetas, satélites e habitats orbitais que vocês espalharam pelo Sistema.

Naquele tempo, tudo era festa e Mário demonstrava euforia sem precedentes. Mesmo em se tratando de Mário.

Eu devia ter observado que seu desespero crescia pouco a pouco por detrás daquela máscara de euforia. Se ainda estivéssemos a bordo, eu teria notado que algo de muito errado se passava com Mário. Porque, quando chegou a hora de escolher onde desejávamos morar, ele se recolheu dentro de si próprio. Recusou todos os convites de nossos anfitriões. Bem como os apelos daqueles que o conheciam e o amavam.

Por fim, isolou-se no interior da *Pioneira*. Segundo ele:

"– A última partícula do nosso universo neste Sistema Solar alienígena que nos rodeia."

Como sempre, voltou-se para a inteligência artificial autoconsciente que criara. Sua melhor amiga.

Mário era de longe o mais brilhante de nós seis. O único que poderia tranquilamente se considerar um gênio, por qualquer parâmetro que se arbitre em ambos os continua. O mais criativo e o mais inteligente de todos nós.

Como pôde fracassar onde obtivemos êxito?

Em busca de uma explicação razoável, rememoro um de seus argumentos, de acordo com suas próprias palavras:

"– Não há absolutamente nada para mim nesta civilização. Nada que valha a pena fazer. Tudo que eu consigo conceber, já foi feito, pensado ou projetado." – Ele andava de um lado para outro, gesticulando no Ambiente de Comando da *Pioneira*, como se estivesse realmente a meu lado. "– Olha, Sylvia, sem falsa modéstia, ninguém melhor do que eu consegue estimar a largura do fosso tecnológico que separa esta humanidade da nossa."

Tal conhecimento deprimia-o muitíssimo.

Tentei argumentar que ele deveria procurar algo que fazer:

– E se você voltasse a produzir holoficção?

Afinal, ele adorava escrever e, embora encarasse suas atividades literárias como hobby, era inegável que obtivera considerável sucesso comercial e de crítica em nosso próprio Sistema Solar.

Cientes deste fato, nossos anfitriões já lhe haviam encaminhado diversas propostas para que produzisse ficção histórica para vários projetos. Ou que simplesmente produzisse qualquer peça ficcional que lograsse conceber. Em se tratando de Mário, o pior ainda seria muito bom.

Ardi de inveja quando ele se recusou a sequer cogitar o assunto.

"– A ficção é apenas um hobby, Sylvia." – Replicou cabisbaixo. "– Decerto não espera que eu preencha os séculos vindouros com um passatempo que considero válido apenas para refrescar o intelecto em meus momentos de lazer."

Então, depois da minha maldita sugestão inocente para que voltasse a estudar gravitofísica, veio a obsessão pelas singularidades permeáveis. O entusiasmo febril do brasileiro logo incendiou a imaginação de Farukh. Nosso antigo Chefe-de-Engenharia mudou-se da Lua para a *Pioneira* com armas e bagagens. Julgou ser a decisão mais acertada. Afinal, sempre confiou no julgamento de Mário. Ademais, era seu melhor amigo. Seu predileto.

Por causa dessas preocupações com meus dois amigos, quando Cornelia Quetzalli se deu ao trabalho de entrar em contato comigo via conexão não-espacial a partir de Elysium, tive um pressentimento ruim. Pressentimento que, infelizmente, concretizou-se em realidade.

* * *

Minha amante imortal, Cornelia, é o que de mais próximo de uma companheira permanente obtive neste continuum.

Durante os anos da expedição, sempre que pensava em como iria ser quando regressássemos ao Sistema Solar, imaginava como seria bom compartilhar minha vida com Michael ou Aline. Ou então com Mário.

Só que acabamos voltando para este Sistema Solar onde nos deparamos com humanos que são como deuses. Diante de vocês nos sentimos um pouco como mortais no sopé do Olimpo. A mitologia clássica ensina que é muito difícil para nós mortais resistir aos apelos de um deus. E vocês sempre nos tratando tão bem... Convidavamnos para todas as recepções, insistiam em nos ter por perto o tempo todo, praticamente imploravam para transar, fazer amor, conosco.

Ah, que a chegada inesperada de visitantes exóticos fez desmoronar o tédio imanente a existências tão longas!

Por nosso lado, havia muito o que aprender. Ainda há.

Não pudemos perseguir nossos interesses e, ao mesmo tempo, permanecer juntos os seis, como pretendíamos inicialmente. Além disso, quem em sã consciência resistiria à sedução de semideuses jogados a seus pés?

Cornelia Quetzalli surgiu em minha vida há cinco anos e, ao que tudo indica, no que depender dela, chegou para ficar.

Aline, Michael e Olympia também parecem ter encontrado companheiros à altura.

Minha Cornelia ocupa o cargo de *militia praetor*. Função bem pouco cobiçada e que, segundo me consta, a maioria de vocês nem sequer sabe que existe ou, na melhor das hipóteses, julga meramente decorativa.

Para ser sincera, minha humana também julgava sua função meramente decorativa, não obstante o fato de constituir aquilo que esta cultura pacífica possui de mais próximo de uma "Secretária de Defesa".

Quem pode culpá-la? Afinal, há quanto tempo vocês não enfrentavam uma crise como esta?

* * *

Quando cheguei ao *domus* que comecei a dividir com Cornelia há menos de dois anos, observei que ela não me aguardava no *atrium* e tampouco no *tablinium*, como seria de se esperar.

Como telepata, minha amante sempre consegue saber em que aposento eu me encontro. A recíproca, obviamente, não é verdadeira. Daí, tive que perguntar em alto e bom shant:

– Onde Cornelia está?

"CORNELIA ESTÁ NO TEU CUBICULUM." – Nosso gerente doméstico respondeu com a intimidade solícita, típica das consciências artificiais deste continuum.

"Querida, estou em seu cubiculum.*"* – Cornelia confirmou, sem ter ouvido a resposta do gerente. – *"Precisamos conversar."*

– Precisamos mesmo.

Rumei para meu quarto em passos apressados.

Sentada no tatame em posição de lótus, essa humana serena, de nariz aquilino gracioso, tez achocolatada e semblante aristocrático, cujas têmporas começam a se tornar adoravelmente grisalhas, embora ela mal tenha ingressado em seu sexto século de vida.

"Sente-se comigo, meu amor." – Tão logo atendi seu apelo, colocando-me a sua frente em posição idêntica, já tendo aprendido o quanto eu detesto rodeios, indagou de supetão. – *"O que exatamente você já sabe?"*

– Só o que você me disse. Mário e Farukh partiram com a *Pioneira*. – Respondi em tom ríspido, perscrutando-lhe o fundo de seus olhos negros. – Não entendo como vocês permitiram essa evasão.

"Por favor, Sylvia." – Ela emitiu no tom maternal que costuma empregar quando pretende me acalmar os rompantes. – *"O que julga que deveríamos ter feito para impedi-los?"*

– Vocês podiam ter descoberto as intenções deles e me contado a respeito.

"Farukh Achernar e Mário Sandriotti portavam isoladores psíquicos há meses. Ademais, mesmo se não fosse este o caso, você sabe muito bem que não costumamos nos imiscuir nas mentes de nossos cidadãos. Sobretudo no caso de vocês."

Cornelia se imiscui em meu espírito. E muito.

É diferente, lógico. Como sua amada e amante, não tenho segredos para ela.

Já no caso dos outros cinco, ela assumiria o máximo cuidado para não invadir suas intimidades, justo por sabê-los indefesos, incapazes que somos de erigir bloqueios telepáticos.

– Acaso não desconfiaram quando a *Pioneira* abandonou sua órbita habitual e disparou para o Sistema Solar Exterior?

"Por que deveríamos desconfiar?" – Ela ergueu as palmas das mãos para cima, um gesto de resignação calma que aprendeu comigo. – *"Farukh informou à consciência artificial responsável pelo monitoramento de tráfego que fariam uma corrida de rotina até a altura da órbita do oitavo planeta. Nada que não tenham feito outras vezes. Só desconfiamos que a intenção deles não era bem essa quando a nave ativou sua propulsão principal com potência máxima."*

– Os idiotas!

"Não seja injusta, querida. Seus amigos não são idiotas. Pelo que você me contou, acreditam serem capazes de regressar ao seu próprio universo." – Ela exibiu um sorriso melancólico quando seus olhos buscaram os meus. – *"Não os recrimine tanto assim, pois você mesma nutre dúvidas sobre essa possibilidade."*

Não adiantava discutir. Ela me conhecia bem demais!

– Já confirmaram se eles se dirigem mesmo para o Olho de Shiva?

"Pelo curso adotado, o destino é este mesmo. Aliás, se assim não fosse, eu não teria incomodado sua estada em Marte."

– Não entendo como conseguiram persuadir o programa-mestre a apoiá-los nesta loucura. – Senti-me mais perplexa que indignada. – Normalmente, seria preciso uma ordem minha...

"Pelo que entendo, a Expedição Pioneira concluiu suas missões com o regresso ao Sistema Solar. Considerando que você não é mais a comandanta da nave, será que o programa ainda se sente compelido a aguardar uma autorização sua?"

– Questão pertinente. Só que, oficialmente, ainda me encontro investida no comando.

"Como assim? A Expedição terminou há mais de dez anos."

– Sim e não. Como não regressamos ao nosso Sistema Solar, não pude passar o comando da *Pioneira.* Tampouco falei ao programa-mestre que não me considerava mais comandanta da nave.

"Percebo." – Ela me lançou um olhar pensativo. – *"Mesmo assim, o fato é que a nave partiu para o Olho de Shiva sem sua ordem. Mário Sandriotti não foi o humano que criou essa consciência artificial? Pois então. Não é inconcebível que domine recursos não mencionados nas especificações técnicas."*

– Não conseguirão regressar. – Mais calma, enxuguei as lágrimas na manga da camisa. Em meu íntimo já lamentava pelos dois amigos que julgava perdidos. – Tomaram um caminho sem volta. Uma via de mão-única.

"Estão a cerca de três dias-luz de distância. Lamento termos demorado tanto a desconfiar do que se tratava. No início julgamos que as manobras da nave constituíam parte de uma excursão à nuvem de Oort."

– Por favor, Cornelia, envie uma nave estelar com propulsão não--espacial para detê-los.

"Detê-los, como?" – Ante meu olhar indignado, ela se apressou em acrescentar. – *"Já despachamos uma nave com propulsão relativística que, embora mais veloz que a* Pioneira, *será capaz de acompanhá-la através do espaço-tempo normal, tarefa complicada para um vaso que se deslocasse pelo não-espaço. Só não imagino o que faremos para impedi-los, quando nossa nave chegar até a sua."*

A dúvida de Cornelia era relevante. No fundo, tudo se resume à questão da energia cinética. Porque é extremamente difícil parar uma nave estelar que se desloca à metade da velocidade da luz sem o consentimento de sua tripulação.

A menos que você pretenda destruí-la, o que, em absoluto, não é o caso. Aliás, mesmo se a nave fosse destruída, seus destroços continuariam se deslocando na mesma direção à metade da velocidade da luz.

Inércia é o nome do jogo.

Mas eu não pretendia desistir assim tão fácil.

– Pois eu imagino um meio. Danifique os propulsores principais com uma descarga de plasma sem causar danos à nave.

"Não podemos fazer isto."

– Claro que podem! Emprestem-me o comando de uma nave rápida e eu mesma lhes mostro como fazer.

"Esta proposta é inconcebível e você sabe muito bem disto."

– Inconcebível, como, minha querida? – Esbravejei com os punhos cerrados mas, felizmente, apoiados sobre as coxas. – Com a autoridade que detém, basta uma ordem sua e, muito antes da *Pioneira* se aproximar do Olho de Shiva, a nave interceptadora tornará o propulsor dela inoperante com um disparo certeiro. E não me venha dizer que vocês não dispõem dos meios necessários.

"Não se trata de capacidade tecnológica. Mesmo não sendo especialista no assunto, imagino que, do ponto de vista técnico, desabilitar o propulsor da Pioneira *constitua questão trivial."*

– Qual é a dificuldade, então?

"Pensei que já soubesse." – Porém, logo constatou em minha mente que eu não sabia. Há vezes em que é vantajoso amar uma telepata.

– *"Obrigada pela parte que me toca. Também te amo demais."* – O sorriso breve eclipsou sua irritação por um instante. – *"Está bem. De acordo com as com as últimas análises psicológicas, seus amigos se encontram em pleno domínio de suas faculdades mentais."* – Estendeu a mão e tocou meus lábios com as pontas dos dedos. – *"Espere, meu amor. Permita ao menos que eu conclua o pensamento, antes de levantar objeções... Bem, eles têm consciência perfeita das consequências dos atos que praticam. Portanto..."*

– Por favor, Cornelia... – Senti as lágrimas se derramando novamente bochechas abaixo.

"... diante deste fato, é inconcebível que nos peça para assumir atitudes de violência arbitrária contra eles."

– Eles vão se matar.

"Meu amor, eles conhecem os riscos." – Ela curvou seu tronco e me envolveu num abraço apertado, deixando que eu soluçasse livremente entre seus seios enquanto me acariciava os cabelos. – *"Ah, minha querida. Já vive conosco há mais de uma década. Tempo bastante para saber que para nós a morte é questão de escolha. A vida também é. Não podemos sequer conceber a hipótese de lhes barrar o exercício deste direito."*

– Nossa única esperança, então, é convencê-los a não mergulhar no Olho de Shiva.

Ela não teceu comentários. Simplesmente aguardou que eu mesma concluísse o inevitável.

– Não adiantará nada. Mesmo se interceptássemos a nave e eu fosse a bordo, não conseguiria demovê-los de seu intento. – Ergui meu rosto para encarar Cornelia. – Decerto os dois não ignoram o quão reduzida é a probabilidade de emergirem incólumes do outro lado da descontinuidade. Também sabem que, mesmo se lograrem êxito, não há garantia alguma de que consigam regressar a nosso continuum.

"Foi exatamente isto que depreendi de suas explicações anteriores. Emergiriam num terceiro continuum espaçotemporal, com toda probabilidade mais alienígena e hostil do que o nosso lhes parece." – Abanou a cabeça com admiração lavrada nessa fisionomia linda de musa da mitologia grega. – *"Mesmo sabendo disso tudo, eles tentarão regressar."*

– Não conseguiriam se impedir de tentar, ainda que saibam perfeitamente que dispõem apenas de uma chance ínfima de sucesso.

"E não há forma alguma de impedi-los."

– Nenhuma, exceto a que já sugeri.

"O emprego da coação física é impensável. A violência é algo que tanto nós quanto vocês abominamos intensamente."

– Mesmo para salvar vidas?

"Pare de bancar a tola. Você sabe que não se trata disso." – Ela sustentou meu olhar furibundo sem dificuldade, mas voltou ao seu tom maternal. – *"Eles têm o direito de escolher. Tanto quanto eu ou você, não é?"*

Lançou-me um olhar expressivo. Como se à espera, depois de todos esses anos, de que eu reagisse ao que lhe passava ao espírito. Imagino que seja uma espécie de reflexo condicionado. Uma segunda natureza para vocês. Enfim, após um suspiro resignado, ela propôs:

"Se quiser, eu te levo até lá. Podemos emparelhar o curso de nossa nave com o da Pioneira *e te levar para bordo. Julga que conseguiria convencê-los a desistir?"*

– Não. Sempre fracassei em persuadir Mário a fazer algo sensato depois dele já ter firmado decisão em contrário. – Expeli uma risada rouca, mais parecida com tosse seca. – Ao que parece, só nos resta torcer para que eu esteja errada. Para que Mário tenha descoberto algo extraordinário em seus estudos. Algo que as ciências gravitológicas de duas civilizações humanas de âmbito estelar ignoram e que pode vir a constituir diferença.

Quando retomei o pranto, ela me abraçou e me acariciou a nuca e os cabelos outra vez. Falava comigo em minha mente, ao mesmo tempo em que me sussurrava uma melodia baixinho com sua voz límpida de soprano, até que eu me acalmasse.

Quando a canção terminou, notando que eu parara de chorar, ela me fitou nos olhos e comentou com ar intrigado:

"Estranho. Não consigo parar de pensar que há algo de muito pungente e nobre, uma espécie de beleza trágica e solene na atitude de seus amigos."

– Não vejo nobreza alguma. Tampouco solenidade. Quanto à tragédia, concordo contigo.

"Ah, Sylvia. Admita que há certa bravura na atitude deles. Uma bravura para além de qualquer esperança razoável de vitória. Creio que é aquele tipo de heroísmo obstinado, a determinação de prosseguir contra toda lógica em contrário, de que falam nossos textos clássicos, mas que há muito deixou de existir entre os indivíduos do meu povo."

– Neste sentido, também julgo a atitude deles estranha. Porém, compreensível.

"Então me explique."

– Perseverança sobreposta à própria razão. Não é lá muito lógico ou sensato, sou obrigada a concordar. – Para minha surpresa, meus lábios se abriram num sorriso. – Assim é meu povo. Somos um povo estranho.

"Estranho e maravilhoso." – As lágrimas não chegaram a correr de seus olhos rasos de água. – *"Um povo bravo. Gostaria que pudéssemos conhecer melhor sua civilização. Por experiência própria, descobri que vocês têm muito a nos ensinar. Se ao menos fosse possível..."*

– Ambas sabemos que não é.

"Mário Luiz Ferreira Sandriotti pensa o contrário. Talvez ele saiba algo que ignoramos."

– Você não acredita realmente que eles possam ser bem-sucedidos. Só está cogitando essa hipótese para me animar.

"Não é verdade. Pelo menos, não inteiramente. Ademais, eu sou leiga no assunto." – Ela me abraçou e nós nos beijamos longamente. Enfim, quando nossos rostos se afastaram, ela *falou* num tom de quem pede desculpas. – *"Devia ter previsto que teus amigos agiriam dessa maneira. Porque não é a primeira vez que tal ocorre. Já houve precedentes, por assim dizer."*

– Precedentes?

"Bem, vocês não foram exatamente os primeiros viajantes estelares a ingressar em nosso sistema julgando estar de volta ao próprio lar."

– Mas eu pensei... Vocês sempre afirmaram...

"Dissemos que vocês foram os primeiros visitantes humanos de outras expressões de realidade."

– Então, houve viajantes alienígenas procedentes de outros *continua*?

"Não me atreveria a chamá-los de alienígenas, embora tampouco fossem humanos." – Ante meu olhar de pasmo, após certa hesitação, ela se dignou a explicar. – *"Há cerca de quatro séculos, estiveram aqui outros visitantes estranhos a esta expressão."*

– Por que vocês nunca mencionaram este fato?

"Não tomamos a iniciativa de lhes contar, temendo que tal conhecimento pudesse influenciar negativamente seu processo de adaptação à nossa sociedade. Por outro lado, jamais impusemos segredo. Mário e Olympia perguntaram sobre a existência de visitantes extra-humanos de outras expressões. Intuíram que desníveis topológicos, divergências por assim dizer, poderiam se dar não apenas na história propriamente dita, como também na história natural. Nós lhes contamos tudo o que sabíamos, mas rogamos que não falassem aos demais."

– Entendo. Mas, por que está me contando isto agora?

"Não quero mais guardar segredos de você." – Ela esboçou um sorriso triste. – *"Ademais, julgo que já está plenamente adaptada."*

– E o que mais?

"Como assim?"

– Cornelia, meu amor, posso não ser capaz de ler seu espírito, mas já disse mais de mil vezes que você se torna transparente quando pretende esconder algo de mim. Acabou de afirmar que não pretende mais manter segredos. Então, só vou perguntar mais uma vez: o que mais?

"Não é nada. Só estou um pouco receosa." – Ela enxugou as lágrimas que afinal se derramaram. – *"Acaso não cogitou seguir pelo mesmo caminho que seus amigos, não é?"*

– Claro que não! – Antes que ela pudesse vasculhar o que se passava em meu íntimo, exigi de chofre: – Fale-me desses outros visitantes.

"Eles evoluíram em Orbi, embora este não fosse exatamente o mundo natal que pretendiam encontrar. Eram tão diferentes de nós... Suas mentalidades muito mais alienígenas do que se depreenderia da mera aparência física. Já entramos em contato com várias civilizações extra-humanas, a começar com a dos pavonianos. Sempre nos sentimos à vontade na presença de alienígenas. No entanto, havia algo naqueles visitantes, tão oriundos de Elysium quanto nós próprios, que nos perturbava intensamente."

– O que aconteceu com eles? Decerto não residem mais no Sistema Solar, ou já teríamos tropeçado neles.

"Simplesmente não conseguiram se adaptar à nossa civilização. Não que não houvessem tentado. Muito ao contrário. Lutaram com afinco prodigioso para compreender nossa cultura e se integrar ao nosso modo de vida. Contudo, apesar do esforço mútuo, nosso e deles, falharam. Não. Isto não é justo. Melhor seria dizer que os dois lados falharam. Talvez, devido às próprias diferenças irreconciliáveis que nos separavam."

– Sim, mas o que aconteceu com eles?

"No sexto ano de sua estada, os sobreviventes reembarcaram em sua nave e afirmaram que iriam tentar regressar a sua própria expressão de realidade. Nós os alertamos quanto à impossibilidade de cruzarem incólumes o Olho de Shiva. Fizemos tudo o que estava ao nosso alcance para dissuadi-los. Praticamente imploramos para que permanecessem no Sistema Solar. Até lhes prometemos terraformizar um planeta extra-solar onde pudessem recriar sua própria sociedade." – Ela suspirou, visivelmente desanimada. – *"Inútil. No fim, como poderíamos detê-los contra a vontade?"*

– Então, eles tentaram regressar através do Olho de Shiva?

"Isto mesmo. Pela perturbação na assinatura energética emitida pelo Olho, quando a nave deles foi tragada, décadas mais tarde, concluímos que a maior parte do veículo deve ter se desintegrado na travessia. É quase impossível que tenha havido sobreviventes."

– Deve ter constituído uma experiência terrível para seu povo. – Comentei absorta.

Terrígenas, mas não-humanos. Interessante. Será que...

"Jamais imaginei que iríamos passar por este trauma todo outra vez. Sempre julgamos que a adaptação de vocês se daria sem grandes percalços. Afinal, ao contrário dos visitantes anteriores, vocês são humanos. Humanos tentando se adaptar a uma sociedade que, conquanto estrangeira, também é humana e não alienígena."

– Esses outros, no entanto, não eram humanos. Evoluíram neste planeta, mas não eram como nós. – Então, subitamente, senti meu sangue gelar. – O quão não-humanos eles eram?

"Eram muito, muito diferentes de nós."

– Como se pareciam? – Em meu íntimo, eu já sabia a resposta.

Este não é o tipo de pergunta que alguém como eu deva fazer de modo desavisado a uma pessoa do seu povo. Porque não é o tipo de indagação que vocês costumam responder através da fala mental, do mero pensamento articulado.

Não.

Para responder, minha amada Cornelia simplesmente me transmitiu à mente a visão de uma daquelas criaturas. Tal como ela própria tinha visto há exatos trezentos e oitenta e dois anos, por ocasião de uma conferência em que participou com um pequeno grupo daqueles visitantes terrígenas.

Incrível!

Boquiaberta, constatei que Michael se equivocara quanto à coloração da epiderme.

Contudo, os glóbulos oculares! Duas bilhas negras e brilhantes, imersas em poços de âmbar amarelado. Esses olhos com membranas nictitantes são inconfundíveis. Olhos frios e, no entanto, demasiado expressivos. Olhos de ave de rapina a esquadrinhar uma presa em potencial. Olhar de górgona, capaz de consumir tudo aquilo que fitar.

Ah, sim. Conheço esses olhos muito bem.

Cornelia afirma que emiti um grito inarticulado antes de desfalecer em seus braços.

Apesar da memória indelével, não consigo me lembrar de ter gritado.

Só me recordo daqueles olhos fulgurantes.

Mesmo que possuísse a memória fragmentária dos humanos do passado e, ainda assim, vivesse tanto quanto vocês, jamais me esqueceria daqueles olhos medonhos.

* * *

"Desculpe-me, meu amor." – Ao abrir os olhos, constatei que minha cabeça descansava no colo dela. Olhos negros, esses sim, tão ternos, perscrutavam os meus, repletos de enlevo e preocupação. – *"Não imaginei que os neossauromorfos racionais te assustassem tanto! Devia ter me lembrado que você não tem defesas e não ter emitido a visão do... ahn, 'faker'... isto! A visão do faker direto para sua mente."*

– Não foi nada. Já estou me sentindo melhor.

"Não pude deixar de buscar em suas memórias o motivo do seu temor intenso por répteis em geral e por esses fakers em particular. Mais uma vez, peço perdão. Prometo tomar mais cuidado no futuro."

– Tudo bem. – Sorri. – Não traga mais cobras e lagartos para dentro do nosso *domus*.

"Combinado. Porém, a bem da verdade, esses neossauros não constituíram nem de longe a dádiva mais hedionda que o Olho de Shiva nos brindou... Afinal, ao menos eles eram respiradores de oxigênio, vertebrados e bípedes, como nós."

– Não vejo o que poderia ser mais pavoroso do que um faker!

"Você não imagina os seres de pesadelo, gelatinosos, cheios de tentáculos ondulantes, exalando um odor nauseabundo, que surgiram sobre Marte há oito séculos, já mortalmente impregnados por radiação gama, mas ainda dispostos a reclamar o Quarto Planeta como seu mundo natal. Por que você acha que o governo provincial de Marte instalou aquelas baterias orbitais todas com canhões lasers de raios X?"

– Por Buddha, poupe-me desta visão! – Implorei num guincho apavorado.

Mas já era tarde.

FIM

Epílogo
Fim do Início

3170 A.U.C.
O'neill Hades VIII,
Olho de Shiva.

Inútil negar que senti tentação de encerrar esta narrativa com o fim melodramático do capítulo anterior. O pior de tudo é a certeza de que, estilisticamente ingênuos como são, quase todos os meus espectadores apreciariam esse fim *grand-guignol*.

Contudo, lá do outro lado do Olho de Shiva, este tipo de clichê surrado já estava fora de moda bem antes do Holocausto, sendo considerado apelação barata.

A questão é que, para bem e para mal, apesar de não possuir nem de longe o talento ou a criatividade de Mário, sou metida a ficcionista. Portanto, imbuída de nobres pretensões estilísticas, julguei por bem abrir mão do recurso fácil do final-surpresa.

Espero que não me levem a mal pela brincadeira.

Afinal de contas, se vocês vieram comigo até aqui, imagino que seus neurônios imortais não sofrerão danos permanentes se concordarem em me conceder mais um pouquinho de paciência. Até porque paciência é um atributo que vocês afirmam ter de sobra.

* * *

Graças a Cornelia, viemos até as proximidades do Olho de Shiva, para tentar convencer nossos amigos fujões a permanecer neste continuum.

Quase oito anos após a partida inopinada da *Pioneira*, só agora, a meras dez horas-luz do horizonte de eventos exterior da singularidade, conseguimos estabelecer contato com Mário e Farukh.

Há anos sabíamos, através do programa-mestre, que os dois estiveram submetidos ao Sono desde a nuvem de Oort solariana. Sono bastante conveniente, aliás, pois evitou que estabelecêssemos contato radiofônico para tentar dissuadi-los de seu intento.

A bordo da *Mahayana*, tanto eu, Olympia, Michael e Aline, quanto Cornelia, Huáscar e outros hierarcas tentamos demovê-los daquela evasão suicida.

Horas e horas de muita falação e argumentos de parte a parte.

Em momento algum, os dois perderam as estribeiras, não obstante nossa insistência furiosa. Tampouco se recusaram a ponderar nossos pontos de vista, dos mais lógicos aos puramente emocionais.

Não permitiram, contudo, que fôssemos a bordo de nossa velha nave.

Apesar de minha insistência, Cornelia se negou cogitar a hipótese de uma abordagem não autorizada por Mário ou Farukh.

No fim, os dois não cederam um milímetro da determinação inicial de mergulhar com a *Pioneira* singularidade adentro.

Esgotados todos os apelos, restaram as lágrimas de despedida.

Ainda bem que pude contar com Cornelia e meus três amigos a meu lado no instante fatídico em que o pulso hiperenergético do Olho de Shiva atingiu a *Pioneira* e ela se desmaterializou deste espaço-tempo.

Chorando, murmurei ao ombro de Michael:

– Espero que tenham sentido apenas aquele breve mal-estar que nos acometeu quando, sem que percebêssemos, fomos transladados para este continuum.

"Há como saber se eles conseguiram cruzar o Olho incólumes?" – Olympia se voltou para Huáscar com um misto de temor e esperança no semblante.

"Talvez haja." – O hierarca marciano assumiu o ar absorto de quem conversa mentalmente com alguém que não se encontra fisicamente presente. Então, esboçou um sorriso político demais para o meu gosto. – *"Segundo o Comandante Iulius, não há o mínimo indício de destroços de vossa antiga nave. A inexistência de destroços indica que lograram pelo menos sobreviver à travessia."*

– E se os destroços repercutiram para os *continua* adjacentes? – Indaguei, já liberta do amplexo de Michael e outra vez ladeada por Cornelia e Aline.

"É uma possibilidade que devemos considerar." – Huáscar reconheceu. O sorriso apagado no semblante repentinamente sério. – *"Nós mesmos não temos tanta experiência quanto vocês imaginam sobre a permeabilidade relativa dessa singularidade, embora nosso conhecimento tenha crescido exponencialmente desde vossa chegada e a instalação de Hades VIII."*

– Segundo entendi, a nave estelar dos fakers era bem menor do que a nossa. – Aline comentou. Seu companheiro, Fabius Viriatus, não pudera vir conosco. – Mesmo assim, quando destruída pela singularidade, teve seus fragmentos espalhados. Um deles voltou para cá e foi encontrado por nós.

"Exato." – Cornelia assentiu com um olhar de apreciação muda à médica. – *"É lógico que isto não equivale em absoluto a afirmar que a* Pioneira *sobreviveu à travessia. Contudo, concordo que a ausência de fragmentos constitui um bom augúrio."*

* * *

Como vocês nos informaram assim que chegamos no Sistema Solar deste continuum, a singularidade permeável conhecida como Olho de Shiva possui forte assimetria favorável ao ingresso neste plano de realidade.

Móveis transladados de outros continua, sejam eles naves ou fragmentos, vêm parar aqui com relativa frequência.

Além da *Pioneira*, ao que eu saiba houve pelo menos dois outros casos somente neste último milênio: a nave estelar faker, oriunda do continuum onde descendentes de dinossauros vagam pela Terra até os dias de hoje, e a nave dos alienígenas gelatinosos tentaculados que se afirmaram originários de um Marte de outro continuum, onde, em tese, a vida superior teria evoluído, a ponto de produzir uma civilização tecnológica autóctone.

Sabe-se que o Olho de Shiva se manifesta em vários continua.

Ao que me consta, nave ou destroço algum jamais se materializou em Molton I, do lado de lá da singularidade, no plano onde já não existem mais pavonianos e onde a humanidade quase logrou se extinguir no Holocausto Termonuclear de 2043.

Pelo menos não encontramos nada por lá antes de sermos nós próprios transladados para cá.

Até a desmaterialização da *Pioneira* horas atrás, todas as naves estelares e sondas automáticas que empreenderam a travessia rumo a outro plano de realidade, voluntariamente ou não, foram destruídas.

Essas aniquilações foram confirmadas pela detecção de pequenas nuvens de matéria degenerada no sítio exato onde a nave ou sonda desapareceu após ter sido envolta pelo pulso hiperenergético da singularidade.

A matéria degenerada indica que a nave desaparecida sofreu

processo de compressão gravitacional catastrófica. No entanto, não há vestígio algum de matéria degenerada no ponto onde se deu o desaparecimento da *Pioneira*.

Os gravitofísicos residentes em Hades VIII se confessaram surpresos com o aparente êxito de nossa nave. Desde a inauguração desse complexo orbital de pesquisa, eles já lançaram centenas de sondas à singularidade e já registraram mais de oitenta desmaterializações. Com tamanha experiência, foi a primeira vez que falharam em detectar vestígios de uma nuvem de matéria degenerada.

Agora, eles se questionam se acaso Mário Sandriotti não saberia mais do que insinuou nessas últimas horas antes da partida.

Quando indagado, o brasileiro exibiu discrição e laconismo atípicos:

"– Não descobrimos nada de novo. Foi só questão de observar os mesmos velhos fenômenos de outro ângulo, para que determinadas nuances encantadoras da teoria nos saltassem aos olhos."

Por mais que insistíssemos, ele se negou a fornecer maiores detalhes.

Porém, mesmo admitindo que Mário e Farukh tenham emergido em outro continuum, é de todo improvável que tenham logrado regressar ao plano de realidade da nossa civilização.

Se é verdade que conseguiram desenvolver um método seguro para singrar através dessa singularidade permeável, por que não transmitiram esse conhecimento para nós?

Talvez porque, mesmo que tenham aprendido como sobreviver à travessia do Olho de Shiva, intuíssem que tal mergulho fosse um caminho sem volta. É bem possível que estejam fadados a demandar eternamente por entre os diversos *continua*, sempre em busca da Terra de onde partimos. Condenados a emergir numa infinidade de planos de realidade, sempre em busca de nosso continuum natal, sem jamais encontrá-lo.

Pois já aprendemos por experiência própria que não é fácil descobrir exatamente o tipo de civilização presente no Sistema Solar a partir de Molton I.

Mário e Farukh deverão visitar versões distintas do Sistema Solar em dezenas, centenas, milhares de planos, sem jamais encontrar exatamente a Terra que procuram?

Não creio que consigam um dia concretizar a chance ínfima de regressar ao continuum da Terra.

Talvez um dia a humanidade de Elysium receba novos visitantes extracontinuum.

Se tal ocorrer, espero que esses novos visitantes tragam consigo novas respostas.

Contudo, meu maior desejo é que, se houver visitantes, eles sejam humanos.

FIM
(de verdade)
Gerson Lodi-Ribeiro,
Agosto 2011.

Apêndice "A"
Delta Pavonis e os Pavonianos

Sylvia K. Chang,
Olympia S. Magnus e
Michael J. McFerguson

O Sistema Delta Pavonis

Sylvia K. Chang

Delta Pavonis [HR 7665; HD 190248] dista 19,9 anos-luz do Sistema Solar, próximo ao centro da constelação do Pavão (Pavo). Embora ligeiramente menor do que o Sol, Delta Pavonis é claramente visível a olho nu nos céus do hemisfério sul da Terra, sendo a quarta estrela mais brilhante de sua constelação.

O primário de Delta Pavonis é uma estrela amarelo-alaranjada de classe espectral G5. Foi registrada pela primeira vez no século XVI, na época das Grandes Navegações. Desde a Era Pré-Holocausto os astrônomos sabem que, em termos de massa e luminosidade, Delta Pavonis é uma das estrelas mais parecidas com o Sol num raio de 50 anos-luz.

O primário em si possui 97% da massa do Sol, 1,09 do diâmetro solar e cerca de 1,2 da luminosidade solar. Delta Pavonis possui apenas 40% do teor de elementos metálicos presente no interior do Sol.

Trata-se de uma estrela consideravelmente mais velha do que o Sol.

O fato de ser demasiado brilhante para sua classe espectral é um indicador seguro de que Delta Pavonis está prestes a sair da Sequência Principal e evoluir para o estágio de subgigante vermelha.

Como o Sol, Delta Pavonis constitui o primário de um sistema singular, ou quase. Pois se sabe desde o início do século XXI que existe um astro com cerca de 25 M_j* orbitando em torno de Delta Pavonis a uma distância média de 156 U.A.** do centro de massa do sistema.

Na década que antecedeu o Holocausto, astrônomos brasileiros descobriram que o primário de Delta Pavonis possui um séquito de três ou mais planetas, além da anã marrom cuja existência já havia sido determinada anteriormente. Cálculos detalhados indicaram a forte probabilidade de que pelo menos um desses planetas fosse um

* M_j = Massas Jupiterianas. Júpiter possui 318,05 M_t (Massas Terrestres) ou 1,90 x 10^{27} Kg.

** U.A. = Unidade Astronômica. Distância média em a Terra e o Sol. Equivalente a 149.600.000 Km.

mundo com a massa e as dimensões aproximadas da Terra e situado no interior da ecosfera* do sistema.

Essa descoberta alvissareira fez com que várias nações, tanto da União Sulina quanto do Bloco Nortista, dirigissem seus esforços e antenas PIET (acrônimo em português de "Procura de Inteligências Extraterrígenas"**) para Delta Pavonis.

Datam desse período as transmissões em paleolincos transmitidas aos pavonianos e captadas por eles mais ou menos à época em que a humanidade lutava para escapar à extinção.

Vários séculos mais tarde, quando finalmente captamos a resposta dos pavonianos, a Federação decidiu preparar e enviar a primeira expedição interestelar tripulada da história humana. Iniciou-se então a construção da *Pioneira* no ponto lagrangiano L4 da órbita lunar.

Na época da Partida já sabíamos, pela decodificação das transmissões pavonianas, o número e as características principais dos planetas orbitantes nesse sistema.*** Surgiu então o problema do batismo desses planetas extra-solares. Diversas vozes se ergueram em defesa da tese de que a Federação deveria batizar os planetas recém-descobertos empregando os nomes de divindades das antigas mitologias humanas. Os panteões Maori e afro-brasileiro eram os mais cotados. É claro que os

---

* Também chamada de "zona habitável" do sistema. Casca esférica imaginária em torno de uma estrela qualquer onde a temperatura superficial de um planeta hipotético orbitante em seu interior é condizente com as condições necessárias e suficientes para propiciar a origem e o desenvolvimento da vida tal qual a conhecemos. Mais restritivamente, podemos considerar que ecosfera é a casca esférica imaginária onde, num sistema estelar qualquer, é possível existir água em estado líquido (intervalo de 0° a 100°C para a pressão atmosférica da Terra ao nível do mar).

** Na verdade, o acrônimo empregado naquela época era o equivalente anglo-saxão "SETI" ["Search for Extra Terrestrial Intelligence"], que após o Holocausto caiu em desuso, sendo substituído pelo termo atual.

*** Isto é, já sabíamos tanto quanto os pavonianos sabiam. Pois eles jamais mencionaram Delta Pavonis I, embora hoje se saiba que os astrônomos pavonianos realmente descobriram esse planeta *após* a última transmissão dirigida à humanidade.

Quantos aos planetas orbitantes em torno da anã marrom, não há qualquer menção da presença deles nas literaturas científicas das diversas culturas pavonianas. O lapso nos leva a crer que os nativos de Jokerman ignoravam a existência do séquito de planetas orbitante em torno de Delta Pavonis VI.

Demonstrações de ignorância desta ordem nos permitem concluir que as técnicas e o instrumental astronômicos dos pavonianos eram inferiores aos disponíveis à humanidade da Era Pré-Holocausto. Conclusão esta, aliás, corroborada pelo fato de que os pavonianos não possuíam observatórios orbitais e tampouco sondas interplanetárias.

pavonianos não foram consultados a respeito... Contudo, como as diversas facções científicas pareciam cada vez menos dispostas a chegar a um consenso, uma semana antes da Partida, o Conselho Científico da Federação aprovou a resolução pela qual a primazia de batizar os planetas de Delta Pavonis deveria caber aos primeiros humanos que pusessem os olhos nestes mundos, isto é, os tripulantes da *Pioneira*. Fomos exaustivamente instruídos, até por questão diplomática, a aproveitar, à medida do possível, a nomenclatura empregada pelos nativos.

* * *

Delta Pavonis I (*Janos*) é um planeta tipicamente mercuriforme. Um mundo pequeno e morto.

A proximidade excessiva com o primário (0,29 U.A.) travou a rotação de Janos. Portanto, à semelhança da Lua, o período de rotação de Janos é idêntico a seu período orbital, ou seja, o planeta mantém sempre a mesma face voltada para o primário. A travagem orbital transformou todo o hemisfério diurno de Janos numa vasta planície de rochas incandescentes com temperaturas médias capazes de liquefazer o chumbo – aquilo que os divulgadores românticos e ingênuos da Era Pré-Holocausto chamariam de “Inferno”. Por outro lado, o hemisfério noturno permanece imerso em trevas eternas, numa temperatura muito próxima ao zero absoluto.

Com sua rotação travada, Janos é de fato como os astrônomos do início do século XX imaginaram que Mercúrio seria.

Há ainda uma faixa estreita de crepúsculo entre os lados diurno e noturno, onde as temperaturas são comparativamente toleráveis por todo o ano.

O planeta foi batizado por Olympia Magnus.

* * *

Delta Pavonis II (*Jokerman*) é o planeta dos pavonianos. Trata-se de um mundo biótico de atmosfera oxigenada. Um planeta extremamente semelhante à Terra, exceto pelo fato de não possuir massas continentais emersas dignas de nota.

Distante 1,11 U.A. de seu primário, Jokerman recebe praticamente a mesma energia radiante que a Terra, mas seu período orbital (ano) é de 431 dias-padrão. No entanto, como o dia sideral de Jokerman dura aproximadamente 27h e 31min, o ano jokermaniano corresponde a 374,87 dias siderais.

A temperatura média na superfície de cerca de 13 °C, faria de Jokerman um mundo com faixas de variação térmica bastante semelhantes às da Terra, não fosse a presença do oceano planetário, que atua como agente de estabilização climática, fazendo com que as temperaturas variem menos no decorrer do dia mais longo do planeta.

A gravitação superficial de Jokerman é de 0,98 g e a pressão atmosférica ao nível do mar é para todo e qualquer efeito prático idêntica à terrestre. A composição química da atmosfera jokermaniana é bastante semelhante à da atmosfera terrestre, de forma que humanos podem respirar livremente sem dificuldades; o teor reduzido de dióxido de carbono não chega a constituir um problema.

Jokerman possui um único oceano de dimensões planetárias. Ao contrário do que ocorre no outro mundo biótico do sistema, em Jokerman a água é artigo abundante. Não existem continentes, apenas dezenas de milhares de ilhas de todos os tamanhos, quer isoladas, quer distribuídas em arquipélagos. A maior ilha, Kahoolawe, situa-se na zona tropical do hemisfério sul e, grosso modo, equivale em área à Groenlândia. Há também doze outras ilhas com as dimensões da Ilha Meridional da Nova Zelândia.

Nossos estudos geofísicos indicaram que Jokerman sofreu um bombardeio meteorítico bastante severo há cerca de 120 milhões de anos. Em consequência, as placas tectônicas do planeta sofreram processo de estilhaçamento. Geologicamente falando, ainda não houve tempo suficiente para a crosta planetária cicatrizar, voltando a formar novas placas continentais com extensões semelhantes às das placas terrestres. De acordo com um dos modelos que desenvolvemos, existe forte possibilidade de que Jokerman jamais volte a desenvolver continentes tão extensos como os que hoje existem na Terra.

Jokerman possui três satélites naturais. Selene, o maior, possui 57% da massa da Lua. Muito menores, Semíramis e Sarita, com respectivamente 380 e 170 km de diâmetro, são vistos nos céus do planeta como pouco mais do que bolas de gude esbranquiçadas. O efeito de maré combinado dos três satélites resulta em marés lunares de amplitudes semelhantes às reinantes na Terra, mas periodicidade bem mais complexa. Tal complexidade implicou maior esforço por parte dos *sábios-navegadores* pavonianos para derivar tabelas náuticas com horários precisos das marés.

Contudo, não obstante a inexistência de continentes, Jokerman é um planeta bonito e aprazível. Humanos poderiam viver e prosperar lá. Praticamente desprovido de grandes extensões de terra emersa, mas salpicado de ilhas isoladas e arquipélagos de polo a polo, Jokerman assemelha-se a um Oceano Pacífico de dimensões planetárias. O fato de só possuir uns poucos sítios de onde não se pode sentir o aroma fresco e salutar da brisa marinha faz desse mundo de ilhas, ora coralinas, ora rochosas, mas quase sempre revestidas de vegetação luxuriante, um paraíso para qualquer pessoa de ascendência Maori.

Os vegetais de Jokerman são clorofilados e à primeira vista bastante semelhantes aos da Terra. Como em nosso planeta, a maior parte do oxigênio atmosférico é produzido por algas marinhas microscópicas.

A classe zoológica dominante em Jokerman é constituída por estranhos vertebrados ovíparos homeotérmicos de nove patas, que possuem ordens marinhas, anfíbias e ordens terrícolas. Os pavonianos pertencem a essa classe dos *nonípedes*.

O planeta foi batizado por Mário Sandriotti.

* * *

Delta Pavonis III (*Sandman*) é o outro planeta biótico do sistema.

Distante 1,36 U.A. do primário, Sandman recebe apenas dois terços da energia radiante incidente na Terra. Seu período orbital (ano) é de 588 dias-padrão. Como o dia sideral de Sandman dura aproximadamente 29h e 12min, o ano sandmaniano corresponde a 481,95 dias siderais.

A temperatura média na superfície de cerca de -14 °C faz de Sandman um mundo consideravelmente mais frio do que a Terra ou Jokerman. Como não possui oceanos para atuar como agentes de estabilização termoclimática, as temperaturas variam bastante no decorrer do dia sandmaniano, mais de 20% mais longo do que o terrestre.

Como o nome indica, Sandman é um mundo desértico. Há pouca água em estado líquido na superfície sandmaniana. O planeta é mais ou menos como os estudiosos do início do século XX imaginavam que Marte seria, ou seja, Sandman é como Marte seria se estivesse um pouco mais próximo do Sol e fosse mais massivo.

De outra perspectiva, Sandman é hoje como os colonos marcianos sonhavam que Marte se tornasse, uma vez concluído o processo de terraformização, em curso à época de nossa partida do Sistema Solar.

Dito isto, Sandman está longe de constituir o paraíso que Olympia Magnus imagina que ele seja.

Do ponto de vista de humanos nascidos na Terra ou num habitat orbital, Sandman é um planeta seco e frio; um mundo que não decidiu se pretende se tornar terrestre ou marciano.

Sandman possui dois satélites. O maior, Calliope, é quase do tamanho da Lua e dista 280.000 Km do planeta. O satélite menor, Terpsichore, possui apenas 220 Km de diâmetro e gira em redor do planeta numa órbita de excentricidade elevada.

Sandman não possui oceanos e sequer mares rasos.

As maiores extensões de água em estado líquido são dois grandes lagos salgados com as dimensões aproximadas do Mar Cáspio, um dos quais repleto de fauna e flora marinha extremamente diversificadas – diversidade esta que constitui indicativo seguro de que, num passado remoto, a água foi mais abundante na superfície de Sandman.

Há ainda um punhado de charnecas e pântanos, resquícios da umidade remanescente nos leitos secos dos mares de outrora. Uma miríade de canyons e vales são testemunhas de um passado mais úmido e mais fértil quando por ali correram rios, hoje desaparecidos.

Uns poucos riachos perenes fluem o ano inteiro mas engrossam bastante no verão com a neve derretida dos cumes das montanhas. Muitos rios temporários renascem com o degelo parcial das calotas polares durante o verão. Essas águas glaciais correm dos polos para irrigar umas poucas áreas temperadas nos dois hemisférios, proporcionando o aparecimento de pseudo-oásis luxuriantes, conquanto temporários. No verão do hemisfério sul, algumas regiões temperadas abaixo do equador sofrem um processo de fertilização sazonal espetacular, transformando-se por alguns meses em vastos oásis pululantes de vida, veios de fertilidade florescente cercados de terras áridas e estéreis por todos os lados. Diversamente dos oásis verdadeiros, as regiões abarcadas pelos pseudo-oásis apresentam florescimento tão somente sazonal. O mesmo fenômeno se repete, em menor escala, alguns meses mais tarde em algumas áreas temperadas acima do equador, quando chega o verão no hemisfério norte.*

O oxigênio atmosférico de Sandman é produzido pela vida bacteriana autóctone como subproduto da digestão dos óxidos e nitratos presentes nos solos dos leitos dos antigos oceanos.

---

* Este fenômeno sazonal era conhecido da ciência pavoniana. Dois séculos antes do primeiro contato radiofônico com a humanidade, astrônomos das culturas então florescentes em Kahoolawe e no Arquipélago Souza traçaram belas ilustrações retratando as mudanças de coloração na superfície de Sandman detectadas a partir de observações telescópicas do hemisfério sul do terceiro planeta.

A pressão atmosférica de 860 milibares e o teor de oxigênio inferior a 13% recomendam o emprego de máscaras extratoras padrão.* Não há necessidade de tanques de oxigênio.

A vida sandmaniana adaptou-se relativamente bem ao ressecamento progressivo do planeta. A maioria das formas unicelulares e multicelulares sobreviventes desenvolveu mecanismos engenhosos para reter água no interior de seus organismos. A forma biótica dominante é uma classe de criaturas de aparência insetoide, pulmonadas e dotadas de dois esqueletos: um interno e o outro externo, representado por carapaças córneas. Em algumas espécies, os indivíduos adultos atingem comprimentos máximos de 120 cm e possuem dezenas de patas articuladas.

O planeta foi batizado por Mário Sandriotti.

* * *

Delta Pavonis IV (*Pavo*) é um gigante gasoso ligeiramente maior do que Júpiter, cujo sistema de anéis é quase tão exuberante quanto o de Saturno.

À semelhança dos gigantes gasosos do Sistema Solar, Pavo também dispõe de dezenas de satélites naturais. O maior desses satélites, *Acquovum*, possui as dimensões aproximadas da Lua, mas uma massa menor, constituindo-se essencialmente num grande globo de gelo aquoso com um pequeno núcleo rochoso.

Como Júpiter, Pavo gira muito rápido em torno de seu próprio eixo: o dia em sua superfície dura apenas 9h 31min.

O planeta foi batizado por Farukh Achernar.

* * *

Delta Pavonis V (*Pavino*) é um gigante gelado, isto é, planeta gasoso com as dimensões aproximadas de Urano. Possui três satélites naturais, o maior deles com as dimensões aproximadas de Ceres.

A característica mais marcante de Pavino é a inclinação axial pronunciada.

O planeta foi batizado por Farukh Achernar.

---

* Humanos geneticamente adaptados à vida em Marte podem dispensar o uso de máscaras. Olympia Magnus sentia-se perfeitamente bem sem máscara, mesmo em altitudes elevadas. A gravitação superficial de 0,87 g também contribuía para fazer a marciana se sentir mais confortável em Sandman.

* * *

Delta Pavonis VI (*Gargantua*) é mais do que um mero supergigante gasoso. Com 24,96 MJ, Gargantua é uma anã marrom – uma estrela falhada. Com o triplo de sua massa, Gargantua teria se tornado um astro radiante, uma anã vermelha, o que transformaria Delta Pavonis num sistema duplo.

Apesar de extremamente massivo, Gargantua possui um diâmetro um pouco menor que o de Pavo.

Como anã marrom, é mais denso que o gigante gasoso do sistema, irradiando muito mais energia do que recebe do primário nos comprimentos de onda do espectro rádio, em microondas e no infravermelho.

Gargantua orbita o centro de massa do sistema a uma distância média de 156 U.A.

A anã marrom dispõe de um séquito de oito satélites. Dois destes, Gog e Magog, por suas dimensões, talvez possam ser considerados planetas de pleno direito. Magog, o maior deles, possui massa superior à da Terra e gravitação idêntica à terrestre.

À falta de voluntários, a anã marrom foi batizada por mim.

Tabela 1 – Sistema planetário de Delta Pavonis.

Característica / Planeta	Janos	Jokerman	Sandman	Pavo	Pavino	Gargantua	Gog	Magog
Distância média do primário (UA)	0,29	1,11	1,36	4,96	8,25	156,32	–	–
Período orbital (dias)	58	431	588	4097	8788	1984 anos	–	–
Inclinação do eixo orbital (°)	0°	19°	20°	3°	62°	1°	–	–
Excentricidade	0,24	0,01	0,03	0,02	0,01	0,15	0,05	0,03
Diâmetro (Terra = 1)	0,36	0,99	0,92	11,15	3,98	9,78	1,05	1,04
Massa (Terra =1)	0,05	0,96	0,74	334,02	14,54	7938,53	0,78	1,08
Densidade (g/cm³)	5,35	5,49	5,24	1,33	1,27	46,84	3,75	5,31
Dia sideral (horas)	1392	27,5	29,2	9,5	17,2	96,7	–	–
Número de satélites	0	3	2	21	5	8	0	0
Gravitação (Terra = 1)	0,39	0,98	0,87	2,69	0,92	83,00	0,71	1,00

Aspectos Gerais da Biologia Pavoniana*

Michael J. McFerguson

Introdução

Delta Pavonis é um sistema estelar privilegiado do ponto de vista biogênico. Dos seis planetas orbitantes em torno do primário, dois deles – Delta Pavonis II e Delta Pavonis III – não apenas encontram-se no interior da ecosfera pavoniana, como são efetivamente bióticos e, além disso, abrigam formas biológicas complexas.

Ambos os mundos possuem biosferas ricas, dotadas de conjuntos ecossistêmicos diversificados, constituídos não só por vida unicelular, ubíqua em todos os mundos bióticos, mas também por formas multicelulares diferenciadas, ocorrência que hoje sabemos ser relativamente rara em termos de evolução biológica.

Não há dois planetas de atmosferas oxigenadas com biosferas mais diversas do que Delta Pavonis II e III, batizados respectivamente *Jokerman* e *Sandman*.

À primeira vista, um observador leigo diria que Jokerman é um mundo oceânico, não obstante seus milhares de habitats insulares, enquanto Sandman seria classificado como um deserto de dimensões planetárias.

Embora a biosfera jokermaniana apresente maior diversidade, sobretudo devido ao vasto conjunto de biomas marinhos**, esta maior diversidade não é observada facilmente quando o xenobiólogo foca sua atenção exclusivamente nos biomas terrestres, pelo fato de Jokerman possuir poucas massas emersas.

Já à época da partida da *Pioneira* era ponto pacífico que na maioria dos planetas dotados de biosferas estáveis, o surgimento das formas

---

* Este apêndice representa uma versão condensada e adaptada do resumo que apresentei aos tribunos do Arquimosteiro da Ciência quando de nosso regresso ao Sistema Solar. Para maiores detalhes, consultem o holorregistro de referência MM 437.041.

** O conceito de diversidade biótica aqui aplicado é definido tanto pelo maior número de espécies e maior diversidade taxonômica extragênera quanto pela maior diversidade genética entre diferentes espécimes de uma mesma espécie.

multicelulares é um fenômeno muito mais demorado e fortuito do que a origem das primeiras formas bióticas a partir de constituintes orgânicos pré-bióticos.

Hoje sabe-se que em numerosos planetas bióticos a biosfera não permanece estável durante o intervalo de tempo suficiente para permitir o salto qualitativo da vida unicelular para a multicelular. Tal é o caso de Marte e também de Aurora, planeta biótico descoberto pela *Prometheus* em Alpha-Centauri.

À época da partida da *Pioneira*, os únicos planetas em que a ciência humana reconhecia com certeza absoluta que a vida multicelular havia vingado eram Jokerman e a Terra.

* * *

Quando a *Pioneira* partiu do Sistema Solar em 2300 E.C., nossa humanidade só conhecia duas macromoléculas autoduplicantes: o DNA e a ortotroiamina – esta última encontrada nos microfósseis procariotas alienígenas descobertos em vários asteroides troianos do cinturão principal solariano na penúltima década do século XXII. Das duas, apenas o DNA é capaz de suportar a codificação de programas genéticos complexos, inerentes às formas multicelulares terrígenas.

Em Delta Pavonis, descobrimos duas outras macromoléculas autoduplicantes capazes de abrigar os genomas complexos da vida multicelular, a jokermamina e a sandmamina*, responsáveis pela codificação dos programas genéticos da vida em Jokerman e Sandman, respectivamente.

Análises comparativas preliminares das duas macromoléculas autoduplicantes pavonianas apontaram similaridades notáveis a nível bioquímico, indicando que ambas pertencem à mesma família evolutiva pré-biótica. Estudos posteriores comprovaram que tais semelhanças inequívocas são fruto de uma única evolução pré-biótica a partir de constituintes orgânicos abióticos ancestrais comuns. À época de nossa estada em Delta Pavonis já parecia de todo provável

* (N. do E.): A nomenclatura citada, de fato proposta pelo autor, foi rejeitada pelos demais tripulantes em favor dos termos: *alfa-fergusomina*, para a cadeia molecular que armazena os perfis genéticos da vida do segundo planeta de Delta Pavonis; e *beta-fergusomina*, para a cadeia análoga, que armazena os perfis das formas de vida nativas do terceiro planeta daquele sistema. A nomenclatura aprovada pelo Arquimosteiro Solar da Ciência é harappima e mohenjadrima, respectivamente.

que a macromolécula ancestral tanto da jokermamina quanto da sandmamina tenha migrado de um dos planetas e fecundado o mundo vizinho. Uma vez em suas respectivas protobiosferas, as duas populações da macromolécula ancestral desenvolveram histórias evolutivas distintas no decorrer das biogêneses de seus planetas, até atingirem o estágio da vida multicelular nos dois mundos, épocas em que a jokermamina e a sandmamina já haviam assumido formas bastante próximas às atuais. Tanto as diferenças quanto as similaridades entre as duas macromoléculas constituem, portanto, argumentos convincentes em favor da tese que advoga a ocorrência de um processo de panspermia pré-biótica em Delta Pavonis.

À época de nossa estada no sistema, a hipótese de panspermia mais provável apontava para a origem da macromolécula autoduplicante ancestral nas argilas úmidas das praias dos mares rasos de Sandman e sua posterior migração bem-sucedida, através de cataclismo cósmico fortuito, para os oceanos primitivos de Jokerman, numa época em que o segundo planeta ainda dispunha de massas continentais emersas e atividades tectônicas significativas.

Após nosso regresso ao Sistema Solar, fomos informados de estudos anteriores que confirmaram para além de qualquer dúvida razoável que a vida se originou no oceano, tanto na Terra quanto em Jokerman e Sandman.

Contudo, permanece válida a teoria da panspermia no sentido Sandman-Jokerman.

Nota taxonômica:

Apesar de diversas espécies animais e vegetais jokermanianas e sandmanianas apresentarem similaridades notáveis com suas congêneres terrígenas que ocupam nichos ecológicos análogos, à medida do possível, procurou-se adotar nomenclaturas taxonômicas distintas daquelas empregadas anteriormente em espécies terrígenas, como contribuição à tentativa de se evitar confusões futuras na biossistemática de espécies zoológicas e botânicas provenientes de biosferas distintas. Afinal, não podemos ignorar que estamos lidando com espécies alienígenas, evolutivamente mais afastadas das formas terrígenas do que quaisquer duas destas formas terrígenas jamais estarão entre si.

Deste modo, os insetomorfos de Sandman não foram referidos como "insetos", mas sim *parainsetoides*; ao passo que os aracnomorfos de Jokerman foram batizados de *pseudoaracnoides*; os vertebrados aquáticos pisciformes sandmanianos são *pseudoteleósteos*, enquanto os jokermanianos são referidos como *osteoictioides*.

Jokerman

Os vegetais superiores de Jokerman são clorofilados e à primeira vista morfologicamente similares a seus congêneres terrígenas, embora não sejam em princípio comestíveis, uma vez que são constituídos por proteínas alienígenas, fabricadas de acordo com programas genéticos bastante análogos aos presentes nas formas de vida da Terra, porém, como detalhado acima, não estão registrados em DNA.

Como na Terra, a maior parte do oxigênio atmosférico é produzido por algas marinhas unicelulares. No caso de Jokerman, as famílias mais representativas são as clorobactérias e as prasiomicrófitas.

Há dois tipos de criaturas pisciformes no oceano planetário de Jokerman: os vertebrados e os invertebrados. Os *peixes* invertebrados são em realidade moluscos que desenvolveram formas hidrodinâmicas e exoesqueletos, adquirindo uma morfologia vagamente pisciforme. Os pisciformes vertebrados são os osteoictioides. Ambas as classes zoológicas apresentam distribuição global, ocupando praticamente todos os nichos ecológicos da talassosfera jokermaniana.*

* * *

A vida multicelular complexa já havia colonizado há muito a terra firme de Jokerman quando ocorreu um processo de extinção em massa de âmbito planetário provocado pelo estilhaçamento das placas tectônicas há 120 milhões de anos. Calcula-se que até 60% dos

* Sabe-se que na Terra a evolução dos teleósteos (peixes ósseos) só se tornou-se possível devido à presença de cursos-d'água no supercontinente Pangea. De forma análoga, a presença de vertebrados marinhos e terrestres em Jokerman constituiu o primeiro indício concreto de que, num passado remoto, o planeta possuiu muito mais superfície emersa do que no presente.

taxa marinhos e 95% dos *taxa* terrícolas desapareceram ao longo desse processo de extinção em massa.

Os biomas marinhos lograram recuperar suas diversidades bióticas no decorrer de poucos milhões de anos.

No caso dos poucos biomas terrestres sobreviventes, a recuperação deu-se de maneira mais gradual, em função da ruptura e afundamento das antigas massas continentais, dos violentos surtos de vulcanismo que se seguiram e da consequente formação de miríades de novas ilhas e arquipélagos.

Dezenas de milhares de ambientes insulares foram colonizados pelas espécies sobreviventes, que evoluíram ao longo dos primeiros milhões de anos, de modo a preencher tanto os nichos ecológicos recém-abertos, quanto os tornados vagos pela extinção.

Assim, num intervalo de tempo geologicamente curto, novas formas terrícolas se estabeleceram nos biomas insulares.

No presente geológico a classe zoológica dominante na maioria dos biomas terrícolas de Jokerman é constituída pelos *nonípedes*, vertebrados homeotérmicos ovíparos de nove patas, cujos cérebros com índices elevados de cefalização encontram-se abrigados no interior dos tóraces.

A classe dos nonípedes possui ordens marinhas, anfíbias e ordens estritamente terrícolas, uma das quais abriga várias famílias de homeotérmicos alados que desempenham em Jokerman papel análogo aos das aves terrígenas.

Os pavonianos pertencem à classe dos nonípedes.

Diferentes subclasses e ordens nonípedes distribuem de maneira diversa o número de órgãos de locomoção e manipulação. Enquanto os herbívoros anfíbios da família dos *hexacentauros*, como o próprio nome indica, possuem seis patas e três braços, os predadores terrícolas da família dos *multípodos* possuem oito patas e uma garra-lança mortífera. Formas aladas possuem geralmente um ou dois pares de asas. Exceções notáveis são os bípedes alados da subordem dos *noctívagos*, dotados de três pares de asas e apenas um braço terminado em pata tridáctila vestigial.

Os pavonianos são vertebrados trípodes com patas multiarticuladas e troncos elipsoidais. Como os demais nonípedes, seus cérebros residem no interior de tóraces esbeltos, dos quais emergem seis delicados membros manipuladores terminados em pinças tridáctilas.

A espécie racional de Jokerman é parcialmente adaptada à vida anfíbia, sendo capazes de percorrer dezenas de quilômetros a nado em mar aberto e permanecer imersos em água doce ou salgada por dias a fio sem que seus organismos se ressintam do fato, desde que mantivessem fora d'água as narinas situadas no topo da cabeça. Pois, possuem pulmões em vez de brânquias e, portanto, são incapazes de extrair oxigênio da água.

No topo de seus longos pescoços serpentiformes, os pavonianos possuem crânios cônicos pequenos, que abrigam apenas os órgãos sensoriais e seus respectivos aparatos neurológicos. Dentre esses órgãos sensoriais cranianos, destacam-se nove antenas olfativas e três hastes pênseis e flexíveis encimadas por globos oculares multifacetados, que guardam similaridade vaga e fortuita com os olhos de algumas ordens de insetos terrígenas.

Os pavonianos apresentam dimorfismo sexual acentuado. Os machos adultos possuem estatura média de 105 cm e massa de 40 kg, ao passo que as fêmeas, maiores e mais agressivas, atingem não raro 220 cm de altura e 120 kg.

Como espécie, os pavonianos apresentam diversidade genética consideravelmente maior que os humanos. Existem diversas variedades étnicas, às quais talvez pudéssemos nos referir como "subespécies". Os nativos da ilha-continente Kahoolawe possuem epiderme azul com sardas amarelas. Já os nativos de Xavier eram uniformemente castanhos ou cinzentos, ao passo que os habitantes do Arquipélago Souza possuem coloração laranja com listras verdes.

Os pavonianos são criaturas de hábitos predominantemente diurnos. Contudo, à semelhança de alguns animais terrígenas, conseguem dormir com uma das partes de seus cérebros, enquanto as duas outras partes permanecem despertas. Só muito raramente um adulto saudável repousava com os três segmentos de seu cérebro ao mesmo tempo.

Não restrito aos limites de um crânio, os cérebros pavonianos não apenas são relativamente grandes para o tamanho de seus corpos, como ainda apresentam índices de cefalização tão ou mais elevados do que os do cérebro humano.* Os cérebros das fêmeas são maiores

* Boa parte das áreas mais nobres do cérebro pavoniano estão ligadas ao processamento de informação visual. O fato de possuírem três olhos pênseis permite que os pavonianos enxerguem em várias direções ao mesmo tempo. Hoje se sabe que eles conseguem processar informações visuais conflitantes sem dificuldade. A

que os dos machos em termos absolutos, embora exista certa equivalência em termos relativos.

Ao que tudo indica, o fato dos machos geralmente exercerem atividades relacionadas à produção e à transmissão de conhecimento técnico está antes vinculado a condicionantes culturais do que biológicos.

* * *

Há em Jokerman uma ilha grande bastante afastada de outras terras emersas, jamais colonizada por espécies vertebradas homeotérmicas terrícolas da classe dos nonípedes. Os pavonianos a batizaram "Ilha do Fim-do-Mundo".

Fim-do-Mundo desenvolveu um bioma diversificado único, com formas peculiares, somente encontradas naquele ecossistema insular.

Essa fauna diferente de qualquer outra existente no planeta causou impacto junto às comunidades científicas de diversas culturas pavonianas, a ponto de estimular que um naturalista elaborasse a versão nativa da teoria da evolução através da seleção natural menos de vinte anos após a descoberta dessa ilha distante.

Na ausência dos nonípedes, a classe zoológica dos pseudoaracnoides tornou-se dominante na Ilha do Fim-do-Mundo. Apesar de presente em praticamente todas as regiões emersas do planeta, em parte alguma os pseudoaracnoides passaram por um processo de irradiação evolutiva tão intenso e colonizaram tantos nichos ecológicos distintos quanto em Fim-do-Mundo.

Dotados de quatro pulmões eficientes e de exoesqueleto vigoroso, composto por carapaças quitinosas mais robustas e flexíveis que as dos insetos e crustáceos terrígenas, em Fim-do-Mundo, na ausência de competição de espécies de outras classes, algumas espécies de pseudoaracnoides assumiram as dimensões aproximadas de um pavoniano macho adulto.

Os pseudoaracnoides possuem doze patas articuladas idênticas, utilizadas indistintamente tanto para locomoção quanto para manipulação. Seus corpos apresentam simetria radial, à semelhança de algumas ordens de equinodermos terrígenas, embora possuam

---

aquisição de maior acuidade visual e visão estereoscópica se dá quando o indivíduo foca pelo menos dois aparelhos oculares numa mesma direção.

cefalotóraces bem desenvolvidos, vagamente similares aos das aranhas de verdade, fato que inspirou a designação de sua classe zoológica.

Várias famílias de pseudoaracnoides possuem glândulas e presas injetoras de peçonha. A peçonha inoculada pela picada desses animais não surte efeito sobre o metabolismo humano. Contudo, no caso das picadas de algumas espécies gigantes nativas de Fim-do-Mundo, se o animal inocular a vítima humana com uma quantidade substancial de peçonha, podem ocorrer reações alérgicas maciças que, não tratadas a tempo hábil, podem ocasionar a morte.

À semelhança das aranhas terrígenas, várias espécies de pseudoaracnoides tecem teias de estrutura complexa e elaborada, cujo objetivo precípuo é capturar presas aladas de pequeno porte.

Sandman

Embora Sandman jamais tenha retido tanta água em estado líquido quanto Jokerman ou a Terra, análises de seus estratos geológicos indicam que o planeta foi muito mais úmido no passado, chegando a possuir quase 40% de sua superfície coberta por mares rasos, dos quais os últimos remanescentes atuais são dois grandes lagos com as dimensões aproximadas do Mar Cáspio: Achernar no hemisfério norte e Sandriotti no hemisfério sul.

As águas de Achernar constituem um bioma de salinidade extrema, onde só subsistem formas unicelulares extremófilas, procarióticas e eucarióticas.

Dotadas de salinidade reduzida, as águas de Sandriotti abrigam fauna rica e diversificada, onde se incluem os últimos remanescentes dos pseudoteleósteos, vertebrados pecilotérmicos aquáticos, outrora abundantes e globalmente disseminados no passado úmido do planeta. Ambos os grandes lagos possuem faixas de vegetação ao redor de suas margens. A associação dos biomas lacustres e florestais em torno de Sandriotti fazem daquele ecossistema o mais fértil da biosfera sandmaniana.

* * *

A desertificação progressiva de Sandman ao longo dos últimos 500 milhões de anos deu-se de maneira gradual, não podendo, em absoluto, ser caracterizado como mecanismo de extinção em massa, apesar de o processo ter compelido a fauna e a flora do planeta a esforços supremos de adaptação, aos quais a maior parte das espécies não resistiu, desaparecendo no decorrer do ciclo de ressecamento planetário.

A maioria das formas unicelulares e multicelulares sobreviventes desenvolveu sistemas metabólicos e funcionais engenhosos para reter água no interior de seus organismos. Há ainda *taxa* antigas, remanescentes do passado úmido de Sandman que lograram subsistir ao longo das eras geológicas, por residirem nos raros oásis perenes ou às margens das duas grandes massas-d'água restantes.

A forma zoobiótica dominante é a classe dos parainsetoides, animais insetomorfos pulmonados dotados de dois esqueletos: um interno e o outro externo; este último representado por carapaças compostas por conjuntos de placas córneas justapostas. Algumas espécies parainsetoides possuem indivíduos que atingem comprimentos de até 130 cm. O número de patas articuladas dos parainsetoides varia entre três e doze pares, dependendo da família.

No Oásis Sandriotti, parainsetoides que haviam evoluído em regiões desérticas circunvizinhas readaptaram-se às condições úmidas dessa área florestada remanescente, colonizando quase todos os nichos ecológicos imagináveis, de predadores terrícolas de grande porte a formas sésseis subterrâneas que exercem o papel de decompositores, passando por herbívoros arborícolas e espécies aladas plenamente adaptadas ao exercício do voo ativo.

As espécies parainsetoides de grande porte nativas dos oásis distinguem-se daquelas residentes nas regiões desertificadas pelo fato de possuírem apenas três pares de patas e um par de antenas, em lugar das dezenas de órgãos de locomoção/manipulação e vários pares de antenas típicos de seus ancestrais oriundos dos desertos.

Fósseis de vertebrados terrícolas clássicos foram encontrados em depósitos sedimentares de vários sítios do hemisfério norte. Essas formas se extinguiram sem deixar descendentes ao longo do processo de desertificação planetária.

* * *

Pelo fato de Sandman constituir em essência um grande deserto, em termos quantitativos, as formas que colonizaram as regiões desérticas crescentes são muito mais abundantes do que as remanescentes do passado fértil daquele mundo. Segundo nossas estimativas, as formas adaptadas às condições de aridez mais ou menos extrema respondem grosso modo por 85% da biomassa em escala planetária.

Já em termos evolucionários, as formas adaptadas à vida em áreas desertificadas representam ordens e famílias relativamente recentes na história da vida sandmaniana, algumas evoluídas a partir de formas pré-adaptadas à existência nos poucos desertos de um mundo outrora fértil, ao passo que outras são frutos da irradiação adaptativa a partir de formas anteriores, acostumadas a climas mais úmidos – espécies novas, oportunistas e vigorosas, que se desenvolveram para ocupar nichos ecológicos vazios que apareceram à medida que as regiões desérticas se expandiram cada vez mais.

Considerações Preliminares sobre a História Pavoniana

Olympia S. Magnus.

Do ponto de vista historiográfico, a preparação deste texto e sua inclusão como apêndice no holodocumentário elaborado por Sylvia Chang são atividades a rigor desnecessárias, visto que a História Pavoniana, tal como levantada por nosso trabalho de campo em Jokerman, é virtualmente idêntica à história dos pavonianos deste continuum espaçotemporal, ao menos até o contato que os humanos de Elysium lograram estabelecer com essa cultura alienígena em 2144 A.U.C.

Por outro lado, embora a história pós-contato dos pavonianos deste continuum de fato divirja dos fatos que apreendemos em Jokerman, ela já é por demais conhecida para que tornemos a abordá-la aqui.

Portanto, de real interesse para o público-alvo deste holodocumento, resta tão somente a *história alternativa pavoniana*, isto é, a história dessa civilização alienígena a partir do ponto de divergência, que consistiu na inexistência de um contato direto com a humanidade pouco mais de um milênio atrás. Sob o prisma contrafactual, o interesse principal é a descrição sumária de como as diversas culturas pavonianas continuaram a se desenvolver neste último milênio, como lidaram, muito tempo depois, com a problemática colocada pela perspectiva do primeiro contato radiofônico com a humanidade, inicialmente através da recepção de uma mensagem que, conquanto incompreensível, constituiu prova inconteste da existência de inteligências extrapavonianas, e dois séculos mais tarde, após a decodificação do conteúdo daquela primeira mensagem, através do diálogo conosco e como a expectativa de nossa visita acarretou em última análise a extinção de sua civilização planetária.

A bem dos espectadores que porventura desconheçam a história dos pavonianos deste continuum se fará uma introdução sumária do período histórico que se estende da origem ainda nebulosa dos pavonianos como espécie racional até o fim da era pré-contato.

Origens

Durante nossa estada em Jokerman, não houve tempo hábil para efetuar prospecções paleontológicas extensas, a fim de encontrar espécimes fósseis que nos permitissem determinar a ascendência dos pavonianos como espécie.

Contudo, da análise dos registros científicos dos autóctones, conclui-se que paleontólogos tijucanos descobriram fósseis pré-pavonianos aos quais foram atribuídas datações de quase um milhão de anos terrestres. Cumpre informar que os pavonianos de nosso continuum não chegaram a desenvolver técnicas de datação radioativa.

Em visita aos museus e instituições de pesquisa abandonadas em diversas cidades de Jokerman, deparamo-nos com numerosas reconstituições de fósseis pré-pavonianos e modelos em tamanho natural. Falhamos, no entanto, nas tentativas de descobrir o paradeiro dos fósseis originais, nos quais teria sido possível estabelecer uma datação confiável.*

Destarte, as estimativas de datação propostas por paleontólogos autóctones devem ser a princípio encaradas com reservas.

A primeira civilização pavoniana de que se tem notícias erigiu seus núcleos protourbanos costeiros no litoral noroeste da ilha-continente Kahoolawe há cerca de 43.000 anos. Datam dessa época o desenvolvimento das técnicas de construção naval, sobretudo no que diz respeito às embarcações oceânicas de longo curso e o aparecimento dos primeiros registros escritos. Até onde sabemos, os pavonianos jamais conceberam a noção do alfabeto. Todas as formas de escrita inventadas por essa espécie basearam-se em ideogramas pictóricos estilizados, que guardam certa similaridade com os hieróglifos egípcios e com as escritas chinesas.

Criaturas anfíbias, os pavonianos são capazes de cruzar centenas de quilômetros a nado. Num planeta repleto de ilhas e arquipélagos, tal capacidade implicou a colonização da maioria das terras emersas bem antes do alvorecer da história escrita.

---

* (N. do E.): Embora os pavonianos não tenham se extinguido em nosso continuum, pelo fato do intercâmbio científico-cultural com eles estar sendo propositalmente mantido num patamar mínimo, paleontólogos autóctones jamais disponibilizaram espécimes fósseis originais para que seus colegas humanos os examinassem. Como os *nossos* pavonianos também não desenvolveram métodos de datação radioativa, devemos aguardar até que o façam, ou que dominem o espaço interplanetário de seu sistema estelar, erguendo assim o embargo científico que lhes impomos com o intuito de não perturbar o progresso tecnológico autóctone.

Contudo, contatos frequentes entre culturas de ilhas e arquipélagos distantes só se tornaram viáveis com o advento das frotas comerciais de longo curso há cerca de 17.000 anos.

Os pavonianos jamais desenvolveram agricultura em terra firme, embora pratiquem algicultura nas praias e litorais tépidos das regiões tropicais do planeta há pelo menos 35 milênios. Adotaram há muito tempo técnicas autossustentáveis de manejo de pescado e de coleta de frutos e demais recursos renováveis oriundos das regiões emersas. A extração de minérios para atividades metalúrgicas se dá tanto em terra firme quanto nas praias e calhas dos rios.

Nos primeiros milênios de civilização, as kahoolaweanas ainda se encontravam divididas em dezenas de nações que compartilhavam etnia e idioma comuns. Com o tempo, as culturas mais fortes foram se impondo às mais fracas, enquanto a ilha-continente sofria toda sorte de invasões bárbaras de frotas oriundas de Xavier, Souza, Jacksonlândia, Habbíbia e outros sítios.

Houve uma época, cerca de 20.000 anos atrás, em que as diversas nações de Kahoolawe decidiram formar uma confederação com intuito de se defender dos ataques das frotas bárbaras vindas de alto-mar e barrar o acesso e a fixação permanente desses efetivos estrangeiros nas regiões interioranas da ilha-continente. Essa confederação constituiu a primeira semente do Império, Estado monárquico que controla Kahoolawe há mais de 5.000 anos.

Em quase todos os períodos de sua longa história, o Império mostrou-se forte o bastante para impedir que as invasoras bárbaras se estabelecessem como colonos em Kahoolawe, embora por vezes essas hordas lograssem se fixar em ilhas próximas ou mesmo em litorais mais ermos e isolados da ilha-continente, expulsando ou avassalando populações autóctones. À medida que o poder central das Imperadoras se fortalecia com o decorrer das dinastias, as tribos descendentes das hordas invasoras que não foram erradicadas acabaram se tornando nações-satélites, aliados nominais, ainda que por vezes recalcitrantes, do Império.

Era das Navegações Planetárias

Há cerca de 3.000 anos, aportou nas praias da região nordeste de Kahoolawe uma frota de 13 navios enormes, de costados elevados e bojudos, armados de catapultas incendiárias e lança-arpões gigantescos. Tais vasos eram tripulados por pavonianas estranhas, indivíduos de estatura reduzida e epiderme laranja com raias verdes.

Embora articulassem idioma desconhecido, as estranhas recém-chegadas não se pareciam e, sobretudo, não se comportavam como invasoras bárbaras. Não adotaram a postura agressiva característica das bárbaras. Tampouco procuraram os sítios mais vulneráveis do litoral para procederem desembarques maciços. Ao contrário, tentaram estabelecer diálogo com as autoridades portuárias para trocar informações a respeito de ventos, correntes e marés, bem como para permutar artefatos e gêneros que traziam nos vastos porões de suas naus.

As navegadoras eram nativas de Tijuca, principal ilha do Arquipélago Souza. Não eram bárbaras, mas guerreiras-comerciantes que haviam decidido seguir a Corrente Sudoeste, antiga rota marítima dos invasores, a fim de verificar com os próprios olhos a veracidade da lenda que circulava entre as tribos bárbaras há gerações sobre a existência de uma massa emersa mítica de extensão infinita, as "Terras Infindas", flutuantes na curva do mundo, para além do horizonte sudoeste.

Já nos primeiros contatos, as tijucanas transmitiram conhecimentos astronômicos preciosos às imperiais. Em troca, sua almiranta foi recebida em audiência pela Imperadora e seus sábios autorizados a percorrer as "Terras Infindas", onde confirmaram que era possível caminhar em linha reta semanas a fio sem se chegar à praia oposta.

A notícia de que existiam culturas distantes mais avançadas do que meras tribos bárbaras alvoroçou a imaginação das súditas do Império e estimulou a elite Kahoolaweana a construir suas próprias frotas oceânicas de longo curso, após duas tentativas infrutíferas de vencer as correntes e os ventos contrários com belonaves pesadas da Marinha Imperial, vasos mais adequados à defesa contra as frotas invasoras do que à singradura de mar aberto milhares de quilômetros distante de Kahoolawe.

Aprendendo com artífices navais, pilotas e comandantas tijucanas, em questão de duas ou três gerações as imperiais tornaram-se elas próprias exímias armadoras e navegadoras.

Nos séculos seguintes, navegadoras imperiais empreenderam a exploração sistemática do oceano planetário, descobrindo novas ilhas e arquipélagos, fundando entrepostos comerciais, travando batalhas heroicas em praias distantes, descobrindo e comerciando com dezenas de culturas insulares avançadas e primitivas. Na zona temperada do hemisfério setentrional, as navegadoras imperiais toparam com a cultura da Ilha Xavier, cuja capital, Juggernaut, com mais de 300.000 habitantes, era de longe a maior e mais bela cidade de Jokerman. Aquela metrópole abrigava então os melhores químicos e metalurgistas do planeta.

À época da chegada da primeira flotilha imperial, os engenheiros de Xavier ensaiavam suas primeiras experiências com navios a vapor, utilizando em suas fornalhas uma mistura de algas desidratadas e comprimidas.

Frota invasora alguma ousava mais se aproximar de Kahoolawe. As poucas almirantas bárbaras incautas o bastante para se arriscarem a tanto tiveram suas frotas detectadas pela Armada Imperial e desbaratadas em engajamentos navais de proporções épicas. Ao contrário. Nessa Idade das Grandes Navegações, foram as esquadras imperiais, armadas e tripuladas nos arsenais de Kahoolawe, que assumiram o papel de frotas invasoras. O idioma do Império começou a ecoar nos principais portos de Jokerman.

Num análogo da doutrina imperialista humana de destino manifesto, Imperadoras ambiciosas sonharam colocar sob sua égide todas as ilhas e arquipélagos do planeta. Esquadras poderosas foram construídas e armadas tão rápido quanto cresciam as árvores de Kahoolawe para concretizar esse sonho grandioso e houve épocas em que a grande maioria das pavonianas, imperiais ou não, acreditou que tal intento tornar-se-ia realidade.

Para se opor a esses sonhos de conquista, as nativas do Arquipélago Souza se uniram pela primeira vez e, sob a liderança tijucana, estabeleceram a Coligação Insular.

Nos séculos subsequentes, conflitos navais de grande envergadura e comércio intermitente entre as grandes culturas pavonianas desencadearam uma revolução científica e tecnológica sem precedentes, primeiro em Tijuca e, pouco mais tarde, em Xavier e no Império.

Os pavonianos já empregavam ondas de rádio há coisa de um século – tanto para comunicação entre navios de suas esquadras, quanto entre esses vasos e seus portos distantes – quando estações receptoras imperiais e tijucanas captaram os sinais emitidos pela humanidade no início do século XXI, três décadas antes do Holocausto Nuclear.

Contato, Consequências e Holocausto

Os cientistas pavonianos não tiveram dificuldades em determinar que os sinais humanos eram de origem artificial. Contudo, levaram alguns anos até se convencerem da procedência alienígena dos mesmos.

Engenheiros e operadores de rádio uniram seus esforços aos de astrônomos para identificar o Sol como estrela que abrigava a fonte dos sinais.

Um astrônomo imperial propôs a hipótese de que os sinais eram emitidos por uma espécie alienígena residente num planeta orbitante em torno daquela estrela. A onda de indignação resultante amainou quando a tese repercutiu em litorais distantes e recebeu o apoio entusiasmado das comunidades científicas de Souza e Xavier, encorajando outros sábios imperiais a romper seu silêncio para manifestar sua concordância com a ideia revolucionária do colega de que havia uma civilização interestelar interessada em dialogar com os pavonianos.

Deste modo, pavonianos e pavonianas adquiriram certeza de que havia vida inteligente em outros sistemas estelares mais de dois séculos antes da humanidade.

Contudo, a certeza de que uma espécie alienígena lhes dirigira saudações cósmicas, não significou que o texto da mensagem lhes foi prontamente inteligível.

Os radioastrônomos humanos que haviam transmitido a mensagem escolheram a lincos por julgar que sua decodificação seria fácil para uma cultura alienígena hipotética que possuísse um mínimo de capacidade de processamento.

Todavia, os pavonianos não apenas careciam de computadores, como ignoravam o próprio conceito de processamento computacional.

No entanto, ao longo das décadas, matemáticos imperiais e tijucanos foram intuindo o que seria preciso fazer para decodificar a mensagem. Um passo fundamental para o êxito do empreendimento foi o palpite inspirado do aspecto visual e bidimensional de boa parte da mensagem. A partir dessa conclusão, um grupo de matemáticos tijucanos elaborou um algoritmo para decodificar a mensagem através de cálculos e verificações executados com o emprego do equivalente pavoniano dos ábacos.

Paralelamente, teóricos e engenheiros do Império e de Xavier desenvolviam paulatinamente calculadoras mecânicas mais poderosas a cada geração. Esforço que culminou do advento dos primeiros protótipos dos computadores digitais.

Conquanto os pavonianos considerassem o ritmo de seu progresso frenético, por nossos padrões, o avanço desses dois projetos se desse de forma lenta e gradual. Mais de dois séculos após a recepção da mensagem humana, doze gerações pavonianas mais tarde, a decodificação foi finalmente concluída.

Os pavonianos haviam esperado muito tempo pela tradução da mensagem. Gerações nasceram, floresceram e desapareceram enquanto os esforços seculares se desenvolviam. Mesmo antes de conhecerem o teor real da mensagem, já se haviam preparado para responder tantas hipóteses de conteúdo quanto suas imaginações prodigiosas lhes permitiram conceber.

Então, os pavonianos enfim descobriram que seus interlocutores cósmicos residiam no terceiro planeta do Sistema Sol, que eram respiradores de oxigênio e homeotérmicos como eles próprios, mas que eram bípedes e pariam seus filhotes vivos.

A descoberta mais relevante, contudo, foi a de que os humanos haviam inventado a escrita há meros oito mil anos. Seus vizinhos cósmicos eram uma espécie de evolução cultural célere. Haviam percorrido a trajetória da construção das primeiras cidades aos voos interplanetários num intervalo de tempo incrivelmente curto. Como a mensagem original fora transmitida há um quarto de milênio, a conclusão lógica dos pavonianos foi que os humanos eram, tecnologicamente falando, mais avançados do que eles.

Numa iniciativa diplomática sem precedentes, um convênio internacional foi estabelecido com o intuito de redigir uma resposta à altura do desafio. Cientistas pavonianos de diversas procedências se reuniram na cidade de Ferreira, então capital do Império, para elaborar essa resposta.

Vinte e poucos anos mais tarde, os humanos recebiam a resposta de alienígenas que seus antepassados haviam inadvertidamente contatado dois séculos antes.

Quarenta anos após o estabelecimento do convênio, quando a resposta humana enfim atingiu Delta Pavonis, a situação diplomática já não era tão favorável. Uma facção política conservadora e pouco afeita ao diálogo internacional adquiriu influência crescente junto à Imperadora, tornando os discursos da monarca cada vez mais duros e antipáticos às antenas auditivas das governantes de Souza e Xavier.

Naquelas quatro décadas, inspirados pela existência de vizinhos cósmicos avançados, os pavonianos empreenderam grandes progressos técnicos. Conquistaram os ares com dirigíveis imensos. Iluminaram suas cidades e vilas com eletricidade produzida em represas hidrelétricas e usinas que aproveitavam a força das correntes oceânicas para girar as turbinas de seus geradores.

Duas décadas antes da recepção da resposta humana, um dirigível de pesquisa tijucano descobriu a Fim-do-Mundo.

Mais extensa do que Tijuca e quase tão grande quanto Xavier, a Ilha do Fim-do-Mundo constitui a quarta maior área emersa de Jokerman, contando com Kahoolawe. Com litorais de piscosidade extrema, florestas luxuriantes, fauna ímpar e desprovida de habitantes nativos, a grande ilha recém-descoberta logo se tornou o pomo da discórdia da diplomacia pavoniana.

Em Tijuca, poucos anos após a descoberta, inspirado no vasto acervo de espécimes pseudoaracnoides coligidos em Fim-do-Mundo, um naturalista propôs uma versão simplificada da teoria da evolução através da seleção natural.

A Coligação Insular julgou-se no direito de colonizar a ilha pelo fato de a descoberta e primeiros desembarques terem sido efetuados por tijucanas. As cidadãs de Xavier se atribuíam direitos idênticos em virtude da relativa proximidade geográfica, não obstante Fim-do-Mundo distar sobremodo afastada de todas as rotas marítimas até então praticadas. Já as súditas do Império se arvoravam no privilégio de habitar as novas terras, porque seu país era mais populoso e pelo fato de a descoberta ter sido profetizada séculos antes por sacerdotisas da religião dominante em Kahoolawe.

Nesse clima conturbado, as nações pavonianas receberam a primeira resposta do Sistema Solar.

As comunidades científicas se encheram de júbilo por todo o planeta. Os alienígenas sábios haviam escutado sua saudação e respondido prontamente.

Dentre os conhecimentos científicos relevantes enviados junto com a resposta da humanidade, os pavonianos receberam a confirmação cabal da validade da teoria da evolução e adquiriram a certeza de que os humanos lhes prestariam uma visita cedo ou tarde.

A perspectiva de uma visita cósmica mais ou menos iminente por parte de emissários alienígenas de uma espécie mais sábia e avançada colocou em polvorosa as elites políticas e científicas das diversas nações pavonianas. Cada povo julgava que sua facção era a única merecedora das dádivas tecnológicas dos sábios humanos. Houve mesmo quem enxergasse na vinda dos humanos o prenúncio do regresso das grandes deusas das estrelas, adoradas em vários panteões locais.

Essa discórdia quanto à melhor maneira de partilhar os conhecimentos que os humanos decerto trariam do Sol levou as principais nações de Jokerman a uma corrida armamentista sem precedentes desde a última fase de expansionismo militar do Império, encerrada séculos atrás.

Conflitos passados haviam ensinado às lideranças políticas e às estrategistas navais das nações pavonianas o quão difícil seria para um Estado isolado impor sua vontade aos demais, sobretudo quando seus adversários mais poderosos distavam milhares de quilômetros de suas costas.

Cumpria se conceber uma solução científica definitiva para o dilema.

Biólogos e infectologistas nativos apareceram com formulações revolucionárias e promessas estimulantes que talvez merecessem ser postas em prática em escala controlada.

Após séculos de impasse, parecia novamente viável travar e vencer a guerra mundial.

A confirmação da chegada da nave estelar humana para daí a vinte anos exaltou ainda mais o estado de ânimo das almirantas de Xavier, Tijuca e do Império, elevando o ritmo da escalada militar.

O resultado final já é do conhecimento de todos.

Em 2335 E.C., seis anos antes da chegada da *Pioneira*, eclodiu o Holocausto Bacteriológico pavoniano, obliterando em poucos meses a civilização tecnológica de nossos vizinhos mais próximos.

Sete ou oito surtos pandêmicos globais se espalharam rapidamente pelo ar e pelo oceano planetário de Jokerman.

Cada população nacional fora imunizada apenas em relação às infecções bacterianas e viróticas desenvolvidas nos laboratórios de seus próprios países. Houve pouquíssimos casos de resistência natural às cepas cujo potencial de letalidade foi em muito incrementado pelos infectologistas militares. Esses parcos sobreviventes se viram de um dia para outro residindo em cidades e praias despopuladas e, portanto, incapazes de subsistir mais do que um ou dois anos após o desaparecimento da civilização planetária que até então os abrigara.

Apêndice "B"
N.I.P. Pioneira

Farukh H. Achernar
Mário L. F. Sandriotti

É de conhecimento geral que as especificações técnicas detalhadas da *Pioneira* foram levantadas e fornecidas para vocês, humanos deste continuum, há mais de oito anos, poucos meses após nosso regresso a este Sistema Solar do qual jamais havíamos partido.

Seus especialistas em História da Tecnologia se sentiram compreensivelmente eufóricos. Não é para menos. Há mais de 1.200 anos não se via uma nave humana que singrasse a periferia através do espaço-tempo einsteiniano meramente à metade da velocidade da luz. Correto, sabemos que vocês possuem algumas naves estelares mais lentas que a luz (MLL) em museus orbitais no Sistema Solar e em Alpha Centauri "A". Porém, nada tão grande ou tão antigo quanto a *Pioneira*. Sobretudo, nada que ainda esteja em perfeito estado de funcionamento e, ademais, com uma inteligência artificial autoconsciente que, conquanto rudimentar pelos padrões vigentes, encontra-se plenamente operacional, como vocês mesmos tiveram oportunidade de constatar.

Não percam! Comprem logo seus ingressos! Vocês estão prestes a embarcar na última palavra em tecnologia primitiva!

Sério, agora. Se eu fosse vocês, com os recursos tecnológicos que dispõem, já teria designado há muito uma dessas super-I.A.A. oniscientes e semidivinas que vocês possuem aos montes para emular minha personalidade e a de Farukh, para gravar este breve registro. Decerto que, com acesso às especificações detalhadas, a tal entidade executaria o trabalho com mais competência e presteza do que reles humanos mortais e limitados, oriundos de uma linha histórica alternativa atrasada.

OK. Já conhecemos suas alegações de cor. Vocês não considerariam ético pedir a uma dessas superentidades que emulasse a personalidade de uma criatura racional orgânica, não é mesmo? Pois bem. Por causa desses escrúpulos descabidos e, confesso, também por causa da minha proverbial má vontade, esta tarefa medíocre parece estar impedindo a conclusão do aguardado holodocumentário que nossa amada comandanta está presentemente elaborando.

É claro que compreendemos. Absolutamente nada substitui a contento o relato pessoal de uma entidade orgânica, certo? Está bem. Fingiremos acreditar, pela mera falta de interesse em alongar essa discussão estéril, a bem da retórica, que venho tendo há anos com cidadãos de Elysium.

Tudo bem. Em respeito aos sentimentos que nutro por Sylvia, a quem prezamos mais do que tudo, mesmo depois de tudo o que aconteceu nesses últimos oito anos, em nome dos velhos tempos e outras baboseiras do gênero e, sobretudo, para que não se diga que sai deste imbróglio com o papel de vilão da história, permiti que Farukh enfim me *persuadisse* a elaborar este registro a quatro mãos que segue abaixo:

Introdução

A (N)ave (I)nterestelar de (P)esquisa *Pioneira* foi o primeiro veículo estelar tripulado jamais construído por nossa humanidade. A primeira nave a sair da gravitosfera solar para conduzir viajantes a outros sistemas estelares.

Pelo que soubemos, foram construídas pelo menos duas outras N.I.P. da Classe Pioneira.

A *Prometheus*, que levou humanos a Alpha-Centauri para explorar os planetas lá descobertos por nossas sondas automáticas, foi a primeira nave estelar a voltar para casa. Trouxe consigo a confirmação da suspeita de que existia vida microbiana em Aurora, quarto planeta de Alpha Centauri "A".

A *Belerofonte* se dirigiu a Tau Ceti com propósito idêntico, porém, até onde sabemos, resultados diversos. Afinal, vocês próprios, tendo chegado lá bem ante, jamais descobriram vida autóctone nos planetas daquele sistema.

Conforme se pode constatar nos hologramas em anexo, a *Pioneira* possui formato de ampulheta. Observem que se trata de uma ampulheta extremamente delgada e muito comprida. Esses dois *cones* da ampulheta abrigam os geradores dos funis eletromagnéticos do Bussard II e os reatores de fusão principal e auxiliares. Essa seção central de formato cilíndrico, conectando os dois cones, abriga as áreas habitáveis da nave. Esse cilindro possui 220 metros de diâmetro e 1.300 metros de comprimento.

Como veem, espaço para esticar as pernas não constituiu exatamente um problema ao longo de nossa expedição.

Em viagem, esse cilindro gira, como agora, à taxa de três rotações por minuto em torno de seu próprio eixo, produzindo pela ação da aceleração centrífuga gravidade artificial próxima ao padrão terrestre junto à casca do cilindro. Sei que isto soa terrivelmente primitivo aos seus ouvidos, porém, quando não se dispõe de geradores de campo gravitacional, é melhor pôr sua nave a girar um tantinho do que viajar a g-zero.

Sistemas de Propulsão

A *Pioneira* possui dois sistemas de propulsão: o sistema principal ou relativístico, empregado no deslocamento interestelar e capaz de imprimir velocidade de cruzeiro de até 0,5 c (como veem, relativístico *ma non troppo*, pois à metade da velocidade da luz, o efeito da dilatação temporal é inferior a 14%), e o sistema de propulsão secundário ou interplanetário, empregado para deslocamentos no interior de um sistema estelar.

O propulsor relativístico baseia-se num sistema Bussard modificado para trabalhar com reatores capazes de fundir o hidrogênio leve. A vantagem principal desse tipo de propulsão MLL é liberar a nave da necessidade de conduzir consigo uma massa de combustível bem maior do que a sua própria carga útil. Quando inteiramente ativado, o funil eletromagnético do Bussard II se estende por 50.000 km, coletando boa parte do hidrogênio atômico e molecular dentro de seu raio de ação e canalizando esse hidrogênio todo até o reator de fusão principal, que é dotado de encapsulamento eletromagnético de compressão extrema, de modo a possibilitar a pressão necessária à fusão do hidrogênio leve. Em modo de frenagem, o raio de ação do Bussard II se amplia para 90.000 km.

O propulsor interplanetário se baseia num sistema magneto-hidrodinâmico convencional, alimentado por reatores auxiliares, que fundem deutério.

Não. Em absoluto. Não há reatores de aniquilação. Embora pareça incrível, nós de fato não dominávamos as técnicas de produção e manipulação de antimatéria em escala industrial. O Bussard II possui tão somente um conversor de matéria auxiliar, capaz de aniquilar antimatéria em situação de emergência, para fazer com que a *Pioneira* se desloque em regiões carentes de hidrogênio nos confins do espaço interestelar.

A propósito, nossa física nos facultava tão somente deslocamentos pelo continuum espaçotemporal einsteiniano. Nada de atalhos paradimensionais pelo não-espaço. Isto mesmo, éramos obrigados a nos contentar com viagens a velocidades sempre inferiores à da luz. Sem o benefício dúbio do fenômeno da dilatação temporal. Pelo menos, não em taxas significativas.

Técnicas de Hibernação

Vocês se mostraram bastante interessados pelo Sono.

Uma extravagância danada de eficiente, não é mesmo?

Sim, nós sabemos. Vocês são sensíveis demais, éticos demais para cogitar magoar nosso orgulho menosprezando mais uma de nossas últimas palavras em tecnologia primitiva, não é? No entanto, vocês exibem suas opiniões de forma inequívoca em seus semblantes. Pois é, quando não se possui o dom da telepatia, aprende-se desde criança a interpretar semblantes e expressões faciais.

Perfeito.

O Sono foi mesmo um desenvolvimento e tanto. Aprendemos com os mamíferos terrígenas capazes de hibernar.

Supervisionado pelo programa-mestre e gerenciado diretamente por várias rotinas-especialistas, o Controle de Hibernação apresentou funcionamento satisfatório ao longo dos três períodos de Sono aos quais estivemos submetidos. Nunca deixamos de despertar no momento programado e tampouco surgiram casos de sequelas pós-Sono que não desaparecessem após uns poucos dias.

O Sono era um mal necessário, se vocês assim preferirem.

Não precisam se esforçar tanto para ocultar o que realmente pensam. Esqueçam o que dissemos há pouco sobre leitura de expressões faciais. Os telepatas são vocês, não nós.

Só não se iludam a nosso respeito.

Paleolítica como era, a *Pioneira* poderia atingir o núcleo da Via Láctea, se nós realmente o quiséssemos. Decerto que levaríamos 60 mil anos para chegar lá. E, daí? Com o Bussard II, não dependeríamos de suprimentos de combustível. E com o Sono, praticamente não envelheceríamos durante a jornada.

Ao que saibamos, com toda essa tecnologia superior, dezenas de sistemas colonizados e milhares de outros explorados, vocês ainda não estão nem perto de chegar no núcleo galáctico, certo?

O fato é que vocês nunca cogitaram desenvolver o Sono. Isto não nos surpreende nem um pouco. Vocês jamais precisaram dessa técnica, visto que só ousaram emergir da segurança da órbita solar após desenvolverem suas primeiras naves estelares mais rápidas que a luz (MRL).

E então, a título de consolo, vocês nos elogiam, afirmando que somos um povo bravo.

E nós lhes respondemos que vocês constituem o segmento mais sábio da humanidade.

A sociedade ideal.

Os Arquitetos de Orbi.

No entanto, vocês têm razão. Somos de fato um povo bravo.

Por este motivo é que nossa história e nossas narrativas fazem tamanho sucesso por aqui.

Armamento

Como toda nave estelar de pesquisa que se preza, em nosso continuum ou no vosso, a *Pioneira* não possuía sistemas de armas. É claro que essa carência de armas é relativa. Em desespero de causa, sempre é possível recorrer ao sistema de exaustão do propulsor principal como arma. Como vocês bem podem imaginar, se ativado na alta atmosfera de um mundo biótico, o propulsor relativístico de uma nave da classe *Pioneira* calcinaria todo um hemisfério planetário.

Porém o fato é que não havia sequer armamento portátil a bordo à época de nossa chegada a Delta Pavonis.

Esperávamos que os pavonianos nos ciceroneassem durante nossa estada no planeta deles e, quem sabe, aceitar nosso convite para nos acompanhar até Sandman. Só que encontramos a casa vazia e abandonada. Jokerman estava regressando ao estado selvagem e nós éramos totalmente ignorantes quanto aos perigos oferecidos pelas formas de vida nativas.

Foi necessário, portanto fabricar armas portáteis para uso nas superfícies de Jokerman e Sandman. Nesta tarefa, os conhecimentos técnicos e históricos de Michael McFerguson se revelaram fundamentais.

Veículos Auxiliares

Nossos hangares principais (um a boreste e o outro a bombordo) abrigam quatro naves auxiliares: dois transportes orbitais, um jato suborbital e uma nave espacial propriamente dita.

Os transportes eram comumente empregados para conduzir tripulantes para as superfícies planetárias e trazê-los de volta para bordo.

Dotado de sistemas de pouso e decolagem vertical, além de se locomover rapidamente entre dois pontos de um planeta, o jato também podia transportar passageiros e cargas leves de e para uma superfície planetária, desde que a nave-mãe estivesse em órbita baixa.

A nave espacial foi trazida para permitir deslocamentos entre os vários planetas orbitantes em Delta Pavonis. A ideia era que pudéssemos conduzir pavonianos até o mundo biótico vizinho e, quem sabe, levá-los numa turnê por seu sistema estelar, sem que fosse necessário trazê-los a bordo da *Pioneira*. Precauções estratégicas saídas das cabeças do alto-escalão da Força Espacial, ou dos novos hierarcas da então recém-criada Força Estelar. Nem é preciso dizer que, após nossa decepção em Jokerman, essa nave auxiliar jamais chegou a ser usada.

Para exploração das superfícies bióticas em si, dispusemos no hangar secundário de dois grandes tratores pressurizados; três tanques anfíbios que faziam as vezes tanto de carro de transporte leve, quanto de lancha e submarino; e quatro amplos botes infláveis a motor. O único sinistro da expedição foi a perda de um desses tanques, deixado para trás no fundo das águas salinas do Lago Achernar, em Sandman.

Sistemas de Manutenção de Vida e Controle de Avarias

Nosso Sistema de Manutenção de Vida é capaz de manter as áreas habitáveis da *Pioneira* como ecossistema estanque estável (E.E.E.) por até três décadas, com todos os tripulantes despertos e ativos.

Com o emprego do Sono, esse período poderia ser estendido quase indefinidamente.

Ao longo da Missão Primária, não houve necessidade de manter a estanquidade do ecossistema de bordo. Nossos sintetizadores de alimentos foram abastecidos com matéria orgânica nativa de Jokerman. Uma vez reduzida a seus constituintes básicos, essa matéria-prima foi remontada sob forma de proteínas e nutrientes adequados ao nosso consumo.

Nosso cardápio era variado. Há um robô-cozinheiro a bordo que, não obstante o intelecto de formiga, sabe operar o sintetizador de alimentos melhor do que quaisquer dos seis tripulantes orgânicos. Não dispúnhamos dos *gran crus* que existiam na Terra, mas o vinho que fazíamos a bordo atendia plenamente nossas necessidades.

Por insistência paranoica de nossa Oficial-Médica, os recicladores de água e atmosfera da *Pioneira* foram mantidos funcionando em circuito fechado durante toda a expedição. Não houve problemas de manutenção que o programa-mestre e o Oficial-Engenheiro não pudessem resolver.

Os sistemas do Controle de Avarias não foram demasiado exigidos durante o século em que permanecemos fora do Sistema Solar. Hoje em dia, podemos afirmar que a *Pioneira* encontra-se tão operacional quanto na época da Partida.

Programa-Mestre

A inteligência artificial autoconsciente que desempenha o papel de programa-mestre da *Pioneira* era a entidade heurística mais avançada jamais concebida pela humanidade de nosso continuum à época da Partida.

É fato inegável que vocês dispõem há séculos de entidades autoconscientes – ou, como vocês preferem chamar, "consciências sintéticas" – mais capazes e sofisticadas do que nosso velho P.M.

Justo por este motivo sentimo-nos orgulhosos quando vocês se dizem assaz surpresos com o quanto logramos executar, em termos de flexibilidade, confiabilidade e capacidade de processamento com tão parcos recursos e ferramental de hardware que vocês assumem por pré-históricos. Há um ditado entre os humanos da Terra que afirma que "quem não tem cão, caça com gato". Embora, em nosso caso, comparativamente falando, talvez fosse melhor aplicar a variante, "e quem não tem nem gato, caça com rato." De qualquer modo, o fato é que precisávamos de um programa autoconsciente para executar um conjunto vasto de funções e tarefas com um mínimo de confiabilidade. Por outro lado, dispúnhamos de determinado cabedal de recursos e conhecimentos que, para nosso povo, representava o estado da arte em termos de formulação de I.A.A., embora vocês considerem esse cabedal rudimentar, ou coisa pior. Ora, cidadãos, a tarefa tinha que ser executada com os recursos disponíveis e, portanto, assim foi feito. Tal como os construtores da Grande Pirâmide de Quéops, não éramos de todo idiotas, apenas primitivos. Sem ofensas. Só estamos querendo dizer que não nos faltava engenhosidade, mas tão somente a tecnologia molecular sofisticada que seus pais e avós já dominavam há coisa de setecentos anos.

Recursos de Apoio à Pesquisa

Os projetistas da *Pioneira* não pouparam espaço, esforços ou recursos para dotá-la com laboratórios amplos e aparelhados com equipamentos e programas de pesquisa, processamento e análise mais avançados então disponíveis em nosso Sistema Solar.

Dentre as dezenas de laboratórios abrigados no cilindro central, destacam-se o Observatório e o Complexo Biótico.

Governado com mão de ferro por nosso imediato-biólogo, o Complexo Biótico compreende seis laboratórios principais: Xenobiologia Aplicada; Xenogenética; Bioquímica; Taxonomia Xenológica; Paleontologia; e Análises. A enfermaria constitui um apêndice funcional do C.B., só que Michael não apitava nada lá, pois, durante a expedição a enfermaria constituiu província exclusiva de Aline Juggersen e seus pacientes.

O C.B. possui dezenas de milhares de metros cúbicos de espaço para armazenamento de espécimes alienígenas, incluindo capacidade de colocar esses espécimes em estado de animação suspensa, versões simplificadas do Sono.

A pesquisa astrofísica e planetológica eram centralizadas no Observatório, aparelhado com sensores ópticos, eletromagnéticos e gravitacionais. Apesar da designação, o Observatório funcionava mais como centro de processamento e análises. Dali eram controladas as sondas lançadas pela *Pioneira* para examinar *in loco* planetas e demais objetos astronômicos. Há a bordo da nave vastos recursos de software e hardware especialmente voltados para a observação, processamento e análise dos dados coligidos em Molton I.

Províncias, Feudos e Postos de Serviço

Se o C.B. constituía domínio de Michael McFerguson e o Observatório a área de trabalho de Sylvia, o conjunto de oficinas era o feudo pessoal de Farukh.

As armas portáteis projetadas pelo imediato foram fabricadas pelo engenheiro na Oficina Eletromecânica. A manutenção de nossos autômatos é ainda hoje executada na Oficina de Robótica. Nossos veículos de superfície eram reparados na Auto-Oficina, providencialmente instalada como anexo de nosso hangar secundário.

Como oficiais-cientistas, Sylvia, Michael e Mário tinham seus postos de serviço no Ambiente de Comando. O posto de Aline era na enfermaria e o de Farukh no Controle da Propulsão. Pela natureza de suas funções a bordo, Olympia não possuía posto de serviço fixo.

Na prática, esses postos de serviço quase nunca foram cumpridos à risca. Em geral, permanecíamos juntos a maior parte do tempo, tanto em serviço, quanto em licença, ora no Ambiente de Comando, ora no Refeitório.

Quando pretendíamos usufruir de relativa privacidade, recolhíamo-nos a nossos camarotes (as únicas áreas blindadas contra as intromissões telepáticas!). Evidentemente, o camarote de Olympia não dispunha do revestimento de tecido nervoso sintético que constituía o isolamento telepático. Outros locais nos quais podíamos passar alguns momentos a sós eram a sala de leitura e o vivenciador, onde podíamos mergulhar de cabeça nos prazeres inenarráveis das realidades virtuais interativas. Desculpem-nos. Sabemos que muitos de vocês abominam tal prática com todas as células de seus corpos imortais. É que não resistimos...

Conclusões?

Repassando este apêndice pseudotécnico, constatamos que o estilo empregado acabou assumindo o tom peculiar, ora de desabafo catártico, ora de confidência informal, coisa que não havíamos planejado inicialmente, quando começamos a gravação.

Por outro lado, quem sabe não era este o tão propalado tom pessoal que vocês almejavam e pelo qual insistiram que nós próprios elaborássemos este holo?

Não.

Duvidamos muito.

Em todo caso, os holoespectadores que assim o desejarem poderão ter acesso imediato às especificações técnicas detalhadas a que nos referimos no início da gravação.

Façam bom proveito delas.

Apêndice "C"
Cronologia da expedição Pioneira

Olympia S. Magnus

Ano	Evento
2015	Radioastronômos norte-americanos transmitem primeira mensagem em paleolincos para Delta Pavonis.
2035	Pavonianos gravam mensagem incompreensível oriunda do Sistema Solar.
2043	Holocausto Termonuclear. Inverno nuclear. Os Meses Escuros.
2044	Fim do inverno nuclear.
2055	Fundação de Lucksville.
2068	Primeiros habitantes da Cidadela da Floresta emergem à superfície.
2096	Fundação de Nova Timaru no extremo sul da Ilha da Califórnia.
2110	Lucksville ingressa na recém-fundada República das Pradarias.
2148	Primeira colônia brasileira em Marte.
2150	Estabelecimento do Governo Mundial com sede em Honolulu.
2181	Descoberta de microfósseis alienígenas no cinturão de asteroides.
2182	Sri Lanka integrado como Estado-membro da Federação.
2195	Descoberta da Descontinuidade Permeável Molton I.
2200	Início da terraformização de Marte.
2253	Pavonianos concluem a decodificação da mensagem humana.

2255	Primeira mensagem pavoniana transmitida de Jokerman.
2260	Sylvia Chang nasce na Escócia. Michael McFerguson nasce em Lucksville.
2262	Advento do Projeto Minerva.
2264	Mário Sandriotti nasce em Tijuca, núcleo florestal erigido sobre as ruínas da cidade do Rio de Janeiro.
2274	Olympia Magnus nasce em Santos Dumont, Marte.
2275	Primeira mensagem dos pavonianos é recebida no Sistema Solar.
2276	Humanidade responde a primeira mensagem dos pavonianos.
2278	Aline Juggersen sagra-se campeã juvenil no Zonal de Xadrez da Escandinávia.
2279	Descontinuação do Projeto Minerva.
2281	Sylvia Chang e Michael McFerguson graduam-se na Academia Lunar.
2282	Início do Projeto *Pioneira.*
2283	Mário Sandriotti gradua-se na Academia Lunar.
2290	Sylvia Chang obtém 1° doutorado em gravitação quântica com a tese *"Descontinuidades Permeáveis: Perspectivas de Emprego Comercial das D.P. Molton I, Molton III e Leonov II".*
2291	Michael McFerguson obtém 1° doutorado em xenobiologia procariótica com a tese *"Microfósseis Alienígenas do Cinturão Interior e a Não-Prevalência do DNA".*
2292	Mário Sandriotti obtém 2° doutorado em projetos heurísticos de IAA com a tese *"Entidades Autoconscientes de Longevidade Extrema e o Comando Estelar em Expedições de Longo Curso".*
2295	Prontificação de sistemas da *Pioneira.* Primeiras provas de espaço profundo.
2296	Aprovação do programa-mestre da *Pioneira.* Pavonianos recebem resposta humana.

Ano	Evento
2297	Tripulação definitiva da *Pioneira* é selecionada.
2298	Sylvia Chang confirmada como comandanta da *Pioneira.*
2300	Partida da *Pioneira* para Delta Pavonis. 1ª expedição interestelar tripulada.
2311	Partida da *Prometheus* para Alpha Centauri. 2ª expedição interestelar tripulada.
2320	*Prometheus* chega ao Sistema Triplo de Alpha-Centauri.
2321	Descoberta de vida microbiana em Aurora, quarto planeta de Alpha Centauri "A".
2322	Pavonianos recebem notícia da vinda da *Pioneira.*
2325	*Prometheus* parte de Alpha Centauri rumo ao Sistema Solar.
2328	Partida da *Belerofonte* para Tau Ceti. 3ª expedição interestelar tripulada.
2333	*Prometheus* regressa ao Sistema Solar.
2335	Ragnarok em Delta Pavonis II. Extinção dos pavonianos.
2341	*Pioneira* chega ao Sistema Delta Pavonis.
2350	*Belerofonte* chega a Tau Ceti.
2351	*Pioneira* parte de Delta Pavonis para a D.P. Molton I.
2375	*Belerofonte* regressa ao Sistema Solar.
2389	*Pioneira* chega a Molton I
2390	*Pioneira* parte de Molton I rumo ao Sistema Solar.
2398	*Pioneira* regressa ao Sistema Solar.

Apêndice "D"
Aspectos contrafactuais Relevantes da Cultura de Elysium*

Olympia S. Magnus

A origem do ponto de desnível topológico que tornou este plano de realidade que hoje habitamos diferente do nosso, aquilo que os estudiosos de história contrafactual denominam *divergência*, foi um evento que se iniciou na península indiana por volta de 518 A.U.C. (circa 235 a.E.C.).

Como em nosso mundo, ali reinou naquela época um governante denominado Asoka. Em 492 A.U.C. (261 a.E.C.), o jovem soberano se surpreendeu traumatizado com uma das conquistas mais sangrentas de seus exércitos, realizada no reino vizinho de Kalinga, país submetido somente à custa de requintes de crueldade e dezenas de milhares de mortes. Asoka meditou sobre a inutilidade da guerra e decidiu modificar sua maneira de ser e sua filosofia de vida. Converteu-se ao budismo e fez dessa crença a doutrina oficial do Estado, passando a se empenhar pessoalmente na disseminação dos ensinamentos do Príncipe Siddhartha Gautama através de seu reino. Como o seu reinado durou meio século, deveras longo para os padrões da época, apesar do desagrado das castas dominantes, Asoka conseguiu completar sua obra de transformar inteiramente a face de seu império. Criou uma nação pacífica, porém poderosa e bem organizada, política, econômica e administrativamente, fato até então inédito na história humana. Ademais, deu prosseguimento aos trabalhos de irrigação iniciados por seus antepassados, fundou hospitais para seres humanos e animais, tomou providências

* Doze bilhões de cópias deste ensaio foram transmitidas através do Olho de Shiva no interior de cápsulas cilíndricas de plástico hiperdenso confeccionados com traços de tecnécio (^{98}Tc). A autora nutre esperanças – algo ingênuas – de que pelo menos uma delas atinja seu plano de realidade natal e que seu conteúdo seja descoberto por alguém.

para controlar as finanças e empreendeu uma pujante expansão econômica.

Concluído aquilo que considerou como marco inicial de seu governo, Asoka decidiu difundir a doutrina filosófica budista para além das fronteiras de seu império. Enviou emissários ao oriente, para a China, então dividida em pequenos Estados feudais; ao sul, para a ilha do Ceilão, onde logrou a conversão do próprio rei Tissafernes; e ao ocidente, rumo ao subimpério macedônio na Ásia Menor, que Seleuco e seus descendentes herdaram com a morte de Alexandre Magno. Enviou emissários mesmo às longínquas cidades-Estado helênicas e à ainda mais distante república romana.

O desnível topológico, o ponto de divergência por assim dizer, residiu precisamente no êxito de um destes emissários.

Em nosso mundo, as crônicas históricas romanas nem sequer mencionavam a visita do embaixador do soberano máuria. Tito Lívio, historiador romano do fim da República*, por exemplo, não menciona a visita do emissário de Asoka. Contudo, cumpre mencionar que em nosso continuum vários livros da obra monumental e detalhista de Lívio, *Ab Urbe Condita Libri*, perderam-se irremediavelmente. Os livros referentes à Primeira Guerra Púnica se perderam, ao passo que os relativos à Segunda Guerra Púnica foram conservados. Como o emissário chegou supostamente a Roma justo no intervalo entre essas duas guerras, talvez o grande cronista romano tenha relatado o fato num dos livros perdidos. Como não houve um cronista histórico Tito Lívio neste continuum, não podemos consultar aqui os livros dados como perdidos em nosso continuum para esclarecer a questão.**

Contudo, neste continuum, tal emissário não apenas logrou chegar incólume à Cidade das Sete Colinas, como conseguiu expor os ensinamentos budistas em plena tribuna do senado romano, diante de uma audiência interessada, composta pela elite cultural patrícia.

Semente fecunda lançada às margens do Tibre, numa época em que os ideais mais sinceros da República Romana ainda não haviam sido conspurcados, talvez pelo fato de ainda estarem associados à moral rígida e severa de uma cultura essencialmente camponesa.

---

* Isto é, Tito Lívio (694 – 770 A.U.C.) viveu nas últimas décadas da República e nas primeiras décadas do Império Romano, em nossa linha histórica.

** Uma hipótese mais simples e, portanto, beneficiada pelo princípio da Navalha de Occam, é que o emissário de Asoka jamais tenha chegado à Roma.

O emissário de Asoka permaneceu vários anos hospedado na vila de um dos senadores mais influentes da República, tratado com honrarias devidas a um chefe de Estado. Quando finalmente retornou à terra natal, se fez acompanhar por um séquito suntuoso de dezenas de patrícios, dentre eles um senador e três tribunos.

Este evento aparentemente pouco importante constituiu a divergência da qual se irradiaram todas as alterações futuras.

Ao contrário do que se poderia esperar a princípio, não ocorreram modificações imediatas de grande vulto.

Os romanos haviam recebido a visita do embaixador máuria justamente no curto intervalo de 23 anos entre a Primeira e a Segunda Guerras Púnicas, levadas a efeito contra os cartagineses.

Segundo Tito Lívio, aquele foi um período de relativa paz e tranquilidade para a República. Roma aproveitou uma revolta dos exércitos mercenários a soldo de Cartago para subtrair a Sardenha e a Córsega à metrópole africana. Os romanos encetaram ainda campanhas vitoriosas contra várias tribos bárbaras, dentre as quais, hordas numerosas de gauleses transalpinos, que por mais de uma vez no passado ameaçavam cruzar o Rio Pó, trazendo pânico e destruição aos lares dos colonos romanos e latinos do norte da Itália.

Naquela mesma época, os sufetas cartagineses enviavam exércitos à Espanha para colonizar novos territórios e erigir um império na Europa meridional que rivalizasse em poder com a República Romana. Ao longo de uma geração, o expansionismo púnico no sudoeste europeu preocupou o Senado Romano. À medida que o jovem Anibaal Barca* crescia, para se tornar o melhor estrategista da Antiguidade e a maior ameaça ao futuro da República, o clima de tensão entre as duas potências mediterrâneas se elevava ano a ano.

Destarte, não surpreende que o estabelecimento de relações cordiais, conquanto esporádicas, dos romanos com a Índia dos Máurias não tenha conseguido desempenhar papel preponderante no grande conflito que se seguiu.

A Segunda Guerra Púnica se deu aqui, em todos os seus acontecimentos principais, de maneira idêntica à constante nos registros históricos que trouxemos conosco a bordo da *Pioneira*.

O jovem e brilhante general Anibaal Barca atacou a República

* Filho do grande general cartaginês Hamílcar Barca, comandante das forças de seu país na Primeira Guerra Púnica.

pelas costas, atravessando os Alpes com os seus exércitos aparelhados com elefantes de combate. Quase logrou êxito em seu intento de submeter seus inimigos orgulhosos. Por cerca de duas décadas os cartagineses assolaram a península, tendo sido poucas vezes batidos pelas legiões romanas em batalhas convencionais. Somente foram derrotados definitivamente por Cipião o Africano em Zama, próximo à própria Cartago em 552 A.U.C. (201 a.E.C. por nossa cronologia).

Na Índia dessa mesma época, Asoka havia morrido há mais de duas décadas. Seu império outrora poderoso fora dividido entre seus descendentes, estando já em franca dissolução.

Contudo, ao fim da Segunda Guerra, a semente que o emissário do imperador máuria plantara no solo romano enfim germinou forte e saudável na maneira branda e humana pela qual os vencedores trataram os derrotados.

O Senado Romano lembrou-se da história do arrependimento pungente do imperador Asoka em Kalinga e de suas consequências.

Decidiram privar os cartagineses de seus exércitos e Armada. Atitude lógica, afinal, em mãos púnicas tais recursos constituiriam ameaça perene à sobrevivência de Roma. Porém, de maneira diversa ao que ocorrera em nosso continuum, os romanos não apenas mantiveram intactos os direitos e os bens da população civil cartaginesa, como ainda ajudaram a reequilibrar as finanças da grande metrópole africana e a auxiliaram na reconstrução de sua esquadra mercante, contribuindo assim, para reerguer a própria dignidade do adversário derrotado.

Houve um tratado estabelecendo uma paz honrosa, sempre respeitado por ambas as partes.

A atitude firme mas piedosa dos patrícios romanos surpreendeu em muito os sufetas púnicos, fazendo com que passassem a encarar seus antigos adversários com sentimento inédito de admiração e respeito.

Então, os próprios cartagineses começaram a se interessar por aquela doutrina exótica e poderosa que, no curso de uma única geração, modificara radicalmente a maneira de pensar e agir de seus antigos adversários.

Jamais ocorreu uma Terceira Guerra Púnica neste continuum.

Em verdade, uma vez convertidos ao credo budista, os cartagineses transformaram-se num dos aliados mais confiáveis de Roma.

Com o tempo lhes foi delegada a responsabilidade pela maior parte do comércio e transporte marítimo mediterrâneo. Nos séculos seguintes, os cartagineses passaram a ser referenciados com frequência nas crônicas da época como a "Marinha de Roma". Na expansão que se seguiria, trirremes comandadas e tripuladas por cartagineses conduziram milhões de legionários romanos para impor a *Pax et Doctrina* da República às províncias recém-conquistadas.

Porque a filosofia budista não conseguira alterar, em absoluto, o expansionismo político-militar vigoroso da República. Fora capaz, no entanto, de lhe imprimir um propósito inteiramente diverso.

Em nossa Terra, o Império que sucedeu a República Romana, após séculos de perseguição os cristãos, adotou-lhes o credo como religião oficial do Estado.

Nesta outra Roma, o Senado fez do budismo sua doutrina filosófico-religiosa.

De modo idêntico ao que ocorrera em nosso mundo, a máquina bélica eficiente dos romanos também ocupou, décadas mais tarde, os Estados helênicos da Grécia e Ásia Menor, bem como o Egito Ptolomaico, esse último foi anexado mais de um século antes do que se deu em nossa história. Portanto, se não houve um Iulius Caesar na Roma deste continuum, ao menos não como conquistador das Gálias, tampouco houve espaço para as maquinações de uma rainha egípcia de ascendência macedônica servissem de pretexto à anexação definitiva do Egito Ptolomaico como província romana. Não houve necessidade de pretextos: o propósito declarado era difundir a doutrina budista adotada por Roma.

Apesar de não ter existido um Iulius Caesar*, a Gália foi conquistada. A Germânia a ela se seguiu décadas mais tarde. Foram igualmente colocadas sob a Pax Romana, a Ibéria, o norte da África e a Ásia Menor.

O Império Romano, advento inevitável, segundo os historiadores do nosso mundo, jamais chegou a existir neste continuum.

O surgimento desse império foi impedido pela simples disseminação das doutrinas dos sábios instalados no mosteiro do Monte Capitolino. O budismo encontrou solo assaz mais fértil numa

* Ao menos, não encontramos nenhuma referência histórica a respeito de um general Gaius Iulius Caesar, não obstante o fato de ainda existir à época da Conquista da Gália uma influente família patrícia chamada Iulius.

República Romana, carente de crenças palpáveis, do que nos reinos absolutistas da Ásia.

Todavia, a gestação de uma versão igualitarista da doutrina de Siddhartha Gautama na península itálica gerou um dilema de grandes proporções no âmago na estrutura social romana. Havia as desigualdades de berço, entre patrícios e plebeus. Muito pior era a presença de numeroso contingente de mão de obra escrava. Contrariando as doutrinas vigentes e a vontade dos monges, esses escravos não foram libertados de imediato.

A plebe romana, em grande parte já convertida à doutrina budista, pressionou um Senado ainda controlado pelos patrícios, para que este decretasse o fim da escravidão. Todavia, mesmo os senadores que seguiam os ensinamentos do Budha se opuseram à manumissão maciça, argumentando que a transição abrupta conduziria o sistema econômico-social ao caos e à barbárie.

Foram tempos conturbados por graves revoltas sociais em Roma e nas províncias.

Após debates acalorados que se prolongaram por vários anos, um monge que ascendera ao Senado sugeriu que, por ora, bastaria que os escravos fossem tratados dentro dos ensinamentos budistas. A adoção daquela proposta pacificou os ânimos dos convertidos e da minoria conservadora.

Duas décadas mais tarde, o Senado aprovou uma série de leis para garantir educação e cidadania plena a todos os filhos de escravos.

As legiões romanas dessa República Romano-Budista mostraram-se tão ou mais competentes em vencer guerras e conquistar territórios do que os exércitos de Caesar, Augustus ou Trajanus em nosso continuum. Adversário algum sobreviveu incólume ao avanço das legiões, em cuja trilha seguiam monges budistas ávidos, pregando em grego, latim e persa.

Em 750 A.U.C. (ano 3 a.E.C. por nossa cronologia), a República Romana atingiu limites territoriais somente igualados pelo seu congênere imperial do nosso continuum em seu apogeu, século e meio mais tarde.

Àquela época, neste continuum, muito provavelmente influenciados pelo poder de persuasão do *Princeps Pontifex* do Mosteiro de Roma, um certo Marcus Tullius Cicero, os cônsules e o Senado decidiram retomar o antigo intercâmbio com o Império Máuria, quase inteiramente esquecido ao longo dos últimos dois séculos. Séculos repletos de conflitos político-militares e fervor doutrinário.

No entanto, para decepção da parcela menos instruída da plebe romana, então inteiramente convertida ao budismo, o império que os havia inspirado se esfacelara há muito. Contudo, o sentimento de perda não durou muito. Porque o contato da República com os vários reinos da Índia produziu um renascimento cultural e artístico sem precedentes, tanto no vasto Mundo Romano, quanto na península indiana, unificada ao longo do século seguinte como província da República.

Desse modo, engenheiros romanos e filósofos helênicos entraram em contato direto, respectivamente, com novos conceitos matemáticos e numéricos, e com princípios éticos e valores morais dos quais até então só haviam tomado conhecimento indireto através de relatos de terceira mão. Noções genuinamente revolucionárias para a civilização mediterrânea da época. Fenômeno de intercâmbio de conhecimento e fusão de culturas sem precedentes neste continuum e tampouco paralelos em nosso continuum.

Em meio à nova era de síntese cultural e ao aprimoramento ético dela resultante – em que o melhor das civilizações romana, helênica e indiana tiveram oportunidade de se expressar e interagir para forjar um todo maior do que a soma das partes – uma explosão de desenvolvimento científico sem precedentes eclodiu por todo o continente eurasiano.

Com tamanhas mudanças sacudindo os alicerces do mundo romanizado, é de todo provável que o nascimento, a obra e a morte de Jesus Cristo tenham passado inteiramente despercebidos. A questão da existência de Jesus de Nazaré neste continuum se coloca, portanto, em termos de probabilidade. Após centenas de horas de pesquisa, com auxílio das melhores entidades artificiais deste continuum, não nos foi possível encontrar um único registro histórico diminuto que confirmasse a existência de Jesus. Houve, aqui como lá, diversos pregadores hebreus carismáticos na Judeia que se diziam profetas por volta de 750 A.U.C. Os ensinamentos e sermões da maioria deles era constituído por uma mixórdia de tradições hebraicas do Antigo Testamento com as várias escolas do Budismo. Embora alguns pregassem em latim ou grego, a maior parte insistiu no aramaico. Dentre esses profetas autoproclamados não havia ninguém chamado Yeshua Ben Yussef.*

* Depois de vasculharem minuciosamente os registros históricos que trouxemos

Os historiadores deste continuum argumentam que o "Sincretismo Hebraico" jamais teve chance de se afirmar, quer como escola budista heterodoxa, quer como filosofia ou religião de cunho próprio. Apegados aos mandamentos e interpretações facciosas do Antigo Testamento, os pregadores sincréticos foram perdendo seguidores a cada geração, ao tentarem se bater inutilmente contra uma doutrina mais pura e, sobretudo, mais madura do que aquela que pretendiam propagar. Esse sucedâneo débil do Cristianismo não teve, portanto, a mínima chance de se impor neste continuum.

Por volta de 1000 A.U.C., essa crença sincrética parece ter desaparecido totalmente da Judeia, única região onde chegara a gozar outrora de relativa popularidade dentre umas poucas centenas de fanáticos.

Em 800 A.U.C., as legiões romanas da Índia se defrontaram com os exércitos chineses do Império Han. A República se viu num impasse. Até então invadira e conquistara tanto reinos civilizados quanto tribos bárbaras sob pretexto de iluminar suas populações com os benefícios do Budismo. Poder algum conseguiu se estancar o avanço de suas hostes. Contudo, pela primeira vez, o Mundo Romano se deparava com outra potência na qual uma minoria considerável da população também professava doutrina budista, um percentual mais elevado do que o prevalente no Império Han de nosso continuum na mesma época.

Ocorreram de fato algumas escaramuças fronteiriças entre as tropas imperiais e as patrulhas romanas aquarteladas na nova província do Tibete.

De ambos os lados daquela fronteira tácita, camponeses chineses e colonos indo-romanos se amedrontaram ao se verem cercados,

---

conosco nos bancos de memória da *Pioneira*, os historiadores deste Sistema Solar confessaram-se pasmos com o advento do Cristianismo. Indagaram como era possível que uma nova religião – inspirada nos relatos de portentos, milagres e na afirmação espúria de que seu profeta maior era uma divindade, filha do Criador do Universo – tenha emergido gratuitamente do Judaísmo, sem fato concreto algum que corroborasse tais alegações extraordinárias.

Quando, a bem da retórica, argumentamos que a vida de Buddha também parecia repleta de portentos e lhes recordamos que tampouco havia provas da existência do Príncipe Siddartha, além de exibir as provas mencionadas, argumentaram que a pregação da doutrina budista vigente não se apoia na ocorrência de portentos, tampouco na alegação de que o Buddha era uma divindade.

ante à chegada súbita de dois grandes exércitos adversários. No entanto, a Grande Guerra Budista jamais chegou a eclodir.

Os textos históricos oficiais falam de uma grande confraternização. Pois ambos os Estados possuíam ideologias semelhantes e os governantes romanos e chineses já pretendiam estabelecer relações cordiais há um bom tempo. No entanto, mesmo numa análise superficial das entrelinhas das crônicas da época que sobreviveram até o presente, depreende-se que houve, com efeito, uma acomodação gradual da civilização chinesa à influência cultural romana e vice-versa. Processos que, ao que tudo indica, demandaram mais de um século até se estabilizar.

De qualquer modo, uma vez estabelecidos os primeiros tratados de paz, iniciou-se uma era caracterizada por grande intercâmbio comercial e cultural entre os diferentes povos da República e do Império. Todavia, ainda levaria dois séculos até que o budismo se tornasse a religião predominante na China.

Em 905 A.U.C., com objetivo nominal de defender as fronteiras chinesas contra o assédio das hordas bárbaras da Mongólia, representantes das duas potências iniciaram conversações que culminaram no estabelecimento de uma organização política que os historiadores modernos arbitrariamente batizaram *Confederação Romano-Chinesa*. Uma estrutura que abrangia toda a Europa continental; as Ilhas Britânicas; o norte da África; a Arábia; a Ásia Menor; a Pérsia; a Índia e regiões circunvizinhas e a totalidade do vasto território imperial chinês. A verdadeira finalidade da Confederação era impedir o ingresso de hostes bárbaras no mundo dito civilizado – entenda-se: budista – até que as tribos em questão pudessem ser espiritualmente trabalhadas pelos monges peregrinos.

De qualquer modo, essa decisão de caráter preventivo pareceu mais humana do que o método anteriormente empregado, que implicava trucidar invasores bárbaros aos milhares com disparos cerrados de fuzis e canhões.

Por volta de 900 A.U.C., o conhecimento científico já atingira níveis somente superados em nosso continuum em meados do século XVIII.

Na década de 950 A.U.C., um cientista de Alexandria aperfeiçoou a máquina a vapor, inventada dois séculos antes, viabilizando o emprego dessa tecnologia em larga escala. As primeiras aplicações se deram no transporte terrestre e marítimo-fluvial. Três décadas mais tarde, boa parte do continente eurasiano e todo o norte da África estavam cobertos por eficiente malha ferroviária, agilizando de forma considerável o tráfego e o comércio entre as regiões distantes daquela organização política vasta e descentralizada.

Às vésperas da comemoração do primeiro milênio da fundação de Roma, outro humano de gênio, imbuído de considerações éticas bastante comuns aos indivíduos de sua época, criou as primeiras máquinas agrícolas equipadas com motores a explosão. Consumindo combustíveis fósseis, tais engenhos substituíram gradualmente o trabalho muscular humano e animal nos campos. O processo acelerou o abandono dos últimos resquícios de trabalho escravo nas províncias mais retrógradas. Os hierarcas da Confederação determinaram que esses últimos ex-escravos fossem tomados como funcionários remunerados do Estado nas províncias e nações livres aliadas que ainda insistiam em adotar a prática moralmente condenada.

Décadas mais tarde, a Civilização Romano-Chinesa estendeu sua influência até ao Japão, à Mongólia e às tribos bárbaras da Escócia, Escandinávia e Sibéria.

No primeiro século do novo milênio (equivalente aos séculos III e IV da nossa cronologia), deu-se a Evolução Industrial Euroasiática, processo que, apesar de ter sido em muitos de seus aspectos fundamentais incentivado por diversos governos da Confederação, deveu-se em grande parte ao patrocínio da iniciativa privada, oriunda em sua maior parte das novas elites comerciais chinesa e indiana, bem como da classe equestre, eternos novos-ricos de Roma, e do próprio patriciato. Classes que procuravam novas maneiras de empregar as vastas quantidades de capital, acumuladas às expensas do escravagismo ou de atividades comerciais em larga escala iniciadas por seus antepassados em séculos anteriores.

A expansão marítima e a consequente descoberta de outros continentes se deram tardiamente, não quando comparadas com seus análogos em nosso continuum, mas sim em relação ao avanço tecnológico atingido pela Confederação.* Basta dizer que em Elysium

* A Oceania foi oficialmente descoberta e circunavegada em 1271 A.U.C. (518 E.C.), ao passo que a descoberta oficial da América deu-se em 1298 A.U.C. (545 E.C.), quando uma esquadra de exploração nipo-indiana aportou no litoral peruano. Contudo, sabe-se que contatos esporádicos com tribos residentes nas ilhas do Caribe e no litoral atlântico da América do Norte já se davam pelo menos desde a virada do milênio, ou seja, desde 250 E.C., por nossa cronologia.

o rádio e a televisão foram inventados antes da descoberta da América.

Uma análise mais acurada dos condicionantes socioculturais desse atraso relativo, por assim dizer, leva a crer que o fenômeno tenha se dado essencialmente devido à própria sensação de bem-estar físico e psicológico que as sociedades euroasiáticas foram capazes de proporcionar às suas populações. Esse bem-estar gerou um sentimento de segurança generalizado, cuja característica mais pertinente à compreensão do problema em pauta foi a relativa redução da ânsia por novas fontes de riquezas e poder.*

Contudo, o desejo de adquirir novos conhecimentos científicos, demonstrado pelas elites universitárias e monásticas, acabou conduzindo os romano-budistas à expansão marítima. A motivação acadêmica principal residia em comprovar a hipótese da existência de ilhas e mesmo continentes distantes da massa afroeurasiana, pois já havia, então, indícios da existência de uma massa emersa de proporções continentais a sudeste da península indiana.

O Sahara foi derrotado por vastos trabalhos de irrigação. Já as florestas e savanas africanas, as selvas indiana e indonésia, e as estepes da Ásia Central foram exploradas de maneira racional. Grande parte das culturas africanas foram incorporadas pacificamente à Confederação. Como rezava a política oficial da época, tais sociedades mantiveram, à medida do possível, seus caracteres socioculturais próprios.

A produção agropecuária do mundo romanizado adotou técnicas relativamente modernas, abandonando o emprego dos defensivos químicos, em favor de um controle de pragas baseado em conceitos de guerra biológica. Nas regiões limítrofes, incentivou-se a descontinuação de práticas milenares, como o desmatamento e o pastoreio excessivo, bem como as queimadas. Tais avanços permitiriam, em tese, um crescimento populacional sem precedentes. Apesar disso, o governo da Confederação fixou em 1.200.000.000 de habitantes a população máxima que o continente afroeurasiano deveria suportar. Observa-se já àquela época preocupação em não se sobrecarregar

* Colocada desta maneira, em termos de filosofia da história, a explicação para o atraso relativo das descobertas em relação ao patamar tecnológico da civilização afroeuroasiática deste continuum acaba assumindo um tom mais zen-budista do que o pretendido originalmente.

o ecossistema global com uma população excessiva. Desse modo, deu-se início a uma cuidadosa política de controle de natalidade.

Circa 1270 A.U.C., uma civilização que se assemelhava à nossa de fins do século XX na maioria dos atributos técnicos e científicos descobriu a Austrália. No comando da capitânia de uma frota pequena mas sofisticada, recém-aparelhada com novas turbinas de propulsão diesel, o vice-cônsul da Índia, Tertius Vishnu-Li, circunavegou a ilha-continente da Oceania. Através dos desembarques frequentes em diversos pontos da costa e da realização de jornadas ao interior, as diversas equipes científicas da expedição executaram trabalhos de pesquisa notáveis, efetuando descobertas botânicas e zoológicas que excitaram a comunidade científica da Confederação. Poucos meses depois foram entabulados os primeiros contatos com as sociedades tribais autóctones.

Três décadas mais tarde, foi a vez da América. Encontradas em pleno apogeu, a civilização maia e a cultura de Teotihuacán foram, ao longo do século seguinte, incorporadas à Confederação, enriquecendo imensamente o patrimônio cultural e artístico da civilização que esta representava. Destino semelhante encontraram o Império Wari e a cultura de Tiwanaku na América do Sul. O fato de essas civilizações não terem sido decapitadas, mas antes, cuidadosamente preservadas durante o contato com uma cultura mais poderosa, explica a presença frequente de termos maias e aimarás no shant.

No décimo quarto século A.U.C., com a exploração do Pacífico, levada avante com o auxílio precioso de mestres navegadores polinésios, cuja cultura tivera seu processo de incorporação iniciado em meados do século anterior, concluiu-se a fase dos descobrimentos marítimos.

Por volta de 1500 A.U.C., quando a Confederação enfim englobou toda a superfície terrestre no interior de suas fronteiras, o conceito de fronteira deixou de existir. Naquela mesma época, os cientistas descobriram uma maneira segura de liberar a energia encerrada no interior dos núcleos atômicos, desenvolvendo o gerador de fissão.

O transporte aéreo se vulgarizou tanto quanto em nosso mundo ao final do século XXIII, com a diferença de atender a uma população de dois bilhões de habitantes, o dobro da existente na nossa Terra do ano 2300 E.C.

A consequência principal de tamanho avanço aeronáutico foi o advento da tecnologia espacial, circa 1570 A.U.C. (820 E.C. pela nossa cronologia).

Como no caso da Era Espacial de nosso continuum, primeiro

vieram os satélites meteorológicos e de telecomunicações. Com toda a humanidade unida sob um só governo, não se cogitou a criação de satélites militares.

Depois, vieram as estações orbitais tripuladas e então a conquista da Lua. Neste plano de realidade, humanos chegaram à desolada paisagem lunar para ali permanecer, estabelecendo primeiro bases científicas e, mais tarde, pequenos núcleos urbanos. Não houve quase sete décadas de intervalo entre a primeira alunissagem e o início da colonização do satélite. Muito menos os primeiros colonos foram abandonados à míngua para morrer por causa de um Holocausto Nuclear.

Sondas automatizadas exploraram os planetas interiores, Marte, o cinturão de asteroides e os gigantes gasosos. Em 1650 A.U.C., teve início a colonização do Planeta Vermelho. Quando deixamos nosso Sistema Solar, no alvorecer do nosso século XXIV, Marte possuía apenas 200 mil habitantes, sendo considerado a grande fronteira humana. Os humanos deste continuum lograram superar esta cifra com mais de treze séculos de antecedência.

À época da Partida, nossa humanidade já instalara bases de pesquisa tripuladas nos satélites galileanos, em Ceres e Pallas, e estações automatizadas nos principais satélites dos mundos extrajupiterianos. Alimentávamos a pretensão de avançar a fronteira colonizatória até os limites do Sistema Solar, tão logo nos sentíssemos tecnologicamente preparados para a empreitada. Os humanos deste continuum jamais pensaram em instalar colônias em outros recantos do Sistema Solar, exceto pela Lua e Marte. Todavia, tal postura não se deveu à falta de capacitação técnica, como em nosso caso, mas antes por convicções filosóficas. Não julgaram necessário habitar os mundos gelados daquela vastidão desolada onde o Sol era apenas a mais brilhante das estrelas. Pois tecnologia para tanto esta humanidade já possuía pelo menos desde 1750 A.U.C. (cerca de 1000 E.C., de acordo com nossos calendários). Ao contrário, os humanos de Elysium preferiram residir no espaço. De fato, cerca de um terço da população atual do Sistema Solar vive em habitats orbitais, em colônias volantes, ou ainda no interior escavado de asteroides e cometas.

Na maioria dos outros campos do conhecimento humano, o avanço tecnológico acompanhou o desenvolvimento precoce das técnicas que possibilitaram a exploração e a colonização do espaço.

Como nosso povo, esta humanidade também utilizou técnicas de manipulação genética para melhorar a estirpe de seus descendentes.

Este desenvolvimento se iniciou em 1600 A.U.C., atingindo seu apogeu dois séculos mais tarde. Neste campo, como em tantos outros, eles nos superaram, estando hoje anos-luz à nossa frente.

Em nosso continuum, já havíamos descoberto o *modus operandi* de alguns genes relacionados com o disparo do processo de degenerescência fisiológica generalizada, aquilo que até meados do século XXII denominávamos "envelhecimento". Através de manipulações genéticas delicadas em sequências situadas em três cromossomos diferentes, em duas gerações conseguimos praticamente dobrar a expectativa média de vida humana.

Não obstante os protestos cáusticos dos hierarcas de uns poucos mosteiros retrógrados, ainda presos às velhas crenças reencarnacionistas, os humanos deste plano de realidade ousaram ir mais longe em sua busca pela imortalidade. Muito mais longe.

Como nós, os elysianos também realizaram um mapeamento completo do genoma humano. Contudo, ao longo dos séculos, foram capazes de desenvolver técnicas de análise e nanorreparação muito mais sofisticadas do que as que dispúnhamos à Partida. Os genes responsáveis pelo "envelhecimento" foram individualizados. Após várias décadas de ardentes debates de caráter ético-filosófico – pois cumpria aplacar a indignação dos monges conservadores, que ainda insistiam em pregar a doutrina da extinção progressiva do desejo através de reencarnações sucessivas, até se atingir o Nirvana – os geneticistas enfim atenderam as demandas da maioria laica. A partir do início da década de 1800 A.U.C. as funções degenerativas desses genes foram finalmente desativadas em todos os recém-nascidos.

A imortalidade provocou um impacto gigantesco na sociedade da época.

Diversos aperfeiçoamentos adicionais foram implementados no genoma dos neo-humanos para tornar mais duráveis e resistentes os tecidos e partes do corpo humano não sujeitos à regeneração espontânea, como, por exemplo, o esmalte dos dentes e os tecidos nervosos. Os corpos físicos dos cidadãos deste continuum duram quase indefinidamente e, em caso de acidentes, podem ser substituídos por clones desenvolvidos a partir do organismo original.

Um novo estilo de vida que a humanidade optou como um todo. Um caminho sem volta.

A taxa de natalidade foi reduzida a um mínimo. Neste continuum são relativamente poucos os humanos que recebem permissão para procriar. Há um antídoto, cuja ingestão só é autorizada uma única vez durante a longa existência de uns poucos indivíduos privilegiados, escolhidos de forma isenta por IAA meticulosas. Uma droga para desativar temporariamente o conjunto de modificações implantadas no genoma humano com o intuito de tornar as pessoas naturalmente estéreis. A título de curiosidade, informa-se que nos dias que correm a taxa de natalidade gira em torno de 3.000 bebês ao ano para o Sistema Solar como um todo.

O fato de os humanos se terem tornado aptos a manter a lucidez durante séculos a fio, mudou a maneira de encarar a passagem do tempo subjetivo. Em resultado, a sociedade elysiana aboliu na prática o conceito de pressa. Tampouco persistiu a necessidade doentia de se fixar prazos e datas. Pressa aqui é sinônimo de imaturidade. Diferentes eventos e compromissos têm seu lugar e seu tempo próprios, arbitrados pelas vontades das pessoas envolvidas. Todas as atividades e ações verdadeiramente importantes são previstas antecipadamente – agendadas pelas consciências artificiais que assessoram os cidadãos, de modo que possam ser executadas na ocasião adequada, sem atropelos ou precipitação.

Uma civilização inteira que há mais de um milênio faz questão absoluta de ignorar o significado do próprio conceito de precipitação, a não ser no que concerne o comportamento intempestivo de suas raras crianças e adolescentes.

As pessoas ainda morrem de vez em quando. Ainda ocorrem uns raros acidentes, mesmo numa sociedade tão amadurecida. Contudo, a maioria dos falecimentos ocorre por opção própria. Neste continuum, os humanos gozam do arbítrio de decidir durante quanto tempo desejam viver. Quando um cidadão sofre morte involuntária, recebe um novo corpo, melhor e mais jovem que o anterior, para o qual se fará a injeção do registro mais recente de suas memórias e personalidade.

Por incrível que pareça, numa sociedade que para nós, humanos efêmeros, é quase estática, a taxa daquilo que no início havíamos considerado suicídio (aqui chamado "extinção pessoal voluntária"), é surpreendentemente baixa: pouco inferior à taxa de natalidade.

No entanto, a imortalidade não foi a única dádiva que as técnicas de manipulação genética renderam à humanidade elysiana. Eles descobriram que a telepatia, dom raríssimo entre nós (tal como originalmente entre eles), não passa, em última análise, de uma simples mutação fortuita. Uma vez decodificados e isolados os genes responsáveis pela anomalia, foi relativamente fácil implantar o talento no genoma de toda uma geração, por volta de 1870 A.U.C.

Novo dilema ético despontou no horizonte filosófico humano.

Numa sociedade em que só existissem telepatas a princípio não haveria segredos ou dissimulações. As pessoas seriam compelidas à honestidade absoluta. Fato este que agradou sobremaneira às hierarquias monasteriais Sistema Solar afora, fazendo com que essas aplicassem boa dose de pressão político-espiritual nos debates holovisivos, em favor das facções que defendiam a nova mudança no genoma humano.

A imortalidade já fora conquistada, argumentavam. Agora se faz mister que o humano galgue mais um degrau, ascendendo a um patamar superior, a fim de se tornar puro e impoluto como os deuses dos panteões mitológicos do passado jamais o foram.

Mesmo que já não se acreditasse mais em reencarnações (exceto, as proporcionadas pela ciência, se encararmos o recebimento de um novo corpo como tal), se o humano só tivesse pensamentos verdadeiros, seria tão puro quanto o Príncipe Siddartha dos ideais budistas de antanho. Seria quase como se todos os cidadãos pudessem ser Buddhas...

Como negar tamanha dádiva à humanidade atual e às raras crianças das gerações futuras?

Contudo, todo humano, neste continuum ou no nosso, por vezes necessita de um pouco de intimidade. Aquilo a que os cidadãos do nosso continuum se referem como "privacidade". Com este objetivo, foram inventadas as tiaras, que nada mais são que microaparelhos, que atuam como isoladores psíquicos de eficiência extrema.

Estando tão avançados em relação à nossa humanidade, é surpreendente que tenham conseguido limitar sua curiosidade e sede de conhecimento ao Sistema Solar durante tanto tempo, enquanto desenvolviam sua física e refinavam suas técnicas de navegação interestelar.

A Era das Viagens Interestelares Lentas iniciou-se na década de 1850 A.U.C., prolongando-se pelos dois séculos seguintes. Por "lentas", os elysianos entendiam "não-relativísticas": viagens equivalentes às que empreendemos na *Pioneira*, onde não se podia contar com o fenômeno da dilatação temporal para reduzir significativamente a duração subjetiva das jornadas. Nessas viagens lentas, eles não empregaram técnicas de animação suspensa, análogas ao nosso Sono. O envelhecimento e morte da tripulação não constituíam problemas. Os viajantes aproveitavam a grande disponibilidade de tempo livre para meditar, estudar e interagir uns com os outros. Mais ou menos como imaginávamos que se daria nas naves-das-gerações da nossa ficção científica, com a diferença que só havia uma geração. À medida que o tempo passava, não nascia ninguém a bordo e tampouco perecia.

Nesse período inicial, os humanos de Elysium exploraram todos os sistemas num raio de 15 anos-luz do Sol. Constataram a existência de formas de vida unicelulares em Alfa Centauri "A" e em Epsilon Eridani. Estudaram *in loco* aquilo que denominávamos Descontinuidade Molton, desvendando suas propriedades peculiares e assimétricas.

Por volta de 2100 A.U.C. desenvolveu-se o voo interestelar relativístico. Baseado num mecanismo propulsor Bussard aperfeiçoado para funcionar com a fusão de hidrogênio leve, semelhante ao da *Pioneira*, porém mais eficiente, o sistema permitiu que alcançassem velocidades muito próximas à da luz.

Em 2115 A.U.C., aportaram em Delta Pavonis. Maravilhados, constataram pela primeira vez a existência de uma civilização extra-humana.

Após sete décadas de observações a partir de uma estação orbital – acompanhados por debates ardentes de caráter ético-filosófico – os humanos de Elysium enfim travaram o primeiro contato com os pavonianos em 2184 A.U.C. (ou seja, em 1431 E.C. de acordo com nosso calendário).

Chegando quase um milênio à nossa frente, surpreenderam os pavonianos numa época em que estes mal haviam inventado a pólvora e ainda acreditavam que Jokerman era o centro imutável do Universo. Agindo de acordo com suas consciências, não permitiram que o conhecimento da existência da humanidade perturbasse o desenvolvimento dos autóctones. Pois julgaram que o choque cultural pudesse ser traumático demais. Afinal, experiências passadas e contatos com as civilizações da América e do Pacífico lhes haviam ensinado que a pressa poderia colocar tudo a perder. Então, já não se tratava do desenvolvimento harmonioso de uma mera formação social humana, mas de toda uma espécie racional alienígena.

Contudo, muito mais tarde, em 3055 A.U.C., foram obrigados à intervenção direta para evitar que os pavonianos se autoextinguissem.* Limitaram sua ingerência a um único ato extremo pontual.

* A coincidência notável entre as duas datas – 3055 a.u.c. equivale a 2302 e.c., apenas 33 anos antes da extinção dos pavonianos em nosso continuum – indica que talvez essa civilização alienígena estivesse realmente fadada a se autoaniquilar tão logo dispusesse dos meios para tanto. Esta noção reconfortante exime, ainda que apenas parcialmente, nossa humanidade da culpa de ter estimulado involuntariamente as rivalidades

Ainda assim, o abalo psicológico e social sofrido pelos pavonianos foi severo o bastante para provocar a unificação política de governos até então adversários.

Hoje em dia, não obstante o fato de existir uma pequena representação diplomática pavoniana em Elysium e outra humana em Jokerman, via de regra a humanidade daqui tem preferido deixar essa espécie alienígena em paz, contentando-se em estudá-la à distância, quase sempre sem se deixar perceber.

"Se algum dia eles quiserem ter conosco," – um exopsicólogo da Confederação explicou quando indagado sobre o assunto, – *"saberão onde nos encontrar, visto que esta informação consta da enciclopédia digital que ofertamos à comunidade científica pavoniana por ocasião da unificação política da espécie."*

Naturalmente, para que tal encontro ocorra, os pavonianos deverão desenvolver o aparato social e científico que lhes faculte a suprema ousadia de singrar o espaço interestelar para visitar a humanidade.

Quando conseguirem executar essa proeza tecnológica, terão se tornado uma espécie adulta, merecedora, portanto, de um tratamento condigno por parte da humanidade.

Os pavonianos não foram a única cultura alienígena descoberta pela Confederação. Em 2517 A.U.C. descobriu-se num planeta orbitante em torno de 37 Geminorum, estrela amarela distante cerca de 56 anos-luz do Sol, uma espécie heterotrófica racional de criaturas pecilotérmicas anfíbias, que estão presentemente emergindo do equivalente ao mesolítico e experimentando suas primeiras ferramentas agrícolas.

Na virada para o quarto milênio A.U.C., pouco mais de século e meio atrás, essa humanidade captou sua primeira transmissão radiofônica interestelar, emitida por uma espécie que reside num sistema distante 193 anos-luz do Sol em direção do núcleo galáctico. Trata-se em realidade de uma resposta aos sinais humanos, transmitidos pouco mais de 400 anos antes. Um povo que, apesar de constituir uma única raça, divide-se em sete castas determinadas geneticamente. Estas castas guardam diferenças morfológicas pronunciadas entre si e apenas duas delas são capazes de procriar.

---

pré-existentes entre os pavonianos, que acabaram culminando em sua extinção. Por outro lado, considerando nossa própria experiência com o Holocausto, somos levados à hipótese preocupante de que a ocorrência de processos de autoextinção possam constituir antes a regra geral do que a exceção, na evolução cultural das civilizações tecnológicas.

Do estudo do comportamento da singularidade que denominaram Olho de Shiva, os elysianos desenvolveram técnicas eficientes de navegação interestelar a pseudovelocidades superiores à da luz, empregando atalhos naturais que conectam os diferentes sistemas estelares através do não-espaço. Para os cidadãos da Confederação, uma viagem até um planeta de Alpha Centauri parece tão fácil e consome tanto tempo quanto para nós ir da Terra até Marte.

A humanidade deste continuum vive hoje os estertores da fase histórica que denominam Era Tecnológica Pesada e o começo de uma nova Idade do Ouro.*

Os princípios filosóficos que nortearam essa sociedade no alvorecer da civilização romano-chinesa foram revisados e retomados com novo vigor. O renascimento da visão de mundo da doutrina budista, despida de seus elementos místicos e aliada às novas concepções científicas geradas nos últimos dois milênios, culminaram na adoção de uma postura baseada numa maior harmonia com a Criação. Uma forma de "humanismo laico", professado com a firmeza de propósito absoluta e tranquila e a certeza típica das antigas práticas religiosas orientais de ambas as Terras. Processo este iniciado com a Desintegração da Morte, há pouco menos de treze décadas, mas que somente agora, com o advento da diáspora estelar, adquire força de movimento social de âmbito cósmico.

Esta Era Pós-Tecnológica não é, ao contrário do que julgávamos a princípio, um processo suave de degenerescência cultural. Consiste antes numa maneira mais serena e, porque não dizer, mais inocente de encarar a vida.

Essa cultura assume decerto uma postura mais contemplativa e menos competitiva e pragmática do que a nossa. Assim como um modo mais reflexivo e mais sábio de lidar com as grandes questões que sempre afligiram os seres humanos de ambos os continua.

Nossa cultura teria muito a aprender com esses humanos, e também um pouco a ensinar.

Pena que o estreitamento desse contato seja de todo impossível. Pelo menos, na conjuntura científico-tecnológica presente.

---

* Existe uma escola de sociólogos neste Sistema Solar que advoga que esta Idade do Ouro já se teria iniciado há tempos. Segundo essa tese, o apogeu presente teria começado há coisa de um milênio, quando a primeira geração de imortais com o dom da telepatia e, portanto, incapazes de mentir ativamente uns aos outros, atingiu a faixa etária de 300 anos, considerada hoje em dia como patamar inferior da maturidade.

Este livro foi impresso na
psi7 em agosto de 2015